末日曙光（上）

非天夜翔 著

敦煌文艺出版社

过去在灰烬里破碎

信念在烈火中新生
末日
曙光

天翔非夜

作品

目录

catalogue

目录

catalogue

1

夜路

“刘砚，你那个当兵的同学呢？”

埋头修改图纸的刘砚置若罔闻，直到隔壁的女孩们笑了起来，问到第三遍，刘砚才抬头看了她们一眼。

一名女生说：“他不是打算在这里找工作吗？”

“蒙烽啊……”刘砚拿着橡皮，在透视图上轻轻地擦着，“他爸妈让他回家，他就走了。上个月走的，你们反射弧真长。”

“真可惜，”又一名女孩笑道，“那么帅的兵哥，难怪没见人等你吃晚饭了。”

刘砚瞥了她们一眼，揶揄道：“谁喜欢上他了？请瓶鲜橙多，我可以把他的电话号码给你们。”说着，他轻轻地吹了口气，把橡皮屑吹散，犹如在驱赶他脑海中一段固执的记忆。

铃声响，下课，学生们拥出了教室。

夏天的一缕炽烈的阳光从纤尘不染的玻璃窗投了进来，偌大的教室空空荡荡，刘砚独自坐在最后一排的位置上收拾手里的产品效果图。

七年前，刘砚与从小认识的蒙烽升上Z市中学高三，两人约定永远相互扶持。高考后，蒙烽去当兵，刘砚考上了一所大学。学生时代的盟誓，刘砚仍然记得。各奔前程后，他们依旧保持着联系，期待毕业与退伍的那天的相逢。

刘砚大学二年级因成绩优异，被送到德国当交流生，远在异国他乡，却仍不忘当初的伙伴。刘砚回国后被保送读研究生。他读研二的这一年，蒙烽终于退伍，来到刘砚念书的S市，再见面时没有澎湃的感情，蒙烽只是同刘砚聊了一会儿彼此的近况，然后安静地各自睡去。

刘砚没有动，却失眠了一整晚，他看着天花板，觉得有什么不一样了。

蒙烽在S市住了下来，打算找份工作，然而他东奔西跑，因学历太低，实在找不到一份满意的活儿，最后，他走了。

刘砚没有干预蒙烽的选择，当他关上门时，蒙烽就在门外，彼此心里都清楚，他们不再是七年前那对形影不离的伙伴了。时间是把锋利的刀，拖泥带水许多年，过去的情分终于在再见面时，被无情地一刀斩断。

眨眼间，光阴便从手指缝中漏过去，犹如细腻的沙，再无痕迹，不能责怪时空相隔，更不能责怪彼此的人生，谁也没有错，一切缘于自己。

七年后，两人分开一个月又12天的今日，刘砚独自坐在教室里，忽然有种说不出的滋味。

“刘砚！”一位同学从前门探头说道，“导师在等你，还不去？”

刘砚如梦初醒，快速收拾好图纸，朝办公室走去。

“设计图我看了，”系主任说，“小毛病很多，大的问题没有。”

刘砚放下图纸，接过系主任递过来的咖啡，边喝边看书架，问：“我可以借点书回去看看吗？”

“当然可以，”刘砚的导师是个50岁很有风度的男人，此时坐在办公桌边上，喝了一口咖啡说道，“你的设计都很注重用途，有浓厚的冰岛风格，但人机工程学这块是你的短处，简直是惨不忍睹。”

刘砚自嘲地笑了笑：“在包豪斯上课的时候，我人机一直做得很糟糕。老师，这是什么？”

刘砚从书架上抽出一本书——《丧尸生存手册》，不禁笑了起来。

系主任很喜欢刘砚，笑着解释道：“你知道吗，国外相关部门于5月在网上发布了一份预警指南，官方宣称这是为了提醒大家，以应付未来无限的可能。”

刘砚随手哗啦啦地翻着书，哭笑不得道：“是真的？我借回去看看吧！”

“你的产品修改意见我都放在U盘里了，”系主任道，“看书的同时也别忘记你的作业。”

刘砚无奈地说：“好的。”

刘砚把U盘朝口袋里一塞，背着笔记本出来，掏出手机拨打家里的电话，没有人接。

今天是周五，刘砚打算回家。回宿舍收拾东西，舍友在看网络直播。

“崔小坤，你这周回家吗？”刘砚问。

“不了，怎么？”舍友道，“你打算回去？”

刘砚：“泡妞？”

崔小坤：“不——有话快说，想邀请哥去做什么？”

刘砚笑道：“车借我用一下行不？明天晚上回来，给你加满油。”

“滚！”崔小坤怒道。

片刻后，车钥匙闪着光飞了过来，崔小坤是隔壁自动化系的研究生，买了辆二手车，刘砚接过钥匙道：“谢了，我不想去车站坐大巴。”

崔小坤摘下耳机，问道：“喂，刘砚，你确定真的要回家？”

刘砚埋头拨手机：“怎么了？”

崔小坤点开一个视频新闻，示意道：“你看。”

“Z市今夏突发一波未知病毒，有关部门呼吁民众在家不要出门，等候社区医院通知注射新型疫苗……”

刘砚蹙眉，问：“什么时候的事？”

崔小坤抬了抬下巴，端起杯子喝了点水：“今天早上反复播的新闻，你妈不是医生吗？”

刘砚家是单亲家庭，他跟着母亲长大，敏锐地感觉到了异常。

“不要出门？”刘砚的眉毛皱了起来。

“当局在大部分社区喷洒消毒水，并疏散市中心民众，禁止无关人士进出医院等公共场所，地铁暂时停运……”

刘砚拨打母亲的手机，一直占线，这时候她应该在加班，难怪家里电话没人接。

“我先走了。”刘砚道。

“祝你好运，别被狗咬了。”崔小坤懒洋洋地说。

刘砚拉开车门，把电脑、衣服一股脑儿扔进后座，从导师处借来的书扔在副驾驶位上，倒车，出发。

AM 12:00，S市高速路口。

刘砚把蓝牙接到车的扩音器上，按下自动重拨，吉普车驶上高速路。

S市开往Z市的高速路空空荡荡，一望无际，盛夏的阳光炽烈，路尽头的天空一片刺眼的青蓝。

Z市朝S市方向的道路则排起了长龙，形形色色的车辆不停地响着喇叭。

PM 3:30，高速公路最后一段。

手机终于接通了，刘砚喊道："妈！"

"砚砚……砚砚……"电话那头，妈妈的声音焦灼不安。

刘砚马上把车开到路边停靠处，电话里声音嘈杂，混着风此起彼伏的呜呜声。妈妈喊道："砚砚……"

刘砚把车停稳，吼道："妈！你没事吧？"

妈妈说道："你别回家，听妈妈的，先别回家。啊，妈没事，妈妈爱你，砚砚……"

刘砚："家里发生什么事了？你是在医院还是在家？打家里电话怎么不接？"

"砚砚，待在学校，妈妈是安全的，会给你打电话……"

"妈妈爱你，砚砚……"

电话里传来沙沙的响声，随即挂断了。

刘砚呆呆地坐在驾驶位上，再给妈妈打电话时，她的手机已关机。

刘砚沉默片刻，又拨打了蒙烽的号码，他的手机号码已经从自己的电话本里删除了，但那个号五年里都没有换过，或许它的痕迹永远不可能从心里抹去。

蒙烽的电话也占线，刘砚打方向盘，下了高速，心神不定地插队等候在开回S市的车流中。

PM 3:40，高速公路入口弯道。刘砚再次倒车，开上高速路，朝着Z市的方向风驰电掣地继续前进。

车上广播响起。

"Z市的病毒已初步得到控制，市立医院正在组织抢救治疗，政府呼吁所有在外地的市民请暂时不要回家，以免引起交通阻塞……下面为您播放天气预报……"

PM 7:30，高速公路尽头，下Z市弯道。

天边一团绯红色的火烧云，鲜艳得像是染了血，一切如常，高速公路的收费站收了钱，开闸让车辆进入。

刘砚边开车边注意道路两侧，太阳下山时，市区亮起了路灯，车辆稀少，应该都听到广播的通知，人们都回家去了。

互联网繁忙，几乎无法登录，手机信号时断时续，难以为继。

PM 9:50，车子越朝市中心开，行人就越少，刘砚的家在市中心不远处，沿路的娱乐场所与超市都已歇业，三三两两的人影在走动。

街口处停着三辆警车，而且放了路障，刘砚心中一惊，马上踩刹车。

警车顶端的灯一闪一闪的，却不闻声音，刘砚下车远远地看了一会儿，没见人，心中疑惑顿生。

警察上哪儿去了？

刘砚果断地钻进车里，系上安全带，踩油门撞开路障，沿着长街开过。

两侧的大楼大部分黑灯瞎火，只有少数阳台上还亮着灯，刘砚把车门一关，跑上自己家所在的公寓大厦，前台保安也不在了。

刘砚陷入了一阵迷茫的恐慌中，仰头，原地转了几次身：“有人吗？”

没有人回答，刘砚跑进大堂，猛按电梯，灯光苍白，“叮”的一声停在九楼。

刘砚一阵风似的冲出过道，掏钥匙开门，家里非常凌乱，应该是母亲被急急忙忙叫去加班，未曾好好收拾。

刘砚深呼吸片刻，从冰箱里翻出一盒冰牛奶灌下，出门挨个儿按了邻居家的门铃，一圈下来也没有人开门，刘砚退后几步，从门缝里窥探，没有一家是亮灯的。

刘砚原地站了一会儿，咽了一下口水，回家收拾了几件衣服、一条毛毯，翻出柜子下面的急救箱，正要外出时，整个大厦内所有楼层的电灯一闪一闪的，继而灭了。

电梯停运，整个市中心也陷入黑暗，唯有独立线路的路灯还亮着。

刘砚拉开窗帘朝外看了一眼，周围都停了电，只有远处一个社区还灯火通明。他取了瑞士军刀与应急灯，一手提着应急灯，推开火警通道快速下楼。

咚咚的脚步声从楼道里传了过来。

刘砚松了一口气，问道：“有人吗？”

他快步奔下转角：“到底是怎么回事？”

楼道里一片漆黑，刘砚提着应急灯朝楼下一照，霎时全身血液凝固，恐惧感从脊背攀升到头皮，阵阵发麻。

五楼的拐角处，站着一个脸色蜡黄，衣服上沾着斑斑血迹的保安，混浊的双眼上翻，眼白对着强光。

这是在做梦，一定是在做梦！

刘砚下意识地退了一步。

保安发出一阵哀号声。

“你……黄先生？”刘砚的声音在发抖。

保安一步一步拾级而上，刘砚颤抖着拧着楼梯间一侧的门把手，缓缓地拉开。保安上到一半时，刘砚猛地冲进过道内，把楼梯间的门砰地一关，脊背抵着门，不断地喘气。

砰砰的撞门声响起，刘砚吓得没命地大叫，死死地握着门把手。

“有人吗？”刘砚歇斯底里地大喊。

门把手微微下压，刘砚触电般地缩回手，恐惧地看着那扇门，缓缓地后退，直至脊背靠上消防柜。

哗啦一声响，刘砚撞破消防柜，拿出里面的斧头。

丧尸？是丧尸？唯一的念头闪过刘砚的脑海：这个世界疯了，如果世界没事，那就是我疯了。

门把手转到底，刘砚又大喊一声，夺路而逃，找到另外一个消防通道，跌跌撞撞地冲了进去。

闷热的通道里应急灯光猛晃，刘砚汗流浃背，衬衣湿透，冲出了一楼大门，跑到了街道上。眼前的景象就像一盆冰水把他从头浇到脚。

车里灯光还亮着。

一名身穿西服的男人眼珠突出，俯在吉普车窗边缓慢地摸，像是要开车门。

远处又有五只丧尸拖着缓慢的步伐，从市中心的花园处走来。

刘砚不住地猛颤，缓缓地放下东西，把应急灯朝向街道外，那名身着西服的丧尸发现了光源，转过身，缓缓地朝他走来。

“啊——”刘砚发着抖举起了消防斧，冲上前去，把它的头劈开一道缝，黏稠的血液喷了出来，刘砚又抬起脚将它踹开。

那只丧尸在地上抽搐着，挣扎着要爬起来，刘砚不住地后退，在台阶上摔了一跤，四面八方又有零星的丧尸朝大厦门口走来。

刘砚快速收拾好东西，冲上车去。关门时，一只丧尸挤过来，手臂卡在车门边上，刘砚狠狠地把车门一踹，撞得那沉重的尸体弹开些许，再重重地关上车门，飞速倒车，骨骼闷响，继而撞飞了好几只丧尸，从它们身上碾了过去。

刘砚撞了好几次车，最后擦着那充当路障的警车夺路而去，昏头昏脑地也不知道开到了哪里，最后停在一家歇业的超市外，他趴在方向盘上喘气。

他瞥见手机屏幕一闪一闪的，是个陌生的来电，接了。

“终于接电话了！”蒙烽焦急的声音响起，“你在什么地方？”

刘砚吼道：“究竟是怎么回事？”

蒙烽：“本市有病毒！你别回来，待在你的学校，知道吗？我马上过去带你走！”

刘砚：“我已经在家附近了。”

手机那头和这头，都是急促的喘息声。

蒙烽：“哪条街？”

刘砚：“我有车，你说个地方，我去找你。”

蒙烽：“别胡闹！你会变成丧尸的！”

刘砚：“我不知道这是什么地方！你在……”

刘砚猛地瞅见路的尽头，一个人冲出拐角，背后跟着几只丧尸，当即猛踩油门，吉普车前轮急转，继而“噌”地冲了出去，车前灯大亮。

刘砚猛按喇叭，蒙烽抬手挡着双眼，疾步朝车冲来，潇洒地一跃而起，军靴在车前盖上猛蹬，几步踩过车顶，翻身落在车后，刘砚撞飞了四只丧尸，身体猛地前倾。

紧接着，刘砚飞速倒车，打开车门，蒙烽坐上车，系好安全带，坐在副驾驶位上躬身喘息。

刘砚打开顶灯，问道：“你怎么会在这里？”

蒙烽喘息道：“打你手机和家里电话都没有人接，打到你学校，他们说你回家了。”

刘砚疲惫地点了点头。

蒙烽说：“我觉得，咱们还是朋友，我想不出要去找谁，而且怕你出事。”

刘砚眼睛有点湿，打方向盘拐弯，开进另一条路。

2

重逢

蒙烽："去什么地方？"

刘砚："医院。"

蒙烽："不能去那里！丧尸就是从那里跑出来的！"

吉普车猛地一个拐弯，在夜路上拖出刺耳的声音。

刘砚吼道："我妈在医院！"

蒙烽也朝着他大吼："太危险了！你会死的！"

刘砚狠狠地踹开扑上来的蒙烽，吉普车撞在路边的长椅上，砰的一声停住了。

"车给你，"刘砚冷冷地说道，"祝你好运。"接着转身下车，却被蒙烽紧紧地抓住。

蒙烽沉声道："我陪你，这种时候不要再任性，好吗？"

刘砚长叹一声，倒车，转进主干道，街上空空荡荡的。

蒙烽说："医院是高危地段，中午新闻说患者就是送到那里集中……"

"别说了！"刘砚难过地大吼道，狠狠一拳砸在方向盘上。

蒙烽安静了，刘砚继续开车，急促喘息。

"你爸呢？"刘砚问。

"还在部队，"蒙烽说，"但找不到人。"

蒙烽的父亲是一名军官，母亲早在他很小的时候便离家出走了，蒙烽的童年里没有父亲，也没有母亲。

父母都不太管他，他的奶奶把他抚养长大，缺乏严格的管教导致他学业荒废，直到高三与刘砚定下约定后才开始认真念书，然而已经太迟了，高考落榜，只好去当兵。

你爸都没管过你！刘砚心里一直颇有微词，起码花钱找个成教给儿子拿个证书也好，况且退伍后，蒙父竟也丝毫不过问儿子的生活。

“这是什么？”蒙烽发现了车前板上的书，对着驾驶室顶灯翻了翻。

刘砚：“导师借给我的，据说国外相关部门年前就已经在网上发布了丧尸应对指南，很多人都把它当作一个笑话，后来印了不少小册子到处流传。”

蒙烽：“你说他们是不是已经开始预备这件事了？你也看到丧尸了，你觉得那是什么？”

刘砚：“我怎么会知道？我们又不用拯救世界，能活下来已经不错了。”

蒙烽：“死了以后还能行动……是一种病毒，不是什么鬼怪，你是无神论者，刘砚。”

刘砚：“我倒是希望有……不，别这样。”

吉普车缓缓地停下，道路尽头是几辆横着的警车，再过去就是医院。

五六名警察用对讲机大声交谈着，刘砚把车开过去，一名警察跑过来喊道：“封锁了！不要过去！”

警察猛拍车窗，前方响起刺耳的机枪声，听得刘砚不寒而栗。

蒙烽摇下车窗，警察俯身道：“回去！都回去！”

刘砚道：“我一定得过去！”

机枪扫射声震耳欲聋，警察大喊道：“都死了！活人已经撤离，那里已经是隔离区了！”

刘砚发着抖，盯着那警察，注意到他的脖颈处的一道浅浅的伤口，伤疤已经结痂。

警察的侧脸浮现出淡淡的紫褐色斑纹，焦急道：“掉头！离开这里！政府很快就会开始疏散！”

远处又传来爆炸声，警察不再理会刘砚，打了个手势，转身跑向防线。

哀号声大了起来，呜呜的犹如风吹，刘砚想起电话里与母亲最后对话时的风响。

“妈——”刘砚大哭起来，猛踩油门，开车冲向封锁线。

蒙烽：“刘砚！醒醒！别冲动！”

蒙烽紧紧地抱住刘砚，在他耳边喊道：“我来开车！让我开车！”

刘砚近乎疯狂地狠捶方向盘，又用头猛撞，最后脖侧被蒙烽用力击中，眼前发黑，躺倒下去。

再醒来时，刘砚短发凌乱，斜斜地躺在副驾驶位上，道路两侧黄色的灯光在他脸上闪过。

蒙烽："你睡会儿。"

刘砚沉默，昏昏沉沉地问道："这是什么地方？"

"出城的路。"蒙烽专心地开车，沿着马路离开Z市。

刘砚："不回你家收拾点东西吗？"

蒙烽摇了摇头，刘砚双眼迷蒙，朝窗外看，Z市三环外一切如常，路边的二十四小时便利店还开着。

"要通知他们疏散不？"刘砚疲惫地说。

蒙烽答："政府会通知的，他们已经知道了，你现在冲进别人家里大喊大叫，也不会有人相信的。"

刘砚勉强点了点头，他们都避开了那个沉重的话题，谁也未提医院与刘砚母亲的事。

车流量越来越大，行车速度缓了下来。

刘砚借着灯光，翻开那本《丧尸生存手册》，问："你就没有要找的其他人了吗？"

蒙烽淡淡地回答："有几个战友，不过他们都不在本市。"

刘砚翻开书。

【B.逃生装备：现在是时候挑选维持你的生活甚至生存所需的装备了。在短途转移中，标准的灾害生存工具包就够了；而在更长的路程里，以下列出的物品都应是必需的。】

刘砚自言自语："不管你要去哪里，水，每天3升。"

"什么？"蒙烽问道。

刘砚："停车。"

刘砚推开车门下车，带了钱包匆匆跑向路边的便利店，店里空空荡荡，蒙烽烦躁地猛按喇叭。

刘砚打手势示意稍等，进便利店买了一箱罐头，蒙烽马上下车跑过去，协助他把东西搬上车。刘砚又进了便利店，买了手电筒、饮用水以及烧烤用的炭炉，最后，把巧克力和高浓度的白酒磕磕碰碰地搬上了车。

前面的车走了，后面等待的车队猛按喇叭，更多的人下车，翘首眺望。

刘砚关上车门，茫然地问："你们为什么离开这里？"

车主有男有女，所有按喇叭的声音都停了，看着刘砚不说话，片刻后不少人交头接耳，纷纷跑向便利店开始抢购东西。

蒙烽："走吧。"

刘砚上车，再次前进。

他花光了所有的现金，信用卡上透支了5000多元，买到一个急救箱、一个烧烤炉、两大桶水、一箱牛肉罐头、一箱午餐肉罐头、一大盒巧克力、四个手电筒以及大排的电池。另外，还买了一个玩具望远镜、一包肥皂、一包洗衣粉、两箱饼干、十卷保鲜膜。

蒙烽说："我们去你学校吗？"

刘砚："对，其实可以不用买这么多东西的。"

蒙烽："不，你还应该买几个水壶。"

刘砚道："学校里有，希望那里没事。"

刘砚低头翻书，蒙烽问："书上怎么说的？"

刘砚答："这上面把丧尸暴发分为四级，第一级是骚乱型，通常只有10到20只会感染病毒，造成小规模的骚乱。老天，这书简直是疯子写的，头头是道。"

蒙烽："继续说。"

刘砚："第二级是危机型，通常有20到100只。可能市中心和医……可能家附近就是这个规模了。"

"第三级是灾难型，丧尸的数目数以千计，在方圆数百公里的范围内肆虐。袭击的持续时间加上漫长的扫尾工作可能会有数月之久。这时候军队出动进行封锁、清扫。"

"还有吗？"蒙烽问。

"第四级是毁灭型，这时候病毒已经蔓延到了整个世界，幸存的人类需要花10到15年，等待它们自然腐化或者自相残杀……"刘砚心里涌起一股强烈的荒唐感，只觉手册上所言简直就是匪夷所思，然而真实的事情就发生在今天晚上，令他无法相信，又不得不相信。

车队前进的速度又缓慢了下来，蒙烽说："只是一种人类还没有发现的病毒而已，疯牛病、狂犬病都研究出了疫苗，这次也一样。"

刘砚随意点了点头，望着窗外出神，狂犬病和这种病毒还是有很大的区别的，其中最大的区别就在于前者发生在活人身上，而后者发生在死人身上。

但谁又能证明，那些行走的丧尸已经死了呢？

刘砚想起之前遇到的保安，不禁打了个寒战。

车队龟速前进，通过高速路收费站后完全停止。

收费站工作人员通过扩音器大声说：“前面路段施工，接到交管局新的通知，请所有车主绕道973国道，这里暂时停止通过，给您造成不便，非常抱歉。”

蒙烽说：“怎么办？要封锁隔离了。”

刘砚：“再等等。”

前面第一辆私家车的车门打开，车主跳下来，那个男人指着收费站工作人员大骂，声音太远听不清楚。刘砚举起望远镜，蹙眉观察，看到那个男人挥舞的手腕上有一道疤痕。

再朝车尾看时，一位母亲惊魂未定地抱着小孩在瑟瑟发抖。

“你看得见吗？”刘砚把望远镜递给蒙烽，蒙烽看了一眼，刘砚道，“他的耳朵后面。”

蒙烽也注意到了。

“灰色的斑，”蒙烽说，“他应该见过丧尸，他被传染了。”

刘砚：“你记得那个警察吗？”

蒙烽喘着气，点了点头。

车主交涉未果，脸色煞白，钻进车内，继而猛踩油门，砰的一声巨响，撞开栏杆，冲上高速。

“禁止冲卡！”收费站上的大喇叭喊道。

巡警纷纷走过来，刘砚道：“果断走！”

蒙烽咬牙一踩油门，跟着冲过收费关卡，五六辆车紧跟而过，驶上高速，刘砚回头看，只见几辆警车鸣着笛，冲过来围住了关卡，形成了严密的封锁线，把所有来不及过关的车辆拦在了收费站内。

刘砚提心吊胆地看了一会儿，远处景象成为一个小黑点，高速路两侧灯光飞速掠过，直至此时，两人才真正地松了一口气。

“我来开吧。”刘砚疲惫地说道。

蒙烽说：“你去吃点东西，休息一会儿，下半夜你开。”

刘砚回到后座翻找，他已饿了一整天，拆开一包饼干，就着没喝完的水填饱肚子，问：“这是什么？”

蒙烽转头一瞥，刘砚手里拿着个文件夹，里面是几份合同。

“工作。”蒙烽面无表情地说。

“意外保险……人身安全……终身保险……”刘砚说，“你卖保险？卖了几份？”

蒙烽看着前面的路，答道：“一份也没卖出去。”

刘砚：“你不适合干这行。”

蒙烽窝火地叹了口气。

“月薪多少要靠提成，一个月只有500元底薪，”蒙烽的声音低沉，带着郁闷，“等政府安排工作时间太久了，只能先找个活儿糊口。”

刘砚说：“你应该庆幸没卖出去，否则心理会更不平衡的，你的公司现在多半已经赔得破产，一个子儿也发不出来了。”

蒙烽与刘砚都笑了起来。

刘砚欣然道：“如果这次咱们活着回来了，我就买一份……”话音未落，蒙烽道：“小心！”紧接着，他猛地一打方向盘。

刹车声几乎刺破耳膜，两辆车同时在高速路口打横，蒙烽与刘砚的吉普车滑向右侧路边，他们前面不远处的一辆私家车失控般地转了个圈，撞上围栏，发出一声巨响。

“怎么了？”刘砚解开安全带，倚在窗边猛喘。

小女孩凄厉的尖叫声划破寂静的夜空，从打横的私家车内传出来。

女人凄惨地尖叫道：“救命——”声音戛然而止。

小女孩的尖叫犹如刺耳的哨声，歇斯底里，刘砚发着抖摸到望远镜，看见私家车的后座内哗地喷出一摊血，溅在玻璃上。

蒙烽抢过望远镜看了一眼，马上放下，四周静了。

接着那辆车的车窗发出砰砰响声，刘砚与蒙烽全身发寒。

“走……”刘砚道，“那对母女应该都死了。”

蒙烽勉强点头，踩油门，开上大路，扬起尾烟驰进了夜色。

他们都没有说话，过了很久，刘砚才猛地解开衬衣，发着抖摸着自己的手臂，蒙烽道：“别自己吓自己！”

刘砚赤裸的上身白皙匀称，他用消毒纸巾把手臂擦了一遍，再仔细回想从见到第一只丧尸到与蒙烽相遇前，确认了自己没有与丧尸直接进行肢体接触。

他反复地用湿纸巾擦拭着食指，最后神经质地从急救箱里取出医用酒精，发着抖浇在手上。

蒙烽左手握着方向盘，右手紧紧地攥着刘砚的手腕，刚毅的侧脸笼着一层光晕。

“怕什么？”蒙烽笑道，“就算你被传染了，痛苦的人也只是我。”

刘砚一想也是，把酒精收起来，蒙烽放开手，自言自语道：“我如果变成丧尸了呢？”

“不知道，”刘砚说，“别指望我能救你。”

“不用你救我，”蒙烽说，“到时记得逃跑。”

刘砚道：“不。”

他认真地看着蒙烽，蒙烽手肘支着方向盘，倾过脸来，定定地注视着刘砚的双眼，让他看个仔细。

“没有那种斑。”蒙烽帅气地笑了笑，“我身手很好，或者把衣服脱光，让你看看？”

刘砚眼中带着笑意：“免了，谢谢，其实我不在乎你身上有没有疤痕。”

蒙烽：“那是在想什么？想我了？”

刘砚：“有一点，突然想仔细看看你。”

刘砚低声道：“有也没关系，不是我吃了你，就是你吃了我。自己一个人活着，本来也没多大意思。”

“是啊！”蒙烽附和道，“一个人活着，寂寞。”

说着随手按开车上的收音机，刘砚摇下车窗，夏夜清爽的风吹了进来，带着摇滚乐在高速公路上一路飞扬。

3

暴雨

一场夏季的雷雨在F市的上空酝酿。

电灯熄灭，全城陷入了漫长的黑暗之中。公寓里，决明身上的西装校服仍未换下，坐在客厅里，对着落地窗外的黑暗发呆。

云中闪出纠结的明亮闪电，将矗立于大地上的高楼与黑压压的夜空连成一线，远方的景色在少年漆黑的双眸中旋转。

第一声炸雷绽放，照亮了他苍白的脸，有什么在雷声中响起，滚雷过去，电话铃急促地一声接一声。

“爸，你还要多久到家？”决明道。

“决明！”电话那头的男人焦急地喊道，“你在做什么？我没这么快回来！”

“嗯，知道了。”决明答道，又一声霹雳爆开。

张岷喊道：“我得在路上耽搁一会儿！估计午夜才能到家！你先吃晚饭，冰箱里有熟食。”

电话那头嘈杂纷乱，像是有什么动乱，人的喝骂声、催促声，暴雨的哗哗响声。

决明道：“停电了，微波炉不能用。”

张岷焦急地喊道：“你说什么？大声点！我听不见！”

决明大声道：“没什么！挂了！”

张岷总算听见他的声音了，笑着喊道：“等我！爸爸马上回来！”

决明挂了电话，接了杯水，也不开冰箱，就在漆黑的家里安静地坐着。一周五天住校，在F市念高中，难得在假期回来一次与养父团聚。

张岷周四去外地出差，说好回来一起出去吃饭，张岷办完事，周五赶回来时却被堵在了路上。

还有两个小时又是新的一天，决明在黑暗里坐着，一动不动。

12点整，来电了，整个房子一瞬间亮了起来，决明的瞳孔一时难以适应这突如其来的光线，不自然地眯了起来。

他打开电视，全是雪花点，沙沙地响，就关了。楼下远处传来救护车的呜呜声。

电话又催命般地响了起来，决明接了，那边的声音小了许多。

张岷："决明……你没事吧？"

决明："在。"

听得出张岷的声音在颤抖，话语断断续续："你别出门，见鬼了，这是怎么回事？有人敲门吗？有人敲门千万别开。"

决明答道："哦。"

张岷喘了一会儿，那边十分安静："到楼下来等我，进市区了。"

决明答道："知道了。"

张岷马上又改口道："不不，你在家里，嗯，收拾一下，把卡、钱、药都带着，收拾几件换洗的衣服，爸带你去露营。"

"决明！等我回来，无论谁敲门都别开，我还有10分钟到家。"张岷道，"谁敲门都别开！记得！"

决明默默地挂了电话，走进房间，什么也没有问，把自己住校用的旅行包取出来，拉开拉链，翻出要洗的衣服，放进洗衣机，继而收拾张岷和自己的几件衣服、医药盒、烟、钱和卡。

张岷的银行卡和现金都放在一个抽屉里，决明还在抽屉里翻到一个小盒子，盒子里是一对铂金的手机吊坠——摩羯座和巨蟹座。

决明把摩羯座的拴在自己的手机上，另一个用小指头勾着，收拾好了东西，在客厅里坐着等。

门外响起一声凄厉的惨叫，决明不由自主地坐直了身体。他的双眼十分茫然，开电视，依旧没信号，关电视，开开关关，重复了好几次，最后让它开着。他缓缓起身，从门上的猫眼朝外望去。

过道里一片漆黑，什么也看不见，按理说不应该这样。

"救命——"女人凄惨的叫声，将门擂得嘭嘭响，决明的眉毛被震荡的门碰了碰，朝后退了点。

他面无表情地想了一会儿，低头时看见门边排得整整齐齐的自己的球鞋、张岷的军靴、一大一小两双人字拖。

决明道："我爸让我别给人开门。"

过道里疯狂地擂门，片刻后响起一声哀号，决明站了一会儿，躬身穿鞋子。

单膝跪地绑鞋带时，一团黏稠的血从门缝下渗了进来，决明注视片刻，让开些许，继续穿鞋。

穿好鞋起身时，决明将手放在门把上，门外一片安静，叫声没有了。

决明又改变了主意，坐回沙发上，定定地盯着门。

过了片刻，有节奏的捶门声响起，伴随着传来"嗬——嗬——"的野兽般的叫声。

决明面无表情地看着，而后电梯"叮"的一声响了。

"爸。"决明道。

张岷在过道里怒吼，消防栓玻璃的碎裂声、大喊声和撞击声传了过来，决明上前去开门，将系着保险链的大门推开一条缝，张岷大吼道："别出来！现在别出来！"

决明站在门口，被嘭地一撞，门外伸进一只腐烂的手乱挠着，紧接着被拖了出去。

张岷道："关门——"

决明关上了门。

重物倒地的沉闷声响后，外面安静了。

"爸？"决明道。

"没事……"张岷发抖着说，"别看猫眼，再等会儿。"

决明默默点头，又过了一会儿，他忍不住凑到猫眼上看，张岷正在把什么东西藏进安全过道里，擦了把汗，说："决明，可以开门了。"

决明把保险链拉下，打开了门。

张岷浑身是血，喘息着注视他，双眼通红，二人面对面地站着。

张岷身高1.8米，决明才15岁，比他矮了一头，抬头看着他。

张岷咽了下唾沫，把决明搂在怀里，摸了摸他的头，长嘘口气道："总算见着你了，还以为这次回不来了。"

决明没有说什么，只是简短地答了句："嗯。"

张岷："我爱你，决明。"

决明点了点头。

张岷把门关上，倚在门上直喘，决明问："吃饭了吗？"

张岷答道："怕是吃不成了，外头的店都关了，改天吧。"

决明道："我问你吃了吗？"

张岷茫然地摇着头，疲惫地说："决明，你呢？"

决明说："来电了，我去热饭。"

张岷马上意识到危险，说："不，咱们得走了，你的东西都收拾好了吗？车就在楼下，马上走，离开这里。"

决明说："你能开车吗？"

张岷睁着通红的双眼，一阵风似的进了房间，找了瓶红牛打开灌下去，继而进了浴室，拧开花洒，决明给他翻找换洗的衣服。

张岷28岁，念过书，当过兵，走南闯北地去过不少地方，正值年轻力壮的时候，他的皮肤是健康的古铜色，站在花洒下哗哗地淋着热水，水流沿着他健美的腹肌淌下，像一只充满野性却又温柔的豹子。

决明站在一旁静静地看着。

热水令张岷放松了不少，先前神经兮兮的紧张感已消退，他终于镇定下来了，侧头看着决明，想说点什么。

决明说："爸，我也爱你。"

张岷想招手让他过来一起洗，却想到时间紧迫，忙道："决明，东西收拾好了吗？"

决明摇了摇头，又点了点头，走出浴室。

"生意怎么样？"决明问。

张岷叹了口气，答："挺好，咱们从北面的高速公路出省，去别的城市，找上次请吃过饭的那个王大哥，开车两天能到。"

决明又问："这里呢？"

张岷穿好衣服，换了条西裤、衬衣，匆忙出来，说："顾不上了。"

决明问："公司呢？"

张岷静了片刻，而后道："没法再开张，咱们离开以后，明天再给他们打电话，走。"

张岷取过旅行包，反手挎在肩后，一手开门，另一手牵着他的养子，在门口一停，那摊血迹仍在，已变得黏稠。

“别看，决明。”张岷小声说，继而右手揽过决明的肩膀，手掌捂在他的眉前，半抱着他走出楼道。

决明也不挣扎，踉踉跄跄地跟着张岷走，进了电梯，到地下车库，张岷一路把决明带上车，深吸一口气，把副驾驶座的车窗设成深茶色，让决明系上安全带，取来毯子给他盖上。

“你睡会儿，到时候爸叫你。”张岷道。

决明点了点头，像只蜷在毯子里的猫：“油够吗？”

张岷朝车后看，片刻后侧过身，同决明交换了一个眼神，道：“待会儿，出市就好了。”说着，用力地揉了揉决明的额头，发动轿车，驶出公寓大厦。

F市就如遭到世界末日的浩劫，街边昏黄的路灯亮着，满街乱飞的报纸，空弃的车辆随便扔在马路边，广告牌的灯箱一闪一闪的。

张岷开车沿路经过荒芜的市区，难以置信地睁大了眼，从高速进市区时还不是这种景象，只是短短一夜间，整个F市公园、街道竟是空空荡荡的。

马路上游荡过一个人。

张岷猛打方向盘，刹车发出刺耳的尖锐声响，然而终究转弯不及，“砰”的一声巨响，将横过马路的那个人撞得直飞起来。

决明马上睁开双眼，醒了。

张岷道：“没事……我下车去看看。”说着，解开安全带，却被决明一只手拉住衣袖。

只见马路上不远处那具被撞翻的“尸体”又撑着地面，摇摇晃晃地站了起来。

张岷喘息着系上安全带，绕开活死人，继续开车一路前行。

汽车开过封锁线，警察示意张岷摇下车窗，打着手电筒朝车里张望，照上决明清秀的脸。

“受伤了吗？”警察问道，“被抓伤和咬伤到隔壁的医务所去包扎。”

“没有，”张岷忍不住一阵胆寒，“到底发生了什么事？”

“新型传染病峰潮，”警察道，“你没听广播？”

张岷摇了摇头，他和决明脸色如常，不像染病的人。

警察问：“你呢？身份证拿出来看看，做什么的？家在哪里？”

张岷道：“他是我的儿子，养子，我是他的监护人。”

一名女警过来，招手道：“我看看你的眼睛。”

决明瞳孔不太适应光线，微微收缩，警察评价道："很漂亮的小子，你的妈妈呢？怎么不吭声？身体不舒服？叫什么名字？"说着，对照身份证。

张岷道："决明，告诉叔叔你的名字。"

"决明。"他开口道。

张岷不好意思地笑了笑："小孩不爱开口，他妈妈……"

决明忽然道："我没有妈。"

张岷十分尴尬，警察却理解地点头，打了个手势，放行。

活人终于渐渐地多了起来，张岷的呼吸仍有点发抖，出高速的路上排起长龙。前后左右都有车了，不少车主时不时还摇下车窗怒骂。

张岷终于松了口气。

还有200米就是高速路的收费站，四盏刺眼的白炽灯将路口照得犹如白昼。远处传来争吵声以及广播声：

"各位市民请耐心等候，经过关口时需要接受扫描与检查……"

看样子一时半会儿出不去了，四处都是警察，应该不会有太大问题，张岷连着开了近15个小时的车，实在撑不住，侧头道："决明。"

决明凑在车窗前朝外看，听见叫声，回头迷惑地看着张岷。

张岷道："你再睡一会儿，听话。"

决明摇了摇头，张岷顺着他的目光朝外望，说："爸休息一会儿，待会儿前面的车走了你喊我。"

决明点头，张岷脱下外套盖在自己身前，斜靠在驾驶座上，闭上眼。

决明朝窗外张望，漆黑的天幕中闪电此起彼伏，从高速路口向远处看，旷野的尽头将天地连在一起。

他们的车旁边停着一辆吉普车，堪堪错开些许，决明坐的位置正对着吉普车的后座侧窗。

那里坐了个女人，转头笑着看决明。

决明一只手按在车窗上，雨又下了起来，晶莹的雨水顺着玻璃淌下。

不知道过了多久，对面吉普车窗后的女人不见了。

紧接着，一股鲜血泼在车窗上，凄厉至极的尖叫声传出，一只手抓上车窗，抓出一个血手印。

张岷猛然惊醒，外面传来了警察的大喊。

"怎么回事！"

“把车门打开——”

“里面的人把手放在头上，下车——”

决明探头张望，只见吉普车驾驶座被拉开，几名警察把车主按在地上，车主不住地挣扎着，乱叫乱咬，一名警察被咬着手臂，痛得忍不住大叫。

父子二人静静地看着这一幕。

警察们将那咬人的车主拖走，血水淌下车来，被雨水冲刷进路边。先前朝决明微笑的那女人的半个尸体悬下车，被牙齿咬得面目全非。

决明说：“肖老师。”

张岷：“……”

死者是决明学校里的老师，张岷道：“别朝外看，走了，决明。”

堵塞的车队又动了起来，决明眼光涣散地看着灯光流转的队伍。

终于轮到他们过关，二人被带到一间亮着灯光的小屋里，坐着数名医生。

“去什么地方？”一人问。

张岷回答，去S市。

“衣服脱了。”

张岷脱下外衣和长裤，数人扫了一眼，张岷穿上，又给决明脱了衣服。

“过来打针。”又有护士道。

预防针的针管很细，注射后，张岷问：“这是什么血清？”

一名医生抬眼道：“你们去的地方也有病毒暴发，建议朝西北走，西北有亲戚吗？”

“张总！”一名主管医生发现了张岷。

张岷忙与他握手，决明走到车旁，张岷道：“是流行病？”

主管医生小声道：“不太清楚，张总那边能调集一些药材支援吗？”

张岷苦笑着摇摇头，员工都走了，调集什么药材？张岷的老家在离这里不远的乡下，数年前当兵退伍，无亲无故，到省城来创业，凭着老父生前传下的中医知识开办了一家小规模的药材公司，与省城的几个大医院素有药材生意往来，面前的主管医生便是收过他红包的人。

张岷道：“库存不多了，正打算去外地进货，这不刚回来，货还没到，定金已经付了……”说着，一手在外套口袋里摸，摸不出东西。

决明走过来，递出一包烟。张岷哭笑不得，心想幸好决明心细带了烟。

主管医生接了，张岷给他点烟，又问：“已经有疫苗了？”

主管说：“作用尚不清楚，但对人体无害，先打一针看看，还需要小心。”

张岷点了点头，主管医生又道：“注意听广播，这次的流行病虽然来势汹汹，但还没有达到当年非典的规模，应该能好起来的。”

张岷说：“走了，你们也千万注意自己的安全。”说完，与那个医生作别，上车离开高速路口，朝S市进发。

4 感染

第二天正午，一轮烈日灼得柏油马路快要化了般的滚烫。

他们抵达S市的郊区。

“这是怎么回事？”张岷摘下墨镜喃喃道。

面前是破败的高速收费站，张岷下了车，不少人从收费站内冲出，个个恐惧大喊，看那架势似要过来抢车，张岷当机立断，坐回车内，猛打方向盘离开高速路段。

“王大哥，喂，听得见吗？”张岷把耳机戴上，焦急地说，“对，我们快到了，还有20分钟车程。好的，没问题，嫂子和小珊呢？”

决明注视着车窗外远处的人，张岷一进车，对面的人马上停下脚步，远远看着。

“他人呢？”决明问。

张岷顾不得查看周围的环境，开车前往电话中指定的地点，答道：“他不在家，待会儿可能有点挤，决明，你得坐到后座去。”

决明理解地点了点头，张岷把车停靠在一栋两层小楼后的停车场上，左右看了看，没有人。

路边的行道树萎靡不振，空旷的街道上到处都是垃圾，碰翻的垃圾桶被热风推来推去，轻轻地滚着，发出当啷声。

上高速后，决明睡了一夜，张岷却已经连着48个小时没合过眼了，此刻在方向盘前耷拉着脑袋。

“你睡吧。”决明说。

张岷疲惫地点点头，索性侧过身，枕在决明的腿上，迷迷糊糊地说：“他来了以后喊我。”

决明“嗯”了一声，遥望远处发呆。

父子俩在车上等人，决明一会儿捂着自己左耳朵，一会儿捂着自己右耳朵，歪着脑袋听了听，抬头看了看张岷帅气的侧脸——他的眉毛拧着。

决明用手指把养父的眉毛舒展开，向窗外望了一眼。

远处，一群小孩在烈日下漫无目的地走着，双手微微抬着，拖着脚步，穿过马路，其中一个小女孩的脑袋凹陷下去，脖子以一个不自然的姿势歪着。

决明微微地眯起眼，他们在这里等的人是张岷生意上的伙伴，名叫王博，三十岁出头，也是昔年张岷当兵时部队连长介绍的战友之一。

王博已结婚，妻子很漂亮，有个4岁的小女儿，张岷曾经带着决明过来玩，这对夫妻很喜欢决明。

决明也挺喜欢他们，当然，以他的性格不会有太热情的表达方式。王博的女儿亲近他，决明来做客的时候会陪着她，带她去游乐场，让她玩，自己则在一旁看着。

决明的旅行袋上还贴着小珊的不干胶贴纸。

足足过了3个小时，决明摇了摇张岷，说：“爸，他来了。”

张岷睡得口干舌燥，撑着起来，定神朝外看，见人行道旁站着一人，正是王博。

“只有他一个？”张岷登时有种不祥的预感，“决明，你坐到后面去。”说完，就下了车。

一推开车门，热浪登时席卷而来，张岷快步跑向他的朋友，发现王博精神恍惚，忙牵着他的一只手搭在自己肩上，搀着他走向车。

决明躬身朝外张望，视线始终跟随着他，直至张岷把王博扶上车来，王博筋疲力尽地瘫着，脸色灰白，浑不似个活人的模样，眼窝凹陷下去。

张岷探了王博的额头，又摸他的脉门，手指按在他的脉搏上，沉吟不语。

决明取来矿泉水，一分钟后，张岷道：“中暑了……脉弦怎么这样慢？喝点水。”

王博点了点头，抬手接过矿泉水时，手腕处鲜红的肉外翻，被咬得一片模糊。张岷内心一惊，问：“被人咬了？”

王博喘息片刻，开口道：“你们快走吧，别管我。”

张岷道：“这叫什么话，嫂子和小珊呢？”

王博摇了摇头，仿佛刚经历完一场惊心动魄的死战或是打击，喃喃道：“不知道。”

张岷说：“小珊没在家里？嫂子没和你一起吗？”

王博似乎想起了什么，忙道：“她……带着小珊回娘家去了。”

张岷蹙眉，王博的话颇有点前言不搭后语，未及细想，决明便取来医药箱，张岷抽出绷带，给王博受伤的手腕包扎。

“我要死了，”王博又道：“兄弟，别管我，你们快逃。”

张岷道：“怎么能不管你？”

王博道：“我被咬了，我怕……我把病毒传染给你们……”

“别说了，”张岷道，“你歇一会儿，我们来时路过收费站，医生在注射疫苗，我们已经注射过了，这就带你回去治疗，王哥，你撑住。”

张岷看了决明一眼，似乎是怕决明有危险，决明道：“没关系，我照顾他。”

张岷点了点头，决明和自己都打了疫苗，想必没事，于是到前座去发动汽车，掉头开回F市。

又是一场漫长的旅途，车行到一半就快没油了，张岷在一个加油站靠边，没人。

便利店里空空荡荡，张岷四处看了一眼，说：“决明，下来走走。”

决明下来了，张岷拉过油枪自己加油，又吩咐道：“别走太远。”

王博在车里剧烈地咳嗽，张岷向决明示意道：“我去看看他。”

王博一阵猛咳，咳得天昏地暗，推开车门，一口血吐在路边上。

张岷抱着他，把他扶下车，让他背靠车轮倚着，用修长的手指微微揭开他的眼睑，观察他的瞳孔。

王博缓缓地喘息着，有气无力道：“小珊……”

张岷道：“别多想了，嫂子和侄女会没事的。”

王博脸色已近土黄，缓缓道：“兄弟，你看到它们了吗？”

张岷小声而紧张地问：“什么？别告诉决明，他会怕。”

王博朝外头看了一眼，决明走向便利店。

王博问：“决明好些了吗？”

张岷点头：“现在头不疼了，也爱开口说话了。你说的‘它们’是谁？”

王博点了点头，从后腰掏出一把手枪，拍在张岷的手里，说：“打它们的头。”

张岷接过，看着王博的双眼，王博说：“是一种病毒，哥哥知道……被他们咬了的人，就会被传染上，变成人不人、鬼不鬼的怪物。”

张岷深吸一口气，低声道：“再也治不好了吗？”

王博摇了摇头，张岷说：“兄弟我回家那会儿，就在路上见过不少怪物，这到底是什么原因？”

王博说：“不、不清楚……哥带着珊珊……去医院看了……”

张岷的呼吸登时屏住。

王博说：“病毒一发作，就再也治不好了，整个医院里到处都是咬人的怪……病人，他们说，这些人已经死了，没有思考能力，也不认识谁，大脑里只有微量的电荷在保持运作，全身只消耗……很低的热量，剩下野兽本能，撕咬……吃人。”

张岷道：“还能……死人还能活下来？”

王博看着天边血红色的夕阳，喃喃道：“活不了，它们就算肚子被撕破，肠子流出来，手脚断了，也还能挣扎，没有痛感……除非……”

张岷道：“除非什么？”

王博看着张岷的眼，脸色已近乎全灰，眼窝深深地凹陷下去，嘴唇变得青紫，缓缓道：“打它们的头，摧毁它们的大脑；或者扭断它们的脑袋，脊椎末端……咳！咳！”

王博又剧烈地咳起来，张岷忙扶着他，说：“因为大脑还会通过脊椎神经元，朝四肢发出行动指令，所以得截断脊椎，是这个意思吧？”

王博边咳边点头，张岷与王博都是从事医药行业的人，多少知道一点西医理论，张岷更是中医家庭出身，一听就懂。

“它们已经不是人了，”王博抓着张岷的手，说，“一定要开枪。”

决明不知何时站在张岷的身后，定定地看着王博，王博像在交代临终遗言般说：“大哥如果……变成那样，你千万……扭断我的脖子，或者开枪，知道吗，兄弟？”

张岷忙道：“不会的，你能治好，一定得撑住，王哥。”

王博不住地苦笑，翻身爬上了车后座。

决明盯着张岷手里的枪，张岷调试子弹，而后把它收好，拉着决明的手，不由分说把他紧紧地抱在怀里。

二人在黄昏里依偎了片刻，张岷道：“饿吗？”

决明点了点头。

张岷道：“爸去找点吃的，店里你看过吗？”

决明说：“没有了。”

张岷说：“总还有点东西的，来。”

他一手持枪，另一手牵着决明，进了加油站里的便利店。便利店被翻得乱七八糟，显然已被过路人洗劫了好几波，货架倒得一团糟，张岷在后仓翻寻，门外汽车声响。

一对情侣停站加油，张岷马上出来，把决明护在身后，二人朝外看。

男人扯出加油枪，警觉地盯着决明，张岷说：“你好，兄弟。”

那男人不答话，张岷掏出外套里的烟，上前道：“打听个事，你们从F市来吗？”

男人依旧不吭声，也不接烟，加完油便朝后退，张岷又问：“你们打了疫苗吗？收费站那里情况怎么样了……给我站住！否则开枪了！”

男人始终不答，张岷拔出手枪，只听车内女人没命地尖叫，男人马上举起了双手。

张岷道：“我没有恶意，问完你就可以走了。”

男人道：“在……在，不过你们最好……尽快，军队已经过去了。”

张岷点了点头，说：“没事了，你走吧。”

男人马上兔子般跳上车去，开得没影儿了。

张岷收起枪，眼里多了分无奈的复杂意味，回店里搬东西。

“帅。”决明忽然道。

“什么？”张岷问。

“爸帅。”决明难得地笑了笑。

张岷哭笑不得，心里却生出一丝温情，莞尔道：“是枪帅，来，给你吃这个。”

他把几个果冻交给决明，让他回车上去，自己扛着一个纸箱，里面装满了在便利店里翻到的一点余粮——午餐肉和牛肉罐头、泡面、口香糖、矿泉水、维C片以及从自动贩卖机里翻出的几包烟。

他把纸箱塞进后备厢，又取出两瓶两升装的农夫山泉，仰头喝了几口，问：“宝贝，喝水吗？”

张岷提着瓶子喂了他几口，两人就着矿泉水洗手，张岷又把冰冷的水浇在自己的头上，刺猬般的短发湿漉漉的，连带着雪白的衬衣被浇得近乎透明，贴着结实古铜色的背肌。

把两大瓶水浪费掉，张岷提着油枪，朝罐子里注满汽油，拿上车放好。

决明在后座给王博换药，他被咬烂的手腕已几近紫黑，糜肉散发着难闻的气味。决明把双氧水浇上去，发出轻微的声响，王博竟没有睁眼。

张岷把着方向盘，回头看了一会儿，小声道："坐到前面来。"

决明把绷带缠上，换到副驾驶位上，张岷把车开上高速公路，时不时地回头看后座的王博。

"爸。"决明忽然道。

张岷小声问："什么？"

决明说："我觉得小珊死了。"

张岷咽了下口水，他也猜到了，王博言语前后的不一致，以及提起丧尸时那欲言又止的神情，外加手腕上的伤……那么深的伤痕，令他不由自主地想起王博抱着被感染的小女儿，手上被她猛咬的情景。

张岷伸手摸了摸决明的头，说："别想了，睡会儿，听话。"

王博的呼吸越来越粗重，带着哮喘般的胸肺闷气，决明几次醒来，回头看时，只觉得他快要一口气喘不上来死掉。

张岷一路开得飞快，再次抵达F市时已是夜半。

收费站外的灯还亮着，到处都是废纸在风里飘扬，不闻人声，关卡前还有军队设立的路障。整条大路空空如也，没有车进，也没有车出。

远处依稀能看见临时架设的医疗室里有人站着，身穿白大褂。

"王哥？"张岷靠边停车，松了口气，拍了拍王博，"醒醒，咱们到了。"

决明怀疑地朝那边看去，张岷下车把王博抱出来，王博发出一阵含糊的声音，两脚拖着地，张岷把他的手搭在自己的肩上，匆匆朝医务室赶。

决明搭了把手，二人推开门，张岷匆匆入内。

他把王博放在外间的床上，一阵风般进到屏风隔开的地方，方才明明还看见有人。

决明四处看了看，发现铁盒里还有未曾开启的一次性针头。

决明撕开针管包装，里面是淡蓝色的药剂，他记得先前来时便是被注射的这个，便比画着王博的胳膊，将针头朝上推。

张岷转过屏风，呼吸猛地窒住了。

面前是一具血淋淋的尸体，身穿白大褂的医生赫然正是两天前亲手为他们注射疫苗的人。

此刻它正俯在一具女尸前，混浊的眼睛向上翻着，嘴里发出低沉的号叫声。张岷缓缓地退了一步，要让决明退出去。

决明把针管扔在铁盒里，发出清脆的当啷声，张岷暗道糟糕，大吼道："快跑！"

那丧尸医生登时转过头，发出含糊的咆哮，撞翻了屏风朝张岷扑来！决明冷不防被吓了一跳，撞翻医药架，转头时只见面前出现一张腐烂得面目全非的脸。

"啊——"决明终于大声叫了出来。

枪响！医务室内竟有四五只丧尸！张岷来不及后退便被缠住，掀翻了屏风踉跄退后，狭小的医务室内到处都是被打碎翻滚的药瓶，那躺在病床上的女尸竟也扑下地来，拖着血爬向他们。

又一声枪响。张岷将王博拖出医务室，猛地拉上门，吼道："朝车跑！"

决明踉踉跄跄，扛着沉重的昏迷中的王博朝车跑去，张岷举着枪，片刻后，"哗啦"一声巨响，玻璃窗碎裂，一只丧尸扑了出来。

张岷又开了一枪，砰的巨响，惊醒了王博。

决明拖着王博走到半路，刹那间肩膀一阵剧痛，叫声登时划破夜空。

"决明——"张岷大吼道，冲向决明，只见王博一口狠狠咬着决明的肩膀，鲜血迸发出来，溅了他一脸。

张岷飞扑向变异的王博，把他从决明身上推开。王博不住地挣扎，扼着张岷的脖子，将他掀翻在地，枪落地被甩得老远。

"啊啊啊——"张岷发狠地大叫，手肘被王博一口咬住，二人都是退伍兵，王博在毫无防备的情况下成了丧尸。张岷措手不及，要将它蹬开，奈何王博力气却极大，二人在地上翻了几圈。

震耳欲聋的枪声。

决明颤抖着喘息，一枪击爆了王博的头。

张岷茫然地扶着车尾厢，摇摇晃晃地站起。

二人都被咬伤了，张岷手肘皮开肉绽，伤口深可见骨；决明肩膀则被咬得血肉模糊，鲜血浸湿了衬衣。

3个小时后，F市开往S市的高速公路旁，一处湖边。

湖边生起了一堆篝火，车停在火堆的不远处。

张岷背靠车轮，怀里抱着他的养子，低头看了一眼，问道："还疼吗？"

决明摇了摇头。

张岷说："别怕，等伤口愈合就好了。"

决明说："我们都会死，都会变成怪物。"

张岷低声道："别瞎说，宝贝，你不会变成怪物的。"

决明说："医生也打了疫苗，他们也成了怪物，疫苗没有用。"

张岷沉默了。

"你还记得，"张岷敞着衬衣，看着篝火说，"爸在山里捡到你的那天吗？"

决明没有说话，倚在张岷的胸膛前。

张岷笑了笑，说："爸退伍后，家里没人了，也没什么钱，那天去采药，捡到你，运气就开始慢慢变好了，有公司了，咱们也买房子了，不用再租房子住，你看，你是给爸带来好运气的人。"

决明"嗯"了一声，张岷低头摩挲他的额头，又说："咱们不会变成怪物的。"

决明不答，耳朵贴在张岷的左胸口，听他怦怦的心跳声。

决明说："我不怕变怪物，变了怪物就找不到你了，你先变，变完把我吃了吧。"

张岷心里叹了口气，事已至此，只能听天由命，决明说的才是事实，连注射疫苗的医生都变异了，等待他们的一定是会成为丧尸。

现在什么都不用怕了，也不用逃了。

黎明前最黑暗的时刻，篝火渐暗下去。

决明说："困，爸。"

张岷心酸地说："睡会儿，这一路都没好好睡过。"

决明说："醒了就变怪物了，见不到你了。"

张岷想起那些四处游荡的丧尸，登时红了双眼，低声道："是啊，你要乱跑可找不到你了，怎么办呢？"

决明紧紧握着张岷的手。

张岷笑了笑，说："有办法，找条绳子，把咱俩拴在一起。"

决明笑道："不错，就这样。"

张岷从车座下翻出绳子，又找出衣服，说："嗯，你穿这件好看。"

决明穿好衣服，张岷把绳子的一头系在决明的腰上，自己则换上一条迷彩军裤，穿了件贴身背心——那是决明最喜欢的，又把绳子的另一头系在自己的腰间，打上死结。

二人之间留了30多厘米的绳索长度以便活动。

决明想到成为丧尸后，自己与张岷就是一只小丧尸跟着一只大丧尸，漫无目的地在旷野上走，不禁乐了。

张岷知道决明想什么，也乐了。

彼此都困得说不出话来，张岷抱着决明，打开汽车天窗，夏末的青草气息和着夜风吹来。

“你别吃我。”决明迷迷糊糊地说。

“不，”张岷说，“不吃你，宝贝。”

一夜过去，日正当空，阳光从天窗外直射进来。

张岷醒了，肚子饿得难受，他看了怀里熟睡的决明一眼，心惊胆战地想，这就变成丧尸了？

张岷左右看了看，头疼欲裂，撑着起来，绳子微微一动，决明还睡着，脸色白里透红。

张岷朝车窗看了一眼，倒影里一切如常，他小心地解开决明肩头的绷带，伤口没有化脓也没有腐烂，被咬伤的地方已经干燥，结着一层血皮。

张岷再低下头看自己的胳膊，伤处已经结痂了。

张岷按着决明的手腕，脉象平稳，丝毫没有那天王博的急病征兆。

一束光从车顶天窗外投入，外面蝉鸣不绝于耳，又是新的一天。

5

暴发

S市大学城。

警方封锁了大部分路段，大学城的学生正在军方的保护下分批撤离，这里有六所大学，分东、西两大园区，是华南地区占地面积最大、聚集名校最多的校园区。

自北向南，政法学院的大巴已经开走，与刘砚的车擦肩而过，刘砚朝外看了一眼，校车上的学生们打打闹闹，像是要出去秋游般兴奋。

三校联合大学区外，一名警察拦住了刘砚的车。

刘砚出示学生证，开车的蒙烽则不作声，让刘砚交涉。

刘砚问：“现在是什么情况？”

警察答：“病毒暴发，身上带伤吗？小同学，要是带伤马上去检查，打疫苗。”说着朝远处一指，那里有几个无菌帐篷。

刘砚答：“没有，我们刚从家里过来，这里在撤离？朝哪里撤离？”

警察道：“健康人群暂时隔离，离这里两百公里外的驻兵营。回去找你们的院长，指导员和院方会为你们安排，必须坐统一的消毒大巴。你呢？学生证拿出来看看。”

蒙烽侧过身问：“我们能自己去吗？”

警察摆了摆手，白手套上沾着一丝紫黑色的血迹，望着蒙烽，等待他出示学生证。

“这是我堂哥，”刘砚道，“怕我不安全，送我来上学的。”

蒙烽掏出退伍证，警察见是退伍军人，便不再盘查，抬手放行。

刘砚打开广播。

广播：“夏季传染病集中暴发，有关部门呼吁各地做好应对工作，部分重灾区需要暂时隔离人群……”

蒙烽道：“不是普通传染病，这次要可怕得多。”

刘砚：“已经开始隔离健康人群了，比起非典那年严重得多。”

蒙烽没有说话，他仍记得校园里的道路，此刻还有不少学生在路上走，完全不知百公里之外的Z市已经成为丧尸肆虐的人间地狱。

蒙烽停下车。

蒙烽说：“按我说的，咱们应该自己走，到华南军区驻地去看看。”

刘砚沉默了，心里也觉得蒙烽所言可行，但是……

“但这车不是我的，”刘砚说，“崔小坤是我的好朋友，把他的车开走了算什么事？你说？”

蒙烽点了点头，绕过弯，在宿舍楼前停车。刘砚摔上车门，跑向宿舍，楼下贴着巨大的箭头指示——“返校生请速到风雨操场集合”。

“跟我来。”刘砚道。

“东西呢？”蒙烽说。

“先不管了！快！”刘砚拉着蒙烽沿路飞奔，穿过空旷的校道跑向风雨操场。

那是一个中央凹陷，四周高耸的圆环型看台，足够容纳近两万名学生，每年校庆，大型文艺演出都在这里举行，现在操场上已分划出各个学院的辖区，看台上拉起横幅。

学生们顶着炎炎烈日在等候撤离，女生们举着太阳伞，听着音乐，偶尔小声闲聊。

操场中央看台的广播隔五分钟便循环播放：“请同学们自觉遵守秩序，离校归来的同学首先到该院年级指导员处报到，再前去医务区注射疫苗……”

刘砚找到了研究生院驻地，在看台东侧的篮球馆处，继而与蒙烽匆匆穿过看台。

汗流浃背的两人进了篮球馆，里面坐满了学生，中央空调的冷气扑面而来。

“刘砚！”一侧的崔小坤忙喊道，“谢天谢地，你总算回来了。”

刘砚松了口气，上前和崔小坤拥抱。

“车钥匙，蒙烽。”刘砚说。

崔小坤接过钥匙：“你妈妈怎样了？一切还好吧？”

刘砚沉默了，崔小坤又道：“广播说Z市病毒扩散很严重，大部分市民已经被隔离撤离了。”

刘砚道：“还好吧，我没找到她，估计已经走了。”

崔小坤安慰道：“那就好，一定没事的。”

刘砚疲惫地捋了把乱糟糟的头发，双眼发红。

“现在是什么状况？”蒙烽问。

崔小坤认识蒙烽，他刚到S市时在他们的寝室住过几天，当即与蒙烽打了招呼，解释道：“他们要把我们带到附近的一个兵营去，正在分批撤离，据说要下午5点才轮到这里。”

蒙烽上前低声道：“得马上走，你们不知道外面发生了什么事，非常危险。”

刘砚道：“等等，蒙烽。小坤，院长们在哪里？”

崔小坤端着杯水道：“在办公室开会，估计你现在进不去。”

刘砚摆手道：“你俩在这里等着，我马上回来。”

到处都是焦急地打电话报平安的声音，角落里还有个女孩在大声地哭喊，她的男朋友抱着她小声安慰着。

“刘砚！”那男生大声喊，继而低头道，“小舒，别哭，你朋友来了。”

女孩泪汪汪地望着刘砚，她是刘砚的师妹，今年念研一，彼此都是Z市的人，从昨夜广播通知开始就不停地给家里打电话。

“没事！小舒，”刘砚远远地说，“现在信号不稳，我回了一次家，大部分人都离开了。我妈还……见到你哥哥来着。”

女孩道：“他怎么了？我爸妈呢？”

刘砚下意识地胡乱编了个谎话，说：“你哥的女朋友不太舒服，去医院看了，你爸妈也陪着。”

女孩松了口气，刘砚又道：“周五晚上他们就转院了，应该是南下去省城了，跟着军队的车走的，我们还聊了一会儿。”

小舒险些要昏过去了，哭着说：“谢谢，能联系上他们吗？”

刘砚摆了摆手，望着小舒的男朋友，他不是工程大学的学生，只是S市本地混社会的，跟着女朋友进来也没人顾得上管他。

小舒起身要朝刘砚过来，刘砚却道：“待会儿和你详细说，我还有事。”

那个男生抱着小舒，低声哄道：“安心点，你看，刘砚还有事忙。”

刘砚穿过走廊，就连走廊里也或坐或站驻留着不少学生，走廊的尽头是办公室。

这里的人他全认识，大部分都是跟随研究生导师做科研项目的，他们的导师就在办公室里。他们与导师的关系最为亲近，跟到这里来等候调配与分担一些杂务。

机械学院的男生有不少很宅很二，被其他学院的人称为科学怪人。生物学院的女生们则站在另一侧看各自的手指甲。

刘砚挨个打了招呼，正要上前敲门，坐在门口地板上背靠墙壁的男生缩回脚，问："什么事，老师们在开会，你现在不能进去。"

刘砚扯下他的耳机，说："师兄，你知道外面成什么样了吗？"

那人名叫萧瑀，刘砚念大学时他念研二，彼此混得甚熟，刘砚出国当交换生后，萧瑀毕业留校担任助教，二人仍习惯地以师兄弟相称。

萧瑀起身道："你家没事吧？"

刘砚小声说："我妈可能已经死了，那不是普通病毒，是丧尸……你……"

萧瑀吓了一跳说："刘砚，你累了！先好好休息一下，别胡思乱想。"

刘砚道："相信我！让我进去，我要和系主任详细说，待会儿你就明白了。"

萧瑀难以置信，眉目间满是疑惑的神色，他抬手摸了摸刘砚的头，又抱了抱他，问："你回家看见什么了？"

"来不及了。"刘砚定了定神，上前敲门，萧瑀没有制止他。

"进来。"老校长的声音响起。

刘砚推门而入，里面是一张环形桌，十来名院方高层正在商量学生撤离事宜以及教学计划的修改。

"有什么事？"一个女人抬眼问道，"你是哪个学院的？"

"这是我的学生，"机械学院的系主任笑道，"刘砚，你回来了，一切还好吧？"

刘砚闭上眼，摇了摇头。

"校长呢？"刘砚问。

主持会议的老者是副校长，答道："校长去和警察沟通了。你叫刘砚，有什么事？"

刘砚深吸一口气，说："我刚从Z市回来，带给你们一个坏消息。"

刘砚将回到Z市的过程详细说了一遍，办公室内鸦雀无声。

"我妈是医生，我不骗你们。"刘砚看了诸位院长一眼，不安道，"我觉得，我们最好马上离开这里，去空旷的地方。"

刘砚把门关上，萧瑀低声道：“你见到的那些尸体……活死人，都是真的？”

刘砚看了他一眼，把他的耳机取来，塞在左耳内，里面是缓慢播放的歌剧，令他绷得紧紧的神经放松了些。

“是，”刘砚疲惫地说，“他们会怎么做？”

萧瑀道：“很麻烦，没法说走就走，还在等待警方的护送。”

“我已经尽力了，”刘砚揉了揉眉心，忽然有人跑来道，“刘砚！你的朋友在外面和林老师吵起来了。”

刘砚真是听得一个头两个大，没好气道：“蒙烽又做什么了？”

刘砚推开萧瑀，跑出走廊，只见蒙烽和一名身材高大的体育老师在激烈争吵。

“保安呢？”那姓林的老师十分烦躁，“通知保安部的人过来！”

蒙烽怒道：“刘砚不出来，我哪里也不去！你给我让开点！”

体育老师吼道：“你们不是本校的学生！一群社会上的小混混！都给我出去！”

两人吵得脸红脖子粗，看那情形一言不合就要动手。体育老师是教篮球出身，个子近195厘米，比蒙烽还高些，正要上前动手，蒙烽手指指着他威胁道：“你别动粗啊？我警告你，再来两个你这样的也不够我三招。”

体育老师道：“简直是无法无天……”

刘砚道：“林老师。”

刘砚拉开两人，看了一眼，蒙烽身后有不少并非本学校的人，以男人居多，估计是跟着过来保护自己女朋友的。

刘砚说：“对不起，林老师……”

体育老师道：“都是谁的男朋友？过来认领，让他们离开这里！我们自己的学生在外面晒太阳，你们研究生在里面吹空调也就算了，这些人是怎么混进来的？”

萧瑀上前道：“好了，林老师请息怒。他们也没有恶意，待会儿如果其他院的同学进来，我马上叫他们让位置。”

“林老师！”有人焦急道，“外面有同学中暑昏倒了，院长呢？”

萧瑀出来调停，虽年纪不大，却终究是老师身份，护着刘砚等人，体育老师也不好再说，外加操场上又出了点状况，只得指了指地面，说：“萧老师，这就麻烦你了。”说完，烦躁地抖了抖自己的运动服，咳了几声，转身跟随那医务人员出去了。

萧瑀去接了杯水给蒙烽，蒙烽闷声道：“谢了。”

刘砚望着远去的体育老师的背影，不吭声，似乎感觉到了点什么。

“他注射疫苗了吗？”刘砚问。

“这里的同学都打过了，你们呢？”萧瑀道，“没有打针的赶快去，您怎么称呼？”

“蒙烽。”蒙烽端着杯子走到一侧，自顾自蹲下。

萧瑀说：“蒙烽不是本校的人，我给他开个条子，你们赶快去排队注射疫苗。”

刘砚点头示谢，蒙烽蹲在角落喝水，崔小坤长腿交叉，坐在蒙烽身边玩PSP。

刘砚拿了纸条，过来站在蒙烽身前，说：“走，去打针。”

蒙烽不高兴地看了刘砚一眼，盯着地面不吭声，片刻后说：“你瞧不起我。”

“没有的事，”刘砚道，“你总喜欢胡思乱想，我和你分开不是因为这个。”

蒙烽摇了摇头，刘砚索性单膝跪下，看着他的双眼，蒙烽道：“你听我的。现在就走，别在这里逗留了。”

刘砚长嘘了一口气，心想要怎么才能说服蒙烽，他觉得和同学在一起比起在外面乱闯要安全得多，毕竟军方会来把他们接走，带到隔离区去。蒙烽自己开车带着他，食物和饮水总有告罄的时候，一旦遇上大批游荡的丧尸，又该怎么办？

崔小坤玩着PSP，头也不抬地说：“军队马上来接咱们了，你俩不应该单独行动，人多一点更安全。”

蒙烽不答，小声道：“听着，刘砚，你们体育老师的脸色有点不对劲。他很烦躁，像是随时会攻击人，那天晚上我见过，人变成丧尸之前非常暴躁，具有攻击性……”

“丧尸？”崔小坤惊叫道。

刘砚马上“嘘”了一声，示意崔小坤镇定。

“怎么这么多人中暑？”远处传来焦急的声音。

刘砚、蒙烽、崔小坤三人同时抬头，朝篮球馆门口看了一眼。

那个体育老师带着体院的男生把毒日头下昏倒的学生抱进篮球场，他的脸色比起刚才与蒙烽吵架那会儿更难看了，灰黑且眼窝深陷，眼球略突，头发被汗水浸湿，贴在额上。

刘砚说："不管怎样，先去打疫苗再说，来，起来。"

刘砚伸出手掌，与蒙烽互拍。蒙烽借势站起，却攥着刘砚的手不放，牵着他出篮球馆，朝医务点走去。

看台上少了许多人，时值午后3点，正是日头最毒辣的时候，大地被晒得快着火了，学生已轮流值班，不少人偷偷跑回宿舍去吹风扇了。

被晒昏的人很多，后勤部开始发放矿泉水，疫苗注射点仍旧排着长队。蒙烽一手霸道地揽着刘砚的肩膀，刘砚也不挣扎了，这时他的心思都集中在别的地方。

看台上中暑的学生被抱进篮球馆，看那架势足有上千人。

"有这么严重？"刘砚心中一动，朝一个学生问，"今天几点开始在操场上集合的？"

那人答道："上午11点，吃过午饭就要求来了。"

队伍行进迟缓，蒙烽忽道："刘砚，你看那边。"

刘砚远远地看着几把遮阳伞下的临时医务点，那里用几张桌子拼凑起来，护士在挨个注射，身边是装满碎冰的泡沫箱，箱子里装着药剂。

蒙烽掏出望远镜，问："那是什么疫苗？"

刘砚就着望远镜看了一眼，看不懂瓶身的色标："是新型疫苗？我不知道规格……"

蒙烽小声道："根本没有用，别去打了。"

"你们怎么知道？"队伍中的一个学生问道。

刘砚蹙眉道："或许真是什么变种病毒呢，这个说不准……"

蒙烽颤声道："刘砚……你看那个医生，看见了吗？还有他旁边的护士，这些人从哪儿来的？"

刘砚眉头深锁，喃喃地道："从医院来的，总之不是我们学校的人……老天，蒙烽，我看见了。"

正在给学生注射的两名护士脖颈上浮现着一层斑纹，很浅，不太明显，偶尔还不耐烦地嚷嚷，让他们快点。

蒙烽极小声地说："医护人员也被感染了，刘砚，她们好像还不知道自己的事……"

刘砚说："不对啊，如果被抓伤或者被咬伤，会被隔离的，她们一定没有伤口，否则怎么会出来给人打针？"

蒙烽："是不是在这之前频繁接触过病人，也会被感染？这种病毒到底是怎么传播的？汗水？我怀疑这个医疗队里所有的人都已经被感染了。"

刘砚深吸一口气，摇头道："我又不是学医科的，你问我，我怎么知道？我连这是什么病毒都不清楚。"

刘砚想到那个脸色不对的体育老师，猛地转头，队伍外，篮球馆里已进了不少中暑昏迷的学生，研究生们纷纷让出位置。

"听我的，先别打针。"蒙烽的声音有点发抖，拉着刘砚的手，二人朝篮球馆跑。

"车钥匙呢？"刘砚气喘吁吁道。

蒙烽说："还给你室友了。"

刘砚进了篮球馆，到处都是闹哄哄的人，体育老师大吼道："给他们喝点水，拿毛巾来，敷在额头上！"

那个老师颇有点歇斯底里的模样，两人看了一会儿，刘砚果断喊道："崔小坤！"

"崔小坤！"

人群乱成一片，根本找不到崔小坤在哪里，刘砚四处问人，只听一声咆哮："你们这些小混混怎么还在这里？都滚出去！"

那个体育老师朝蒙烽走来，蒙烽深吸一口气，忍无可忍，捋起袖子就要与他打一架，刘砚忙按着他，示意别冲动。

体育老师站在蒙烽面前不住地猛喘，摇摇欲坠，众学生惊疑地看着他。

他的瞳孔一片混浊，紧接着张嘴大喊一声，朝蒙烽扑了过来。

刘砚马上喊道："别碰他！"

蒙烽登时意识到发生了何事，轻巧一闪身，飞起一脚踹中那人的侧腰。登时一阵混乱，学生们大叫，体育老师被蒙烽一脚踹得横飞出去，摔在地上，继而爬起，朝上来扶他的学生一扑，咬上了那男生的脖颈。

鲜血四溅，在场的女生大声地没命尖叫，胆子小的马上就昏了过去。

刘砚喘了两秒，马上吼道："崔小坤！混账！你在哪里？"

篮球馆内发生了空前的骚乱，角落里又传来一声撕心裂肺的大叫。

一名中暑昏迷的学生醒来，见人就咬，刘砚要过去看一眼，却被蒙烽紧握着手腕，拖到身前搅着，在他耳边大声道："走！"

"没有车，"刘砚道，"到哪里去？"

蒙烽吼道：“再想办法！快！”

刘砚一瞥，看见角落里的崔小坤，简直是哭笑不得。

崔小坤戴着耳机，开了超大音量在玩PSP，冷不防被一只手扯掉，刘砚又好气又好笑地大喊道：“快跑啊！要死人了！”

崔小坤惊叫道：“发生什么事了？”

刘砚忘了篮球馆里还全是人，这么一喊登时炸了锅，三四千人尖叫的尖叫、飞奔的飞奔，朝出口没命地挤去。

门口是潮水般的人，不知多少人被踩在了脚下，到处都是血，广播大声喊着要同学们镇定，篮球馆最深处的大门被打开了，副校长出来了。

副校长大喊道：“别慌！到底什么事情？别慌张啊！”

大门已被堵上，蒙烽转头望，打手势示意刘砚和崔小坤跟着，三人冲进副校长背后的走廊。

院长们个个惊疑不定，蒙烽带着两人冲进了后馆的走廊，揪着副校长的衣领将他倒拖回来，扔在地上，继而与刘砚二人每人一边，猛然摔上了门。

门合拢的瞬间，已变成丧尸的体育老师狠狠地扑来，“砰”的一声被挡在门后。

鲜血从门缝里喷出，溅了副校长一脸。

刘砚砸了消防柜，取了斧头将大门牢牢架住。蒙烽道：“走安全通道！快！”

“老师……”刘砚喘个不停，朝院长们道。

“没时间了，别解释了！”蒙烽大吼道。

崔小坤已被骇得有点神志恍惚，频频点头，说：“老师……再见！”

刘砚与崔小坤跟着蒙烽的脚步，沿安全通道逃出了篮球馆。

崔小坤：“老天爷……”

崔小坤：“呼……呼……我的老天……”

崔小坤：“天哪……”

刘砚：“小坤，你最好闭嘴，跑步的时候才不会消耗体力……”

蒙烽：“你俩都别说话。”

崔小坤：“我爸妈……不行，我得回去找我爸妈……”

“别傻了！”蒙烽与刘砚异口同声地吼道。

崔小坤一个激灵，不敢吭声了，面前到处都是奔逃的学生，一场丧尸潮从风雨操场中央的篮球馆暴发。玻璃被撞得粉碎，雨伞、书、凉鞋到处都是，馆内越来越多的中暑的学生醒来，成为丧尸，追着同窗撕咬。

鲜血染红了大半个看台，所有人都被吓疯了，蒙烽推开门，从篮球馆后离开。

“我先侦察一下周围，”蒙烽道，“你们千万小心，别发出太大的声音。”

蒙烽走出一步，天空中传来直升机的广播声：“接华南军区指令，请同学们自觉到五教学楼门口集合！马上撤离现场！”

军队终于来了。

蒙烽道：“跟他们走？”

刘砚勉强点头，三人逃出操场，朝着教学楼跑去。

6 自救

枪声不绝，逃跑的人群再度炸锅，没命的尖叫声响彻校园。

士兵被分成两批，一批封锁教学楼外的空地，一批则大声喊道：“快快快！别拖时间！没用的东西都扔了！行李全部别带！给其他同学留下生存空间！”

十来辆大巴并排，第一辆大巴已载满了人掉头离开。

一辆吉普车在前面开路，四名官兵在车斗高处架起机枪，沿途四处扫射。

“别开枪！”蒙烽抱头冲过封锁线，大巴一辆接一辆地开走了，他们离教学楼前的空地只有50米了，到处都是丧尸，刘砚心里一惊，这么多的丧尸是从哪儿来的？

直升机在空中开枪，啪啪啪的枪声震耳欲聋，沿着学校西侧一路扫射而来。

“那是……隔壁的，这里的大学都被感染了……老天！”崔小坤喃喃道。

“刘砚！崔小坤！”萧瑀被推上大巴，吼道，“你们快上来！”

“没有位置了——”车内有人叫道，“快开车啊！”

萧瑀喊道：“还能挤下！快啊！”

到处都是丧尸，蒙烽一路跑得苦不堪言，既要避丧尸又要躲子弹，几乎有种自己随时都会被乱枪射死，再被背后追来的丧尸啃食的感觉。

“刘砚！”蒙烽转身一斧劈下从侧面扑上来的丧尸脑袋，拖着刘砚气喘吁吁地进了封锁线。

萧瑀跳下车，说：“快走！”

他让刘砚上车，然而大巴上却挤得满满的，连门都关不上了。

刘砚伸出手，要拉蒙烽上去，蒙烽站在车门前，觉得挤不上去了，更何况下面还有萧瑀和崔小坤。

蒙烽看了刘砚一眼，朝后一跃，落在地上。

“你们先走。”蒙烽道。

刘砚看了他片刻，站到了地上：“小坤，你和师兄走吧，车钥匙给我。”

“能挤上的！”萧瑀道，“你们再朝后面挤挤！”

“快开车！萧老师！”有低年级的新生大叫道，“后面有怪物来了——”

萧瑀喘了口气，刘砚道：“老师们呢？”

萧瑀道：“大部分都救出来了，系主任也在。你先上车，我留在这里，等下一批车队，快啊！要么崔小坤上。”

“别啰唆了！”开车的那个士兵喊道，“不管是谁！立即上车！”

大巴开动，蒙烽过来抓着萧瑀的衣领，把他朝车上推，按在车门上，两指并着在眉角一挥。

萧瑀喘着气回头看，崔小坤与他挥手作别。

“保重！”萧瑀大喊道。

刘砚点了点头，喊道：“一切小心！”

刹那间又是一阵震耳欲聋的枪声，大巴离开校园，几名武警过来大喊道：“到后面去！别挤在这里！”

蒙烽一边被推搡，一边仍护着身后的刘砚，不住地喊道：“借把手枪用！”

“你疯了！同学！马上到教学楼去等下一批来接的车！”那个武警喊道，“不可能把枪给你！”

蒙烽道：“我不是学生，我有证件，是退伍……”

武警不由分说将数人赶到教学楼内，这里还有近千名没有赶上撤离汽车的学生。

教学楼上，军队抢占了高处，将机枪与狙击枪架在教室的窗台上，朝着远方扫射。

“怎么办？”崔小坤筛糠般发着抖，问道。

蒙烽说：“你可以继续玩你的PSP。”

崔小坤惨叫道：“别开玩笑了！”

刘砚哈哈大笑，事到如今，反倒也不怕了。

头顶传来机枪扫射声，有人扶着被咬伤的学生进入教学楼大厅内躲避。

“这里也不安全。”刘砚道。

蒙烽抬头望：“我上去看看。”

刘砚道："我陪你，小坤在下面等。"

即使把天给崔小坤做胆子，他也不敢在下面等的，三人沿着楼梯跑上二楼。

走廊的窗口前站了一队一字排开的士兵，显然是被临时抽调过来解决事情的。

"学生到楼下去！别上来！"一名士官朝他们喊道。

"你们连长在哪里？"蒙烽问道，当过兵的他只是稍微一扫，便知道教学楼里驻扎了一个连的兵力。

"不清楚，在楼上巡逻！"士官道，"回去！都到楼下去！"

蒙烽说："借把枪用用！我也是当兵的！这里有我的退伍证！"

士官看了一眼，又看了看蒙烽的双眼，说："去楼上找我们连长！"

连长在三楼拿着望远镜在眺望，蒙烽让刘砚与崔小坤在二楼等候，径直冲上三楼。

"妈的！"连长大骂道，"这都是什么怪物！"

蒙烽一手扳过他的肩膀，那连长是个25岁上下的年轻人，一见蒙烽便愣住了。

蒙烽掏出一张纸，在他眼前晃了晃，说："借把枪！"

连长道："无组织无纪律！"

蒙烽吼道："人都要死了！纪律个屁！"

连长笑了起来，从后腰抽出手枪，递给蒙烽，蒙烽埋头检查，问："子弹呢？"

"匣子里有！"连长道，"拿我的徽牌去领！你要做什么？"

蒙烽冲进教室，又一阵风出来，把牌子朝连长一扔，说："谢了！"

蒙烽拉上手枪保险栓，嘴里咬着一把匕首匆匆下楼，刘砚道："这就借到了？"

蒙烽说："他们连长是我带过的新兵，外面怎么样了？"

刘砚放下望远镜，说："你自己看。"

蒙烽只看了一眼便放下望远镜，远处是触目惊心、人头攒动的丧尸大军，几乎填满了大半个校园。

刘砚道："不能在这里等死，我觉得，车多半不会再来了。"

崔小坤道："不会吧……刘砚，你说的是真的？"

蒙烽道："我们也可以跟着他们一起撤离。"

刘砚回头看了一眼，苦笑道："这么多人，他们带得走吗？你看大厅里还有人被感染了，待会儿一旦发病，又是连环感染……"

蒙烽吸了口气，无奈道："你总是这样。"

刘砚道："咱们得想办法脱身。"说着看向崔小坤。

崔小坤马上道："我不会拖累你们，带我走！"

刘砚微愤道："说什么呢，我像那种人吗？车钥匙还在不？"

崔小坤点了点头，掏出车钥匙。

"你保管。"刘砚道。

崔小坤感激道："谢谢，刘砚，没白把你当兄弟。"

蒙烽持枪用手肘撞开消防道后的一扇门，那里通向学校食堂，食堂后是学生宿舍，距离他们停车的地方有近3000米。

那处在封锁线后，枪声越来越烈，大厅内不少受伤的学生开始剧烈地咳嗽，更有人开始呕血。

"走吧，"刘砚道，"不能再拖了。"

蒙烽带着刘砚与崔小坤走出后门，沿林荫道离开教学楼。

远处传来的枪响不绝于耳，林荫道上却是异常安静，时值下午4点，太阳偏西，刮起风来了，带着鲜血的腥味儿。

整条林荫道一切如常，蒙烽背靠食堂大门，转到拐角朝远处看，那里有三只丧尸在吃一具尸体。

"他们只吃活的。"刘砚小声道。

蒙烽说："得从食堂里穿过去，是最近的路了，两边都有丧尸，别出声，跟着我走。"

蒙烽的军靴踏上水磨大理石地板，头顶的风扇仍在转，食堂里没开灯，一片阴暗，却凉快了不少。

刘砚翻身坐上小卖部的柜台，拉开冰箱门，以口型示意他俩过来，喝点水。三人一路疾奔，体力消耗得十分严重，再不补充水分和矿物质就要中暑了。

每人一瓶维C果汁，喝完才舒坦了些，刘砚又取了几瓶绿茶，手里拿着，预备不时之需。崔小坤从钱包里数出两张10元的钞票，放在柜台上。

刘砚："你觉得有人收钱吗？"

崔小坤道："不问自取是为贼也。"

蒙烽说："你们俩……"

刘砚说："当心你背后。"

"哇——"崔小坤大叫。

刘砚说："别吼！"

崔小坤发抖地点头，一具尸体被啃得面目全非，半个身子卡在窗台上，滴答滴答地滴着血。

三人注视着那具尸体，脚下不停，走过中庭，不远处就是教师食堂与厨房，安静的中庭里传来咀嚼声，却找不到声音的出处。

蒙烽额上滑下汗水，示意不要作声。

“当啷”一声，崔小坤不小心踢翻了一个掉在地面的不锈钢饭盒。

二楼探出十几颗脑袋，全是丧尸，包围了整个中庭。

蒙烽吼道：“快跑——”

刹那间，三人朝着教师食堂狂奔，身后传来沉闷的落地声，刘砚尚来不及回头看，十来只丧尸已撞破玻璃门，从两个食堂入口冲了进来！

刘砚“砰”的一声撞上厨房侧门，猛扭门把手，扭开了，却推不开。

“怎么回事？”刘砚大叫道。

“什么人！”厨房里伸出一把扫帚，刘砚喊道，“不是怪物，是学生！”

“等等！”一个女人大声嚷嚷，丧尸越来越多。

“快点啊！”刘砚大声喊道。

蒙烽深吸一口气，一脚踩翻了椅子，横持手枪，高高跃起。

乒！第一发子弹离膛，高速旋转的吊扇“嗡”的一声响。

乒！乒！紧接着又是两发子弹，准确地打在吊扇轴上。

十来只丧尸已冲进食堂，“噌”的一声，吊扇瞬间脱轴！

吊扇呼呼地吹着，旋转着朝食堂中庭的大门飞速掠去。连着削掉当头冲来的两只丧尸的脑袋，将第三只丧尸拦腰切断，最后又把一只丧尸钉在墙上！

“好……好身手。”崔小坤惊魂未定道。

蒙烽吼：“快开门！”

厨房门终于打开了，一个大妈把三人让了进去，刘砚死死地关上门，随手取过擀面杖架着。

“有出口吗？”刘砚道，“阿姨你好……我是研究生院的。”

门“砰”地被外头的丧尸猛撞了一下。

那个中年妇女看上去近50岁，懵懵懂懂地问：“小伙子，外头怎么了？”

刘砚几乎没法给她解释，打了个手势道：“以后再说，得马上离开这里。”

大妈马上道：“能带我走吗？”

刘砚道：“当然，快带路！”

大妈带着他们过了厨房，另一扇后门被橱柜堵着。

“从这里出去能到宿舍楼，”那大妈道，“小伙子，你是当兵的吧？”

蒙烽勉强点头，咬牙以肩膀顶开橱柜，说：“先别出来。”

拉开后门，宿舍楼就在不远处的校道对面。蒙烽朝外看，崔小坤道：“快点，门要……破了啊！”

厨房的前门已被撞得快变形了，擀面杖倾斜，一点点滑下来。

蒙烽道：“走吧……刘砚，你在做什么？”

刘砚逐一拧开瓦斯开关，取了把西瓜刀交到崔小坤手里，又抽出架在橱柜顶部拍肉的铁棍试了试。

大妈拿着把炒勺，紧张地盯着快要被撞开的门。

“小伙子，把它们送到医务室去？”

刘砚拉起衬衣蒙着鼻子，闷声道：“别管它们了，快走。”

蒙烽带着数人跑出食堂，刘砚牢牢关上门，将冲进厨房的丧尸拦在第二扇门后。

他们快步穿过校道，蒙烽看也不看，回手开了一枪。

子弹呼啸着穿过近百米距离，砰然击碎食堂的后窗，射入厨房，打在烤炉上迸出一道火星。

登时“轰”的一声，惊天动地的爆炸挟着冲击波，几乎把他们全部掀翻在地，大火熊熊燃烧起来，被反复撞击的后门凹陷下去，再也不动了。

五分钟后，蒙烽坐进驾驶位，大有精疲力竭之感。

“你到后座去，和于妈坐一起。”刘砚没好气地赶崔小坤。

崔小坤瘫在后座上，那姓于的妇人道：“咱们现在去哪儿？”

蒙烽摇了摇头，看着刘砚。

“初步胜利。”蒙烽道。

刘砚说：“别掉以轻心，还没脱险，那一枪开得不错，很……默契。”

蒙烽道：“当然。”

两人相视一笑，蒙烽发动汽车，倒车撞翻了一只闻声而来的丧尸，碾过它的身体，然后拐上校道，朝学校后门开去。

冷不防路边冲出两人，蒙烽看见是活人，瞬间急刹车，崔小坤又骇得大叫。

“刘砚！”那男子道，“你们去哪里？”

刘砚摇下车窗，问：“受伤了吗？你们没跟着军队走？”

那男人满头血，焦急道：“没有！她没事，我这伤口是撞的！我们没赶上！我听见爆炸声就过来了！”

刘砚道：“别在这里拖时间，快！上车！”

“小舒，快上车。”男人道。

于妈打开车门，说：“闺女过来。”

那个女孩叫林箐舒，被吓得够呛，哭着上了车，脸色苍白，男人让她坐好，顺手关上车门。

“你不上来？”刘砚问道。

男子俯在车窗边，说：“我还有事，小舒，别哭，听话。”

“你上来！李嵩！”女孩大声哭道，“坐得下！”

李嵩小声安慰了女友几句，蒙烽不敢再耽搁，缓缓发动汽车，男人道：“我去隔壁政法学院一趟。”

“别开玩笑了！”刘砚忍无可忍道，“你去送死吗？”

李嵩道：“刘砚，这包烟给你，你们朝北走，上环形高速路口，在北边裕镇过河那里下高速，再一路沿着西走，大约三小时的车程。”

“我的几个朋友刚给我打了电话，说现在到处都是丧尸，不能指望军队了，让我去找他们集合。他们人很多，有40多个，都是混黑道的，你带着小舒去，找带头的森哥。他们见过她，就说我救出我弟后，马上去找你们会合！走！快走！”

蒙烽再度停车，手肘压着方向盘，凑到刘砚那边，喊道：“你上车，要去政法学院吗？咱们想办法去救你弟，救出来以后一起走！”

李嵩摇头，什么也没说。

刘砚心知现在丧尸潮淹没了整个校园，李嵩不走就是死，认真道：“上车，李嵩，我们不认识你的弟兄，会被赶出来的，我们没事，小舒不能没有你的照顾。”

李嵩道：“我得去找我弟，不然他要恨死我的。你们先去，我弟兄们都是实诚人，会照顾你们的。”

刘砚道：“走啊！别在这里拖时间了！想大家一起死吗？”

“我被咬了。”李嵩终于说了实话。

蒙烽和刘砚都静了，李嵩点头道：“再见，注意安全。”

林箐舒睁着红肿的眼，怔怔地看着车外的李嵩，他微笑着朝女友挥手，蒙烽再次发动汽车，缓缓驶出后门。

李嵩追了几步，远远地喊道：“小舒，别生气了，我爱你——”

林箐舒哇的一声大哭起来，死命挣扎着要下车，刘砚道：“按住她！”

于妈与崔小坤忙把她死死地按住，于妈不停地念叨：“闺女，别寻短见，啊，你得好好活着。”

蒙烽望向倒车镜，李嵩转过身，朝丧尸肆虐的校园里疲惫地走去，他转了个弯，背影消失了。

蒙烽把手按在挡杆上，挂挡，刘砚默不作声地伸出左手，按在他有力、温暖的手背上。

蒙烽翻过手掌，轻轻地捏了捏刘砚的手，就像他们还在念高三时那样：刘砚坐前排，蒙烽坐后排，刘砚有事找他时，总会倚在靠背椅上晃一晃，把手放下来，蒙烽则趴在桌上，从课桌下碰一碰刘砚的手。

入夜，所有人的神经终于松弛下来，车沿路出了市区，没有交警，也没有军队。

S市像个死城，夜幕降下，路灯仍亮了起来，道路两旁一片荒芜。

时不时出现在视野中的几只游荡的丧尸在提醒他们，这不是一场梦。

后座的三人互相倚着入睡，蒙烽还在全神贯注地开车，天边现出瑰丽的紫蓝色，夏季的夜风习习吹来，蒙烽下了高速，把车停在路边，说：“醒醒，下车活动，砚砚拿点吃的出来，饿了。”

“别这么喊我，我又不是小孩。”刘砚没好气地说。

蒙烽看着他，眼睛里的神色有点复杂。

刘砚下车分了吃的，蒙烽站上车顶，拿望远镜观察四周情况，示意安全。

他们在车旁地上坐着，分吃牛肉罐头和饼干，刘砚道：“刚才应该从食堂里带点吃的出来，失策了。”

于妈说：“可不是嘛，留着被那群怪物糟蹋了。”

蒙烽吃着饼干，眺望四周荒野，大自然的景色一如既往，麻雀在电线上跳跃，虫鸣声此起彼伏，响成一片。

“他们不吃粮食。”蒙烽道。

刘砚点了点头，知道蒙烽的意思是丧尸对熟食等没有兴趣，他也注意到了，说：“也不吃小动物。”

“嗯，”蒙烽眯起眼，说，“只吃人，为什么呢？”

刘砚耸肩，两人倚在车尾，并肩吃着简单的晚餐，静静看着夜色。

刘砚忽然有种想法，人类如果因为这种病毒灭亡了，大自然还是一切照旧。风吹日晒，雨淋草长，自然界或许根本不会有什么大改变，区别只在于，环境变得更好了。

刘砚苦笑着摇头，蒙烽问："在想什么？"

刘砚答道："想这次的事，有什么好处、什么坏处。"

蒙烽道："好处是，不用绞尽脑汁赚钱买房子了，也不用去看公司里经理的脸色了，更不用每天敲门装孙子卖保险了……"

刘砚笑了起来，蒙烽看着他，问："很好笑？估计对于你来说，全是坏处吧？你还差一年就毕业，这下学业可没了，高才生的前途……"

刘砚道："嗯，连毕业证都拿不到了，我猜挂科的师弟师妹们或许会苦中作乐。不过，起码咱们又在一起了，我还以为一辈子不会再和你见面的。"

蒙烽没好气道："你在骗我。"

刘砚："没有，我发誓我说的是实话。多亏有你，不然我已经死了。"

蒙烽淡淡道："我以前想为你做的事情很多，只是没有机会。"

刘砚说："有机会的时候，你就显得很有魅力，你真的不适合卖保险，准备当个英雄吧。"

蒙烽说："你喜欢英雄？后悔当初让英雄走了？"

刘砚道："你是不是英雄对我来说并不重要，我其实一直很……"

蒙烽道："很什么？"

刘砚不吭声，蒙烽追问道："很什么？刘砚硕士，说啊！"

刘砚微有点恼火道："你在我心里一直很重要！是你自己要走的，走了一次，不能让你走第二次，师兄让我撤离那会儿，不是下来陪着你了吗？"

蒙烽说："你对我来说也很重要。现在你需要我的时候，终于把实话说出来了？"

刘砚狡猾地笑道："哦，不，刚刚那句只是开玩笑的。"

蒙烽看了刘砚一会儿，而后彬彬有礼道："嗯，我也是开玩笑的。"

蒙烽拉开副驾驶车门，像个绅士一样让刘砚上车，继而左手比了个粗鲁的手势，坐回驾驶座上，发动汽车。

大家已经吃完了，在路边休息，蒙烽按了几下喇叭，他们便上车，蒙烽掉头驶下公路，路口竖着指示牌：裕镇，8km。

"照他说的做吗？"刘砚说。

蒙烽自然而然地理解了刘砚的意思：去李嵩临别前交代的地方。

“碰碰运气吧。”蒙烽说，“总比没有目的乱走好，不说食物和饮水，汽油也是个问题，总有耗光的一天。我是特种兵，不是阿拉伯神灯，总要找个组织避难的。”

刘砚说：“那叫阿拉丁神灯，不叫阿拉伯神灯……”

蒙烽怒道：“你不纠正我会死吗？”

刘砚笑了起来，取出一个笔记本。

8月12日

丧尸潮在Z市与S市先后暴发，不知道还有多少幸存者。

我和蒙烽带着李嵩的女朋友林箐舒、我的室友崔小坤、学校食堂的于妈，成功脱逃。

车上的食物和饮水够五个人用10天左右。

我看见前方目的地了，是一个建在乡下的工厂，靠路边，希望一切顺利。目前还没有任何关于丧尸的进一步情况，手机通信与互联网在今天上午9点彻底中断，到处都停电了。广播在报道各地疫情，实际上我们所见的要比广播中说的严重得多。

蒙烽停下车，刘砚收起笔记本。

“谁去？”刘砚问。

蒙烽说：“你和小舒、于妈。”

刘砚缓缓地点头，蒙烽想开车门，刘砚却注视远处亮着灯的厂房，开口道：“我觉得这个时候登门拜访不是个好主意。”

蒙烽停下动作，刘砚道：“我建议大家在车上睡一晚，明天白天再过去。”

“《丧尸生存手册》上说，白天比黑夜安全。何况这个时候过去，只会把他们的头儿从睡梦里叫醒，没有别的好处。”

蒙烽说：“可以，听你的。”

他把车开到路边草丛里，选了个随时可以发动离开的角度。林箐舒仍红着双眼，不说话，崔小坤小声安慰她。

蒙烽把车顶灯关了，侧着身子，枕在刘砚的腿上休息，刘砚守夜，大家各自睡去，一夜无话。

7 筛选

翌日清晨，一阵撞击声惊醒了刘砚，抬头时一只发黄的丧尸贴在车窗上，又抓又挠，蒙烽吼道：“别出来！”

四只丧尸像是附近的农民，蒙烽一出车便紧紧摔上车门，活人一出现，丧尸立即弃了车，朝蒙烽扑来。

刘砚刚睡醒，拆了片口香糖嚼着，漫不经心地朝外看，林箐舒在后座吓得大声尖叫，刘砚道：“别怕，只有四只！”说着，他坐上驾驶位，吭哧吭哧地发动汽车，噌的一声朝着蒙烽冲去。

四声枪响杀了三只丧尸，一枚子弹打偏了。

刘砚开车杀到，瞬间咯啦一声响，把最后那只丧尸从背后碾进了车底。

远处工厂三楼有人喊道：“哪来的人？”

刘砚把车停在工厂前，吩咐道：“小舒，下车，跟我走一趟。”

“森哥在吗？”刘砚说。

“什么事？”三楼那人道，“在外面等着。你们别出去！”

工厂正门大院的开门声停了，刘砚听见有人在门里说话，片刻后梯子头露出墙壁，那人翻了出来。

蒙烽在身上摸了摸，掏出一包万宝路香烟，还是李嵩交给他的。

那人抽了一根，目光扫过林箐舒，车门打开，崔小坤和大妈也下了车，远远看着。

“枪法不错。”男人拇指比画一下，示意要打火机，崔小坤摸出一个，扔给蒙烽，蒙烽帮他点着了。

刘砚打量面前的这男人，脖颈、手腕处都有明显的刀疤，浓眉大眼，眉毛被削掉一块，留着浅色的伤疤，鼻子陡峭瘦削，眼里带着戾气。

门被打开，里面一个镶着金牙的胖子艰难地挤了出来，唾沫横飞地斥道：“做什么的？”

刘砚让出身后的林箐舒，说：“李嵩让我把她带来，请你们照顾。”

那瘦削的男人不信任地扫了数人一眼：“进来说吧。”

胖子道：“不能让他们进来。”

蒙烽不悦地蹙眉，正要反驳时刘砚一个眼神示意他别吭声。

刘砚说：“我们的任务是把小舒安全带过来，森哥呢？”

金牙胖子道：“你什么人啊，有什么资格……”

刘砚笑道：“你就是森哥，对吧？幸会幸会。”说着伸手，胖子不情愿地与他互握，看了身边的男子一眼。

男人不悦道：“我才是林木森。”

刘砚尴尬地笑道：“啊，认错人了，不好意思。”

林木森冷冷道：“进来说吧，开门。”

院门打开，林木森与那金牙胖子率先进去，蒙烽小声道：“你看走眼了。”

刘砚道：“我故意的，不然他们得好一会儿才会告诉咱们谁是头儿。”

蒙烽问：“小舒，你认不出来？”

林箐舒摇了摇头，蒙烽道：“那个胖子口气这么嚣张，你觉得他是什么人？”

刘砚道：“储备粮。”

蒙烽：“……”

林木森斜坐在院里的一个箱子上，周围全是不怀好意的小混混，警惕地盯着他们，个个身上背着枪。

刘砚的感觉是进了一个黑社会窝点，他注意到林木森的后腰别着把手枪，胖子身上则没有带武器。

院子不大，再进去就是工厂内部。

在狭小的院内被十来个人围观的滋味十分糟糕，刘砚宁愿和那些丧尸待在一起。

有人上来，把林箐舒带到一边，一个叼着烟的女人搜了她的身，其余人则过来检查蒙烽与刘砚，却将崔小坤和于妈放在一边不管了。

林木森道：“说吧，李嵩怎么了？”

刘砚把临别前的事详细说了，略过李嵩被咬伤一事不提，林木森抬头道：

“他弟呢，没救出来？他自己弟弟都不要了，就为了个女人？”

刘砚听他口气不善，心知黑社会的友情都当不得真，说：“那是他的决定，你不收留她，我们现在就可以带她走。”

“你们可以留下，让她走。”林木森随手把烟摁灭在箱子上。

崔小坤道：“那……你屁股下的箱子里是爆炸品，大哥。”

刘砚示意崔小坤别说话，随口道：“为什么让她走？”

林木森道：“养着她有什么用？浪费粮食。”

“你……”蒙烽忍无可忍，林箐舒在一边哭了起来。

刘砚道：“李嵩临终前把他的女人托付给你，死了还好说，万一他没死呢？”

林木森眼中充满戾气，看着刘砚，想说的话一目了然——李嵩怎么可能活着？

刘砚就猜到他想什么，缓缓道：“我觉得在那个情况下，李嵩说不定死不了。”

林木森道：“你问她，除了哭还会什么？”

刘砚没有吭声，周遭陷入寂静，林木森玩着手里的枪，似在思考一件难以抉择的事：“嵩儿让你们来投奔我……”

刘砚道：“不需要，你不收留他女朋友，我们怎么能把她扔下？现在就走。”

林木森不耐烦道：“别说这些虚的，你叫什么名字？你会做什么？”

蒙烽没有回答，盯着他时眼中满是杀气。

林木森说：“你是当兵的，或者说当过兵，是吧？”说着抬起手，想与蒙烽握一握。

蒙烽却把手揣在兜里，无动于衷。

林木森也不介意，扫了角落里的另外两人一眼，说：“外面都是丧尸，你们出去能活几天？我问你，你会什么？”

崔小坤道：“我是学自动化的。”

林木森看着他，随口道：“你……”继而朝蒙烽一指，又道，“和你，都可以留下来，但别闯祸，正缺人手。”

“我和他一起的，”蒙烽抬起一只手放在刘砚的肩上，“他走我也走。”

“别急，”林木森喃喃道，“那边的阿姨，你会做什么？”

于妈道：“我会做饭，但我和这些小伙子，还有那边的闺女是一起的，你不留她我也走，不能忘恩负义。”

林木森笑道：“我们正缺个做饭的，太好了。”

于妈眯起眼，带着一股食堂从业人员特有的杀气！

“你呢？”林木森眉毛吊了起来，戏谑地看着刘砚，“你是他们的头儿。”

刘砚看着林木森的眼睛，抬起手指，摩挲着自己的下巴，他觉得其实应该留下来。

这里背山傍河，又是一个工厂，占据了天然的地势，门口还有公路，容易得到各地的消息。最近的小镇离这处足有10公里，从山上朝下看，一目了然，一旦受到丧尸侵袭，可以渡河逃跑。

《丧尸生存手册》中提到，利于躲藏的建筑物中有监狱、工厂、学校，忌四面空旷的平原与孤独的小屋，否则被丧尸四面八方围上，不利于脱身。

但面前的人显然不把他们当成一回事，刘砚可不想成为一个没事给队友忙死忙活、丧尸来了被扔下垫背的角色。况且看林木森那德行，只怕遭到危险时会给蒙烽身上绑炸弹，让他去自杀炸丧尸。

短短片刻，刘砚脑中闪过无数个念头，最后说：“我是学设计的，什么也不会。”

“你不像什么也不会的人，”林木森冷冷道，“学生证拿出来看看。”

“机械设计……”林木森喃喃道，眉毛一扬，“研究生？”

刘砚道：“你在想给我安排什么工作？实话说吧，我只会制造一点东西，做机械、做产品、做一切你想得出来的东西，只要你给我提供足够的工具。”

林木森道：“这里不可能有你需要的工具。”

刘砚道：“那么就先给我制造工具的工具。”

林木森道：“你会修车吗？”

刘砚无语：“……”

崔小坤说：“那个……森哥，像他们系的人是不用修车的。”

林木森问：“怎么？”

崔小坤说：“他们的车坏了一般就是扔在路边，再换辆新车，用螺丝刀或者夹钳撬开前锁盒，扯出两根电线……”

林木森明白了：“……”

刘砚道：“别胡说，只有老式车才能用这办法，修车太浪费时间了，我可以给你做点别的。”

他朝附近看了一眼，说：“这里以前是个化工厂，说不定有我需要的东西……有电吗？”

林木森道："有柴油发电机，够你用的了，三个小时内做完，可以吃午饭。做出来的东西我不满意，会杀了你。"

"你！"蒙烽不禁勃然大怒。

刘砚道："别冲动。"说完，使了个眼色。

蒙烽这才稍稍安定下来，以蒙烽的身手，真要开枪或徒手搏击，这里的人都不在话下，然而林木森这么一说，他的尊严受到了极大的挑战。

"你会后悔说过这句话的。"蒙烽嚣张地指着林木森。

林木森无所谓地笑了笑。

刘砚道："这就开始吧，我要到处走走。"

"随意。"林木森又叼了根烟，头也不抬道。

刘砚在厂里逛了一圈，摘下两个闭路电视的摄像头，找来崔小坤，问："小坤，这个你能找到吗？"

那是一个红外线摄像头，崔小坤道："有，是测试没开箱的化学品用的。这儿也有个，你要做什么？"

刘砚道："一共有几个？我要拆一个。"

崔小坤道："每个厂房都有一个，你拆吧。"

刘砚点了点头，要来一堆工具，在其中一个封闭的厂房内开始把仪器拆开，以电笔、夹钳等进行调试。

"我自动化和电子电工学得不太好，"刘砚小声道，"不是这个方向的。"

崔小坤道："我看挺好，这还有好几个W3186激光夜视仪，这工厂的技术挺先进的，滤镜你这么装，打算做什么？"

刘砚道："我想做个远距离可控，两种波段的。"

崔小坤道："太难了，你忘了还要用无线接收。"

刘砚无奈地嘘了口气："刚才把话说得太满了。"

崔小坤道："你就算做成有线的，我打赌他们都会觉得很不错了。"

刘砚："你去看看控制台。"

崔小坤过去厂房控制台看了一眼，欣喜道："行！效果不错！"

上午11点。

刘砚把一根铁棍插在泥地里，说："做好了，两小时45分钟。"

铁棍上是一个小型的厂房用监视仪，上面绿灯一闪一闪的。

"这是什么？"林木森道，"我也会做，把摄像头摘下来，粘在棍子上，谁不会做？”

刘砚道：“跟我来。”

林木森跟着刘砚进了厂房监控室，刘砚打开几个按钮，雪花点的荧屏上突然成像，现出清晰的红外线景图。

屏幕上绿得刺眼，细微的温差区别令天地成了反色，蓝天一片墨绿，而大地则一片浅白。远处的山峦曲线起伏，近处的沙粒呈现水流般的走向，被风吹下路面。

刘砚单手握着一个线控器，按了一下，外面路上的铁杆缓慢升高，红外线摄像头360° 旋转一周。

林木森缓缓点头，刘砚又按了一个按钮，镜头咔嚓一声响，三个聚焦圈缓慢旋转，外圈前推，内圈后退，将画面朝着远方不断推进、放大。

“极限探测距离是一公里，”刘砚道，“看屏幕，那些活动的外形。”

两个人型发光体呈现明亮的黄绿色，出现在屏幕上的同时，刘砚手中的线控盒嘀嘀嘀地开始报警。

“700米外有两只丧尸在朝东南方移动。”刘砚说。

林木森起身，刘砚道：“我还有一个条件。”

林木森道：“说。”

刘砚道：“李嵩让我们来投靠你，大家各得其所，他的女朋友虽然……”

林木森爽快地说：“行，再给我做六台这种玩意儿，我就让林箐舒留下来，”说着戳了戳刘砚，“别出岔子。”

刘砚欣然点头。

不到一周的奔波与逃亡，他们感觉却像过了一个世纪般漫长，所有人都留下来了，蒙烽被安排巡逻，刘砚被分到一个厂房的宿舍。工厂里没有半个工人，想必在病毒暴发的那会儿，不是跑了就是变成丧尸跑了，河里可以取水，虽然生活不太方便，但至少能活下去。

刘砚只用了短短两天就改装完林木森要求的监视器，他和蒙烽住一间宿舍，宿舍里有两张床，两个小太妹负责给所有的男人洗衣服，于妈带着林箐舒在厨房做饭。

林木森带了27个人，清一色的男人，与李嵩说的不一样，当初他们从S市逃出来时确实有40多个小弟，但在突围时壮烈地死了将近一半，只剩下这些人了。

他们扫荡了附近村庄、商店里所有能吃的东西，囤积在厂房仓库，每日按人头配给。

蒙烽把最后一根铁柱钉进山顶的地面，将它立稳，开机。

长长的电线扯到山下，会入一个用电话线匣子临时改装的集线器，再牵进厂房。林木森蹲在石头上抽烟，说：“我没想杀他。”

蒙烽看了林木森一眼，林木森掏出根烟，说：“来来。”

蒙烽摆手道：“戒了。”

林木森坚持给蒙烽，蒙烽接过，随手夹在耳朵上。

林木森又道：“学生仔，没经历过社会，大哥随口说说，磨磨他的耐性。嵩儿的妞也没想着赶她走，只是丑话说在前头，免得她整日哭哭啼啼，又仗着是哥们儿的媳妇生事。”

蒙烽点了点头，说：“刘砚的脾气就这样，鼻孔朝天。”

林木森笑道：“年轻人都傲。你多大了？”

蒙烽道：“25岁。”

林木森指了指自己，又比了三根手指，示意他30岁，搭着蒙烽的肩膀朝山下走，说：“你不像普通当兵的。”

蒙烽嘘了口气：“K3。”

林木森道：“K3是什么？”

蒙烽解释道：“特种兵。”

林木森刹那间动容了，又问：“怎么进去的？你还有退伍战友吗？能联系上不？能叫的都叫过来，人多好办事。”

蒙烽无奈地摇摇头，在这个电话打不通、送信没有邮差的地方，要怎么联系？

林木森道：“今天有弟兄出去探路，外头裕镇的丧尸跑了，聚集在前头高速路口。那段路没法走，废车堆着不少，咱们这儿成了必经之路，说不定还有不少人来，打起点精神。”

蒙烽点了点头，回宿舍去洗澡，睡觉。

刘砚开着床头灯，在灯下看《丧尸生存手册》，蒙烽回来后把烟一扔：“上缴的。”

刘砚说：“你现在可以抽了。”

蒙烽说：“不了，免得你又叽叽歪歪的。”

二人随性交谈了几句，刘砚才把灯关上，夜里秋风习习，两人各睡一张床。

蒙烽道："陪你睡不？"

刘砚道："那么小一张床，挤，你还打鼾，吵死人。"

蒙烽道："那你过来睡，你不能温柔点吗？"

刘砚没吭声，过了很久，他手肘支着床，似是拿不定主意要不要过去，蒙烽却是困得很，脑袋一挨枕头便睡得死猪般，惊天动地打起鼾来，刘砚无奈，只得躺下睡了。

三天后，林木森的预言成真。

先是几个侥幸逃脱S市丧尸潮的幸存者走过门前问路，并要求提供水和食物，不到一天时间，逃难的人越来越多，及至大批的徒步行走的避难者沿着高速走下来，穿过化工厂门口的马路，朝西面行进，逃难者已有近千人。

他们闹哄哄地挤在化工厂前，要求里面的人把东西拿出来，与受苦的人类同胞分享。林木森提着枪，朝天开了一枪。

"砰！"

外面登时安静了，没有人尖叫，女人们连丧尸都见过了，还会怕那一枪？

林木森道："都排队，会给你们吃的，这是森哥施舍你们的，不是理所当然的，领吃的之前，先到路边排队登记。"

两个男人把厂房的车库闸门拉开，蒙烽把桌子端端正正地摆在车库大门口，刘砚无可奈何地坐在桌前，无奈地说："为什么是我？"

蒙烽道："因为他觉得你很聪明，好好干，森哥想培养你当个黑社会小弟。"

刘砚烦躁地把一沓纸条放好，试了试手里的圆珠笔，胡乱地画了几条线，说："这里排队领吃的，请大家安静点，节省体力，可能需要排很久。"

汹涌的人群登时自觉排成一条长龙，个个盯着刘砚身后那壮观的上千个纸箱，里面是足可填满整个车库的矿泉水、饼干与泡面。

公路边，靠近化工厂的一侧排起了长长的队伍。

另一侧，张岷背着决明，跟随逃亡的人群沿公路徒步走来。

张岷的汽油用完了，沿途进了好几个郊区红十字会与省级援护站，都没找到救援组织。

今天早上，直升机离开的声音惊醒了在车里睡觉的张岷，他发现路边的人聚集了不少，便让决明下车，两人跟着大部队走，前往裕镇西边，直升机离去的方向。

"决明，"张岷让决明从背上下来，"累吗？"

决明摇了摇头。

“有饼干，”决明说，“我想吃，还有点口渴。”

他们看到远处的林木森手里握着枪，不怀好意地扫视人群，车库前又摆了张桌子。

张岷心里不太踏实，但还是说：“好，应该是收容所发放物资。你在这里等，爸去排队问问。”

8 碰面

“你是做什么的？”刘砚道。

“我？”那男人道。

刘砚问：“嗯，从事什么职业，只有你一个人吗？”

男人道：“我是网管，在市里上班，我爸妈在外地……”

刘砚示意不用多说，吩咐道：“下一位。”

“吃的呢？”网管愕然道。

刘砚道：“您不……符合我们的条件，抱歉，不能给你吃的。你可以沿着这条路走，朝西边去碰碰运气……”

林木森道：“刘砚！如果你每个人都解释这么一串话，三个月后估计能打发完！”

“快走开！别挡着路！”小弟粗暴地推搡。

“起码给点饼干吧！走了一天，都没吃没喝了！”那男人愤怒地要挣扎，林木森二话不说，持枪抵着他的太阳穴，冷冷道：“走不走，不走毙了你！”

队伍肃静，那男人只得转身走了。

“下一位。”刘砚叹了口气。

“你是做什么的？”刘砚问。

“我待业，”面前的男人说，“小兄弟，你和他们不是一路的，我看得出来。请你给我一箱泡面，我带着一大家人，他们还在公路上。没有吃的、没有喝的，沿路都被洗劫完了，裕镇死了很多人，东西全被洗劫了，不知道怎么回事，也买不到东西……我妈70岁……老人家身体不好，撑不住饿。水我自己去想办法，给我点吃的，好吗？如果以后都活下来了，我会想办法报答你的。给点吃的，我马上就走。”

刘砚道：“下一位。”

“你别和他们同流合污！”那男人变了口气。

“你干什么！”桌旁马上有人过来推开那男人。

“干什么？你们才是干什么？你们这是违法！”那男人离开队伍，愤然道，“粮食都是你们买的吗？只怕未必吧！你们在裕镇杀了多少人？沿路过来的那些死人，整个裕镇被你们打劫成什么样？真以为这些伤天害理的事，不会有人知道？你们就是一群伤天害理的强盗！外面有丧尸在杀人，你们竟然对还活着的同胞下手！”

林木森依法施为，以枪抵着他的后脑勺，男人道：“这里的人全听见了！你有种……”

身后啪的一枪。

林木森冷冷道：“真够横的，看看谁横？”

四名小弟把那男人的尸体拖去扔到工厂后的河里，有人提着水桶出来拖地。

刘砚静了片刻，什么也没说。

刘砚：“下一位，什么职业？”

“快递……”那人道。

刘砚道：“下一位。”

那人发着抖，转身走了。

半小时后。

“你是做什么的……”刘砚麻木得像个复读机。

面前女孩自我介绍道：“我叫丁兰，会计专业，在一家小超市里负责记账和管仓库。”

刘砚眉毛动了动，说：“我们正缺个管仓库的，你愿意留下来吗？”

“我愿意！”

“我！”

队伍中马上有人大喊：“我也是做物流的！我比她做得好！”

刘砚征求意见般看着丁兰的双眼，丁兰点了点头。

“小伙子，兄弟，大哥，”有人道，“你让个女人管仓库能做什么？要招男人！”

刘砚道：“因为她排在前面。”

说毕，刘砚撕下一张条子，写了“仓库”二字，交给丁兰：“他们会给你吃的，带你到后面去，先去领食物和水吧，欢迎你加入我们。”

丁兰点了点头，走出队伍，却不离开，站在一边，像在等待什么。

刘砚：“下一位，你是做什么的？”

又是一名女孩。

“我叫谢枫桦，学生，”那女孩推了推厚厚的眼镜，看模样与刘砚、蒙烽的年纪相差无几，“这是我的学生证。”

“研究生？”刘砚翻开看了一眼，“还是政法大学的。”

谢枫桦点头道：“你也是？我好像没见过你。”

刘砚道：“你认识一个叫……叫……”

刘砚想起李嵩的弟弟，却不知他叫什么名字，只得作罢，又道：“你是什么专业的？”

谢枫桦道：“哲学系，学生证上写着的。”

刘砚：“哲学系研究生……对不起，丁兰，你还站在这里做什么？”

丁兰道：“我们是邻居、发小，她不能留下来吗？为什么？”

刘砚道：“很抱歉，她的专业对我们没用。”

谢枫桦笑道：“可以理解，别说了，丁兰。先生，方便给我点吃的吗？”

丁兰道：“咱们一起走吧，说好了的……”

谢枫桦道：“不，我早说好了的，丁兰，你留下来。”

刘砚鼻子有点酸，抬眼看着蒙烽，蒙烽的眼眶也有点发红，似是想起他们从小一起长大的事。

刘砚：“下一位。”

“等等，”丁兰不顾谢枫桦的阻拦，过来问，“这个厂房很大，不能给她一个住的地方吗？她吃得不多，也不麻烦……”

“够了！”一小弟过来要拉开丁兰与谢枫桦。

蒙烽攥着那个小弟的手臂，冷冷道：“有话好好说，别对女人动粗。”

刘砚：“厂房里不能给她住，我说了不算，对不起……”

丁兰：“那么谁说了算？我去问。”

刘砚：“我如果是你，我就不会去找他。你应该庆幸他现在走开了。刚刚杀人那会儿没见着吗？”

丁兰不吭声了，蒙烽道：“走吧，你们耽误太多时间了，待会儿老大回来会有麻烦的。”

谢枫桦道：“我如果在小溪的下游，或者马路对面留下，应该不碍着你们吧？”

刘砚想了想，答道：“这不冲突。”

谢枫桦道：“谢谢。”接着小声道，“丁兰，难得的机会，我会留下来陪你，这里不好，咱们再一起走。”

丁兰眼里噙着泪，勉强点了点头，转身进了车库，拿着条子去厂房内报到。

“下一位，”刘砚道，“什么职业？”

“私人侦探。”那小青年道。

刘砚道：“从业证让我看看。”

小青年道：“没有从业证，你知道的，这行是秘密职业。”

刘砚怎么看这人怎么不像私人侦探，小青年又道：“别看我不高、瘦，我能打，而且想事快，逻辑缜密，思维严谨。”

刘砚眯起眼道：“是吗？你觉得他像？”

蒙烽抬起枪，抵在他的额头上：“说实话，三。”

刘砚知道蒙烽不可能真的开枪杀他，然而那小青年的脸马上就白了，说：“医疗人员，但没有牌照，你们缺不缺医生……”

蒙烽：“二。”

小青年：“作家！”

刘砚：“下一位。”

小青年道：“我也是个编剧，可以给你们编故事解闷，会排演戏剧……”

刘砚道：“不了，我不想听故事，他们估计也不想听，我们现在就活在一个冗长而无奈的故事里。”

小青年叹了口气，耷拉着脑袋，点头道：“每个人一生下来，就进入了一个不得不接受的故事中。”

“你可以到西北边去碰碰运气。”刘砚说。

小青年无奈道：“太宅，走不动了。脑力劳动者在灾难片里总是吃瘪群体。”

谢枫桦安慰道：“希望是坚韧的拐杖，忍耐是旅行袋，携带它们，人可以登上永恒之旅。”

小青年笑了笑：“谢谢。”

刘砚道：“给他包饼干吧。”

小青年接过饼干，林木森在远处打量片刻，过来道：“刘砚，我让你坐在这里不是让你浪费粮食的。”

刘砚静了片刻，而后道：“好的，那拿回来吧。”

小青年迅速拆开饼干，朝里面吐了口唾沫，又舔了一次，说：“哦，还给你们。”

“你！”林木森怒道。

蒙烽道：“算了，森哥，小孩一个。”

小青年走到树下，拆开饼干，和那哲学系的女生谢枫桦搭了几句讪，分给她半包，两人开始喝水吃饼干。

蒙烽评价道：“挺精神的一个文学小青年。”

刘砚面无表情道：“下一位，精神能当饭吃吗？他卖的是文字，又不是脸。”

蒙烽：“嗯？其实你的脸也不错。”

刘砚道：“那里的才是小孩。咱们车上还有吃的吗？拿点水给他吧，挺可怜的。”

树下蹲着一名少年，看模样只是个半大的初中生。

他是这些天在逃亡的旅途中刘砚见到的年纪最小的活人了——再小的孩童或体力不济，或奔跑缓慢，不是死在丧尸潮中，就是累死在路上，那和独自面对饥饿、寒冷等困难不同，很少有野花野草能顽强地生存下来。

那少年头发有点乱，一身衬衣西裤却十分整洁，蹲在树下，默不作声地看着他们。

蒙烽到他和刘砚的车上，拿了瓶水和口香糖过去给他，他沉默地接过，什么也不说。

刘砚：“你是做什么的？”他心不在焉地听着面前的人说话，视线却瞥向树下的少年。

他蹲在那里感觉十分突兀，就像一道不融于马路的风景线，默不作声的模样令他和周围的人有种鲜明的区别，不像是人……当然不可能是丧尸，刘砚也说不清那是什么感觉。

蒙烽给了他饼干和水，队伍中便有一个男人转头，朝那少年笑着喊：“决明，记得说什么？”

“谢谢！”那少年道，眼睛盯着蒙烽的枪。

蒙烽朝队伍中喊话那人打了个手势，转头问：“你叫什么名字？”

陌生的少年开始喝果汁，又不吭声了，蒙烽说：“排队那人是你哥？”

“我爸。”少年道。

蒙烽理解地点了点头，看样子这少年有点排斥与陌生人对话，只得转身回到刘砚身边。

刘砚：“你是码头工？”

那壮实男人憨厚一笑：“没媳妇，就一光棍，一人吃饱，全家不饿，怎么？”

刘砚：“你愿意留下来吗？”

壮实男人道：“当然可以！能干点体力活，管饱，尽管使唤我。”

刘砚点了点头，在纸上写下“预备”二字，交给他，说：“不一定吃得饱。”

男人道：“有吃的就行。”

刘砚：“下一位，你是做什么的？天哪！师姐！我以为你死了！”

“没有……刘砚，你怎么在这里？”那女生哭着上前，隔着桌子与刘砚紧紧拥抱，哽咽道，“你师哥呢？”

刘砚的泪水在眼眶里滚来滚去，喘息道：“最后一批大巴撤离的时候他上了车，现在不是说话的时候，你拿着条子到厂房里去，会有人接待你，让他们带你去找崔小坤，他会详细说。”

女生名唤方小蕾，是萧璃的女朋友，化学学院研究生毕业，在另一所学校的生物学院担任辅导员，那天刘砚没与她碰面。

“你他妈的混账！这是你认识的人就让她进去！”队伍里马上有人喊道，“怎么回事！那女的能做什么！”

刘砚道：“这跟你们没关系。下一位！”

“怎么没有关系！”又有人大骂道，“大家都想活下来！你有什么权力给熟人走后门！”

一时间群情激愤，朝着刘砚叫嚣不止。

“怎么？”林木森的声音在背后响起，本在外面巡逻，喧闹声把他引了过来。

刘砚从故人重逢的心酸中回过神，瞬间反应过来，知道这时候千万不能说错半句话。

刘砚说：“我的师姐来了，她是搞化学的。”

林木森：“所以呢？”

刘砚：“所以我让她进去了。这是一个化学工厂，她的专业知识能帮上你很大忙，配炸药，装填陷阱，你如果不满意，可以让她试试。”

林木森点头道："可以。"

队伍又静了下来，个个仇恨地看着刘砚。

刘砚："下一位。"

"下一位……"

"下一位、下一位……别挡着，这位阿姨，对不起不要哭了……我没有办法……是，我也有妈……别说了，你走吧……"

"不不……真的很抱歉……这里不是收容所……你们得朝西北走，找救援站……"

三个小时后，刘砚手里的纸条剩下五张，面前的队伍剩下不到四分之一。

林木森又转了回来："没有医生？也没有医学专业的？当兵的呢？"

刘砚遗憾地摇头："没有，医生救死扶伤，传染病暴发的时候，他们几乎是站在第一线的，当兵的就更没有了……"

林木森点了点头，对这结果不甚满意，但也没办法，说："快点发完东西回去吃午饭。"

刘砚点头，朝面前的人问："你是做什么的？"

"你好，兄弟，我叫张岷。"男人伸出手，刘砚与他互握。

刘砚道："哦，是你……我记得你，那个小孩是谁？"

张岷道："我儿子。"

刘砚头疼了，张岷道："那位兄弟是你朋友？谢谢他给决明的东西。"

刘砚："不客气，算了，我们这里不能……带家属，很抱歉。"

张岷："现在是什么情况了？广播收不到、手机打不通，我从F市开车过来，沿路全荒了。"

刘砚："省会也沦陷了？"

张岷点了点头，眉毛紧蹙着。

刘砚道："你是从事什么行业的？"

张岷："先父是中医，我原本参军，退伍后继承了一点……家业，略知皮毛，在F市开了家医药公司。"

刘砚蹙眉，张岷道："这是我的退伍证。"

刘砚看着远处的少年，问："他叫决明？你看上去不老啊！"

张岷笑道："我28岁，决明15岁，我是他的监护人。"

刘砚朝蒙烽道："你过来，替一会儿我的位置，张岷，你跟我来。"

刘砚与张岷走到路边的树下，张岷掏出一包烟，抽出一根给刘砚点上。

“你这是双重标准！”蒙烽远远愤怒地喊道，“你让我戒烟，自己还抽烟！当我是傻子吗？”

“我压力巨大！再不抽根烟我会疯的！”刘砚朝剑拔弩张、准备吵架的蒙烽喊道，“行行好吧，大哥！”

蒙烽不吭声了。

刘砚转过头问张岷：“会外伤包扎和内科处理吗？”

张岷答：“这个……没有充足的药材，我可能没法彻底治好患者，怎么了？你们这里有人生病了？我可以给病人看看。”

刘砚摇头，又问：“你有什么打算？”

张岷叹了口气，显得有点疲劳，说：“不知道，能借住一晚上吗？我们的车从家里开过来，在前面路口没汽油了，沿途加油站大部分都空了。决明身体弱，想在这里找个地方歇一宿，再朝北走看看，那些怪物的情况怎么样？”

刘砚说：“你倒挺乐观的，实话说，不太好，到处都很危险。”

“我心里也没底，不敢在他面前叹气。”张岷道，“决明性格很敏感，嘴上不说，心里怕拖累我，万一睡一觉起来跑了，死在什么地方，我也别活了。”

“可以理解。”刘砚说。

张岷捋了把额发，十分烦恼，斟酌许久后开口道：“我和决明，能借光住在这里不？”

刘砚也想说这个问题，但那个少年能做什么？林木森多半不会答应，先前还对师姐一事起了疑心，若让张岷留下，就得想个办法体现他不可或缺的作用，来说服林木森，让他多捎一个什么也不做的人。

张岷道：“我是退伍兵，枪法还凑合；医理虽不说精通，但治点小病没问题，会辨识草药，会做饭，会弹吉他，会治家畜的病，包管治好，会理发……”说着手指头做了个剪刀一夹一夹的动作，“脏活、累活我包办。要么这样，我去试着谈谈，我干两个人的活，领多点吃的？有张床睡就行，我俩挤挤就凑合了。”

刘砚没有说话。

张岷见有难度，改口道：“要么我干两个人的活，领一份吃的，给我儿子吃，匀点剩饭我自己解决……你们三顿饭分量足不？”

刘砚道：“本来就没多少，你要一个人的饭两个人吃，那么就只有……你每天什么也不吃，变超人了。”

张岷：“……”

张岷：“我们还带了点吃的，都在车上，但没有汽油了，搬过来能撑十天半月的……”

刘砚又想了会儿，开口道：“先不忙，这样，你领张条子去报到，我带你儿子找个地方让他先藏着，等过几天人走得差不多了，再让他出来。”

“尽量多藏几天，你和森哥认识了就一切好办，他那人看上去不讲道理，你如果对他有用，他也不会太为难你。”

张岷如释重负：“那成，太感谢了，我去跟决明说说，他很懂事的。”

张岷忽然又想到了什么，说：“要检查身体伤口吗？”

刘砚说：“我们没有医生，现在全部新来的人都集中在侧面库房里，你能……”

“可以。我知道染病的人大概有什么情况，不用脱衣服，”张岷道，“但是我怎么办？找地方脱了给你看一下？”

刘砚见张岷一切如常，想了想，说：“不用了，你儿子呢？没受伤吧？”

张岷笑道：“没有，我们都没有被感染。”

刘砚道：“那么跟我来，你算健康的，你负责检查其他人……来，我让林木森把人集中在一起。”

9

会议

在刘砚的安排下，把最后一张纸条交到张岷手里。

紧接着刘砚果断出手，把决明塞进了自己的房间，交给他一本书、一沓报纸让他打发时间，蒙烽把午饭带了上来。

“别到处乱跑。”刘砚说，“这个给你。”

决明接过一瓶绿茶，那是刘砚先前从学校食堂带出来的，一直舍不得喝的饮料。

决明点了点头，拧开盖子，看了一眼，把盖子还给刘砚。

再来一瓶。

刘砚哭笑不得，说：“你留着，以后说不定还能换。”

刘砚把汗水浸透的衬衣换下，穿了件背心下楼，镶金牙的胖子阴阳怪气道：“哟，刘总管来了。”

刘砚看了他一眼，转入厂房，问：“森哥呢？”

一人指了路，胖子不即不离地跟在刘砚身后，刘砚走到化工厂僻静处的中院，林木森躺在树荫下的石椅上睡午觉。

“都安排好了？”林木森眼睛不睁，徐徐道。

刘砚道：“差不多了，我招了一个叫张岷的，这个人很不错。”

林木森道：“我见着了，他上缴了半条烟，还有不少吃的、一箱药。”

胖子谄笑着上前，在林木森胸口摸来摸去，林木森拍开他的手，掏了根烟给他，胖子马上千恩万谢地退后，林木森又抽出两根烟，递给刘砚。

胖子的脸马上就黑了。

刘砚接过，问：“你安排他做什么？”

林木森坐起身，双手撑着石椅，说：“他说他什么活儿都能干，是退伍兵，又是医生，没事的时候我本来不想给他派活儿，但他自己想忙，我就把他和蒙烽编一队，去轮班巡逻。”

刘砚点了点头，不再说话，也不走。

林木森道：“你还有什么事？”这句话却是对金牙胖子说的。

金牙胖子说：“没事。”说完，悻悻地走了。

胖子走远后，刘砚才开口道：“他是什么人？你的手下吗？”

林木森道：“不是，是市里一家餐厅的老板，本来我看他的场子，撤离那会儿，他把全部家当、存粮都交给了我，让我带着他走。多亏了他的米面粮食，大伙儿才撑过最开始那段时间。你是聪明人，知道什么该做、什么不该做。”

林木森眉毛动了动，刘砚回避开这个问题，又说：“张岷是医生，我师姐是学化学这一块的，研究生念的是生物工程，对这次丧尸暴发的原因，他们说不定有点自己的见解，你想听听吗？”

林木森抬眼道：“外头已经变成这样了，那些丧尸从哪儿来的、怎么来的，又关我什么事？当前任务是活下去，懂吗？”

刘砚道：“我觉得，咱们起码得知道，它们为什么会活动，受什么样的活动限制，弱点在哪里，习性是朝什么地方迁徙。”

“温度、湿度、环境对它们又有什么影响，知己知彼，百战不殆。如果能找出里面的原因，说不定会少死很多人。”

林木森无所谓道：“那么就听听吧。”

刘砚道：“吃完晚饭后，我让我觉得靠谱的人集合起来，大家开个会，再来叫你？”

林木森缓缓点头。

蒙烽与张岷拄着各自的枪，倚在溪旁的石滩上，黄昏的夕阳光线在鳞波般的水面上滚动，哗哗地往下流，秋高气爽，蔚蓝的长天皓皓一片。

张岷被分来与蒙烽一组，今天是第二天合作，值下午3点到6点的班，预防有丧尸顺着河流漂下来，再突然上岸。

张岷戴着一副露指军用手套，埋头检视自己的钱包，里面是他与决明的大头贴合照。

蒙烽也换上了全套耐磨的迷彩军服，外套防热，里面只穿了件薄薄的背心。

蒙烽：“你说他们这些军用设备是从哪里来的？”

张岷摇了摇头，十分迷茫，林木森再强悍，也不敢公然打劫军车才对。

“配备不算太齐全，”张岷说，“枪只有六把，子弹稀缺，看样子像捡回来的。”

蒙烽嗯了一声，又道：“那是什么？”

张岷笑了笑，翻开钱包给他看，里面是决明做的卡贴，两张Q仔Q妹的配套信用卡。

蒙烽说：“那小子是你……哎？兄弟，这看上去不像两父子啊！”

张岷尴尬地笑了笑：“你说是什么就是什么了。”

蒙烽道：“你家那小子多大？”

张岷道：“15岁，捡回来那年11岁。”

蒙烽又问：“他没父母？”

张岷解释道：“我刚退伍那会儿老爹去世了，家里没亲戚，空有点手艺，申请不到牌照，也不知道做什么好，每天在老家上山采药，再倒腾给收中药材的铺子。有天在山沟里就发现了他，刚好那谷里是个长决明子的地方，就给他起了个名字叫决明。”

蒙烽道：“没身份证明？没找公安？”

张岷茫然摇头道：“什么也没有，脑子还撞坏了，救回来以后过了三个月才开口说话，后来进省城的大医院给他看过病，测骨龄知道他年龄11，我托在派出所的战友到处打听，也没寻找失踪人口的，最后熟人给办了个证，就落户了。”

蒙烽手指头朝他点了点，笑道：“你可真够不容易的。”

张岷笑了笑：“好好过日子，以后还长着呢，大家都活着，就该开开心心的，互相扶持。”

蒙烽缓缓地点头。

“哲学家，”刘砚忙完一天的工作，来河边散步，穿着件背心，过膝的七分裤，斜斜地背着个挎包，懒懒地游荡过来，问，“在做什么？”

谢枫桦推了推眼镜，笑道：“在谈论你，你主宰了这么多人的命运，谁又来主宰你的命运？”

刘砚双手插在裤兜里，无所谓地一耸肩：“我没有主宰任何人的命运，只是他们分岔路上的一个路标，该留下还是该离开，是早就注定了的事。我只是告诉他们该往左，还是往右。你见着出来巡逻的两个高个子了吗？”

“在这里，”蒙烽道，“领导有什么指示？”

刘砚过来坐下，张岷抬眼道：“决明呢？”

“在我房里，我给你安排了个房间，就在我和蒙烽的隔壁，以前是个工头住的小单间，”刘砚说着交出钥匙，“晚饭匀了一份给他，待会儿你再带他到你房里去。”

蒙烽朝侧旁让开些许，二人背靠一块石头，刘砚从单肩包里取出一沓从铁皮罐头盒上割下来的锯齿圆片，就着黄昏前最后的阳光开始捣鼓。

“是什么？”蒙烽说。

“一种方便女人和不会用枪的人使用的武器，”刘砚道，“别碰，小心割伤了手。”

他戴着帆布手套，将锐利的罐头盖和两根杆子组装起来，开始制造一个弹簧。

日暮西沉，河边点起一堆火，下一班队员过来交接枪械，沿着河岸开始巡逻。

篝火旁铺了块布，张岷、刘砚、蒙烽、丁兰、谢枫桦和刘砚的师姐方小蕾，数人围在一旁坐着，开了四个罐头，还有一盆食堂于妈蒸的馒头。

旁边的酒精炉上烧着水。

数人随性交谈，入夜的长河十分漂亮，月亮从山的东边升起，漫山遍野铺满了银光。

“丁兰你应该偷点什么东西出来，”刘砚道，“我上次看见林木森有不少凤爪。”

“你这个吃里爬外的，”方小蕾横了刘砚一眼，“小心黑社会殴打你。”

丁兰笑了起来，而后道：“我不敢拿，怕他查账，但是你们知道他储存了多少东西吗？”

“多少？”蒙烽问。

丁兰：“很多很多，整个裕镇所有吃的基本都在库房里了。”

众人都没有概念，丁兰说：“你们想象不到的多，他杀了人，仓库里全是抢回来的东西，我整整一天才对着单子点完，按照咱们这么吃，足够500人吃上好几年。”

谢枫桦道：“说实话，按照小型社会原则，他现在最需要的反而是人。丁兰和我合计了一下，他如果聚集一个650人左右的小群体，刚好可以达到利益最大化，人少反而很危险，没有忧患意识，储备再多也不安全。人多则可以团结起来保护自己，做更多的事，也可以开始从事生产……”

“你能说服他吗？但我觉得他多半不会听你的，”刘砚说，“他跟我说，一共招到100人就不再招了，这么少的人根本没法生产……”

“嘘……”张岷耳朵动了动，示意噤声。

林木森一来，大家登时都不说话了。

“说吧，有什么高见？”林木森摘下手套，淡淡道。

刘砚说：“先把大家各自的遭遇分享一下吧，从师姐开始。”

方小蕾开始说，与谢枫桦等人的遭遇大同小异，轮到张岷时，张岷把沿途经过详细解释，包括自己与决明被咬伤一事，却略过了决明受伤的内情。

篝火映着刘砚的脸，他说：“疫苗有用？”

方小蕾想了想，说：“你们被感染的时候，或许是第一波，因为自身条件差异抵抗了病毒。”

张岷缓缓点头，方小蕾又道：“但现在经过突变，病毒已经发生了二次变异，千万不能抱着侥幸心理去再次尝试了。”

林木森忽然开口道：“如果从他身上抽出点血……”

刘砚道：“别动这种念头。”

林木森淡淡道：“为什么？可能只要一点……”

一时间，众人心里涌起恐怖的念头，许久后，张岷尴尬地笑了笑，解释道：“如果我输血能救人，兄弟我不会吝啬那点血，只是你体内没有抗原，咱们血型估计也不对，这个怎么说……”

方小蕾接口道：“明确地说，他办不到，就算身上的血全部输给你，你只会在很短暂的一天或者几天时间内获得抵抗病原体的能力，这在生物学上称为被动免疫。”

“按照目前的暴发情况看，这将是一场漫长而几乎没有尽头的长期抗战，不是用几管血清就能解决的事，想活下去就需要疫苗，林先生。”

“有什么区别？”林木森冷冷道。

“血清是用于短时间内的被动免疫，抗细菌内外毒素的作用，时间非常短，而且不一定能起作用。而疫苗则是把病毒注射给你，让你获得永远抵抗病毒的能力。我不知道他有没有形成抗体，我认为‘没有’，”方小蕾特别加重了语气，“只要有条件，我会做试验。”

张岷说：“有机会，我也愿意试试……”

那句话还没说完，刘砚马上以眼神制止，张岷便不再说话了。

林木森嗯了一声。

方小蕾淡淡道："这个问题不要再讨论了，张岷，你千万别蠢到去让丧尸抓一下试试，懂吗？"

张岷答道："我明白。"

"谈谈你大哥吧，"蒙烽岔开话题道，"他还说了什么？"

"对付丧尸的时候，可以截断它们的脊椎末端，"张岷说着双手略抬，抱着虚拟的头颅，做了个扭断的动作，"和对付正常人是一样的。"

林木森若有所思地点头，方小蕾道："小坤告诉我，你师哥跟着同学们去华南军区的第二驻扎地避难了，能联系上吗？"

刘砚道："不能，以后再想办法吧，跟着军区总是安全的。"

"我觉得，"谢枫桦道，"现在的关键在于，你们的长远目标是什么？"

"是留在这里，等待军队前来救援，还是依靠自己的力量存活下去？"谢枫桦轻轻地说，"你们的食物总会吃完的，不如派人出去，和军队联系上，现在对外界一无所知，国家不可能不采取对策。"

"小妞，我没见过你。"林木森道。

谢枫桦微笑道："我不是你们的人，住在河边，过来蹭饭的。"

林木森警惕地扫了谢枫桦两眼，又看了看丁兰，刘砚心里想的却是别的事，开口道："师姐，按照张岷所言，一般被丧尸咬伤感染后，会有短暂的昏迷时间，再转化为新的丧尸。"

方小蕾弯弯的眉毛皱着，点头道："对，张先生的朋友在被自己的女儿咬伤后，又过了很久才陷入昏迷，经过了……"

"大约七个小时，"张岷说，"其间瞳孔放大，体温变冷，血液滞留，脸上浮现灰斑。"

方小蕾道："七个小时，只要把握好这段时间，仔细观察，不用太害怕病毒。人往往是死在恐惧里。"

"对。"张岷点头赞同。

刘砚道："这种病毒有可能发生变异吗？"

方小蕾点头道："很有可能。"

林木森起身道："听不懂，你们慢慢聊，说完后刘砚把有价值的消息总结一下，汇报给我。"

刘砚交给他那把用罐头盖改装的切割器，说："找个丧尸试试。"

林木森接过新武器走了。

方小蕾看了他的背影一眼，感叹道：“刚才如果不解释清楚，他说不定会把张岷生吃了。”

刘砚方才听到林木森提出抽点血的时候也有点心寒，沉声道：“他没有表现出来，心里一定很恐惧。我只怕张岷会被当成一个移动的血库……”

张岷说：“只要能救，我一定不会吝啬。我不介意当血库。”

众人都看着张岷，谁也没有说话。

“就是这样的，”张岷说，“要是决明被感染了，我也会求别人给点血清，有用吗？只要一点，不行的话，是不是分量不够？再多一点吧……能理解这种心情。”

蒙烽打趣道：“所以没被感染也不一定是好事，逃过丧尸的嘴，反而被成千上万的活人吃了，你救了这一个，能不救那一个吗？你身上的血，够救所有人吗？这可真糟糕。”

众人纷纷笑了起来。

方小蕾道：“要能联系上疫病中心，或者可以对这次的疫苗研发进展起到作用，但也得先找到组织……没有实验室，你能做离心机吗，刘砚？”

刘砚硬着头皮道：“我……试试。从来没关注过医学机械设备……你得给我图纸。”

方小蕾道：“我怎么可能会有图纸？”

刘砚道：“你起码得大致描述一下吧，隔行如隔山，我连离心机是什么都没见过……话说其他人说不定也有像张岷这样的情况，抵御过一次感染的。”

方小蕾微微颔首：“我只是觉得，闲着也是闲着，反正不管了，分子显微镜、离心机、培养皿、实验台、反应釜和气体管路都交给你了，一周之内交货，听到了吗？”

刘砚惨叫道：“那些是什么！我听也没听过！”

方小蕾不理刘砚，岔开话题道：“或许高温环境也成为一个必不可少的催化剂，令昏迷时间大大缩短，张岷，你觉得呢？”

张岷缓缓点头：“反正这种病毒一定变异了。”

蒙烽勉强能听懂，不像林木森般一头雾水，此刻问道：“这种病，到底能治好吗？”

方小蕾道：“我连这病毒长什么样都没见过，没法下定义。刘砚，你加油……把设备都给我以后，咱们走一步算一步吧。其实一定还有其他人产生过抗体的。现在全球的所有医学机构多半已经在研究了，你们见过那种疫苗吗？”

张岷道：“他们说是国外的一种新药。”

方小蕾微微点头：“很有可能是一种不完全成功的疫苗，还需要改进，但丧尸潮一暴发，只得先拿出来用了。”

蒙烽又问：“照这样下去，最后会变成什么样？”

方小蕾道：“在流行病中有一个计算公式，感染的速度与每平方千米的人群相关，还综合了个体案例采样得出的传播率，涉及……”

刘砚：“说结论。”

方小蕾难以措辞，最后道：“非常粗略的估计，如果没有疫苗，不采取任何隔离措施，整个世界被传染，大约需要18个月时间。”

“这么短？”刘砚刹那动容。

方小蕾道：“18个月后，除却个别被天然环境隔绝的地区，大部分人口聚集地就只剩下这些活死人了。”

“然后呢？”蒙烽不禁道。

方小蕾：“然后，如果我们安全，比如说躲在山里，等待它们腐化，被自然回收，需要15～20年。”

刘砚道：“所以就安全了，可以出来了。”

方小蕾道：“还会有病毒潜伏的，难说。”

刘砚想了会儿，说：“你的假设只是最坏的方面。”

方小蕾：“当然，往好处想，迟早会有新的改良疫苗问世，假设张岷还携带着抗体，我也很肯定没有太大作用，否则医生们怎么会死？”

刘砚：“对了，就算没血清，科学家们也可以研究一种快速氧化、侵蚀、腐化尸体的真菌，分解所有的丧尸，让它们提前入土，高温环境配合真菌与腐化微生物，散播出去控制得当，要毁掉它们不难。”

方小蕾捋了把头发，手上的钻石戒指闪着光。

“是这么说，世界上聪明的人很多，你就是其中一个，”方小蕾笑吟吟道，“设备要记得。”

刘砚刚忘了的事又被提起来，一副想哭的表情。

方小蕾说：“你如果能说服那个黑社会头头，我建议大家一起朝北迁徙，我需要丧尸做研究。”

刘砚：“嗯，我觉得越往北是越安全的，快入秋了，寒冷能令丧尸失去行动能力。”

张岷小声道：“而且我还发现了一件事，你们知道吗？”

大家的目光聚集在张岷身上，张岷道：“它们不吃动物，也不碰植物，只吃人，吃同类，为什么？”

蒙烽道：“这不好吗？起码不用担心到处都是丧尸动物。”

刘砚点了点头，方小蕾道：“这可能是病毒特性决定的，不过自然环境没有被破坏，算得上是一件好事，人类也是自然中的一环，这个世界上，就算人类全灭绝了，环境也没有太大变化。”

刘砚道：“所以你想说，其实人类都该死光？”

方小蕾温柔地笑了笑，摇头道：“当然不，我们得好好活着，一切总有希望的。”

蒙烽道：“活着吧，回去洗澡睡觉了，走了。”

张岷笑了笑，说：“不用付房贷也是件好事，活着就好。”

刘砚无奈地摇头，看着方小蕾手上的戒指，又看她的双眼。

“活着吧，”刘砚道，“会有一天和师兄见面的。”

方小蕾微笑着点头，众人散了，刘砚道：“哲学家，看在请你吃了一顿饭的情况下，晚上如果有丧尸从河里爬出来……”

“我会大声尖叫报警的。”谢枫桦欣然点头道。

丁兰道：“别理他，进厂里来咱们一起住。”

刘砚沿着河边散步回去，方小蕾说得不错，人类对于整个星球来说，显得无足轻重，或许这场浩劫对于地球50亿年的悠久岁月来说，不过是弹指一瞬而已。

10

计划

丁兰在和守门的人吵架，谢枫桦终究还是进不了厂里，刘砚从她们身边走过去，上了楼。

房间亮着灯，蒙烽还没回来，决明在灯下盯着报纸的一个角落。

刘砚：“这是七月那期的彩票，你背下来有什么用？”

决明：“如果哪天穿越了，回到过去就可以用。”

刘砚：“……”

刘砚：“但你就算七月底中了头奖，八月丧尸就来了，中个700万你怎么花？拿来搭床吗？”

决明：“……”

刘砚与决明对视片刻。

决明：“你说得对。”

刘砚嘴角抽搐，心想这真是个奇怪的小孩，张岷说他15岁，看上去不过是十三四岁的模样，心智更是10岁出头，是被张岷事事护着，才这么奇怪吗？

“决明，这期的彩票背下来了吗？”张岷与蒙烽洗完澡回来，张岷看着决明，“以后可就不开奖了呢。”

刘砚：“……”

决明说：“今天开始不背了。”

张岷笑吟吟地抱了抱他，带着他回房去了。

蒙烽坐在床上，瞪着刘砚不吭声。

“又怎么了？”刘砚下午已洗过澡了，躺在床上翻书。

天气渐渐凉了下来，刘砚盖着不太厚的被子，缩着十分惬意。

“你就不能温柔点。”蒙烽说。

“怎么个温柔法？”刘砚漫不经心道，“像决明那样？”

蒙烽没说什么，而后拍了拍床铺旁的位置，说：“过来给我按按肩膀。”

“你过来给我按按肩膀。”刘砚反唇相讥道。

蒙烽就知道刘砚要这么说，狡猾地笑了笑：“没问题。”说着起身朝刘砚走来。

敲门声响，林木森道：“蒙烽。”

刘砚马上回答说：“进来。”

蒙烽：“等等！”

门被推开一条缝，又凝住了。

林木森不悦道：“在做什么？”

蒙烽瞪了刘砚一眼，套上一条军裤，赤脚过去开门。

刘砚依旧倚在床头看书，看了林木森一眼，问：“怎么了？”

林木森：“你们讨论出什么结果了？”

刘砚合上书，大致把结论说了一遍，林木森看那模样不太感兴趣，刘砚道：“我想你半夜过来不是问我这个的吧？”

林木森点头，说：“你出去一会儿，我有话和他说。”

蒙烽说：“我的事都不瞒他。”

刘砚识趣道：“不了，我还有点事，先离开一下。”

林木森看了刘砚一眼，随手在桌上铺开一张地图，问：“你知道我的枪是从哪儿来的吗？”

桌上的地图是一张封闭式的建筑物结构图，蒙烽朝下看了一眼比例尺，心里粗略计算，整张图占地面积约9万平方米。

“你们抵达的前一天，我从附近的兵营偷的，在离这里70里路的东边，”林木森道，“他们出去执行特殊任务，可能是救人，也可能是杀丧尸，反正几乎全空了，我们在外面杀了一堆巡逻兵，抢到这六把枪，死了两名弟兄。”

刘砚关门的动作一停，眯起眼。

隔壁房间传来张岷的声音。

“决明，想出去走走吗？在屋里待了一天，爸带你去河边？”

刘砚忙过去把门打开，比了个嘘的手势，指了指隔壁，口型示意道：“老大来了。”

张岷与决明都自觉噤声，刘砚在一张椅子上坐下，沉吟不语。

隔壁：

林木森：“上次去，一共得了六把枪、三排子弹。”

蒙烽：“所以呢？”

林木森：“你觉得，咱们弟兄现在缺的是什么？”

蒙烽沉默片刻，说：“你的人……”

林木森：“咱们的人。”

蒙烽点头道：“咱们的人不是正规军，拿着枪只能吓人，真要开枪，只会浪费子弹。”

林木森缓缓点头：“我要你训练他们，那姓张的小子，他技术怎样？”

蒙烽说：“他服役的时候是狙击手，说实话，枪法应该比我准。”

林木森哂道：“看不出来。”

蒙烽说：“他的手很稳，受过正规训练，这种人通常不会一脸杀气和凶悍，你看不出来正常。”

林木森道：“那么，要让大家能对抗丧尸，我打算把手下的人交给你们训练，包括我自己，跟着你们练习射击。”

蒙烽道：“子弹不够，枪支也不够。”

林木森朝地图上示意：“所以过几天，你带点人过去偷，武器库的地址在图上标出来了。”

蒙烽：“那是兵营，你知道是什么地方吗？全是训练过的正规军人。”

林木森道：“前天我派一名弟兄去侦察，那里成了丧尸营。里面的人已经全死了，除了军人，还有不少百姓，都是从S市转移过来的。”

蒙烽：“……”

林木森道：“因为兵营是全封闭式的，里头有上万只丧尸，都出不来。我需要军械库里的军火，现在怎么解决？给你三天时间。”

“你去找姓张的那小子合计一下，给我提个方案，到时带点人，想办法进去，枪支弹药，能取的全都取出来。”

蒙烽没有点头，也没有摇头，眯着眼思考。

林木森：“这件事完了，咱们开始训练，好好干，小伙子。”说着，拍了拍他的肩，又道，“你信得过谁，都可以让他和你一起商量，办法总是人想出来的，早点睡。”

林木森把地图留在桌上，离开刘砚和蒙烽的房间。

刘砚回来了，看了蒙烽一眼，期待他说点什么，或者继续刚才被打断的事，然而，蒙烽只是说："晚安！"

"晚安！"刘砚道，随手关了床头灯。

刘砚转过头，借着月光，注视把脸半埋在枕头里的蒙烽，蒙烽露出帅气的侧脸，眼睛看不出是眯着还是闭着，只有一条模糊的线。

他的眉毛很漂亮，眼睫毛也浓密且黝黑，鼻梁高挺。

刘砚想说点什么，蒙烽却翻了个身，朝着墙壁睡了。

翌日，蒙烽头发乱糟糟地起来，对铺刘砚蹬了被子，蒙烽过去给他盖好被子，不满地注视着刘砚的嘴唇、鼻子以及白皙的肌肤。

他看了好一会儿，才转身上前收拾了地图，下楼领到早饭，自去寻了一处看地图。

张岷端着饭盒过来，说："蒙烽，你看院子里。"

于妈在化工厂的中院里分粥，蒙烽抬头扫了一眼，张岷道："咱们属于什么派系？会造成不好的影响吗？"

蒙烽也发现了，短短数日，这里已被划成了泾渭分明的两个阵营，除去蒙烽、刘砚数人，一个阵营是松散的第三批逃难者，这部分人因为是刘砚招进来的，都坐在蒙烽身边不远处，似乎在跟随一个领袖。

另一派，聚集在厂房外，吃过早饭打牌的则是林木森的心腹。

蒙烽说："不知道呢。"

张岷："我觉得这不是个好现象。"

蒙烽："你怕了？"

张岷笑了笑："当然不，但不利于团结。"

蒙烽道："你看那群混混，给你一把枪，你能搞定几个？"

张岷想了想，说："我不轻易杀人。"

蒙烽说："那不重要了，亲。给你一个枪托呢？"

张岷莞尔道："都不是对手。"

蒙烽道："都是些小混混，几下就能全摆平，不用怕他们。"

张岷喝了口粥："刘砚也清楚吧，知道你能保护他。"

蒙烽无所谓道："谁知道那小子想什么，对了，有件很重要的事情得告诉你。"

日上三竿，张岷看着那张地图，神色越来越凝重。

最后张岷说：“你去吗？”

蒙烽道：“一定得去，我需要枪，这些步枪都是小东西，不够玩的。就算哪天逃出去，把所有的枪都给咱们，也撑不了多少时候。”

张岷缓缓点头：“我也觉得现在武器非常重要，但光靠咱俩不行。”

蒙烽：“不仅咱俩，林木森会派给咱们10个人。”

张岷：“不是说行动人数，行动人数我反而觉得越少越好，目前没有安全计划。他确实侦察过，没有虚报？果真有上万丧尸的话，得选择一条路，快速突进，进入武器库，否则这点弹药……”

蒙烽眉头紧蹙，现出一个帅气的“川”字。

“手头弹药不够，一旦被包围，后果不堪设想，”张岷说，“需要设备，场外指挥。”

蒙烽没辙了，说：“我去问问。”

张岷接过地图，聚精会神地看。

蒙烽则穿过中庭，进了一间厂房。

刘砚已经吃过早饭了，他坐在机床前，认真地用锉子磨东西。

他坐在高脚椅上，穿着笔直的西裤，干净的衬衣扎进裤腰内，领下锁骨若隐若现。阳光从天窗投进来，照得他的眉毛、睫毛笼了一层细腻的白光。

“有件事，想问你的意见，”蒙烽道，“你在做什么？”

“方师姐吩咐的，抽取血清用的离心机，”刘砚头也不抬地答道，“你和张岷挺谈得来的嘛，吃饭打牌都混一起。”

“看上去像个面包店里的打蛋器，我和张岷只是朋友而已，”蒙烽道，“你吃醋了？”

刘砚哭笑不得道：“我随便说说的。”

蒙烽道：“我俩折腾不出什么花样来的，让我看看你的打蛋器……”

刘砚道：“没有图纸没有说明……我让她大致描述一下，她居然直接交给我一张儿童简笔画！这一大堆白铁皮快把我整疯了。我警告你现在别动它，否则小心方师姐会给你注射肉毒杆菌……别动！好不容易才……”

蒙烽手贱去拧一个把手，离心机哗啦一声垮了下来。

刘砚忍无可忍道：“去跟张岷玩！别来这添乱！”

“这又是什么？停下你的工作！老子有事问你！”蒙烽不悦道，随手拿起刘砚手边的一个弩，钢弦上连着一道细铁丝，尽头拴着把铁叉。

刘砚接过来演示，咔嚓扳动弩栝，瞄准蒙烽。

它的弩身是一大堆衣架组合而成，弦则是工厂里废弃的铁丝，机床上还扔着零落的铁丝网绞出的弹簧。

蒙烽：“什么鬼东西？你要用它来对付丧尸？”

“路边的方棍铁栏杆、衣架、铁丝网、铁线……”蒙烽哭笑不得，“你打算……”

刘砚透过易拉罐拉环制造的准星瞄准，继而扣动扳机。

嗡的一声，灰影擦着蒙烽肩膀掠过，砰然将玻璃窗击得粉碎，去势未消，牢牢钉在窗外的树干上，深入近半。

蒙烽笑不出来了。

刘砚说：“什么事，有话快说，有屁快放，这是给你防身用的，要去兵营偷枪支是吗？林木森派给你多少人？自己去不去？”

蒙烽蹙眉道：“你怎么知道的？”

刘砚：“猜的，昨天关门的时候，我听见了他的第一句话，是说那个兵营。他过来找你，谈话内容一定与兵营有关，除了偷枪支弹药还能做什么？”

蒙烽说：“他把地形图交给我了，你觉得我应该按他说的进去看看，还是今天晚上去偷一辆车，马上走人？”

刘砚眉毛一扬，说：“你根本不是来问这个的，你早就有主意了。”

9万平方米的兵营，里面关着近一万只丧尸，军营被封得滴水不漏，刘砚知道内情时不禁久久说不出一句话来。

蒙烽、刘砚与张岷在房里碰头商量。

“如果我没有记错，”刘砚难以置信道，“师兄上的那班车，就是到那儿去的。”

蒙烽：“我会尽力进去看看，你得帮我们规划一条路线。”

刘砚：“先说你们要怎么走，丧尸是移动的，又不是炮台，怎么规划？”

张岷修长的手指沿着兵营通道沿路摸去：“我想走这个地方，进入最深处的军火库，刘砚，你有什么建议？”

刘砚沉默了很久很久，说：“让我仔细想想。”

当夜，蒙烽与张岷去巡逻，刘砚在房内对着地图思考。张岷的房间不能开灯，以免被发现，决明便过来趴在蒙烽的床上看书。

刘砚也趴在床上，摊开手中的笔记本。

8月19日

我感觉就像是重新认识了蒙烽，以前从来不知道他是这样的人。或许这才是真正的他，内心无畏，热血，不再是那个找工作四处碰壁、一事无成的人。

或许生不逢时这句话是对的，他不适合卖保险。

我们打算进入70里外的兵营，寻找他们留下的武器。蒙烽让我在外围观察并传递地形消息，他和张岷带队深入武器库。一出意外，不要妄想救人，马上撤退。

兵营里不知道还有没有人活着，按林木森的消息，应该已经全死光了。这些人里有不少平民，也就是说，萧师兄、老师、师弟师妹们和同班的同学，当初跟着撤离的所有人，都在兵营里变成了丧尸。

若一不小心把这些丧尸放出来，又将是一场灾难，希望蒙烽能办到。他需要枪，而且下定决心进去，以他的脾气走也没用，试试吧。

蒙烽如果死在里面，我该怎么办？

11

涉险

蒙烽卷起地图，注视着面前的林木森。

“一个蓄电池，四个红外线监视器，还有一堆乱七八糟的东西，你们要的储备就只有这些？”林木森吐出一口烟。

蒙烽道：“对，我和张岷两个人进去。”

林木森道：“那不可能，给你派10个人。”

蒙烽：“不用，进去的人越多就越危险。我们没时间照顾你的人。”

林木森语气森寒，冷冷道：“是咱们的人。”

蒙烽道：“他们起不了太大的作用，以后要锻炼还有的是机会，不急在这一时……”

林木森打断道：“不多派点人，你们进入武器库以后要怎么搬东西？光靠你俩，能带回多少军火？！”

蒙烽：“你需要多少，给个数目？”

林木森淡淡地道：“所有，能搬回来的全部搬回来。”

蒙烽抬起一只手，一副不知所措的表情，想笑却又笑不出来。

“你要这么多军火做什么？”张岷插口道，“那是一个营的储备量。”

林木森：“我们以后的人会越来越多，去准备，明天把人交给你们，我保证他们听你俩的话，不会出任何问题。”

第三天的黄昏下起了小雨。

众人把东西搬上车去，刘砚站在路边，远远喊道：“哲学家！”

谢枫桦在一棵树下躲雨，过了好几天，她的脸色红润，衣服也洗得很干净。不知从何处捡来的纸板垫在树下，树杈上晾着一套内衣、一条裙子。

她的头发有点乱，全身却收拾得很整齐，不远处还堆着一圈石头，像是每天还自己动手做饭。

刘砚颇有点意外，她就像一棵坚韧的野草，居然风餐露宿地活下来了。

刘砚当初让丁兰去管仓库并没有太多的想法，但此刻一看就知道，丁兰一定是从仓库里偷了不少吃的给谢枫桦，否则她早就饿死了。

知道内情的人不多，刘砚选择了睁只眼闭只眼，秋雨下了起来，天气逐渐转凉，他喊道："到里面去避雨吧！会感冒的！"

谢枫桦在河对岸喊道："知道了，谢谢！你要上哪儿去？"

蒙烽扛着一台红外线监视器出来，放在吉普车的后座上，遥遥地喊道："去捡垃圾！"

谢枫桦道："注意安全，祝你们好运！"

蒙烽笑了起来，摇了摇头，不知道是在笑谢枫桦，还是在笑自己。张岷戴上了露指的手套，埋头调整，问："出发了？"

刘砚看着高处，林木森在那里吹了声口哨，示意祝他们顺利。

张岷说："我去和决明告别。"

刘砚："别去了，他正盯着你呢，别让他起疑心。"

蒙烽："你会安全回来的，有状况我会替你去死。"

刘砚蹙眉，张岷十分尴尬，蒙烽用大拇指对着自己戳了戳，漫不经心道："反正没人等我回来。"

刘砚冷冷道："我也觉得是呢，你当真可怜啊，蒙烽中士。"

"别说这么不吉利的话，"张岷哭笑不得，"大家都会平安回来的，走吧。"

三辆吉普车载着14个人出发了，驶上公路，前往70里外的兵营。

夜11点。

吉普车相互错开，在山头停下，彼此首尾相接，形成一个三角形的封闭堡垒，坡下300米处就是军营。

营中一片死寂，蒙烽站在车顶，以望远镜朝下看，远处军营中四面竖着高达10米的围墙，六栋大楼，千米环道的训练场、空旷的操场、升旗台、大院，到处都是一片漆黑。

"你们为什么不选早上来。"一名小弟说。

刘砚答道："是'咱们'为什么不选早上来，你会挨森哥的耳光，他最喜欢强调团体意识和归属感了。"

小弟："……"

蒙烽解释道："我们要用红外线侦察。丧尸的体温不像正常人这么高，白天阳光暴晒下，容易受其他东西影响、干扰，造成屏幕模糊。"

另一名小弟看着刘砚，而后道："刘砚，你坐镇指挥吗？自己也得注意安全。"

刘砚看了他一眼，问："你叫什么名字？"

"闻且歌。"那小弟说。

"好名字，我会尽我最大的努力，让你们都活着出来，"刘砚道，"开始行动。"

10名小弟在蒙烽与张岷的率领下滑下山坡，钩索平地飞起，搭上围墙。

张岷与蒙烽几下攀上10米高的围墙顶端，张岷取出夹钳，蒙烽从大腿一侧的工具包里抽出扳手，张岷剪开铁丝电网，蒙烽撬开钉在墙顶的水管，二人随走随拆，站在围墙顶端一路前行。

"蒙烽，等等他们。"刘砚按着耳边的通话器，朝麦里说。围墙边上，林木森派来的人只爬到一半，简直是惨不忍睹。

蒙烽只得示意张岷在墙头站定，耐心等候。

刘砚侧头看了一眼，说："我以为你会跟着去的。"

那胖子嘴角抽搐："少耍花招，我警告你，森哥就是派我来盯着你的。"

"我才要警告你，"刘砚道，"你如果做蠢事，我马上就会杀了你。森哥看你不顺眼很久了，仗着自己出了点钱就指手画脚，你知道他为什么派你来吗？"

胖子登时色变，刘砚笑吟吟道："他想让你惹上我，蒙烽会送你一颗枪子儿，'咱们'走着瞧。"

胖子："……"

刘砚搞定了这个最大的麻烦，事关性命，先行警告了他，以免在一旁碍手碍脚，而后打开吉普车后座，取出蓄电池与电波接收装置，放在地上。继而又翻出帆布包着的支架，与四个小的电视机，揭开帆布的时候，刘砚深吸了一口气。

决明抱着刘砚的笔记本，侧躺在帆布下睡觉，此刻有所察觉，转头睁开眼。

刘砚："你偷看我的日记。"

决明坐了起来，盯着刘砚不作声。

刘砚点了点头："很好。"

决明："谢谢！"

刘砚："谢什么！你要气死我吗？"

决明："你说'很好'，是夸奖我？"

刘砚没脾气了，揪着他的领子把他拖出来，继续干活。

胖子从车窗里探出头，怀疑地端详着决明。

决明带着敌意，望着他，不作声。

胖子疑惑道："你是谁？"

刘砚马上小声吩咐决明："别和那人说话。"

"把这个钉在地上，"刘砚道，"你什么时候偷偷进来的？"

决明："下午。"

刘砚："下次不能这样，知道吗？你为什么不听你爸的话？"

决明："你说蒙烽死了，你该怎么办，会很危险吗？"

刘砚静了，决明又道："你怎么办？"

刘砚道："有点危险，如果他们陷在里面了，我会进去救他。"

决明："我也是。"

刘砚："但是到了那一步，不可能救得活。"

决明："我也是。"

"不行，"刘砚静了一会儿，而后道，"决明，你太小了，还没到能选择牺牲的年纪。"

决明看着刘砚，说："你忙吧。"

刘砚立起支架，四台小电视机接连蓄电池，蒙烽和张岷分头走向兵营的四个角落，把红外线监视器固定在不同方位的墙头顶端。

"四号机和一号机开启。"蒙烽按着耳机说。

刘砚深吸一口气，平稳住心绪："正常。"

监视器亮起红灯，四台依次就绪，将景象传回屏幕上，刘砚按了一个键，一层光线滤过屏幕，现出密密麻麻、缓慢活动的人形物体。

刘砚抽出地图看了一眼："你们可以在西北角下来，周围只有六只丧尸，注意别惊动它们，丧尸后面是军队的行政大楼，一楼全是丧尸，有上百只，沿着消防通道小心上去，二楼以上是完全安全的。"

蒙烽做了个手势，与张岷顺着钩索坠下墙角，跟班们笨拙地滑下。

蒙烽："我开始行动了。"

刘砚小声道："活下来，保持警惕。"

蒙烽在空地上站了片刻，刘砚道："蓄电池只能支持五个小时，你不妨原地休息四个半小时，再一口气碾压进武器库里。"

蒙烽忍无可忍道："我正在想怎么回答你刚才那三个字！"

刘砚忍无可忍道："你只要活着出来就可以了，谢谢！你再在这里站个10分钟，等丧尸们过来以后就真的什么都不用说了！"

张岷笑了起来，蒙烽闷哼一声，单手一翻，绞住冲锋枪束带，另一手拧开门把手，闪身进入。

张岷带人在外面等候，蒙烽在里面仰头看，耳机和麦组成的通信器一共只有三个，刘砚、张岷和蒙烽各一个，其他人俱是抓瞎。

蒙烽抽出一个闪光筒扯开，抛向二楼，闪光筒嗞嗞作响，拖着尾焰照亮了狭隘的楼道。

"你很不满意？"刘砚道。

蒙烽："带一群杂牌军，你会满意？"

刘砚低声道："我以为林木森也会来的。"

蒙烽持枪缓缓地上行，问："他来又怎么样？"

刘砚："他要是来，可以让他留在这里陪丧尸玩，你回去接手工厂，就有一支军队了。"

蒙烽："这不像你会做的事情，你要真是这样的人，就不会是我最看重的……"

刘砚："你本来就不看重我，少拿这说事了。"

蒙烽："你凭什么这么说？"

刘砚："出发前谁说的没人等你回来……"

张岷在外头插口笑道："有军队的话，哥们儿可以给你们调教枪兵炮兵。"

刘砚看了决明一眼，决明安静地站着，始终望向山下的军营。

刘砚打消了把决明的事告诉张岷的念头，免得他分心，蒙烽道："楼道安全。"

张岷一收枪打手势，数人马上进入楼道。

蒙烽的军靴踏在地板上全无声息，刘砚道："不要走二楼，二楼容易传递脚步声，引起丧尸警觉。都上三楼去，从三楼过西侧，进楼梯小心下来。"

张岷："它们似乎没有感应活人气息的能力。"

蒙烽嗯了一声："保持了生前的感知能力，眼睛看，耳朵听，我估计比正常人还要更迟钝些。”

刘砚：“要是方便，请顺手给我找点回形针。这玩意儿很有用，可以制造不少东西。”

脚步声在空旷漆黑的走廊里回荡，没有人说话了，静悄悄的狭长走廊里阴森恐怖，尽头立着一扇敞开的门，仿佛大张着嘴的怪兽。

蒙烽道：“看着门，原地等待指令。”

他拧开门把手，走进办公室，一阵恶臭扑面而来。他四处扫视，一手举起电筒四处晃了晃，拿起桌上的一盒回形针放进胸口的兜里。

办公桌后，旋转椅上坐着一个人。

蒙烽一手持枪，将转椅缓缓转过来，手电筒照上。

尸体迎面与蒙烽对上，一张黄色腐烂的脸，睁着双眼，一手放在身前，另一手则垂在椅后，手里握着把手枪。

他的太阳穴上有一个干涸的血洞。

蒙烽把手枪取出来，苍蝇嗡嗡嗡地飞，他瞥见桌面的一份计划。

8月7日，隔离区暴发大规模感染……申请蒙建国将军派出小队支援，并进行轰炸。

蒙烽不发一语，折起那张纸，塞进衣兜，随手翻了翻抽屉，取了些他觉得有用的东西，转身离开。

12

突变

蒙烽从办公室里出来，推开门朝下张望，那是另一个楼梯间，他退回走廊，轻轻地拉开窗，侧身向下看。

行政楼和军械训练中心隔着约100米的路，中间是个空旷的庭院。月出中天，他可以看清庭院内的景象。

几十只丧尸在庭院内漫无目的地游荡。

蒙烽："刘砚，对面就是武器库了，能看见里面吗？"

"看不见，"刘砚答道，"进去以后就靠你们自己了，每隔五分钟我会报告一次外面的情况。"

张岷道："下面全是丧尸，咱们要怎么过去还是个问题，走钢索？"

蒙烽朝下看了一眼，说："冲出去怎么样？"

张岷侧头朝后看，目光扫过跟班们，个个表情不安且恐惧。

"不能冲，"张岷说，"冲出去就得开火，你忘了咱们脚下还有上百只，听到枪响全会追出来。"

蒙烽道："你的AK里有几发子弹？"

张岷从挎包里取出弹匣换上，说："20发。"

蒙烽："刘砚，这里没你的事了，注意侦察其他地方。"

山腰高处，刘砚所在的营地。

刘砚转头检视其他屏幕，眼角余光扫了一眼决明，决明在低头看自己的钱包。

"那是什么？"刘砚说。

"照片。"决明头也不抬地回答。

刘砚：“你爸的？”

决明给刘砚看了一眼，照片上是个朴素的、黝黑的、又高又瘦的农村男孩，站在照相馆里，背景是俗气的海天一色。

刘砚：“……”

决明：“好土哟。”

刘砚：“这可是你自己说的……我没说出来。”

决明：“又土又帅，土了吧唧，他自己说的。”

刘砚几乎要笑翻过去，说：“他一定很想销毁这张照片。”

“嗯，”决明点头，藏了起来，“那时候他还不认识我。”

刘砚无奈莞尔，完全看不出现在的张岷和照片上的农村学生是同一个人，多半是参军前在家乡拍的照。

刘砚按着摄像头的控制器使它旋转，决明看着屏幕说：“卡住了。”

刘砚：“是的，蒙烽那个笨蛋，角度没钉好。”

四号摄像机在武器库旁的另一个角落，从那里能看见武器库前的一大块空地，也是他们获得军火后撤离的路线。然而，摄像头已转到了极限，仍然有一个死角。

“你们大概需要多长时间？”刘砚按着耳机问。

蒙烽说：“七分钟。”

张岷道：“用不了，三分钟。”

刘砚心里默计着，把耳机戴在决明头上，让他坐自己的位置，侧身一滑，斜斜滑下山去。他跑过齐腰深的草丛，沿着围墙一路飞奔，冲向蒙烽先前留在围墙边上的钩索，手脚并用地爬了上去，在墙头稳住身形，躬身走向四号摄像机。

“你叫什么名字？”金牙胖子推开车门，笑嘻嘻地走下车，“小孩，你是刘砚的什么人？我怎么没见过你？”

决明摘下耳机，抬头注视着金牙胖子。

胖子走向决明，一边眉毛猥琐地吊着。决明起身退后一步，眼角余光瞥向墙头摇摇欲坠的刘砚，不敢吭声。

胖子道：“哎哟，别怕，刘砚把你怎么了？他把你藏在房间里？过来，爷能照顾你，听爷的话……”

刘砚将摄像头转了过来，正要下墙头时，远处营地传来胖子的一声大喊。

那金牙胖子把决明按在车后，决明也不反抗，眼睁睁望着远处的刘砚，等到刘砚准备跃下墙头时，决明狠狠地在胖子肩膀上发力一咬。

那声痛号响彻夜空，胖子满肩膀是血，决明迅速抽身后退，躲到车后，胖子大声骂着脏话来追，决明钻进了车底。

胖子骂骂咧咧地趴下来去抓，奈何钻不进去，愤怒至极起身转到车的左边，决明又默不作声地爬到右边，胖子大骂道："你这个小浑蛋……"

冷不防太阳穴上遭了一拳，胖子脑中登时嗡的一声，眼前天旋地转，还没反应过来，头发又被揪着往后仰。

刘砚拖着胖子头发，几步跃上车前盖，揪着他的脑袋，将后脑勺朝车上重重一撞。

砰的一声巨响，胖子昏倒了。

刘砚喘了一会儿坐定，冷冷道："找死。"

决明从车底爬出来，嘴巴里全是血。

"把你的嘴巴擦擦。"刘砚道。

决明点了点头，拿着水壶漱口，吐在地上。

蒙烽道："外面发生什么事了？你喘得这么厉害？"

刘砚道："只是做个课间操，武器库外有20只丧尸，你打算怎样？"

蒙烽与张岷各架一把AK在窗台上。

蒙烽说："马上就好了。"说完，他摘下了耳机。

"我负责东边12只，你负责……"蒙烽顿了一顿，扣动扳机，砰的一声枪响！

张岷漫不经心地装子弹："子弹够？我怀疑会越来越多。"说完，开枪，枪法神乎其神，瞬间击爆一只丧尸的脑袋。

蒙烽开枪："不会，只会越来越少。"一枪又放倒一只丧尸。

张岷扣动扳机，砰然巨响。

"你已经惊动它们了，"张岷掉转了枪口方向，"下面的丧尸正在上楼。"

"继续杀，"蒙烽随口道，"我有办法。"

张岷眯起眼，对着准星："什么办法？"说着扣动扳机，一枪贯穿两只丧尸的头颅。

丧尸们朝行政大楼走来，楼下，丧尸开始登上楼梯。

蒙烽吩咐道："你们！马上去把两边走廊的门锁死！"紧接着又扣扳机，一枪接一枪，二人在窗台前打了十余枪，将武器库侧门外的丧尸清了一地。

一阵砰砰声响，一名小弟神经质地大叫，丧尸爬上三楼，开始撞门。

乌云掩来，遮去月光，外面陷入一片黑暗。

“糟糕。”蒙烽蹙眉道。

张岷一眼微眯，帅气地笑了笑：“交给……我。”张岷喃喃道，扣动扳机。

啪啪四枪，蒙烽不禁喝彩，张岷每发一枪便倾斜一个很小的角度，那把AK在窗台上灵活旋转，仿佛成了他身体的一部分，犹如艺术般射出四连发、七连发、十连发，弹匣空。

10发子弹在啪啪声中弹出满地弹壳，真正的弹无虚发！

蒙烽道：“走！”

他扬手把钩锁搭在窗沿，唰一声从三楼滑下，张岷道：“快走！”

队员们佩服得五体投地，丧尸已全部被引向行政大楼三楼，所有人却已从钩锁滑落，悄然无声地穿过百米过道，蒙烽打头，张岷殿后，跑向武器库。

刘砚屏息盯着荧幕，一行明亮的橙红色人形轮廓穿过走道、行政大楼、操场，到处都是密密麻麻的丧尸，正朝着枪响之地涌来。

张岷倒退行走，换了手枪，一发照明弹飞上半空，照亮了方圆千米的空间。

蒙烽：“都到侧边入口去！快快！”

“是防弹锁！”张岷道，“打不开！”

刘砚在耳机里说：“我在你的背包里放了几瓶方小蕾配的王水！快！”

“你太讲究了，刘砚！”张岷马上笑着摸，摸出一瓶，低头溶锁。蒙烽等人围成防御圈散在侧门外。

刘砚：“现在它们还没注意到你们，周围丧尸很少，张岷你的左手边有一只丧尸，小心！”

蒙烽道：“别开枪！”瞬间转身甩出匕首，匕首穿过一只爬出花丛的丧尸头颅。

刘砚：“右边5点方向有六只丧尸正在缓慢过来！蒙烽！在拐角处，离开拐角！”

丧尸从拐角后扑了出来，抓着一名抱着枪的小弟的背脊，那人大声痛喊转身，五六个人冲上去把他拉回来，蒙烽果断开枪，刘砚暗道糟糕，说：“越来越多了，还没进去吗？”

“打开了！”张岷道，“快进去！”

那个小弟一受伤，仿佛拉响了整个军营里的警报，丧尸全部转身，自发地朝他们跑来。蒙烽与张岷守在门外，连开数枪，将扑上来的丧尸一枪爆头，小弟们躲进军械库内，蒙烽掩护，张岷带上门，从背包里摸出一个铁锁，挂在侧门内部，咔嚓一声，牢牢锁住。

丧尸撞上门，蒙烽等人进入军械库，暂时安全。

刘砚松了一口气。

"现在所有的丧尸都集中在侧门外，你们拿到武器后，可以再用一次声东击西的办法，"刘砚道，"听得见吗？蒙烽？里面情况怎样？"

"听得见，"蒙烽一手按着耳机，一手提着枪，沉稳的声音在空旷、漆黑的武器库里回荡，"这里完全封闭，应该不会有丧尸。"

"提高警惕，"刘砚疲惫地说，"我为你们监视外面动向，给我喝一口。"

决明把水壶递给他，刘砚问："胖子还没醒？"

决明探头张望，摇了摇头。

刘砚喝到水壶里的血腥味，知道刚才决明用来漱口，想到里面是胖子的血，实在有点受不了。

决明："你居然会打架。"

刘砚："只会一点点，不够你爸和蒙烽一只手的。"说完，他把水壶拧上，动作忽然停住，问，"你嘴里还有血吗？"

决明摇头，刘砚耳朵动了动，决明也听见了，忽然道："有人来了。"

刘砚马上示意他噤声，拿起放在车盖上的简易强弩，指指座位示意决明坐下，自己则闪身躲到车后。

三只丧尸走出树林，身上是附近镇上农民的装束，连日高温，身体已腐了近半，摇摇晃晃地走向临时营地。

同一时间，武器库内。

张岷手指头弹开一个开关，整个入口与内部通道都亮了起来，暗红色的灯光照亮了整个武器库。

张岷："独立蓄电池供电系统，防止遭到轰炸时断电。"

蒙烽："很好，大家去把所有的枪支集中起来。"

蒙烽拉下麦："刘砚，听见了吗？外面状况怎么样？武器库是在地下的，一共有两层，我们也许得换个宽敞的出口，报告仓库正门和西处消防通道的动向。"

决明："大门外面有……丧尸。"

"决明！"蒙烽与张岷异口同声道。

张岷：“你怎么在这里？”

蒙烽：“刘砚呢！刘砚在什么地方？出什么事了？”

营地。

决明：“啊……他在……”

刘砚躲在车后，做了个提裤腰的动作，同时把弩瞄准了缓缓走过来的丧尸。

决明说：“他在小便。奇怪，这些丧尸怎么……好多。”

蒙烽：“有多少只？什么方位？”

决明：“一、二、三、四……”

蒙烽：“……”

张岷：“……”

蒙烽怒吼道：“刘砚呢！还没尿完吗？”

决明：“有一只跑到那边去了，又有两只过来了，刚刚数到几？”

一只丧尸摇摇晃晃地接近决明，嗡的一声锥形铁叉离弦，登时贯穿了那丧尸的头颅，血液喷了决明满脖子。

决明：“……七、八……”他边数边摸脖子，摸到满手血，看了一眼手掌，继而在自己的长裤上擦干净。

“一共有19只，”决明说，“又来了好多。”

蒙烽身后爆出一声惨叫，决明听了听，不像张岷的声音，问：“爸？”

激烈的枪声响起，张岷和蒙烽同时各抢起一把连发步枪啪啪几声，将武器架后的一只丧尸扫成了筛子。

“那边也有！”蒙烽大吼道。

枪响声不绝，张岷侧身一跃，修长身材顺着地板滑过，手中枪械朝架子底一通扫射，一个重物砰然落地，丧尸的脚踝被扫断，横着被掼在地面。张岷啪的一枪，将它脑袋击爆。

四周安静下来，蒙烽背倚墙壁缓缓走动，最后收枪：“安全。”

“安全，”张岷耍帅般地把枪在指间打了个旋，笑道，“爸是豌豆射手，很强的，别害怕。”

决明：“嗯，他是什么？”

张岷：“蒙烽吗？他看上去像个生气的倭瓜。”

蒙烽冷冷道：“别啰唆，刘砚呢？”

短短片刻，刘砚扯回铁线，再次端弩瞄准射击，将三只丧尸都解决了，踹下山去，坐回到位置上，接过麦，低声道：“蒙烽，我发现一件事情。”

蒙烽道：“什么事？”

刘砚：“你手下有人受伤吗？”

蒙烽视线一扫，两名小弟受伤了，一个伤在肩膀，另一个则伤在大腿，都不是要害，红色灯光下看不出脸色。四只被再次打爆的丧尸交错横在地面，都穿着野战迷彩军服，料想是丧尸潮暴发时，进入武器库抵御的。

被抓伤的跟班肯定活不下去了，然而蒙烽却不打算就地解决他们，是林木森坚持让人来的，最后必须还给他自己去处理。

蒙烽：“你别管。”

刘砚：“我知道丧尸为什么对活人敏感了。他们的视觉和听觉都比活人迟钝，但对血液的嗅觉却非常敏锐。刚刚我发现了三只……算了，没什么，已经解决了。”

蒙烽一边听着刘砚的话一边催促手下小弟们，刘砚又道：“你们如果有人负伤，说不定会引来很多丧尸。整个兵营里所有的丧尸，都在朝武器库会集。”

蒙烽与张岷同时停止了动作，视线驻于两名受伤的小弟身上，他们的伤口还没愈合，血正滴滴答答地朝下淌着。

“侧门堵了。”

“正门也堵了。”

刘砚的声音不太平稳，站起身，不再看监视器，望向远方山脚下的兵营。

8月22日凌晨4点50分，黎明前最黑暗的时刻。

刘砚用信号枪斜斜开了一枪，绿色的照明弹呼啸而去，飞向兵营东面的武器库。

黑压压的人头攒动，上万只丧尸里三层、外三层地包围了两层楼高的建筑物。

照明弹落进成群的尸堆里，熄灭。

10个小弟两人一箱，提着五个大箱子前往正门，门外一声接一声闷响，砸门、拍门、撞，卷铁制造的大闸被压得朝里凹陷，外面丧尸不甘心的嘶吼声犹如潮水，阵阵回荡。

蒙烽：“多少只？”

刘砚：“保守估计有一万只，包围圈从武器库外围一直延伸到操场。”

蒙烽埋头调试一把六管机枪，把枪托架在手臂上，随口道：“很好，你觉得我能突围吗？”

刘砚：“不太可能。你给自己买了保险吗？”

蒙烽：“我要是活着回来了，你怎么说？”

张岷与蒙烽分别带上两挺沉重的六管旋转式机枪，身上缠满弹链。

刘砚道：“祝你们好运，我和决明等着你们归来。”

蒙烽示意张岷，张岷笑了笑，啪的一枪，子弹在武器库门前的墙壁上一弹，将安全开关击得粉碎！

登时武器库里警报声长鸣，铁闸缓缓拉开，蒙烽纵声大喊，迈开步伐，两挺机关枪的啪啪声震耳欲聋，横飞的子弹朝外扫射开去！

两人缓缓地走出武器库，疯狂的枪声在夜空中回荡，刘砚一颗心提到了嗓子眼儿，在此刻震撼的枪声、漫天扫射的子弹下再无交谈的可能。

刘砚射出的那一颗紫色的信号弹焰火般照亮了整个夜空，光照下，张岷、蒙烽背靠着背，边缓慢行走边转身扫射，沿路经过之处爆裂的头颅、激射的肢骨四处飞舞。

小弟们抬着箱子跟上，弹链空，张岷抛下机关枪，亮出两把霰弹枪，啪啪啪巨响，开始点射！

“你们马上就要突破包围了！从西边的操场走！那里丧尸是最少的！”刘砚大喊道。

蒙烽弃了六管连发机关枪，吼道：“开始跑！”说完，就地一打滚，抛出一枚手雷。

轰的一声爆破，冲击波几乎掀翻了所有人，蒙烽一马当先，躬身时被一块弹片在脸侧刮出一条血痕，张岷大吼道：“快！”

丧尸群围了上来，所有人朝着东侧操场没命狂奔，1000米路很短，然而当12个人带着5箱武器开始逃亡，身后又追着近万只丧尸的那一刻，蒙烽却觉得这段路长得不能再长。

张岷大喊道：“快！所有人跟着信号弹的指示跑！”

蒙烽咬着两个地雷盘，抬手挥出，雷盘锋利的边缘切断一只疯狂扑来的丧尸的脖颈，牢牢吸附在一个单杠侧面，“嘀——嘀——嘀——”地闪着红光。

刘砚与蒙烽同时朝天发射信号弹，红色与绿色信号弹的刺眼光芒交叉着飞上夜空，终于一点点地接近围墙，张岷抛上钩锁，所有人把箱子抛在墙下。

张岷吼道：“你们五个人先爬上去，把箱子吊上来！”

丧尸如潮水般填满了整个野战训练操场，蒙烽逃跑时扔下的地雷盘被引爆，轰然爆破将密密麻麻的丧尸群炸上高空，到处都是横飞的尸体，箱子被缓慢地运上墙头。

最后一拨丧尸的前锋接近，负责断后的蒙烽抬起枪，忽然发现了一个有点熟悉的面孔。

那具丧尸他总觉得在哪里见过，它抬起腐烂发黑的手，手上还戴着一枚白金钻石戒指。

萧瑀？蒙烽终于想起来了，他们跟随军方到这里避难，面前的丧尸有不少穿着学生的衣服，果然……果然是……杀了它？

“别走神！”张岷大喊道。

蒙烽迅速反应过来，开枪！

两枪射去，击断了萧瑀的双腿，那丧尸在十步开外嗬的一声扑倒下来，以手肘撑着地面缓慢爬行。

“接着这个！”张岷吼道，从墙头抛下一物。蒙烽接住那支装填完毕的肩扛微型火箭炮，扯开准星架在眉宇前。

“老子最烦学用新式武器……”蒙烽不满意地抱怨道，随手在炮座上一通乱摸，找到发光键。

虹片亮起，准星发出电子声响迅速聚焦，蒙烽四处选取方位，最后悍然扣动扳机，一枚微型火箭炮呼啸而去，击中水塔横梁。

“再来一炮！”张岷大声笑道，单膝跪在墙顶，发射另一枚火箭炮，水塔惊天动地倾倒下来，朝丧尸群中轰然一压，塔里的水倾泻而出。

蒙烽道：“都运走了吗？”

蒙烽攀上墙头，站在墙顶朝下眺望，围墙外，所有人已筋疲力尽，横七竖八地躺着喘气。

张岷笑道：“刚才应该把武器库炸了，否则姓林的下次说不定还会派咱们来。”

蒙烽说：“会连着围墙一起炸塌，太危险。”

刘砚跑了几步，在山腰上停住。决明则一路飞奔下来，扑在浑身是血的张岷怀里，把脸埋在他的胸膛前。

蒙烽有点期待地看着远处的刘砚，以为他也会表示点什么。

然而，刘砚只是漫无目的地原地打了个转，说：“监视器记得回收，物资紧缺，拜——”说完，回吉普车里去了。

蒙烽很想骂句脏话，无奈只得再次爬上围墙去拔红外线监视器。

三辆吉普车驶下山，一辆坐满伤员，由蒙烽开车，金牙胖子挨了刘砚那一下狠的，兀自昏迷不醒，被扔在了后座。

另一辆则坐着没有受伤的成员，刘砚带着决明，车后载着设备，开车回去。

最后一辆载满武器，张岷开车押送。有人受伤了，但谁也没问怎么办。

蒙烽看着渐亮起来的天色，心里很清楚，绝不能在这里扔下他们或一枪杀了。

否则今天的事看在其他人眼里，下一次再面对丧尸包围时，只要谁被咬伤，那人便会放弃抵抗，生还机会没了，还拼什么？

更甚至阵前倒戈，与丧尸一起对付自己人，否则掩护同伴脱险后，还得被战友一枪爆头，有谁愿意？

蒙烽可不想自己或刘砚，某一天忽然就挨了来自背后的枪子儿。

刘砚拿起对讲机道：“怎么只有三个监测仪？”

蒙烽道：“有一个坏了，卡在铁丝网外，你动过它？”

最后一个监测仪的摄像头斜斜地朝向兵营中央，红色的指示灯一闪一闪。

天边露出鱼肚白，丧尸们失去了目标，再度开始四处无目的的游荡，一抹苍白的光染满天际。

军营中央，被蒙烽或扫射，或以手雷炸毁的丧尸堆里闪着蓝光。

13

进化

工厂三楼，昏暗的房间里，百叶窗透出的阳光成为条纹，投在蒙烽与张岷的脸上。

林木森背光坐着，看不清表情，身后站了四名小弟。

“四箱枪支”蒙烽道，“每箱75支，一共300支，一箱弹药5400发子弹外加120个手雷，是我们能带的极限了。”

“损失了几名弟兄？”林木森道。

蒙烽：“都回来了，在外头等着。”

林木森：“没有人受伤？”

蒙烽的声音带着一股不容置疑的冷酷：“不清楚，你最好亲自去看看。”

林木森：“你俩呢，没事吧？咱们自己人要是受伤可就麻烦了。”

蒙烽不答。

林木森扫了一眼五个大箱子，淡淡道：“干得好，给你俩记首功，我会记得的，回去洗澡休息。”

张岷似乎还想说点什么，蒙烽却以眼神示意，让他不要急于谈别的事，两人转身出外，带上了门。

楼下参与行动的小弟们疲惫不堪，一名跟班匆匆下楼道：“森哥出去了，后天才回来，临走前有安排，你们在这里等着，刘砚呢，刘砚上来商量个事。”

蒙烽与刘砚错身而过，蒙烽小声道：“他在。”

刘砚答：“知道了，你去收拾一下。”

片刻后，刘砚从二楼下来，身后跟了四名小弟，走下楼去。

张岷前去洗澡，蒙烽却在厅内站着等刘砚。

刘砚看了蒙烽一眼，什么也没说，朝其他人道：“大家跟我来。”

11名队员离开工厂，站在正午的河边，刘砚道：“受伤的请站出来。”

蒙烽：“什么意思？”

刘砚低声道：“没说你。”

蒙烽低声道：“我不是问这个，他让你来检查，让你杀自己人？”

刘砚压低了声音，话中带着难以抑制的怒火：“他之前告诉你什么了？他是不是让你抛弃所有受伤的队员？你为什么不先跟我打声招呼？我完全没有心理准备，也没有想好对策。”

二人小声交谈着，对面五步外的小弟问：“森哥要抛弃我们了吗？”

“森哥不在！”一名监视刘砚的人开始上子弹，“这是刘砚的主意，他自己负责执行，有伤的都自觉站出来。”

刘砚深吸一口气，朗声道：“你们都懂的，等等，你想做什么？我说了让你杀人？”他揪着身边监视者的衣领，低声道，“你如果敢举枪，我打赌第一个死的就是你，相信不？”

对面一人道：“现在就要杀了受伤的弟兄？”

“不，”刘砚松开身边那小弟，“先告诉我谁受伤了，来吧，向前一步，别怕。”

那金牙胖子忽然道：“你他妈的不是个东西！”

刘砚冷冷道：“你不算，你不是被丧尸咬的，滚到一边去，再啰嗦我就毙了你！”

胖子马上如得大赦，转身跑了。

刘砚：“其余人。”

蒙烽说：“我记得，让我来吧。”

刘砚：“不，他让我来。”

大日头下，每人都脸色苍白，刘砚道：“都不动吗？那么改改，没有受伤的人站出来。”

话音落，六名队员朝前一步，两名明显被丧尸抓伤的人原地不动，两秒后，又有两人同时上前一步。

前排八人，后排两人。

刘砚朝后来的两人道：“你们俩，脱衣服。”

“刘砚！你他妈真不是人！”一人勃然大怒道。

刘砚认得那人名叫闻且歌，没回答他。

蒙烽掏出手枪，那两人只得开始脱衣服，闻且歌缓缓喘息，赤身裸体地站在日光下，他的身体没有伤痕；另一人腰后被抓出一道血痕，伤口没有愈合，内里鲜红的肉微微外翻，已现出明显的紫黑色。

刘砚道："把衣服穿上，你叫什么名字？"

"王晖。"那人答道。

闻且歌穿好衣服，看着刘砚，当场有人下意识地转身，缓缓后退，继而开始逃跑，所有人警惕地盯着蒙烽。

"回来，"刘砚上前一步喊道，"我没打算杀你们！一切还有希望！"

另一人正要举步，听到这话时，惊疑不定地打量刘砚。

刘砚说："给你们三天的食物和水，在这里等，好吗？张岷说，一会儿就过来给你们看病，如果能治好，什么也不用说，一切照旧。"

闻且歌吼道："我……我会杀了你，刘砚！"

"别这样，闻弟，"王晖道，"大家都明白的，都是命。"

刘砚："你俩是一起的吧，是发小？闻且歌，你负责给他送水和送吃的，但一定注意安全，我……我会想办法的，但现在没法详细说，好吗？"

"我一定会杀了你！"闻且歌疯狂地吼道，"我发誓！刘砚！你等着——"他要冲上来与刘砚拼命，却被其他人按住。

蒙烽瞬间以手枪抵着闻且歌的额角，冷冷道："看来我有必要先杀了你。"

"算了，蒙烽，"刘砚说，"大家回去吧。"

"等等！"张岷从工厂里跑出来，站在河边疾喘，短短50米路中，竟然有点上气不接下气。

他手里拿着两根针管，喊道："别跑，兄弟！人呢？"

蒙烽蹙眉道："张岷，你怎么了？"

张岷勉强道："我……没事，刚刚两位受伤的弟兄呢？"他上前示意王晖坐下，捋起他的袖子，对着血管，把一管针剂缓缓推了进去。

刘砚蹙眉道："你怎么提取出来的？"

张岷的手臂上还留着一道未完全合拢的划痕，整只手臂浮现出红色，脸色苍白得吓人。

他的手指倒夹着一根针筒，把另一根针筒里的血清全部注入了王晖体内。

远处传来一声枪响，有人自杀了。

张岷不忍地闭上双眼，叹了口气。

“为什么寻死？”张岷难过地大喊道，“说不定能得救！”

还有一人远远地看了很久，最后走过来，接受了张岷血清的注射。

蒙烽蹙眉问：“有用？”

“试试。”张岷眼中十分茫然，抬头看着蒙烽。

刘砚说：“你放了多少血才做出这两管血清？”

张岷摇摇晃晃地起身：“我……用土法，以前治口蹄疫用过的，一大碗冷却后……抽取上层液……”

“他有救了？”闻且歌道，“这是什么药？”

张岷摇头道：“不清楚，观察看看。怕会过敏，不过比起感染，已经是小问题了。”

刘砚很想问治猪的口蹄疫和治人的是否一样，但终究还是没有问出口，最后说：“闻且歌你留在这里，看情况。”

他回去汇报，林木森冷冷道：“你这事可办得不漂亮，又浪费粮食了。”

“森哥，”刘砚针锋相对道，“蒙烽说，给人留一条路，也是给你自己留一条路。如果在这种情况下开枪，你的队伍就再也凝聚不起来了。你试想想，以后在战斗进行到一半的时候，一旦有人受伤，他们马上想到的就是：我还打什么？掩护同伴活下来以后，他们会开枪杀了我。这种时候留给他们的唯一选择，只有杀死队长和队友们，自己去逃亡，等候变成丧尸。你期待他们都会自我牺牲？不太可能。”

林木森不说话了。

刘砚说：“张岷开始抽取血清试着救他们，但不一定生效，具体还得等方师姐提炼。你最好先给张岷弄点吃的，不然按他那种抽血量，迟早会死在这里的。”

林木森起身道：“他健康吗？没有艾滋病吧？”

刘砚：“……”

蒙烽进一楼浴室去洗澡，刘砚在中庭的石椅上坐着。片刻后，从南侧二楼传来一声巨响，张岷发狂般地大吼道：“那浑蛋在什么地方？！”

刘砚笑了起来，决明追出房间，道：“等等！”

“有只丧尸朝老子扑过来，老子为了保护那小孩……啊，你们看就是那家伙，到现在我还不知道他是打哪儿来的，多半是咱们刘总管养在屋里的……”金牙胖子正在中庭一侧唾沫横飞、比手画脚地给两名小太妹叙述他的英勇事迹。

张岷跨出二楼围栏纵身一跃，落下中庭，眼神像是一只被彻底激怒的猎豹，二话不说上前揪起胖子推在石桌上，喘息着以枪抵着他的后脑勺。

“爸！”决明道。

“泥人也有血性子！”张岷勃然大吼道，“你什么意思！你对我儿子做了什么？”

刘砚马上不笑了，一个小太妹见势头不对，忙上楼去喊人。

决明穿着一件单薄的背心，款式和刘砚的一模一样，松松垮垮，一边仍朝上撩起，现出瘀青的腰部。刘砚马上明白了，张岷回房后检查决明发现不对，问过后决明才把事情详细说了出来。

刘砚没料到张岷脾气说变就变，本以为是开玩笑，然而看见张岷持枪的右手发着抖，竟是几次要扣动扳机。

那金牙胖子兀自以为张岷只是威胁，把心一横，大骂道：“来啊！你有种就开枪啊！”

蒙烽洗完澡，听见中庭里的动静，沉声道：“张岷，别冲动。”

张岷喘着气，刘砚又道：“他不值得你杀，让他发个誓，放过他吧。”

这纠纷闹得甚大，知情人只有寥寥数名，中庭外挤满了看戏的人，纷纷交头接耳。

张岷：“你发誓！不许再碰决明一下！我不怕杀人！我不怕杀人！”

那金牙胖子连声道：“不碰就不碰呗，又没把他怎么了。”

“好了，”刘砚道，“张岷，收枪，回去吧。”

张岷缓缓地收起枪，忍无可忍道：“你给我记住。”说完，转身朝决明走去，牵起他的手。

“走着瞧，小浑蛋……”金牙胖子这才起身，朝决明骂了句脏话，又从背后朝张岷比了个中指。

说时迟，那时快，张岷转身毫不留情地扣动扳机！

砰的一声枪响，子弹在胖子额上开了一个血洞！

井字形的大院四周鸦雀无声，金牙胖子兀自瞪着眼，满脸无法相信的神色朝后倒下，摔在地上。

张岷一手拉着决明，站着静了片刻，而后道：“决明，爸带你走，别怕。”

“谁在下面开枪？”三楼，林木森的声音终于响起。

“我。”张岷答道。

林木森：“为什么开枪，你杀了王老板？”

张岷：“他对我儿子动手动脚。”

林木森两手撑在栏杆上朝下看，张岷和决明略抬起头，与他遥遥对视。

“你什么时候有儿子了，”林木森笑了起来，“叫什么名字？”

刘砚朝蒙烽使了个眼色，蒙烽道：“跟着张兄弟一起来的。”

林木森道：“张岷，把你的枪放下，指着我做什么？”

张岷道：“抱歉了，森哥，谁也不能动我儿子，这些天承蒙你照顾……”

林木森打断道：“人是你杀的。”

张岷不吭声。

林木森又道：“所以你负责收拾。”说完，转身回房。

刘砚和蒙烽都松了口气，围观人群散了，张岷在石椅上坐下，示意决明过来，他坐着，决明站着。

决明抱着张岷的头，揉了揉他的头发。

22点。

蒙烽巡逻完，在楼下站了一会儿，整栋楼的灯都熄得差不多了，只有他和刘砚的房间还亮着灯，总有那么一个人在等他回去。

刘砚依旧是那副无所谓的模样，只不过这次在灯下看的换成枪械的图纸，他从图纸后瞥了蒙烽一眼。

蒙烽面无表情地脱掉上衣，换上拖鞋，在门框上做20个引体向上，拿着杯子去刷牙，回来时只穿着条军裤，赤着上身。

刘砚已熄了灯，窗外满天繁星，秋风卷着干草的气息扑进房里，蒙烽依稀有种错觉——这分明就是在念高中住宿的时候。

晚自习下课后，刘砚回宿舍洗澡，成绩烂得一塌糊涂的蒙烽坚持在教室里再看会儿书，10点半回来洗澡，11点宿舍楼熄灯，睡觉。

那日子枯燥得简直令人发指，食堂、教室、宿舍三点一线，数学公式和一堆完全看不懂的英语简直就像……蒙烽实在不愿意再想起了。

然而，那枯燥乏味的高三生活，却隐约又有种令蒙烽无法忘记的魔力，似乎每次发布年级排名时垫底的自卑感，令人看得想去撞墙的教科书与练习册，在鸡飞狗跳的字、词不达意的作文的字里行间中，藏了什么难以言喻的情怀在里头。

蒙烽适应了不开灯的宿舍夜晚，抬眼时看见刘砚带着笑意的双眼。

“你记得吗？”蒙烽坐在床边用毛巾抹干脚上的水，认真地说，“读高三那会儿……”

“读高三那会儿怎么了？”刘砚漫不经心地伸了个懒腰。

蒙烽：“小考进步10名……”

刘砚马上道：“别说了，我要睡觉了。”

蒙烽：“大考进步20名以上，不包括20名……你就会怎么奖励我，你还记得吧？”

刘砚：“……”

蒙烽：“如果进了年级前10……”

刘砚：“谁没有过个把黑历史？再聪明的人也有中二的时候，我还不是想督促你学习，念同一所大学……”

蒙烽：“哟！所以我拼了命地学习，就是为了能多得到一些你这个好学生的重视和崇拜，跟你念同一所大学！当初我怎么就这么白痴、这么蠢，会为这种莫名其妙的条件动心？那紧张的哟，光等着周五下午的测试……现在想起来简直就是……”

刘砚反唇相讥：“是啊，你怎么这么蠢呢？直到现在还是朽木不可雕，明明念书是你自己的事，搞得我还得想方设法地奖励你！你够了，再说我真的要生气了！”

蒙烽也不脱裤子，便那么躺在被子上，抬头望着窗外满天繁星、璀璨银河，又道：“你给我解释数学题总是不耐烦，我还记得你说sin和cos的那会儿……”

刘砚道：“我已经很不耐烦了，亲。”

蒙烽怒吼道：“但是你明明就说错了！那道题你自己也不会！”

刘砚：“你到底想表达什么？”

蒙烽：“现在知道我的厉害了？我不会念书，但没有了我……”

刘砚：“啊哈，原来这才是今天的真正话题，你想听点什么吗？不如我表达一下对你的崇拜？”

蒙烽：“你总是这么强势，我总是被你欺负，你就不能温柔点吗？像隔壁的小明那样？我做了这么多事，难道就不值得你崇拜？”

刘砚诚恳道：“我实在是对你崇拜得五体投地。”

蒙烽嗤之以鼻：“我保护了你这么久，你连一句谢谢也不说，要不是我，你早就死了。”

刘砚：“哦，谢谢！”

蒙烽道：“你看，说谢谢的时候也……”

刘砚：“你保护我不是天经地义的吗？我是你最重要的朋友，你于我而言也是如此，你除了保护我，还想保护谁？我除了让你保护，还会愿意跟着谁？可以这样说，如果我们其中有一个死了，另一个便也失去了活着的意义，这种事情还要说谢谢？”

蒙烽语塞。

“很好，你终于承认我的重要性了，”蒙烽道，“这次不是开玩笑了吧？”

刘砚道：“你就不能绅士点吗？”

蒙烽：“你又不是女人，我绅士什么？”

刘砚反唇相讥道：“那就对了，我又不是女人，让我温柔什么？”

蒙烽：“……”

“好了好了，”蒙烽最终说道，“睡觉吧，咱们这算说开了吗？”

刘砚：“你说呢？”

蒙烽笑了起来，心里有点温馨，又有点失落。

他把床轰轰地推过来，与刘砚的床并在一起，又把刘砚横抱到靠墙的里侧，拉上被子，睡了。

那一夜，刘砚依旧失眠了，不是因为别的，而是因为蒙烽没讲几句话，三分钟便自动入睡，紧接着惊天动地地打起鼾来。

四点半，刘砚终于忍无可忍，把蒙烽一脚踹下了床。

一切终于告一段落，那场秋雨后，天气逐渐转凉。翌日，刘砚让人把工作台搬到中庭的梧桐树下，就着满庭黄叶开始改装枪械。

六把AK步枪交到他的手里，刘砚要负责把它们改装成练习用枪。

他拆了其中一把，记录零件图纸，陷入了漫长而全神贯注的思索之中。

决明不用在房间里躲着了，林木森只见了他一面，恰到好处地表达出对他的喜爱，却没有表示过度的热情，仿佛生怕触了张岷的霉头——他听过部下汇报，丝毫不怀疑张岷有能用狙击枪隔着百步远从天台上狙爆他脑袋的本事。林木森想了又想，要怎么给决明找一份既有事做又不至于太累的活，最后让决明去帮厨。

蒙烽和张岷则依旧负责巡逻，作为带回武器的奖励，每人得到了一包烟、一瓶轩尼诗X.O。

当天中午，外面一声枪响，被张岷注射过血清的人，有一个变成丧尸了。

刘砚出去看过，叹了口气，再看王晖，他的情况也很糟，已经无法行动，腰部的伤口向全身开始蔓延、溃烂。

张岷坐在石头上，双眼通红，盯着河水不吭声。

“没有用，”张岷说，“血清没有效果。”

刘砚说：“你尽力了。”

张岷沉默地点点头，又问：“是不是剂量不足？”

刘砚说：“你再放血会死的，别想了。晚上我找方师姐问问。”

张岷叹了口气，双手十指交扣，揉了揉眉毛与鼻子，说：“有时候，给人一个生还的希望，却又让这种希望破灭，显得很残忍。”

刘砚笑了笑，道：“不尝试一下，你又怎么知道呢？去找决明，他才是最需要你的人。”

张岷疲惫地点头，起身回了化工厂。

“土豆是个好东西，掺点牛肉罐头，味道足，管饱……”于妈不住地念叨，身边的决明对着一大筐土豆，眼睛直转圈圈。

“瞧你这细皮嫩肉的，”于妈道，“家里大人不让你干活是吧？我侄儿也和你一样岁数，从来不知道做饭，油盐酱醋也分不清……”

决明拿着土豆，又拿着削皮的小刀比画了一下，把小刀朝土豆里一戳。

于妈：“哎！不成！这不成！”

一大筐土豆、一大盆胡萝卜，厨房里暗无天日，决明打心底生起一股悲凉的滋味。

“我来吧，”张岷接过决明的小刀，低声道，“他怎么可能会做这个？”

于妈道：“你不能老宠着他，什么都不会，怎么办？”

“嗯，”张岷看了一会儿土豆，心情好了起来，笑道，“宝贝，你画的这是什么？”

决明手里的土豆上用炭条画了两根粗眉毛、漫画眼，正是张岷的肖像。

张岷把他的“土豆脑袋”放在一边，拖过那筐土豆，问：“哪儿来的？”

于妈说：“你们出去那会儿，他们去裕镇挖的，后面地里还种了不少。”

张岷点头道：“都交给我吧，您出去走走。”

于妈用围裙擦了手，也不客气，伸个懒腰出去溜达了。

厨房里的馒头蒸屉咕噜噜地冒着白汽，张岷搬了个小板凳在决明身后坐下，把他半抱在怀里，手上削着土豆。决明则侧枕在张岷的锁骨前，舒服得很，眯着眼睛睡着了。

蒙烽坐在厂房宿舍的天台围墙上，面前架上一把狙击枪，盯着远处河对岸，边吃炒黄豆边想事情。

刘砚背靠天台的围墙，坐在地上，问："练习用枪的模拟反冲力要怎么解决？这个弹簧我老装不进去。"

蒙烽："你不是什么都会吗？高才生。"

刘砚："正式向您请教，蒙烽中士。"

蒙烽随手接过枪，看也不看，又拍又按地摆弄，问："告诉林木森了？"

刘砚与蒙烽多年默契，说了上半句便明白下半句，懒懒地答道："告诉了，他可以死心了。"

蒙烽唏嘘道："可怜的张岷，过几天说不定得让他杀人偿命了。你知道他为什么杀那胖子？"

刘砚眉毛一扬，蒙烽沉声道："上次林木森的手下说过，他们刚到裕镇那会儿，金牙一晚上用极其……不人道的方式杀了三个小孩。一到末日，什么良知、道德全没了。林木森杀了小孩们的父母，金牙就讨了那些不到10岁的小孩回去，关在房里虐待，然后杀害……当时，张岷的脸色就变了。所以决明被金牙盯上，他才这么大的反应，你不应该带决明去。"

刘砚打了个寒战："我怎么知道？决明自己躲在车里。"

蒙烽又道："你知道林木森以前是做什么的吗？"

刘砚想了想，没有接话，蒙烽道："这里的人没一个好东西，他的小弟们偶尔会找我和张岷打牌，赢几根烟抽，我套出不少内情。林木森以前是贩毒的，你不觉得他的眼神……"

"对，"刘砚马上明白过来，"我说怎么眼神一直有点不对劲，就那种，每天提心吊胆，怕下一刻没命的样子。"

蒙烽又说："那个王晖，以前是个强奸犯，就连给我们指路的李嵩，从前专门打那些被拖薪的农民工，抓着一个，装在麻袋里朝死里打……"

刘砚："哦，那你拿什么秘密去和他们交换了？"

蒙烽无所谓道："没有，哥这么持身端正，像是作奸犯科的人吗？"

刘砚："你起码编些小污点什么的，比如说偷税漏税啊，上公厕不冲水啊……"

蒙烽："你可以了！"

刘砚笑了起来，沉吟片刻后又道：“现在血清没用了，林木森要是让张岷偿那胖子的命，你会帮张岷不？”

蒙烽淡淡道：“当然，他也是我的朋友，林木森现在不会难为他的，他还有利用价值。你的枪搞定了，想玩点儿别的什么吗？”说完，他猛地箍住刘砚。

刘砚：“下面还有人看着，你要在天台上一边朝下面打招呼，一边跟我玩点啥吗？”

蒙烽笑了，把他推到天台的栏杆处，从后面紧紧抵着他，抬头朝远处喊道：“哲学家！吃饭了吗？”

河对岸的谢枫桦还坐在那儿，抬头茫然地看了远处的蒙烽一眼，朝他挥了挥手打招呼。

她的身边躺着一个男人，那人不住地疾喘，正是一天前被放生的受伤跟班——王晖。

他的脸色呈现出死人般的灰白，腰部已开始化脓，越烂越深，现出紫黑色的内脏。谢枫桦把手绢弄湿，敷在他的额上。

“我撑不住了……我……我……”王晖断断续续道。

“坚持住，”谢枫桦难过地说，“你看，今天天气很好。”

王晖睁大了混浊的双眼，定定地望着晴得像被洗过的天空，大朵洁白的云缓缓飘过，将阴影投在一望无际的群山与绵延碧绿的草地上。

“这风……风吹着……真……舒服啊……”王晖说，“以前……居然没……发现这里的景色……这么……好看。真……想……多看几天……”

谢枫桦忍着眼眶里的泪水，低声道：“嗯，撑住，别死。”

王晖说：“妹子……谢……谢谢你照顾我……我不是什么……好人……”

谢枫桦小声地抽泣起来，王晖又艰难地说：“我以为……要一个人……死在……”

谢枫桦：“撑着，王晖，我去叫你的兄弟过来。”

王晖：“别……别，就这样……我快……不行了。”

王晖半卧在草地上，以手肘支着地，缓慢地朝河边爬去。

“别动，”谢枫桦忙上前道，“躺着！”

王晖道：“别跟着，别来……我……待会儿就不知道我是谁了……离我远点……不能害了……你。”

“不不，”刘砚忙道，“别闹，他好像不太好了。”

蒙烽马上停了扯刘砚裤子的动作，端起狙击枪，枪托架在肩上，固定卡盘，将瞄准镜置于眉前，眯起一只眼。

蒙烽喃喃道："刘砚，你看？这是怎么回事？"

刘砚俯在栏杆上，拿起望远镜疑惑地望向河边。

望远镜转向已成丧尸的王晖，它的左脚朝谢枫桦迈出一步，保持着那个姿势，片刻后又收了回来。

丧尸摇摇晃晃地动了一会儿，谢枫桦呆呆地在树下站着。

不知过了多久，河水哗哗的流淌声中，王晖的尸体似乎失去了所有记忆，朝谢枫桦走过去。谢枫桦缓缓地后退，四处看了一眼，喊道："有人吗？"

刘砚："打一枪试试……打左手。"

蒙烽果断扣动扳机，乒一声子弹穿过近600米的空间，一枪击碎王晖的手臂，断臂带着碎肉与鲜血飞了出去，尸体身子只是微微一侧，没有倒下，转过身，似乎在寻找攻击来源。

蒙烽又是一枪击爆了丧尸的头，无头尸体失去了行动能力，扑倒在河中，被河水冲往下游。

刘砚放下手头所有的事，跑出工厂外，涉水过河，蒙烽前去检查尸体，刘砚问谢枫桦："他再次站起来后，朝你说了什么？"

谢枫桦道："没有，他什么也没说，就看了我……一眼。"

刘砚道："见鬼了，这是怎么回事？"

蒙烽道："说不定刚才王晖还没死呢。"

刘砚背脊发毛："我让你先开枪打手臂，就是为了确认他死没死，一定是死了，这不可能。"

他好几次险些要把那个词说出口，又硬生生地按捺下去。

半小时后，被临时叫来的方小蕾站在河边，听三名目击证人详细叙述了经过。

她的手上摆弄着一小管硝酸，沉默了很久很久，终于开口道："你想得没错，很有可能是保留了部分自主意识。"

刘砚只觉心怦怦地跳，声音发着抖："是自主意识还是……记忆残留？只有这只丧尸有，还是以前没有发现，其实所有的丧尸都有这个现象？"

方小蕾茫然地缓缓摇头："按照在这儿之前的遭遇，我没有碰到过第二个例子。"

刘砚："你能肯定？"

方小蕾抬眼望向刘砚："在我爸爸的转化过程中……没有这个迹象。"

刘砚点了点头，闭上双眼："我很抱歉。"

方小蕾点头道："没有关系，很有可能是发生了……又一次的突变。"

刘砚睁开眼："两次以上的突变？是血清的原因？"

方小蕾："已经可以确认至少有两次，或许还有更多。"

刘砚："这已经不能用突变来定义了，病毒在生物个体上体现的，自内至外的催化演变……"

"是的。"方小蕾缓缓点头，"我不太相信那个词，但目前只能用它来定义。"

"怎么说？"蒙烽道。

"进化。"方小蕾轻轻地说。

遥远的西边一声闷响，大地仿佛在微微颤动，不知是秋季最后一场雨来临前天与地酝酿的雷霆，还是离他们70里处那个兵营中遭遇的轰炸。

14 聚合

8月25日

蒙烽与张岷安全回来，我们获得第一批武装力量，林木森是个有野心的人，他的野心内敛而张扬、沉默而危险，在所有人为了生存而努力时，他不甘心仅仅是为了生存。如果我没有猜错，他想在这次丧尸潮后争取得到些什么。

一个国家？一个政权？但那还太遥远，他的人太少，加上新收编的平民，目前只有不到50个能充当战斗力的男人。

他让蒙烽与张岷训练这50个人，包括他自己。

他们在河边立了靶子，早上跟随张岷练习射击，下午则让蒙烽带着他们，腿上系着10公斤重的沙袋，跋山涉水地进行体能训练。

方小蕾提出了一个非常恐怖的设想，但林木森对此毫不关心。

只有我们知道那意味着什么——正在朝着具有自主意识缓慢进化的丧尸。人类之所以能在丧尸潮爆发时自保，全因为丧尸没有思考能力，行动全凭生存本能：进食、攻击以及其他。它们各自为战，不懂互相配合，这令丧尸群成为一盘散沙。只要不碰上具备压倒性数量的丧尸大潮，小股人类在具有合适的武器下，逃生成为可能。

然而，一旦进化猜测被证明，我无法想象一支会包抄、偷袭以及有组织纪律性的丧尸军队有多大的战斗力。它们如果不再进攻人类，改而取食生物，后果不堪设想。

我的日记越写越长了，希望一切不要朝着最坏的情况发展……

“刘砚，”一人在外敲门，“出去训练。”

刘砚合上笔记本，把它塞进床下，答道：“我是技术工种。”

那人道：“森哥吩咐的，所有人都要接受训练，就在中庭。”

刘砚只得离开房间，楼道里站满了人朝下窥探，林木森左肩上戴着一片白铁的盔甲护肩，右手持匕首，微微躬身。

面前是一只丧尸！

刘砚心头忍不住一惊，只见丧尸朝林木森扑来，后者猛地一个侧身，避开丧尸的手臂。“嗬”一声号叫，丧尸紧紧地咬住他的护肩，林木森把匕首朝上一挑，蒙烽道：“停！”

林木森就地一个打滚躲开了，围观小弟纷纷大声叫好。

蒙烽飞起一脚，把丧尸踹得倒飞回笼子里，两边马上有人关上笼门，哐当下了铁闩。

“匕首扎入的方位不对，”蒙烽道，“手劲依旧差了点，从下颌朝上捅，需要深入它的后脑，才能达到击杀效果。”

说着，以拳头比画个手势，抵在林木森喉咙处，运劲一推，将林木森推得后退，抵在墙上。

林木森点头道：“明白了。”

蒙烽站到一边。

林木森道：“下一位。”

另一人过来，林木森道：“你，把它的匕首拔出来，再把它的头砍下来。”

那人身上穿着厚厚的外套、护肩，一顶帽子遮住头脸，像个劫匪。

管笼子的人放出丧尸，那人冲上前去，握着匕首朝后一抽，蒙烽喝道：“注意避开正面攻击！”

那人闪到丧尸身后，用匕首朝丧尸后脑勺狠狠一扎，马上飞身跃开，丧尸朝下扑倒，痉挛片刻，不动了。

清理人员戴着手套，把那训练用的丧尸搬上一个独轮车运走。训练者摘下帽子，看了刘砚一眼——正是数天前扬言要找刘砚报仇的闻且歌。

“刘砚，”林木森的眼角余光瞥见他，转过身道，“你觉得怎么样？”

刘砚：“从哪里抓回来的？”

林木森：“最近有小股两三只丧尸在外面游荡，监视器感应到，单只用麻袋套回来的。”

小弟们推走笼子。

刘砚扫视高处一眼，小声道："这很危险，容易感染。"

林木森答："总要面对的，现在开始是一只，以后会逐渐增多，枪弹不能解决一切。"

刘砚："要是在训练过程中不慎被抓伤了怎么办？"

林木森道："我让他们自己提前做好所有防御措施，你看那里。"

刘砚顺着林木森目光朝上望去，三楼张岷架着狙击枪，在检视中庭训练场中的一举一动。

"如果还会被抓伤，"林木森缓缓道，"就只能怪命不好了，让他们走，迟早都是死。"

"你来试试！"林木森大声道。

蒙烽说："他是技术工种，不用了。"

"没关系，"刘砚道，"我可以的。"

高处，张岷一手握枪托，另一手手指探入扳机，声音传了下来："蒙烽，相信我，没事。"

刘砚接过蒙烽递来的短刀，微微躬身，又有两名小弟推着带滑轮的封闭铁箱过来，里面传出砰砰的响声，丧尸似乎十分狂躁。

"开门！"林木森下令。

绳子抽走，笼门被撞开，一只身着西装的丧尸摔了出来，刘砚刹那间静了。

他后退半步，直至那丧尸抬起头，摇摇晃晃站起，朝刘砚扑来，刘砚猛地抽身后退，不敢相信地看着那丧尸发黄而腐烂的脸。

它的胸前别着一枚领带夹，上面是刘砚的校徽。

"老师？"刘砚喃喃道，那一刻他与丧尸正面相对，只觉脑子里嗡的一声，天旋地转。

丧尸正是他的系主任，人与尸短暂地停顿后，丧尸大吼一声，朝刘砚扑来！

蒙烽喝道："别走神！"

说时迟，那时快，刘砚矮身避过他导师横挥而来的双手，一手按地，侧踹出一脚，勾中它的膝弯，紧接着往回一勾，丧尸膝盖被撩得荡起，失去平衡朝后摔在地上！

周围一声喝彩，刘砚持刀绕圈，井字形的中庭外楼缓慢旋转，他的眼睛紧紧地盯着那身穿西装的丧尸中年人。

它两眼翻白，再次艰难站起，口中嗬嗬作声，抬起双手漫无目的地乱挥。

刘砚收刀，疑惑地眯起眼，丧尸转了个身，赫然不顾刘砚，朝林木森扑来！

周围哗然惊叫，刘砚吼道："等等！"

然而，那一声喊得太迟，楼上的张岷果断开枪，啪地击爆了丧尸的脑袋。

"你会格斗？"林木森道。

刘砚道："蒙烽教过我一点，他当兵后每年休假的时候回来教的。"说着，望着蒙烽双眼。

林木森道："很好，有自保能力，我就放心了，以后你们技术工每天来练习射击，体能条件可以适当放宽。"

刘砚答道："好的。"

有人上前收拾尸骸，刘砚使了个眼色，蒙烽微微点头，刘砚转身走了。

傍晚，蒙烽拄着枪坐在河边的一块大石头上，刘砚抽身离开工厂，问："那只丧尸是在什么地方找到的？林木森具体说方位了吗？"

蒙烽说："没有，你认识它？"

刘砚道："是我的老师。"

蒙烽叹了口气，刘砚又站了片刻，摒去无奈的心酸，蹙眉道："是第一波跟着萧瑀他们跑的。"

蒙烽说："萧瑀已经死了，我告诉过你的。"

刘砚道："那么它们为什么会……出现在外面？"

蒙烽："我不知道，你问我我问谁去？也有可能是林木森带着人进去了。"

刘砚："他有这么大的胆子，敢进兵营里抓丧尸？"

蒙烽："或许有那么一两只从下水道跑了出来也不一定，还有可能是你的老师根本就没进去，或者是在感染潮暴发当天还活着的时候就出来了，在外面病发后四处游荡。"

刘砚深吸一口气，蒙烽说："兵营的围墙很坚固，应该不会跑出来，它还认识你？"

刘砚什么也没说，摇了摇头，蒙烽道："军方马上就要轰炸那里了。"说完，掏出一张纸，正是那天他从行政大楼里取得的文件。

刘砚匆匆地展开看了一眼："为什么不早说？"

蒙烽："交给林木森有用吗？你看这名中尉是朝谁发电报的？林木森一定会问，这个蒙建国是谁。"

刘砚：“你可以说你们只是同姓。”

蒙烽：“省点吧，老子是将军，儿子是特种兵，你以为别人都是傻子。”

刘砚一想也是，只得把紧急通报交给蒙烽：“这只是手写件，你确定已经发出去了？”

蒙烽：“传真件一定发了，发消息的人是自杀的，没有发出去他怎么会自杀？我估计这只是军方无暇抽身解决这里的集中营，但他们迟早会来的。”

刘砚朝远方眺望，绚丽的火烧云在紫蓝色的天幕下铺展。

“70里路。”刘砚道，“轰炸会波及这里吗？”

蒙烽道：“除非用核弹，但这么小的地方不现实，可能是轰炸覆盖率80%左右的GBU-28型激光制导弹。后果是，炸掉大半个兵营，不排除会有遗漏的丧尸跑出来。”

刘砚点了点头：“得通知林木森，加强戒备。”

当夜，万籁俱寂，空气闷热，天空乌云密布，大地一片漆黑。

宿舍的窗门大开着，蒙烽同刘砚挤在一张床上睡觉。

刘砚在梦里不舒服地动了动，满身大汗，湿腻的汗水与蒙烽的汗交汇在一处，被子大敞着，床头柜上放着一个玻璃杯，杯里装了半杯水，是预备半夜醒了口渴喝的。

半夜两点。

玻璃杯里的水微微一震，荡起涟漪，涟漪中央像是受到什么震击，激起一滴水珠，复又滴答落回杯里。

三秒后，水纹又一震。

蒙烽睁开双眼。

隔壁房间内，决明道：“爸？”

张岷猛地睁眼，狭小的房间里一片静谧，决明满脸疑惑，把耳朵贴在墙上。

刘砚也醒了，坐在床上，蒙烽察觉到了什么，示意他别吭声，迅速穿好衣服，推门出来，正碰上冲出走廊的张岷。

“你也听见了？”蒙烽道。

张岷：“什么东西？是地震？叫醒他们吗？”

蒙烽：“先搞清楚是什么……”

瞬间二人同时屏息，一声极轻的闷响从远方传来，整个大地不易察觉地微震。

蒙烽："刘砚，你上哪儿去？"

刘砚抓着望远镜，狂奔过整个走廊，冲上天台，张岷拉着决明，与蒙烽一起跑上天台。静夜里的那一声喊，有不少人醒了，房间接二连三亮灯，刘砚站在天台顶端的最西边，举起望远镜。

黑夜与群山的浓雾中，有一个堪比山峦的巨大黑影缓缓东来。

所有人睁大了双眼，难以置信地看着远处。

砰的一声闷响，犹如轰雷在云层中炸裂，大地微微一沉而后弹起，刘砚退了半步。

"那是什么？"蒙烽道，"是……什么怪兽？"

刘砚道："你看。"

他把望远镜交给蒙烽。

朦胧的黑暗里，蒙烽看见一只巨大的、足有30米高的庞然巨兽，它全身上下满是死尸，没有头颅，二次死亡后的尸体密密麻麻地组成了一个顶天立地的血肉巨人！

它没有头部、没有双手，就像将成千上万具死尸与断肢混在一处，捏出一团巨大的、人形的尸体巨人，两只脚拖着沉重的步伐，一迈10米，跨过公路与铁丝网，朝工厂的方向走来！

"估……估计速度……"刘砚道，"目测，快，蒙烽！"

张岷举起望远镜，只看一眼就彻底蒙了。

蒙烽道："大约还有五分钟……即将靠近我们了！马上拉警报！快！"蒙烽几乎是大吼着冲下中庭，拉响了应急警报。

大地的震动越来越明显，所有人在睡梦中惊醒，乱成一片，林木森吼道："哪里有丧尸？"

"退出这里！"蒙烽大叫道，"所有人退出这里！张岷！准备火箭炮！"

化工厂里所有人都惊慌起来，冲下中庭，撤退到马路时有人看见血肉巨人如同小山般的个头，登时呆呆地站在路边，忘记逃跑，仰头眺望。

"快！"刘砚吼道，"别看了！找地方掩护！"

轰然巨响，血肉巨人接近化工厂，那惊天动地的一脚，踏翻了厂房外沿的车库，引起一阵连环大爆炸。

蒙烽持枪边跑边吼道："所有人都撤出来了吗？火箭炮在哪里？"

林木森焦急地喊道："不知道！别管那么多了！快开枪！"

工厂的马路对面，大部分人逃进了树林，枪声此起彼伏响成一片，间杂着AK的啪啪巨响，震耳欲聋的六管机关枪发动，张岷戴着瞄准镜跃上马路。

铺天盖地的子弹飞向血肉巨人，将它身上聚合着的千万只丧尸的躯体轰得血肉溃烂，然而似乎有一块强力的磁石，所有掉落的腐肉、血液与骨骼竟牢牢地吸附着，瓦解不了丝毫。

“停火，”林木森道，“先别开火！”

蒙烽手指握着微型火箭炮的扳机，四周静了，偶尔响起一两声稀稀落落的枪响。

血肉巨人一步迈过，轰然踩在距他们10米外的公路上，所有人终于得见它的外壳——无数丧尸躯体彼此粘连，形成一只巨大的脚。

早已死去的丧尸样貌狰狞恐怖，犹如浮屠柱上的雕塑，或是背朝外，或是胸口朝外，手、脚彼此穿插变形，严密地紧贴在一起。

那只脚抬起，消失在他们的视线中，数十人同时抬头，血肉巨人一脚迈进化工厂房，发出天崩地裂般的巨响声与爆炸声！

在女人们绝望的叫喊声中，火焰冲天而起，紧接着被一脚踩熄下去。

“它的目标不是咱们。”林木森道。

蒙烽放下微型火箭炮，巨人踩进化工厂，将西侧宿舍踩得崩塌下去，紧接着穿过中庭，一脚将东边厂房区撞得轰然坍塌，迈出他们赖以为生的家园，朝东边缓缓走去。

所有人麻木地看着面前这一切，车库被毁了，井字形的宿舍楼剩下南北两栋破损大半、摇摇欲坠的残骸，钢筋上仍挂着不少血肉模糊从巨人身上刮下来的尸体。

大地阵阵战栗，血肉巨人离开了。

“见鬼……”林木森彻底疲了，“那是什么东西？”

没有人能回答他的问题，天空闷雷翻滚，闪电划过天际，暴雨下了起来，浇灭了车库内熊熊燃烧的烈火。

暗夜里，蒙烽走上公路，被淋成落汤鸡，打着赤膊，湿淋淋的迷彩军裤紧贴在大腿上，脸上、身上、穿着人字拖的脚上全是污泥。

刘砚湿透的头发贴在额前，遥望血肉巨人离开的方向。

“它是从西边来的。”刘砚在哗哗的暴雨中说。

“什么——”雨声里听不到交谈声，蒙烽大声道。

刘砚：“兵营！它是从兵营的方向来的！那里一定发生了什么！”

蒙烽茫然地点了点头。

刘砚道：“你没听懂吗？这意味着什么？”

三秒后，一声撕心裂肺的惨叫在树林内响起，所有人同时意识到这个严重的问题。

70里外，仍能活动的丧尸因为兵营被破，集体跑出来了，足足过了三天，它们跟随血肉巨人的脚步，找到了他们藏身的地方。

张岷深吸一口气，爆喝道：“所有人朝东边撤退！别回厂里！丧尸群来了！”

15

逃亡

被毁去的据点与血肉巨人出现带来的震撼尚未过去，第一拨丧尸群已无声无息逼近。

林木森吼道：“谁值的班？”

“不是追究责任的时候！”刘砚大喊道，“朝东跑！找掩体！守住！”

雨夜里一片漆黑，偶尔撕裂天空的闪电照亮了方圆百里，大批丧尸从雨水与泥泞中聚集而来。四面八方的活死人自发地朝着工厂包围上来。尖叫声、呐喊声四处响起，伸手不见五指的雨夜，枪响声震耳欲聋。

“别朝厂里跑！”

“救命——”

张岷道：“决明，躲在我身后！”

蒙烽扬起机关枪一番扫射，大吼道：“刘砚呢？刘砚在哪里？”

持枪的人各自为战，张岷吼道：“集合！避免流弹误伤！”

一通乱七八糟的枪响，黑夜里手雷接连炸开，烈火甫起，却被滂沱大雨浇熄，深夜中也不知死了多少人，到处都是凄惨的尖叫声。蒙烽近乎绝望地大吼道：“刘砚！你到底在哪里？快出来！”

冷不防背脊与一人相碰，刘砚喊道：“在这里！刚才让你们脱身的手雷是我扔的！”

蒙烽整个人像是垮了下来，一把抱住刘砚，狠狠地在他额前揉了揉。

张岷喊道：“现在怎么办？！”

蒙烽吼道：“且战且退！让人过来集合！”

刘砚装填信号枪，一枚照明弹平地飞起，丧尸已少了许多。

生还者渐渐朝他们聚拢，他们一退再退，天明时分雨势渐小，树木、群山笼罩在一片死寂的黑暗里，景物已逐渐清晰。

蒙烽审视周围，剩下17个人，他们已经脱离了丧尸的包围圈。

林木森已经累垮了，决明裹着张岷的迷彩外套，在雨里冷得不住地发抖。

除去他们5个，仅存13个人。

林木森的眼神空洞而茫然，仿佛完全没有预料到只要一晚上，他初具规模的小王国就被摧毁得一干二净。

“现在可以追究责任了。”刘砚疲惫地倚着一棵树，在路边瘫软下去。

蒙烽苦笑道：“已经没用了。”

张岷道：“谁是负责夜间巡逻的？”

林木森道：“不在这里，应该已经死了。”

刘砚道：“那个巨人，你们都看见了吗？”

蒙烽道：“怎么？”

刘砚说：“红外线监视仪只对体温比常温略高的丧尸进行报警，巨人的组成是二次死亡的丧尸，它们已经没有温度了，就像石头、树木一样，没有报警是很正常的。”

张岷：“究竟是什么鬼东西？”

刘砚苦笑摇头，问：“现在怎么办？”

17个人的目光一齐望向林木森。

林木森扫视手下们一眼，说：“得想办法离开这里。”

“战略撤退？”蒙烽收起机关枪，埋头检视电子屏幕上面的弹药量。

“车库已经毁了，”张岷道，“怎么走？”

刘砚道：“我觉得还有人活着，你们发现了吗？刚开始发现丧尸群，里面包含的丧尸数量并没有那么多。”

蒙烽眯起眼想了片刻，点了点头。

“粗略估计，”蒙烽说，“上次我们去兵营，里面还有接近一万只丧尸，不可能只有这么小的规模。”

张岷说：“可能性只有一个，它们没有全部过来。今天凌晨遭遇的只是第一拨，这些几乎全部清剿光了，回去看看还来得及，说不定有生还的伙伴。”

林木森道：“这样，你们回去救人……”

数人转头，看着林木森。

“谁？”蒙烽冷冷道。

林木森点了人：“你们三个，带五个人过去，谁愿意回去侦察，站出来？”

刘砚就知道是这个结果，但正合他意，他朝蒙烽使了个眼色。

蒙烽会意，开口道：“不用五个人，我们去就行。”

林木森道：“行，我相信你们的能力，能救的救出来，看看厂里还有什么能用的，我带人上高速去找车，一旦找到就回来接你们。”

蒙烽说：“高速上有车？”

林木森说：“刚搬到工厂的时候，我发现高速路口停了三大排货柜车，但不清楚有没有汽油，当时我派人去检查过，都是正常的。”

蒙烽点了点头，张岷看着决明，又看林木森，刘砚替他下了决定：“决明跟着我们走。”

张岷背起决明，把AK交给决明拿着，蒙烽一只手套在机关枪里，像个机甲战士，另一只手拉着刘砚，四人在公路边深一脚、浅一脚地缓缓行走。

“还有几发子弹？”张岷问。

蒙烽：“460发，子弹都在厂里，得回去装填。”

张岷说：“咱们这就走了？不等他们了？他们万一不来怎么办？”

蒙烽道：“刘砚？”

刘砚一路上都没有说话，此刻回过神来，茫然道：“什么？”

山路上的水冲刷着黄泥淌下，蒙烽让他朝自己这边靠近点，免得滑倒，问：“你在想什么？巨人？”

刘砚点了点头，说：“林木森会来找我们的，他的家当还全在厂里呢。”

决明打了个喷嚏，在张岷脖子上蹭鼻涕。

张岷道：“我还得回去找药箱，感冒这种小病要发起烧来可就……冤了。”

他们顺着公路走了近一个小时，决明身上盖着张岷的外套，迷迷糊糊地睡着了。

刘砚与蒙烽手牵着手，站在已成一片废墟的工厂前，天近全亮，满地焦黑的丧尸，被手雷炸得狼藉的建筑物、垮塌的宿舍。

张岷把决明放了下来，让他在建筑物下避雨，又在周围巡逻一圈，确认没有危险。

“有人吗？”刘砚大喊道。

冷不防啪啪枪响，蒙烽朝着刘砚背后开枪，将一只丧尸打成了筛子。

刘砚点了点头，示意多谢，朝中庭里走。

蒙烽："去哪里？"

刘砚道："拿我的东西，你不用上来。"

蒙烽仍旧赤着满是泥污的上半身，站在中庭里，未几，刘砚从楼上扔下一件外套给蒙烽穿上，收拾了笔记本和工具箱下楼。

"我去河边看看，"蒙烽说，"张岷，你看着这里。"

刘砚提着工具箱匆匆走过食堂，忽然停下了脚步。

"老天……"他的眼眶红了起来，鼻子一阵发酸。

崔小坤被一根钢筋穿透了胸膛，睁着眼，半吊在空中，两腿齐膝之下，已被丧尸啃得稀烂。

刘砚抑着夺眶而出的泪水，上前把崔小坤兀自睁着的双眼合上。

张岷道："是你的朋友吗？"

刘砚点了点头："室友，最早一起逃难出来的。"

张岷叹了口气。

刘砚道："你从东向西、我从西向东搜索，五分钟后在这里碰头。"

张岷点头道："行。"

刘砚把工具箱放在决明脚边，叮嘱他别乱跑，转身绕着破败的废墟开始寻找生还者。

"有人吗？"刘砚喊道。

一阵尖叫声响起，刘砚快步跑向南楼，一只丧尸趴在门上，探手进厨房内乱抓，里面于妈大骂道："走开！走开！"

刘砚喊道："朝后躲！"说完，砰然开枪，一枪打偏，那丧尸猛地朝他扑来，刘砚不避不让，连着四枪射去，最后一枪成功地击爆了它的头颅，无头尸倒在刘砚面前。

刘砚上前推门："于妈？还有谁在里面？安全了，都可以出来了。"

里头传来一阵尖叫声。

"小心——"

刘砚猛地转头，一只丧尸撞出走廊朝他扑来，他连忙背靠门板开枪，电光石火的瞬间，楼上掉下来一个铁柜，轰的一声巨响，砸在丧尸身上。

刘砚捏了把汗，持枪遥遥朝上望去，三楼出现了一个花盆。

刘砚忙道："停！"

决明露出脑袋，问：“死了吗？”

刘砚：“……”

“你跑上面去做什么？”听到枪响的张岷匆忙奔来，朝楼上喊道。

“找东西。”决明答道，他寻到自己的东西下来了。

厨房门打开，现出门后老母鸡似的于妈以及躲在里头的两名女生——谢枫桦与丁兰，还有三个受伤的男人。

“都出来吧。”张岷说，顺手把压在衣柜下的丧尸一枪爆头，张开手臂让决明跳下来，抱着他在一边坐定。

刘砚：“还有生还者吗？”

张岷：“没有了，南、北两楼的物资基本还在，东、西楼和厂房、车库里的全毁掉了。等蒙烽回来集合。”

蒙烽在河边洗了把脸，河水夹着山顶咆哮而下的水流狂奔而来，断木、树叶冲过。他忽然感觉到了什么，猛然抬起头。

远处旷野中，有两具湿淋淋的尸体，一具躺着，一具跪着。

蒙烽猛然抬头，喊道：“谁？”

蒙烽迅速架上臂发式机关枪，涉水过对岸。

乌云密布，灰蒙蒙的天地间，方小蕾安静地躺在旷野上，睁着空洞的双眼，另一只丧尸趴在她的身上，一动不动。

蒙烽瞠目结舌：“方小蕾？”

蒙烽以枪轻轻拨开俯在她身上的那只丧尸，丧尸翻了过来，那是断了双脚的萧瑀，一把小刀沿着脖颈捅入了他的头颅。

方小蕾脖颈上、肩上全是血，躺着不住地痉挛。

她的唇动了动，伸出一只手，把两枚戒指放在蒙烽的大手里，握着他的枪口，颤声道。

“开……开枪……”

远处一声枪响。

宿舍楼内，张岷举起枪，发射一枚信号弹，灰白的天空下绿光一闪一闪。

决明在一旁吃药，刘砚问：“你回去拿什么？”

决明从外套兜里掏东西让他看——一枚金质奖章、再来一瓶的盖子、几张植物大战僵尸的布质徽标。

外面停了四辆货柜车，林木森一如刘砚所料，回来了。

“怎么样？”林木森带着人下车。

刘砚道：“安全，你们可以开始搬东西。”

“我们朝哪里撤退？”蒙烽穿着军外套却不扣上，袒露着胸膛，卸下机关枪，活动酸痛的手臂。

林木森不答，反问道：“这里是活下来的所有人了？”

刘砚道：“加上你身后的，一共23名。”

林木森让人前去搬东西，四下望了一眼，在中庭席地而坐，摊开地图。

“东边S市和Z市，省会F市，”林木森道，“据说是全国最先爆发丧尸潮的区域，你们一定不想回去。”

“免了。”蒙烽没好气道。

大家都不愿回去面对那噩梦般的城市。

“不去重灾区，”张岷说，“我建议朝北走。”

林木森道：“上北边高速就是出省了，半个月前那里全线封锁，刚刚我派人去看了一眼，全是丧尸。”

数人俱是沉默。

林木森说：“我决定朝西走，离开南岭山系以后拐向西北。”

蒙烽说：“但那只怪物就是从西边来的。”

林木森说：“它朝东边走，目标不是咱们，而且已经离开了。”

刘砚始终不作声，张岷说：“朝西走，路上一定还会有丧尸。”

“走任何一个方向都有丧尸，”林木森说，“哪里不是冒险呢？”

刘砚说：“我赞成西北方向，如有可能，我想去兵营收回一件东西。”

蒙烽点了点头，林木森道：“待会儿六个人一队，轮班守在货柜车顶上，架上机枪，如果有丧尸拦路，可以沿途清理，只要车能走就行，现在所有人都去搬东西，包括女人！半小时后准时出发！”

众人散了，几辆货柜车依次排在公路前，他们把所有能用的物资带上车去，刘砚粗略计算汽油储量，足够车队行走近5000公里。

跟班们把面粉、大米、罐头以及成箱的香烟与医药品抬上车去，塞进货柜的最里面，刘砚这才发现，林木森竟准备了这么多东西。

半小时后，东西都搬得差不多了，一个小弟不慎在赤裸的钢筋上擦破了皮，伤口泛起紫黑色。

林木森什么也没说，就当没看见，依旧任由那小弟干活，最后临走时让他下车，把三包饼干、三瓶矿泉水放在路边，吩咐道：“走吧。”

那个被抛弃的跟班呆呆地站在路中央，遥望货柜车队起程，驶离已成废墟的化工厂。

林木森精打细算，终于也浪费粮食了，但当着这么多人的面，那小弟忙前忙后，搬了大半天东西，总不能一枪送他归西，还是这样做最妥当。

蒙烽四人坐在最后一辆车的货柜里，公路坑洼不平，微微颠簸。

刘砚朝车厢深处问道：“哲学家，你还在吗？”

谢枫桦小声地安慰着断断续续抽泣的丁兰，捋了把散乱的头发，从车厢最里面朝刘砚看来。

“那作家呢？”刘砚问，“我忽然想听点故事了，他活下来了吗？”

谢枫桦答：“早在10天前就走了，他的挎包里有一本诗集、一个枕头，可以在他的旅途上随时做梦。”

刘砚道：“是啊，下次再碰见会讲故事的人，应该请他留下来。”

8月26日

我们遭到第一次安定下来后的丧尸潮洗劫。出现了一只没有人能推测来历的巨大怪物，我和蒙烽把它叫作血肉巨人，决明则把那些丧尸叫作“天灾军团”。因为它，我们再次踏上了逃亡的旅途。

我需要一个生物专业的人咨询问题，但方师姐已经死了，她的家人、亲戚、朋友都死在这次浩劫里；或许再见萧瑀师兄一面是支撑着她活下去的信念。蒙烽说萧师兄仍记得她，或许这是她心甘情愿的归宿。

希望他们下辈子还能在一起。

丧尸摧毁了裕镇的工厂，我们带着所剩无几的生还者朝西北再次开始逃亡，蒙烽与张岷在货柜车顶端架设起枪，清理了路边偶尔出现的小股丧尸。

它们翻山越岭，大部分散进野外，没有走公路，实在是不幸中的万幸。

当天下午，我从那个封闭兵营的西北角取回了上次行动中遗留在那里的三号机。

当初设计红外线监视仪时，自动化专业的崔小坤添加了一块芯片与机体独立电池，如今崔小坤离开了我们，他的发明仍发挥着作用，这块芯片里记录了我们离开兵营之后五个小时内的内容，说不定能告诉我们真相。

愿崔小坤的在天之灵安息。

蒙烽朝正在写日记的刘砚说：“方小蕾临死前有点东西让我带给你，留作纪念。”

他伸出手掌，朝刘砚摊开，掌心里有两枚闪着光芒的钻石戒指。

刘砚沉默地拈起其中小的一枚，把另外大的那枚留在蒙烽的掌心。

16 搜救

天放晴了，数十人坐在货柜车的顶端，遥望公路一侧的兵营，六辆大车缓缓地驶过，将这里的景象留在远方。

兵营内满目疮痍，围墙破开了一个巨大的缺口，内里已空空荡荡，所有的丧尸都跑出来了。

蒙烽带人去把兵营里最后剩余的武器带回车上，填满了近大半个货柜车厢。

刘砚手里拿着一个小匣子，翻来覆去地看，这里条件不充分，电路也在暴雨中被打湿了，需要材料翻修，才能把里面的影像调出来。

傍晚车队再次起程，沿着公路，穿过南岭山脉出省，一路向北。

“爸，我要死了。”黑暗里，决明的声音传来。

“不会的，”张岷小声道，“决明，退烧药有点副作用。”

决明说：“我很难受……”

张岷背倚一个纸箱，他们所处的空间非常狭小，大部分地方堆满了面粉、米和成箱的罐头以及杂物，狭隘的空间里纸箱外面隔着林木森的一半手下，对面则是蒙烽与刘砚，再往里避风的地方则留给女人们。

决明淋了一晚上雨，感冒发烧了，退烧后蔫蔫的，吃不下东西，在张岷怀里不舒服地又蹭又动。

“多喝点水，”张岷说，“热吗？”他摸了摸养子的头，打算分散他的注意力，说，“你看刘砚手里的东西，那是什么？”

决明摇了摇头，看着对面的刘砚：“闹钟吗？”

刘砚在昏暗的电筒下组装一个机械装置，小小的，像个圆盘。

“是个生命迹象探测仪，”刘砚说，“蒙烽在兵营里找到的，我把它调整了一下，利用温度差来实现远距离生命波动检测作用。”

“能找到丧尸吗？”蒙烽说。

刘砚摇了摇头：“它和红外线技术不同，只能找到人，覆盖范围是3公里左右。”

张岷点头道：“好东西。”

决明又不吭声了，全身是汗，却紧紧地抱着张岷的腰不松手。

越是地广人稀的地方就越安全，恶劣的风沙环境能令丧尸快速风干，结缔组织缓慢丧失活性，细胞液脱水蒸发，失去行动能力；寒冷环境则会帮助人类，令丧尸冻成僵冰，破坏它们的肌肉活性。

这是方小蕾生前提出的建议，也是《丧尸生存手册》上列出的逃亡细则。刘砚和蒙烽等人讨论良久，觉得往西南方向走最安全。

林木森一意孤行，否决了所有提议，决定沿途扫荡小镇，并囤积物资辗转北上，建立自己的流亡基地。

但整个国家就那么一瞬间空了，一座又一座死城出现在他们的眼前，甚至找不到任何呼救信号。

旅途是冗长而寂寞的，几个小时、一上午，甚至连着整整一天、两天，路上没有任何人，刘砚手中的生命探测器也从未响起过。荒芜的高速公路围栏外偶尔能看见零星的几只丧尸伸出手乱挠，除此以外，就只有蓝的刺眼的天空与依旧灼热的烈日。

车厢内十分闷热，他们在路边停下检修时，张岷提出要求，必须开一个天窗。

车队的成员已经有不少病了——那天淋雨后开始长途跋涉，一路劳顿，就连林木森也不住地咳嗽。

张岷给状况不好的人把过脉，说：“车厢内空气不好，容易传染疾病，你得找个地方停下来，彻底清扫一次，洒消毒水，生病的人好好休息一下。”

林木森不耐烦道：“小病没关系，都撑得住。”

张岷道：“当初这场病毒暴发之前也是从小病开始，它的来源至今还没人清楚，你又怎么能确认，它不是普通感冒病毒突变而来？”

林木森被说服了，车队在路边的一个加油站停下，蒙烽率先下车，带人到附近搜查。

“我听到外星人在和我说话。”决明说。

刘砚刚下车，听到这话蹙眉道：“外星人和你说什么了？”

决明："听不懂，嗡嗡嗡的……"

张岷笑道："宝贝，那只是感冒引起的耳鸣。"

刘砚哭笑不得，让谢枫桦下车，众人在附近随意走动，林木森则蒙着口鼻，大声吩咐手下洒消毒水。

"脸色不太好。"刘砚点评道。

"需要调理。"张岷坐在一个箱子上，怀里抱着决明，决明十分黏人，只要没事可做，便要相依为命似的挂在张岷身上。时间一久，旁观者也都习惯了。

远处传来几声枪响，是蒙烽开枪杀了三只丧尸，提着枪回来。

张岷低头看地图："我想到附近的城市去看看，找点中药材，车队里有人咳嗽、肺火、风寒……"

蒙烽说："这些都是小病，不死已经命大了。"

张岷抬头道："小病如果不根治，容易发展成大病，风湿、肺炎，别小看这些，还有关节炎，况且林木森身体本来就带病。"

"要去市里有点危险，我们也没有车。"蒙烽道。

"那不是车？"刘砚示意他们看，远处停着一辆瘪了车门的小型货车，一侧还有两辆摩托车。

蒙烽说："不能开，没油，没车钥匙。"

刘砚道："搜搜你刚才杀死的那几只丧尸身上，说不定能找到车钥匙。"

蒙烽："你当是玩RPG游戏吗，已经搜过了，没有。要么读档把那几只丧尸重杀一次，凹一下爆率？"

刘砚笑了起来，离开货柜车，前往加油站一侧的吉普车查看。他把油箱加满，侧身进驾驶座，抽出一把螺丝刀撬开前盖，抽出两条线，用打火机烧掉塑料外皮，随手一碰，吭哧吭哧的声音响起，汽车发动了。

"我们去附近的城市看看，找点药，储备的药材太短缺了。"蒙烽开车经过路中央，朝林木森喊道。

林木森怀疑地扔了烟。蒙烽道："很快就回来。"

林木森道："要去可以，但我只能等你们10个小时，所有责任你们自负。"

蒙烽听到这话有点不自在，蹙眉道："大家都需要药，不是一个人的事，你……"

"别啰唆。"刘砚道。

张岷道："走。"

蒙烽掉转车头，下了高速。

秋高气爽，一出货柜车厢，整个人都舒服了。四面车窗大敞，兜风的感觉十分美妙，刘砚翻出一盒磁带塞进录音机里，张学友的歌声响了一路。

Q市。

吉普车缓缓地开进市区，风卷着残破的纸张掠过街道，被雨水浇得湿烂又被烈日晒干的纸箱横亘街头，撞在电线杆上的汽车被火烧得焦黑。

刘砚开启手中的生命探测仪，没有生还者的迹象。

蒙烽开车小心地穿过市区外缘，这座城市是南岭两省交界处数一数二的大城市，他们所在之处只是郊西的高新技术开发区。

凡是有点头脑的人都不会待在城市里，刘砚本身也没有别的念头，但在离开南方前，他必须先找到自己需要的设备。

蒙烽在马路边停了车，丧尸似乎都离开了这里，前去觅食了。

他和张岷下车沿着商业街侦察，最后确认没有大批丧尸出没，吹了声口哨，示意刘砚和决明可以下车。

决明推门，叮当声响，快餐店里，张岷拿着一块布擦拭满是干涸血迹的柜台，把一只断掉的手臂塞进柜台，装模作样地按开收银机，双手撑在柜台前："欢迎光临，小帅哥想吃点什么？"

决明笑了起来，仰头看上面的菜单板。

"来一份宫保鸡丁吧。"决明煞有介事道。

"哦，不行，"张岷认真道，"我们用的是地沟油，而且你看上去感冒还没好，太油腻的吃了可不好。"

决明说："有可乐吗？"

张岷回答："碳酸汽水不利于健康。"

决明说："我爸也常这么说呢。"

张岷说："别提了，你知道那里面是什么吗？"

决明问："是什么？"

张岷装出一副凶残的表情："全是防腐剂和香精！你爸没告诉你吗？"

决明无语。

张岷和蔼可亲道："番茄炒鸡蛋要吗？"

决明："嗯……可以来一点，不要太酸，多少钱？"

张岷彬彬有礼道："今天是丧尸日大酬宾，不用钱，请坐下稍候，马上为您送上。"

张岷走进厨房里，决明挠了挠头，坐在位置上看传单。

片刻后，厨房里飘来香味，蒙烽傻眼了。

"还能用？"

"煤气是罐装的，鸡蛋在冰箱里，虽然停电了但还没有坏，只放了半个月，番茄酱和土豆也是好的。"张岷一脚踹开厨房门，端着盘子，围着围裙出来。

"这个呢？"决明拌了拌面条。

张岷："面条是干的，下锅就能煮，还有这个……"

张岷变戏法般从柜台后取出三杯咖啡、一杯热牛奶，酒精炉烧的水，糖、奶粉、伴侣、黑咖啡一应俱全。

决明幸福地开吃了。

一大盆西红柿鸡蛋面，四个人围坐一桌，蒙烽摘了手套说："不管了，先吃再说。"

"比于妈的手艺好。"刘砚赞赏地点头道。

决明道："我爸什么都会，还知道香精、防腐剂什么的。"

"看出来了。"蒙烽笑道。

四个人吃饱了，又喝了咖啡，心满意足，蒙烽肩上扛着一把巨型机关枪在商业街内闲逛，问："你要找什么？"

刘砚道："先沿途看看……那家店没被洗劫，是卖什么的？"

汽车配件商店、电子配件商店、五金店，刘砚把能拿的都拿了，将一箱又一箱的东西放上车去，最后加了块木板挡严实。

张岷推开一家商店的门，说："这是一家新华书店，招牌不知道掉哪儿去了，没有被破坏，保存得十分完整。"

"太好了，"刘砚说，"给我20分钟。"

他在两层的书店里找到不少需要的书，决明蹲在二楼看漫画。

蒙烽拿着一沓时尚杂志朝外走。

决明道："喂，你没给钱。"

蒙烽煞有介事道："亲，窃书不能算偷，窃书怎么能算偷？"

刘砚翻开一本《机械力学离散化技术》，著作人写着系主任的名字，不禁叹了口气。

张岷则把所有人体医学理论和中医药方面的书籍搜罗出来，装箱放上车去。

“还有什么？”刘砚道，“可以离开了。”

张岷道：“再找家药房。”

中联大药房被洗劫一空，一次性针头、酒精、碘片和绷带已经全没了。

张岷不看空空荡荡的货架，跃过柜台，翻找小抽屉里的中草药，如释重负地道：“太好了，中药全在。”

他把所有的药材分类倒进塑料袋里，最后装成四个大而轻的麻袋扔上车，还找到不少人参等名贵药材，随手给决明嘴里塞了片花旗参，牵着他朝外走。

“刘砚！”决明道。

刘砚在拆一个路灯里的电路板，头也不抬道：“什么？”

决明：“你的闹钟响了！”

刘砚：“关了吧！”倏然意识到不对，他猛地转身冲上车，生命探测仪上绿灯亮起，嘀嘀嘀，一声接一声。

刘砚蹙着眉，神情凝重，握着圆盘探测仪转动方向，指向东边。

液晶数字跳动，显示出距离，2.5公里外有生命迹象。

“去救？”蒙烽道。

张岷问：“弹药还有多少？”

蒙烽检视臂射六管机关枪：“满的，出来前刚填装完子弹。”

刘砚：“我觉得应该先回去寻求支援。”

张岷道：“但我觉得他们起不了作用，而且林木森愿不愿意救人，还难说得很。”

蒙烽道：“他需要人，你有把握说服他吗，刘砚？”

刘砚摇了摇头，但那似乎有点冒险，万一林木森等得不耐烦，又或者根本没这个念头呢？林木森在化工厂沦陷的战斗中似乎被吓破了胆，从一路上不想停车、没命般地逃亡就能看出，他的内心充满了恐惧，近乎有点神经质。

“他会说，”决明道，“你的闹钟坏了，扔了它吧。”

决明一语道破天机，这句话令刘砚彻底打消了回去请求支援的念头，他果断地说：“咱们换辆轻便点的车，先过去看看再说。”

话音刚落，远处传出一声爆炸。

刘砚道：“张岷把上面我做了记号的箱子提过来，我去找车。”

刘砚找了辆三菱吉普车，蒙烽一枪开锁，刘砚上半身趴进驾驶座，扯出电线。

“你知道我在想什么吗？”蒙烽在车外守着，面无表情地问。

刘砚答：“你……省点吧，想过把开名车的瘾吗？只有旧式的我才能用这招，像凯迪拉克和奔驰那种带防盗功能的豪华轿车，不是拿两根电线碰一下就……能……”

蒙烽用枪头戳了戳刘砚露在车外的腰：“不是想的这个……你还是快点儿弄吧。”

吭哧一声三菱吉普车启动，刘砚道：“你和张岷坐前面，决明过来帮我组装东西，上车！”

吉普车缓缓地朝开发区东南方向开去，一声爆炸后远处便再没有了声音。生命探测仪仍亮着灯，刘砚把它塞进前座靠背固定，放平后座，打开箱子，稀里哗啦地把一堆零件倒了出来。

“手雷给我一个。”刘砚说。

“你打算在车上拆手雷？会把我们炸飞的！”蒙烽倏然吼道。

刘砚道：“我保证不会的，快，乖。”

决明说：“炸飞而已，又不会死。”

蒙烽：“那只是电视上这么演……”说归说，却依旧交出了手雷。

刘砚用小刀撬起手雷外壳，嘴里咬着胶带，三两下把它缠上，嗯嗯地示意决明把罐头拿过来。

他把罐头盒拉开，里面的午餐肉随便喂决明吃了点，再把剩余的倒了，把一大盒铁钉装进去，底部用开罐刀划出六片花瓣般的铁片展开，捏出倾斜的角度。

手雷放在中间，用线牵着拉环，小心地绑在一个拖把杆上。

蒙烽的车缓慢减速，张岷深吸一口气道：“老天。”

马路的尽头是一座两层的建筑物，外面围着上百只丧尸，铁门被撞得哐哐作响，倾下近半。

建筑物一楼门顶挂着警徽——那是个派出所。

17 离别

派出所门外，吉普车高速冲来，瞬间打横，蒙烽猛打方向盘，来了个漂亮至极的漂移，吼道：“里面的人卧倒……”

刘砚抛出罐头炸弹，叮的一声卡在派出所外的铁门上，蒙烽挂挡倒车，车轮空转片刻，将扑上前的一只丧尸碾进车底。

轰的一声响，罐头盒爆炸，朝四面八方射出上百枚铁钉，沿着展开的铁皮花瓣一瞬间飞散开去。被热浪灼得通红的铁钉犹如利刃，无差别覆盖了近10平方米的区域，射进了丧尸的头颅里。

刹那间，派出所门口的丧尸倒了一大片。

说时迟，那时快，蒙烽一踩油门，噌的一声高速冲向外围铁门，从倾斜的栅栏上碾着的几十具尸体上一飞而起，在空中飞行5米，发出巨响，重重落地。

车门被推开，将一只挂在门上的丧尸撞飞了，蒙烽与张岷同时扑出车外，在前院一打滚，各自亮枪，开始扫射！

刘砚坐上驾驶位再踩油门，吉普车轰然撞进了派出所里，大门倒下，刘砚摇开车窗吼道：“快走！”

说完，他霎时愣住了。

前厅内聚集了上百人。

这么多人，决计带不出去，刘砚只看了一眼便道：“谁是头儿？”

蒙烽与张岷持枪边扫射边后退，张岷顺着地面抛出手雷，继而与蒙烽同时转身朝派出所大厅一扑，刘砚马上抱头扑倒。

又是一声巨响，热浪卷进大厅，上百人惊慌大叫，四处寻桌椅躲藏。

蒙烽道：“这么多人？”

刘砚再次抛出一枚罐头炸弹，蒙烽单手扳着倒下的门板一声大吼，把它掀得立起，外面铁钉横飞，门板背后现出锐利的火红钉尖，烫得蒙烽不住地大叫。

外面安静了。

在大厅内躲藏的人们纷纷起身，惊疑未定地打量着刘砚他们。

“谁是头儿？”刘砚又重复了一次。

“你们是从哪儿来的？”一名身着警服的年轻人从柜台后起身，放开怀中的小女孩，小女孩大哭着跑过长厅，去找她的父母。

蒙烽道：“从南边来，刚过省际国道。你好，我叫蒙烽。”

“张岷。”张岷与他握手。

“邓长河，”那警察道，“生还者只有你们？武器从哪里得到的？”

蒙烽简要解释了一下他们的来历，又道：“刘砚把其他人集合起来，我们得马上离开这里。”

邓长河看模样只有20岁，比蒙烽、刘砚他们都要年轻，闻言道：“不行，我们不能走，已经联络上军队了，这几天就会有人来救援。”

蒙烽不禁蹙眉：“军队会到这里来？”

刘砚检视大厅，这个派出所只有两层楼，一楼是办事窗口，二楼则是办公室。

难民们有老有少、有男有女。地面散乱的垃圾以及拼凑在一起的桌子、铺在墙角的床单、凌乱的旅行包表明，他们在这里住了很长时间。

邓长河带着蒙烽与张岷上楼，二楼躺着一名受伤的老警察以及两具尸体。

张岷上前检查那警察的伤势，手电筒照过他的瞳孔，松开按在他脉门上的手指，起身摇了摇头。

“不会来的，”蒙烽道，“丧尸潮暴发了将近一个月，军方连影儿也不知道在哪里，估计也是遇上了什么麻烦，没有时间了，收拾东西马上走。”

邓长河嘘了口气，似是十分难办，张岷道：“朋友。”

邓长河抬眼，张岷说：“我们的车队只在高速路口等候不超过10个小时，下午天黑的时候他们就得走了，如果你愿意在这里留守，我们也帮不了你。”

邓长河沉默了一会儿，问：“所有人都跟着走？”

蒙烽检视四周，从窗户朝下望去，外面满是丧尸尸体，先前手雷的爆炸与刘砚发明的钉子炸弹解决掉近九成，数只丧尸尝试着爬过围栏进来，蒙烽开枪把它们打死，头也不回道："是的。"

邓长河又问道："所有的人，不能丢下任何一个。"

张岷道："所有还没被感染的人。"

"走，"转椅上的老警察安详地闭着双眼，缓缓道，"小邓，带他们走，求人不如自救。"

邓长河道："王叔！"

老警察眼窝深陷，脸色发黑，肩膀上紫黑色的血渗出绷带，发着抖道："保护好还活着的人。"

张岷匆匆下楼，刘砚道："这里有医生吗？"

没有人回答，大家眼神陌生充满希望地看着他。

一个穿着肮脏的衬衣、西裤的人出列道："有什么能帮您的？"

刘砚说："你是医生？"

那人道："不，但会一点医疗。"

刘砚和张岷小声交谈几句，又道："大家排好队，到门口来。"

张岷身材颀长，一只小小的电筒在手指间反转，眼眶有点发红，刘砚道："挨个来，别乱，蒙烽？"

蒙烽与那名叫邓长河的警察下楼，邓长河戴好警帽，眼睛红肿，显然是刚哭过。

刘砚说："蒙烽你守着门口，预防有丧尸进来，检查过的人都到前厅去。"

张岷眼里带着泪水，挨个检视逃难者的瞳孔，手指搭着他们的脉门。

"你到那边去，"张岷道，"你，到门口去。"

刘砚以眼神示意，蒙烽明白了，他短暂地沉默了两秒，说："你们到我身后来。"

被感染的人走到蒙烽身后，刘砚不说接下来怎么做，其他人也没有问。

决明蹲在办证厅的一侧，帮一个小女孩整理她的裙摆和衣襟。

小女孩道："哥哥，你是来救我们的吗？"

决明轻轻道："对啊，那人是我爸，我们会带你走。"

小女孩点了点头，把手里拿着的一个公仔交给决明，决明接过，翻来覆去地看。

"这是亚马孙棕熊吗？"决明说。

小女孩努力地眨了眨眼，决明又道："可能是一种远古化石生物。"

“有这种东西吗？决明。”张岷习惯了决明的怪话，“你到门口去……决明，过来。”

决明说：“还给你，我爸不让我随便收别人的礼物。你爸呢？”

小女孩朝后边的队伍指了指。

她的父母在队伍里，看着她与决明。

张岷瞥见那小女孩脖子旁边有块灰斑，又道：“决明，过来。”

小女孩把东西朝决明外套里塞，决明抽出来，小女孩又道：“给你。”

决明道：“哦，谢谢！”

他的军外套内塞着那只熊公仔，露出脑袋一晃一晃的。

张岷道：“这是你的……什么人？”

一个男人半抱着一个陷入昏迷的老妇人过来，张岷连看都不用看就知道她被咬伤了，伤口在手腕上。

“能治好吗？”40多岁的男人道，“她是我娘，昨晚上，丧尸……从窗子里爬进来……她为了救我被咬了……”

张岷道：“到那大个子身后去，我们再想办法。你呢？”

小女孩的父母抱起她，朝张岷道：“她叫柔柔。”

张岷说：“是怎么回事？”

他照了小女孩的瞳孔，小幅度扩散，在她的身上却找不到伤痕。

柔妈说：“昨天晚上……”

柔爸马上使了个眼色。

张岷顺着她的脚摸下来，她的脚底有一个被玻璃割伤的创口，已经开始腐烂。柔妈见瞒不住了，只得说：“去小便的时候踩了玻璃，已经好了。”

张岷道：“到那边去。”继而不再说什么。

人陆续离开办证厅，张岷牵着决明的手上车、倒车，把吉普车开出前院外，刘砚站在门口道：“现在，会开车的全部站出来，上前一步。”

大部分男人站了出来，刘砚说：“邓长河，请你打头，所有人跟上，跟着我们走，秩序别乱。”

张岷将车开到街上，跃上车顶负责警戒。

近百人的队伍一分为二，蒙烽截断了后排的感染者，转身站在铁门外，跨过那些丧尸的尸体，把枪看似无意地朝向他们，说：“你们在这里等。”

刘砚带着人去开车，选中八辆老式车，挨个检查油箱、水箱，勉强还能用的便直接拆开锁盒，直接暴力破解发动汽车。

还有人是开着车过来避难的，手里有车钥匙，刘砚搞到所有的车，让他们依次停在路边。

刘砚："你们先上车。"

张岷道："蒙烽身后的人都是被感染了的，那个中年人和那对夫妻没被感染，但是他们的亲人……我不敢分开他们，你看怎么办？现在说？"

刘砚站了一会儿，深吸一口气。

"我死了以后，一定会下十八层地狱的。"刘砚闭上眼，缓缓道。

他走向蒙烽，看着被感染的人群，所有的面孔都是陌生的。

刘砚道："你们都被感染了，可能会变成丧尸。"

一语出，人群耸动，蒙烽后退，把刘砚护在身后，枪口指向人群预防变数，登时有人大叫，更有人朝派出所内逃去。

"不不，"刘砚道，"他没有开枪的打算，别怕。"

人群稍定，一人喊道："那我们怎么办？"

刘砚道："我无能为力，不能带你们走，抱歉。"

刹那间哭声、恳求声响成一片，蒙烽持枪护着刘砚缓缓后退，那对夫妇冲出来，哭着说："我们没有被感染，别扔下我们！"

张岷说："他们可以走，但她……不能走。"

刘砚艰难地咽了下口水，道："你俩上车，你们的女儿不行。"

张岷以枪指向一中年人："你也可以走。"

那中年人抱着他的母亲，说："我不了，我陪我妈。"

刘砚刹那间眼泪就流下来了，蒙烽搂着他的肩膀，小声安慰，转身上车。

"别让他们走了，"有人狂躁地吼道，"不能让他们走！"

那声呐喊犹如一石激起千层浪，然而短短片刻，派出所大门处，啪的一枪朝天鸣放。

老警察倚着门框，疲惫地说："把生还的机会留给活着的人吧，我留在这里照顾你们。"

人群安静了，蒙烽以臂射机关枪指着他们，掩护刘砚上车。

老警察又道："钱淮仁，你没有被感染是吗？我听小邓说的。"

那个抱着母亲的中年人含泪点头，老警察用枪示意，说："你跟他们走，我会照顾她。"

他走下台阶，接过钱淮仁怀里的老妪，说：“去吧，你妈妈希望你活下去，别辜负了她。”

“走。”蒙烽道。

那个中年人朝他们的车走来，回头看了一眼，蒙烽把他推上车去。

“您叫什么名字？”蒙烽道。

老警察笑了笑：“我就是个片儿警，去吧，小伙子，祝你们一路平安。”

蒙烽两指捏在眉前，朝他挥别，上车。

柔柔的父母把他们的女儿放在路边，柔妈哭得死去活来，被塞进车里。

“妈……”柔柔站在路边，茫然地张口喊道。

“柔柔——”老警察在派出所门口道，“你爸爸妈妈只是离开一会儿，过来，伯伯抱你。”

“柔柔是个好孩子，听警察伯伯的话。”

车队开出街道，决明拿着手里的小熊，朝车后张望，孤零零的小女孩站在路中间大哭起来。

他们沿路离开，小股丧尸在蒙烽的机枪扫射下倒下一片，抵达他们进市区的地方时，刘砚与蒙烽登上先前放在这里的卡车，带着大批物资殿后，张岷则继续开车领头，下午3点，他们安全回到了高速路上，长长的车队惊动了其余人。

林木森蹙眉道：“带了这么多人回来？”

刘砚下车，吩咐人卸货，说：“都是没有被感染的生还者。这是我们老大。”

“你好！”

“怎么称呼？”

马上有人下车，来向林木森递烟，林木森不耐烦道：“都到那边去！刘砚，你最好给我解释清楚，这些人都有什么用？让他们安分点！别乱动！”

林木森话音刚落，小弟们便持枪上前，形成一个包围圈，当即有人愤怒地大吼，女人尖声指责，场面一片混乱。

张岷和蒙烽早已有心理准备，各自扣着扳机。

“我左边五个，”张岷说，“你负责解决右边八个。”

蒙烽低声道：“不忙，先看刘砚的，不行再解决他们。”

从他们刚与林木森碰面时，观念冲突就埋在彼此的内心深处，这是刘砚与蒙烽的固有心态，他们与张岷、决明是一种人。

然而，林木森又是另外一种人，或许这种矛盾总会被激化，难以避免。

刘砚道："都安分点！这位是我们的领袖，林木森，森哥，他没有恶意，只是想确认你们有没有带着病毒。"

说完，刘砚朝林木森道："我相信这些人都有作用。你正缺人，森哥，蒙烽和张岷没有足够的帮手，完全无法建立武装小队。你要人，人多力量大，有人才能让他们拿枪去和丧尸对抗，才能保护我们自己。"

林木森没有被刘砚催眠，反问道："这就是你的理由？"

刘砚道："我们其实没有救出多少人，匆忙间也来不及审核，但现在才3点10分，时间很充足，可以在这里就地审核。"

林木森略一沉吟，点头道："可以，由你负责，所有留下来的，都要给我一个理由。"

刘砚初步获胜，欣然道："包在我身上，你去休息吧，我们还从市里带回来不少东西，番茄酱和水果罐头你说不定会喜欢。决明，把你的菠萝罐头交出来……别有仇般地盯着我，快，好东西要和好朋友分享。"

两个小弟搬来桌子，刘砚坐在一个装满书的纸箱上，摊开一沓纸："过来登记一下，别怕，从现在起，你们已经安全了。"

人们开始排队，蒙烽像一个永久的保护神，站在刘砚身后，他黝黑的肤色、坚定锐利的眼神以及手里的枪——这是最重要的，都赋予他一种绝对的危险感。

所有一切都昭示着，刘砚不能惹。

"你叫什么名字？"刘砚认真地问，"以前是做什么职业的？"

"个体户。"那人答道。

刘砚："会算账，对吧？你能为我们做点什么？嗯……可以。以后会训练你用枪，拿着这张纸，去找林木森报到，客气点，记得叫他老大。"

林木森坐在货柜车上，敞着车门吃水果罐头，不时有人过来朝他表示忠心。他眯起眼，轻蔑地接受了，而后威胁道："好好干，别添乱。"

刘砚："下一位。"

"你说过每一个人都……"邓长河的声音带着压抑的怒气。

"我会的，"刘砚冷冷道，"我向来说话算数。"

邓长河深吸一口气，显然是忍耐了很久，刘砚伸出手："你好，自我介绍一下，我叫刘砚。"

邓长河道："我只是个实习警察，片儿警，我不一定是你们的对手，但是刘砚……我们是为人民服务的，王叔说要保护每一个人，就像保护我们的父母。如果你……”

蒙烽道：“你比刘砚还要啰唆，一边去吧，你以后会明白的，小弟弟。”

刘砚无奈地笑了笑，示意邓长河去找黑社会的头儿林木森报到。

张岷用固体燃料点起一个炉子，招手示意邓长河过来，叮嘱了几句。

“哟，警察同志！”林木森一只脚吊儿郎当地在座位边晃。

邓长河望了他一眼，没有说话。

林木森的眼睛马上就眯了起来，目露凶光，邓长河道：“森哥好，我不会说话。”

他从后腰袋里抽出枪，枪口朝向自己，枪把手朝着林木森，认真地递过。

张岷叮嘱的那一招收到了全效，林木森接过他的手枪，对他这个举动大为满意。

“很好，小伙子。”林木森如是说。

刘砚：“你叫什么名字？做什么的？”

他抬起头，面前那男人答：“吴伟光，我是个牧师，又见面了，您好。”

刘砚认出来面前这人就是在办证厅里主动提出会一点医疗技术、愿意帮张岷打下手的人。

“您好，”刘砚与他握手，“牧师……国内有这个职业？”

“一直都有，”吴伟光说，“您也是教徒？我是南京金陵神学院毕业的。”

“我不是教徒，但我的外婆曾经是。”刘砚知道“牧师”这一称呼是基督新教里的职位，与神父不一样，牧师侧重于管理教会以及传播福音，他们有时也充当使徒的角色。

吴伟光握着刘砚的手不放，说：“她后来呢？”

刘砚道：“去世了。”

吴伟光温柔地说：“那么，我想她一直是，因为她皈依主了。”

刘砚点头笑了笑。

吴伟光又攥着刘砚的手，认真道：“坚强起来，孩子。”

蒙烽看着牧师的手，马上就不乐意了。

蒙烽道：“你是牧师？神圣系还是戒律系的？会强效治疗术吗？治疗之环什么的，群体驱散也可以。”

刘砚知道基督新教，对其素来抱有好感并略知教义，然而说来话长，也不可能给蒙烽详细解释，只得道：“别胡说，蒙烽。”

“没有关系，”吴伟光收回手，“主宽恕每一个不识他的子民。”

刘砚说：“他可能不允许在……车队里布教，也请暂时别对林木森说你的身份。”

吴伟光说：“我会注意的。”

刘砚又说：“你会简单的医疗，那么算你是个西医……没有执照，协助张岷，可以吗？”他征求地看着吴伟光的双眼。

吴伟光点头道：“你是个仁慈的人，主会庇佑你。”

他领到纸条前去找林木森，刘砚小声道：“他们没有别的意思，只是想让你心里好过点，都是好意。”

他又道：“下一位。”

一男人道：“我叫胡珏，幸会。”他说了一个非常出名的世界品牌公司，掏出名片递给刘砚。

刘砚难以置信道：“你是亚太地区的负责人？”

胡珏道：“对，我的妻儿、老父老母都在国外，这次我是飞回来谈一个合约，没想到……你知道有什么途径可以……”

刘砚道：“恕我直言，你看我们像有飞机或者机票的样子吗？”

胡珏叹了口气：“现在该怎么办？我不知道那边的情况怎样了……我就怕……”

刘砚道：“我想你已经有主意了，否则也不会活到现在。”

近半分钟的沉默后，胡珏点了点头，说：“是的，只能走一步算一步。”

刘砚说：“你是学什么专业的，我得给你安排一个留下来却又不浪费粮食的理由。”

胡珏答：“我是学管理的，哈佛博士毕业，我相信你们需要一个能管理这么多人、平息麻烦和激励团队的副手，而且我记得你刚刚说，团队首领另有其人，这个人是不是……”

刘砚道：“他是个混黑道的，你……你看上去是个聪明人，不过我还是得提醒你，不建议你说太多教他管理的话。”

胡珏道：“放心吧，这样的人我见过很多，知道怎么应付。”

刘砚交给他一张纸，胡珏离开。

“下一位。”

“我可以做饭。”那女人说。

她是柔柔的母亲。

“已经有人做饭了，”刘砚道，“你……待会儿可以去找那位吴伟光，他会让你好过点。”

柔妈点了点头，倚在柔爸的肩前，刘砚道：“但首先你得找个……别的理由，让我想想。”

“我帮你们打扫卫生，带小孩。”她抽泣着小声回答。

刘砚道：“你呢？”

柔爸道：“我照顾她，你让我们做什么，我们就做什么。”

刘砚在纸上写了“后勤”以及“预备役”，交给柔爸，示意他去向林木森效忠。

这次只有73个人，但刘砚花的时间比上次更多，他也把所有人的名字都记下来了。

足足花了快两个小时，日落西山时，张岷把药熬好了，先前车队成员每人分到一碗。

林木森喝下一大碗药汤，苦得直皱眉头，张岷又道：“车厢要开窗，以免闷热中暑。”

林木森点了点头，让他带着人去锯窗子，瑰丽的暮色下，公路一望无际绵延向天的彼方，刘砚收拾了东西，让人搬上车去，整理手中的文件，过来道：“办完了。”

林木森：“这次招了多少人？”

刘砚：“73人。”

林木森：“留下多少人？”

刘砚：“没有人留下。”

林木森冷冷道：“你欠我一个解释，刚刚你只是装模作样？”

刘砚说：“条子都在你的手里了，你觉得谁不应该留下来，你说，我这就去让他们滚蛋。”

林木森深吸一口气，说：“刚刚我还没发现，你招这么多女人做什么，还有半大的小孩子？”

刘砚道：“小孩也能参加训练，他们都是十来岁的人，能走能跑，既然能活下来，就不会拖后腿的。”

林木森：“女人呢？”

刘砚道："女人和小孩，是那些男人的家里人。实话说，森哥，我觉得咱们离开这里以后，一定会在某个地方落脚，不可能一直开着车到处跑，对不？"

林木森点了点头，刘砚道："一旦发生大事，女人往往比男人冷静，当困难超过临界点后，她们往往能沉着应对状况，不少女人和男人一样，有拿枪的资格，前提是，你愿意训练她们。"

"退一万步说，她们作为男人的家庭组成部分……你看，森哥？"

林木森扫视远处一眼，于妈架了个灶在路边做饭，她们围在于妈身边，自发地开始帮忙。

"你如果想男人们保卫家园，"刘砚说，"在他们的身后，就得有点牵挂。这点牵挂，足够他们牺牲自己，保护妻儿。"

林木森道："那里呢？又是怎么回事？"

吴伟光拿着本《圣经》，站在不远处，朝柔柔的父母说。

"主怜悯她，将她召回天父身前，愿她在天国中安息……"

"等等，森哥，"刘砚道，"别去打扰他们。"

林木森像是看见了怪物，一只手指着刘砚在其身前戳了戳，刚喝完药的蒙烽见势头不对，马上黑了脸，朝他们走来。

刘砚一只手不易被人察觉地在身侧轻摇了一下，示意蒙烽别过来。

"这个牧师，"刘砚道，"我现在没法向你解释，森哥。但我以人格担保，以后你一定会觉得有他在很重要。"

林木森道："你的担保值个屁！刘砚！我实在是太信任你了，你不声不响就给我弄回这么多人！你现在给我听着……"

"我觉得刘先生说的话有一点道理，"胡珏道，"森哥，您之前刚出发的时候有多少人，能告诉小弟吗？"

林木森没回答，胡珏又道："多些人总是安全点，这一路过去，又不知道能活下多少。森哥请先息怒，刘砚确实有点一厢情愿。"

刘砚使了个眼色，胡珏说："现在能活着，不代表他们以后都能活下来。"

林木森道："你的意思是，先留着观察？"

胡珏说："是，多点可以筛选的人，让他们训练，最后留下的一定是精英。能不能活下去，要看他们的表现……包括我自己，我是认真的，希望为团队做出贡献，请您给我这个机会。"

"嗯。"林木森暂时被说服了，他的心思，刘砚与胡珏都很清楚——下次碰上丧尸时，林木森一定会扔下某些他觉得拖了后腿的人垫背。

“让他们别出岔子，”林木森低声道，“刘砚，这些人里，任何一个闯祸，就由你负责。”

刘砚道：“明白了，出差池的话不用你动手，我会负责解决。”

林木森道：“知道就好。”说完，转身上车，朝远处喊道，“7点开车！你们的车不能跟着走，汽油不够！所有人收拾东西，每人限带两公斤，上货柜车！”

刘砚松了口气，胡珏喝完纸杯里的药，低声道：“他的储备很够吃，是吗？”

刘砚道：“你看他开口问时，我告诉他73人，起初他根本没有表示任何异议……证明储粮绝对够这些人吃。我认识一个给他管仓库的女孩，她告诉我，林木森的储备够一千个人吃上两年……”

胡珏点了点头。

“这里只有一百人，”胡珏道，“每人每天消耗一斤粮食，每天只要一百斤……你知道我们什么时候会被赶走吗？”

刘砚：“这些都是蒙烽和张岷出生入死帮他从丧尸潮里抢回来的，从路边的城镇商店里，拿命去冒险换来的……你看这些货柜，光是干面粉就起码有几十吨，还不算大米和挂面，还有沿途搜刮的那些……现在分开，别跟我说太多话，他已经不太喜欢我了。”

8月30日

我们短暂停留一天后再次起程。招收了73名幸存者，放弃了36名感染者。生命探测仪没有再显示生存迹象。

林木森下令绕过所有大城市，只在村镇旁边落脚。

名叫吴伟光的牧师带着六名初中生加入了我们，他们和决明差不多大，令车队里热闹了不少。牧师在丧尸潮里救下了10名只会添乱的初中生，目送他们其中的4个离开人世，并祝福他们在天国过得安好，努力说服其他小孩子乐观地活着。

这或许正如我现在做的决定，让73名幸存者全部留下。

不知道我的决定是对是错，只有时间能证明一切，命运缥缈而遥远，正如那位独自走上旅途的，带着一本诗集、一个枕头的做梦者。

18 迁徙

随着一路向北，9月，天气终于真正凉了下来，气温降到17℃，几场秋雨后，幸存者们的情绪终于平静下来。

在张岷的坚持下，每天傍晚他们都在路边停靠。夜间则再次上车，日夜兼程朝北赶去。谁也说不清楚什么时候会彻底停下来。

沿途风吹草黄，秋长天阔，大到城镇，小到加油站、停靠岛，只要车队停下，见到的都是丧尸。

它们或在野外游荡，或从建筑物上走下，缓慢地赶向呼啸而过、永远不可能追上的活动车队。

偶尔几次生命探测仪响起，都在距离国道数公里外的大城市里，林木森以不安全以及食物不够为由，拒绝了一切关于搜救的提议。

所有最早跟随他撤出化工厂的人心里都清楚得很——那些储备已经足够吃了。

况且，林木森在路上只要看见加油站与小型城镇就下令停车，将补给搜刮一空。这些日子，他们的食物不但没有少，反而越来越多。

柔妈从前是个时装设计师，她接下所有缝补衣服的活儿，开始改衣服。

她总是看着决明外套口袋里的小熊脑袋，眼眶红红地发呆。决明把小熊给她，她不要，最后取来几套军服，比照着蒙烽、张岷他们的身材开始修改。

几天后，第一批改装的衣服完工，大部分男人穿上了从兵营里搜出来并二次改良后的合身军装。

柔妈笑了笑，说：“合身吗，决明？”

决明坐在路边的椅子上，抬头看了她一眼，没有说话。

张岷道：“决明，该说什么？”

柔妈忙道：“没关系，小伙子穿着挺精神的。”她转身走了。

决明穿着一身土黄色的军服，戴着顶野战队款式的帽子，面前蹲着六名初中生。

一个小胖子比决明小了两岁，刚升初二，扯着他的肩膀看了看，说：“这是我们的队服吗？”

决明说：“嗯，蒙叔说，以后你们归我管了。你们六个，要听我的。”

“行，”一名男生比决明高了半个头，问，“认你当老大，你带我们打丧尸吗？咱们叫什么队？”

决明扯过手臂上的徽标，给他们看，孩子们有大有小，军服都是柔妈亲手改的，无一例外地缝上了卡通徽标——紫色的蘑菇头、一根细细的杆。

决明说：“我们是胆小菇队，不用冲上去杀丧尸，只要躲在他们身后就可以了，有任务的话，蒙叔会告诉我。”

众小孩理解并点头，一少年道：“蒙叔呢？”

决明说：“他们是倭瓜队，也有食人花和地刺，负责肉搏和前线；我爸带的人会射击，是豌豆射手、双发射手和机枪射手小分队。”

“那人呢？”小胖子翘首以待，夕阳下的货柜车尾，刘砚坐在货柜边缘，一只脚吊儿郎当地晃，埋头组装一件机械。

“他叫刘砚，是技术工种，”决明说，“他很厉害的，像个机器猫，有很多新东西，那天就是他的闹钟把你们救出来的。”

小胖子道：“他是双子向日葵？”

刘砚的军服胸口缝了一个双眼突出的大叔的头像，决明道：“不，他是疯狂戴夫，开车库商店的那个。”

众小孩笑了起来。

决明学着张岷教的话，说：“谈谈你们吧。”

决明掏出口袋里的小熊，随手晃了晃，示意他的队员们谈谈自己，彼此交流，相互了解。

张岷则站在远处，饶有兴趣地看着决明和他的队友们增进感情。

“刘砚。”张岷说。

刘砚头也不抬道：“怎么了？”

张岷说：“决明开朗了不少，以前他在学校没有什么朋友的。”

刘砚嗯了一声，答道：“不客气，你可以让他多交点朋友。”

谢枫桦坐在车里，帮刘砚登记零件规格号，忽然开口道："感觉决明太小了。"

张岷说："他本来就不大。"

谢枫桦笑了笑，说："不，我的意思是说，他不像初中生应有的心态，15岁的男孩，思想和情商却接近10岁左右的小孩，或者11岁……我听他说，你们认识的时候他才11岁？或许是因为这些年里，你一直保护着他，令他的人际交往和沟通能力陷入了停滞。"

张岷道："没办法，他念书的时候不和陌生人说话，认为他的同学都对他……不太善意。11岁的时候头被撞过一次，事实上学生们也喜欢嘲笑他，我找老师反映过好几次，转了一次校……"

"不不，"谢枫桦说，"这个原因出在你身上。你就像一个避风港，这在心理学上叫作围墙效应，严密的保护令他不愿意主动找人交流和寻找责任。"

张岷："那我要怎么做？"

谢枫桦道："适当地给他点锻炼机会。"

张岷："不可能，太危险了。"

谢枫桦笑了笑，说："是吧，但把他放在你的背后，这实在欠妥。"

"哲学家，"刘砚道，"我不觉得这有什么欠妥的，他们有自己的相处方式。你情我愿，有什么好多说的？你觉得他的智力健全吗？"

谢枫桦的笔抵着下巴想了想，点头道："智力倒是很正常，而且可以说很聪明，就是思维太发散了。张岷，你真的打算保护他一辈子？这可不现实。"

张岷道："这有什么不现实的。为什么不现实？"

张岷的语气已经有点不悦，然而，谢枫桦没有针锋相对地说下去，识趣地点了点头。

张岷却似乎想分辩什么，语气带着平常少见的急促，说："一辈子就是一辈子，50年、60年，直到最后一年一个月一天一小时一秒，哪里不现实？"

"是我失言了，"谢枫桦道，"抱歉！"

"没什么，"张岷的涵养还是很好，"他的老师也说过这话。你比她温柔多了，谢谢你的关心。"

张岷转身走了，刘砚笑了起来，眼神里有种谢枫桦终于吃了瘪的得逞和惬意。

"哲学家。"刘砚赞叹道。

谢枫桦哭笑不得，无奈地摇头。

“我爸和我后妈……”那小胖子仇恨地说，“就把我扔在那里，自己跑了。”

决明静静地听着，不发一语。

有人问：“后来呢？”

小胖子朝他们说：“后来我偷偷跟着上楼去，我爸回去收拾东西，我奶奶从房间里扑出来，把我后妈咬死在客厅里了，还把我爸咬了一口，活该他们。”

决明说：“你爸没带你走吗？”

小胖子有点残忍地说：“我偷了钥匙，把他反锁在家里，谁让他每天打我奶奶！我把钥匙扔进下水道里，跑下楼的时候碰上吴牧师，后来就跟他们在一起了。”

决明点了点头，目光有点复杂。

林木森下了命令，蒙烽远远地喊道：“向日葵、胆小菇分队先上车！其余人戒备，出发了！”

“你们看天上。”决明说。

夕阳西沉，天际现出璀璨的秋季星空，绚烂繁华。

“会有外星人来救地球、救人类的。”决明总结了他的谈话，让他的队员们上车。

刘砚听到这话，嘴角不自然地微微抽搐，张岷笑道：“决明的论调……其实和牧师差不多，都觉得信天上的玩意儿就能得救。”

刘砚一脸惨不忍睹的表情，接过几份交到手里的车队检修汇总，吩咐人上车。

汽油足够跑3000公里，轮胎却撑不住了，沿途还得再找地方补给，最好是城市，最不济也是路边的汽修店。

然而，货柜车的特定轮胎不多。翌日，他们小心地绕过省会W市，从W市大桥上过去，滚滚江水一望无际，两岸堆满尸体。

渡江北上的五天后，他们进入Q省地界，第一辆货柜车的轮胎爆了。凌晨4点，最后一辆货柜车猛地鸣起喇叭，车头打横，六辆车先后在路边停了下来。

幸好刘砚早已料到，调整了车队的顺序，否则一场连环车祸难以避免。

黑夜里所有人都醒了，吵吵嚷嚷。

蒙烽道：“都待在车上！”他跃下中间那辆车，到后面去检视，三个手电筒照着车胎。

刘砚道：“超重，你带的东西太多了，外加过度磨损造成的自然毁坏，按测试也是在这几天了。”

林木森道：“没有备胎，怎么办？”

刘砚早已想过这个问题，只期待沿路能找到备胎，然而一路走来，汽配店里完全没有轮胎。

“等天亮，”高管胡珏下车，提议道，“不想弃车，就只能天亮后去周围看看。”

林木森接受了这个提议，蒙烽去安排人巡逻，刘砚在车顶立起探测仪。

天亮后，蒙烽与张岷各率一队人沿着公路尽头的岔道进行侦察，林木森脸色阴晴不定，十分烦躁。

傍晚时，两队几乎是同时回来了。

“前面有一个居民区，”张岷摘下手套，嘘了口气道，“里面有几家杂货店，但已经空了，像个很小的村庄，有小股丧尸游荡，有近千只，没有正面接触。”

蒙烽道：“沿着我们的方向，徒步行走四个小时，发现了一所希望小学，在公路以西，两条岔路的交叉口，粗略看去没有发现异常，有一个挖掘机，路还没修好。”

林木森静了片刻，而后道：“走西边，绕过那股丧尸，两辆车先过去看看。”

第三天上午，两辆货柜车抵达荒野上的一栋孤零零的建筑物。

这里已进入类似于黄土高原地质带，秋季风沙严重，极目远望，连绵的平原上就只有这一处地方建了个学校。

离这里近20里路的荒郊，土山的另一边是张岷所说的小型村镇。

四面都是黄土，旷野十分平坦，目光几乎望不见之处则是隔开天与地的山脉。

一条不大的河流于远方奔腾而过。

这里道路不好走，离Q省的省会X市足有两天车程，穷乡僻壤，土地贫瘠。刘砚看着脸色阴晴不定的林木森。

蒙烽与张岷率人进去检查整个未竣工的学校，刘砚揣着兜在外头看，自胡珏来了以后，林木森开始咨询他的意见。胡珏说话很到位，提出的建议也点到为止，比起刘砚的直来直去，明显胡珏更得林木森的欢心。

这正合刘砚的心意，他不想一而再，再而三地向林木森解释太多，毕竟他的特长是机械而不是公关与人际交流。

“你觉得这里怎么样，刘砚？”林木森与他的智囊交谈片刻后，期待地看着刘砚，这是数天里他首次询问刘砚的意见。

刘砚点了点头，没有说话。

“我们要在这里安家了吗？”一名少年问。

几个小孩在滚一个铁环，从他们面前经过，林木森不耐烦道：“决明！把你的童军队带走！别在这里晃！”

刘砚道：“我要进去看看。”

“去吧，”林木森欣然道，“蒙烽会保护你。”

刘砚走进学校内，它还没有竣工，水泥袋堆叠在学校后面的操场上，滑梯与吊环、秋千、单杠倒是建好了，篮球场的地面没有铺水泥，跑道上堆着煤渣。

石灰墙壁已刷，一楼角落的墙上喷着触目惊心的血迹，印着一只紫黑色的手印。

“嗬——”一只丧尸撞开门，刘砚猛地抽身后退，枪乒的一响，楼梯上蒙烽现出身形，将那只丧尸一枪击毙。

“你进来做什么？”蒙烽道。

刘砚：“看看情况。”

蒙烽说：“跟在我身后。”

小队成员散进这个两层楼高的学校，蒙烽带着刘砚，沿楼梯朝二楼走，军靴踩在楼道里发出沉稳、坚定的声响。

刘砚握着扶手抬头张望，蒙烽道：“有突发情况的话，你可以害怕地大叫，从后面搂着蒙烽中士的腰。”

“嗯哼，”刘砚道，“找到几只丧尸了？”

天空晦暗，阴沉沉地压了下来，蒙烽在走廊里巡了一圈，答：“很少，包括刚刚那只，一共只有三只，有一个戴着安全帽，应该是工人。林木森打算在这里定居了？”

刘砚：“谁知道呢。”

他走进一个教室，推开铝合金窗户朝校园后张望，篮球场另一头有间校舍。

张岷巡完东边，带着人过来和蒙烽会合。

“报告伤亡，”蒙烽道，“我听见有人叫了，被抓伤？”

张岷道：“咬伤，一个人，我让他去找林木森了。”

“是那个吗？”刘砚扬起下巴示意他们朝窗外看。

篮球场上，穿着西装的胡珏带着一个男人走到篮板下，说了几句话。

蒙烽眯起眼。

那人转身就跑，胡珏掏枪，开枪，把那人当场击毙。

三人沉默了一会儿，胡珏把手枪收进西装内袋，转身走了。

刘砚道："我不太喜欢这里，也不太喜欢他的一些做法……"

门被推开，胡珏站在门外问："刘砚，森哥找你。"

他们离开教室，胡珏小声道："你最好再给他点意见，我觉得这里不适合，地形太空旷了，像个孤岛。"

刘砚低声答道："你没发现吗？他很想在这里长期发展，否则也不会让蒙烽仔细搜索了。"

胡珏点了点头，刘砚问："杀人的感觉怎么样？"

胡珏静了片刻，而后答道："坦白地说，很糟。你也缴过投名状了？杀了多少人？"

刘砚道："没有，他变着法儿让我杀人，我一直没听他的。"

胡珏道："但咱们吃的粮食，大部分还是他给的。"

"是啊！"刘砚随口道，"有什么事，蒙烽可以保护咱们，希望他安分点。"

胡珏道："我会负责盯紧他的，不用担心。一直没有机会说，很感谢你们救了我。"

刘砚笑了笑："小意思。"

蒙烽拍拍胡珏的肩膀，说："大恩不言谢了。"

四人下楼。

林木森道："刘砚，你觉得这里适合居住吗？"

刘砚道："不错，有足够的教室，后边还有校舍间，我可以动手做几个风力发电机，暂时可以住下来。"

林木森满意地点头道："很好，我也是这么想的。"

刘砚道："或者我们可以在这里过冬，但冬天后就……"

林木森笑了笑，递过一根烟，刘砚舔了圈嘴唇接过，林木森想了想，亲自给刘砚点了烟，一手搭着他的肩膀，说："你要理解我，我也是为了大家好。"

刘砚道："怎么说呢？"

"不必说，"林木森道，"好好干就行了。"

他搭着刘砚的肩膀走过篮球场，刘砚竭力克制自己不去看那具倒在血泊中的尸体。

“你和胡珏。”林木森如是说，“以后就是我的左右手。你不太会和人打交道，这我懂，搞学问的人都不喜欢社交，听说钱学森从来不参与交际应酬……”

“钱锺书。”刘砚道。

林木森的笑容十分亲近，说：“反正是个姓钱的，森哥理解你们这些自闭的学者，所以森哥也想明白了，你的性格实在不适合协调，容易得罪人。以后胡珏负责人事，你负责建设，咱们的家园就交给你了，森哥绝不干涉你。需要多少人打下手，你给胡珏说一声，让他们都听你的。”

“好的。”刘砚点头道。

林木森手指夹着烟，指向远处的挖掘机，说：“你能把那个改装成吊车吗？得先准备卸货，来，我帮你一起。”

刘砚看着那个巨大的挖掘机，欲哭无泪。

林木森当然不可能真的打下手，干一会儿活，手下就用别的借口把他叫走了。而刘砚带着好几个人一直忙到晚上10点，疲惫得无以复加，用挖掘机充当吊车，把货柜逐一卸下。

三天后，张岷开始训练幸存者，流程还是按照先前化工厂里的一套。

蒙烽则和刘砚带着人出去，蒙烽循序渐进，小心地扫荡20里外的村镇，刘砚拆驾驶座锁盖，扯电线碰火花，发动汽车，把它们一辆接一辆地开回来。

老式电动车、摩托车、拖拉机，附近村镇只有这些设备，Q省所在的西北地区经常停电，蓄电池和发电机倒是出乎意料得多。

刘砚如获至宝，捡到一堆能用的和废弃的东西，废弃发电机只要简单翻修，几乎都派上了用场。

经过足足半个月的奔波，总算一切走上正轨，可以当作新的落脚点了。

刘砚一直觉得这里不太好，那是种说不出来的直觉，但林木森一意孤行，谁也不愿意去触霉头，就像蒙烽说的：“你怎么说服他？难道告诉他这里风水有问题？”

刘砚只得既来之，则安之，他拆下小学校园里的三根旗杆，搭配十来个电扇的扇叶，开始尝试制造三个10米高的风车。这个过程足足花了他近一个月的时间，劳动力都被张岷抽调去训练，白天训练完一个个累得半死，刘砚也不敢再让人来帮忙。

只有蒙烽晚上巡逻完，两人才在空旷的操场上开着小型发电机电焊、切割，一直忙到后半夜。

最后，架设发电机的当天，林木森百忙之中抽空前来观摩，他站得很远，生怕这些玩意儿会爆炸。

“这东西能用？”林木森远远地问道，他觉得刘砚简直就像在做手工。

刘砚摘下手套，手上全是血泡，看了他一眼，说：“不太确定！希望能！”

林木森：“你以前做过这个？”

刘砚：“没有，第一次做，还待改进。”

林木森说：“加油，我支持你的发明创造。”

“上下嘴皮子一碰就是支持了，”蒙烽不满意地咕哝道，“我给你当壮丁两个月怎么说？”

蒙烽把它们用水泥浇筑，稳固地立在土坡顶上。多环线圈扯出，第一轮柴油发电机给磁力线圈充满电，磁性充沛。

“你这是爱的力量，”刘砚小声道，“准备开始了，祈祷吧。”

蒙烽：“祈祷什么，对谁祈祷？要给你磕头吗？”

刘砚：“祈祷别失败，我实在很想让牧师过来帮我祈祷几句……”

蒙烽不以为然道：“没关系，科学不都是这样的吗？失败就当锻炼体力好了，又不丢人……”说着朝林木森一努嘴，“反正那家伙也不知道咱们在搞什么。”

林木森站在土坡边上抽烟旁观，狂风吹得他的外套疯狂扬起。

刘砚在震耳欲聋的风声与发电机的嗡鸣声中，朝林木森大声解释道：“这只是第一轮供电！要用柴油发电机给线圈带磁，风力带动它旋转以后，自身产生的电能就会流进整个回路……”

林木森道：“不用解释！开机！”

西北之地的狂风吹得旗杆摇摇欲坠，蒙烽抽出锁住轮轴的钢条，刘砚关上发电机，切换供电回路。

一刹那，天空、大地静了下来，30多片扇叶嗡的一声，在狂风中化为虚影，犹如血色黄昏中绽放出的瑰丽花朵，磁线圈高速旋转，切割磁场产生电能，三个指示灯亮起。

散落在地面的粗缆中，电流一瞬间飞向远方，整个学校里先是一闪，继而成功通电。

校园一瞬间亮起明亮的灯光，小孩们的欢欣尖叫声及大人们的欢呼声响成一片。

林木森点了点头，跨上电动车回学校了。

刘砚与蒙烽手拉着手，彼此搀扶着，两人的手都磨出了血泡，他们走下土坡，在横亘天地的、千万年开天辟地的玄色风中，回到那个温暖的家。

10月1日

我们在欢呼声中迎来了第一缕光明。

爱迪生那道开天辟地的光照亮了我们的漫长黑夜，在丧尸潮暴发后的第47个日子里，电回到了我们的生活之中。

现在的供电只能简单照明，大部分电能被储存进蓄电池组里，风力发电器需要定时保养、上油。下一步计划是准备用特斯拉高压线圈作为防御设施，希望能起到抵抗丧尸的作用。

有电就有了光、有了希望，崔小坤留下的改良芯片终于能够发挥作用了。一个月前兵营里的谜得以解开。

我打开了录像。当天，蒙烽与张岷杀死的丧尸大部分是零散的，尸堆中间似乎发生了什么异变。二次死亡后的丧尸躯体失重般离地飘浮，朝着中间的某个点缓慢靠拢，被吸附在一起。

越来越多的尸体朝中央聚拢，一层接一层，几千具失去行动能力、大脑被毁掉的丧尸血肉粘连，聚合成一只10米高的庞然大物。

它起初没有任何举动，像是在完成某种融合与变异，录像时间上显示五小时后，血肉巨人仍然站着，电量耗完，图像没了。

这意味着什么？我反复地看了几次录像内容，乏味的五个小时里没有错过一分一秒，也几乎让所有可能会提出意见的人看过，没有人能解读这段录像，都无法对这个现象提出有用的分析。

所有人都在啧啧称奇，诧异丧尸完全死亡后的再次突变。

还有一个疑点：这种巨人长途跋涉，要走向哪里？

决明看完录像后，说就像天上有一个飞碟射下了光束，许多尸体缓缓飘起来，吸到一起的感觉。

他的想法有点独特，但当时的视角是固定的，没办法转向天空，我们看不到天上有什么。不过我觉得或许在红外线摄像机捕捉不到的地方，有一个“核”。

这个核说不定肉眼看不见，会不会是它聚合了所有的尸体？地外生命这个说法实在太匪夷所思，可能性不大。线索就这么断了，只能先放在一边。

蒙烽在附近的镇里找到了不少粮食种子，我和胡珏仔细商量过，来年开春可以尝试播种，虽然大家对种地都是一头雾水，完全没有经验，但最起码林木森的储备还可以吃很久。

一切只有先尝试再说，我相信在他那些足够多的粮食耗完前，总能种出点什么来的。

蒙烽认为这里虽然地形简单不利，但也并非完全不能防守，我们与张岷针对地形与建筑物做了周详的计划。其中参考了几乎所有人的建议，包括林木森的，虽然他除了“好好干”和“支持你”以外，根本说不出个所以然来。

反倒是小警察邓长河提到电对丧尸的作用。

他曾经用两万伏的电棍放翻了好几只丧尸。参照这点，有电就一切都好办。蒙烽分析了丧尸密度，提出只要有一个电网拦住学校周围，就足够抵御上千只丧尸同时进攻。

我设计了一个特斯拉线圈，用路过的几只丧尸做了一次实验，效果很好。

结合铁钉炸弹、电网、特斯拉线圈，守住这里不难，但愿这次能建立起一个真正的家园，我不想再逃亡了。

不知道这片大地上还有多少人活着？

不知道同样的天空下，是不是还有许多人像我们这样，在末世的灾难中努力生存，等候希望的到来。

19 定居

张岷取出一根针，在酒精灯上灼过，扎入一名小弟的肩膀。

“谢谢岷哥。”那人名叫王术，是跟着张岷训练的人，持枪训练数日后肩膀抬不起来，张岷只得过来给他检视。

身为队长大哥，还要负责手下队员们的健康，张岷为人亲切，小弟们都对他很有好感，比起成天虎视眈眈的蒙烽，更多人乐意亲近这名神枪手队长。

王术趴在床上，张岷又取了根针扎入。

“不客气，”张岷说，“交女朋友了吗？”

王术只有20岁，一脸稚气，却带着痞子的嚣张与骄横，随口笑道：“岷哥，别开玩笑了，这时候还交什么女朋友？”

张岷笑道：“谢枫桦挺漂亮，听说咱们弟兄里，有好几个喜欢她。”

王术的脸红了，说：“闻弟喜欢谢枫桦，闻弟长得最帅，我们哪有份儿呢？”

张岷道：“闻弟？闻且歌？”

王术点了点头：“那小子挺多女人喜欢，就是刻板得很。”

张岷又道：“森哥呢？也没个相好的？”

“有呢，”王术道，“森哥的媳妇姓乔，以前我们喊她小乔，她不让喊大嫂，说生分了。”

张岷漫不经心道：“小乔，后来怎么了？”

王术说：“人太多了，车坐不下，女人们都带不走，小乔姐以身作则，带头下车。小葵她们是偷偷躲在帆布下面才跟着过来的……哎哟！岷哥你轻点！痛！”

张岷停了动作，沉声道：“真是个……真是个……”

张岷重重地叹了口气，挨根将针收走，吩咐道：“好好睡一觉，下个月得出任务了，别没事光想着女人打炮，我怀疑你就是打炮打多了，右手抬不起来。”

王术哈哈笑出了声，张岷收拾东西走了。

10月将近尾声，气温一瞬间降了下来，西北风刮得正烈，电力充足是件好事，但纵然有电，这里的避难者们也做不出什么别的事情来。

电力大部分作用只能供给照明，其余的接入蓄电池，电视是不可能接收到信号的，刘砚想方设法架设天线，多番调试，所有的频道都是一片雪花点。

不仅仅电视，就连广播系统也彻底瘫痪，没有一个波段传出声音。

决明每天的任务就是对着收音机左旋右旋，像个精神病人，把波段从最左旋到最右，又从最右旋到最左。如果张岷不过来找他说话，决明可以坐着旋收音机按钮旋上一整天。

物尽其用，刘砚不得不服气，学管理的人就是专业。胡珏几乎把每一个人都派上了用场，牧师和谢枫桦教小孩子们读书，女人缝补浆洗，布置每一个房间。其他人上午训练射击和体能，下午打篮球，傍晚自由活动，胡珏不时地给林木森拟定各类演讲稿，每隔三五天，晚饭前让林木森演讲一次。

演讲感情充沛，发乎情，止乎理，林木森反复激励他的避难所成员。

11月第一周，第一次正式行动开始，为了验收成果，蒙烽、张岷各带一队人，每队18名男人，前往20里路外的村庄寻找物资。

胡珏随车出发，林木森授意他来监督，也是协助。

胡珏上车便对刘砚的本事叹为观止，刘砚改装了所有能改装的东西，他用四辆小型卡车加挖掘机的前斗以及半个货柜车厢做成运兵用的装甲冲锋车，载着他们悍然碾轧进村镇西北面的入口，哗啦啦碾倒了一大片丧尸。

“GO, GO, GO!”蒙烽率先跃下车，他的副手是那名片儿警邓长河。

“还赌不？”张岷喊道。他的副手则是曾经扬言要杀了刘砚的黑道小弟闻且歌。

“赌，”蒙烽道，“一包烟！看谁杀得多！完结点数！”

担任副队长的生涯冗长而绝望。林木森定了规矩，正队长牺牲，副队长顶上，而要让蒙烽与张岷牺牲，唯一的可能只有等他们自然老死。

杂牌兵经过近三个月的训练，终于展开了第一次行动，他们的目标是深入这个占地不到5公顷的小镇，杀掉村庄内所有的丧尸，把所有能吃的东西带回去，不管是活的还是死的。

“有活的吗？”决明坐在副驾驶位上，十分好奇。

胡珏朝车窗外看了一眼："有，比如说牛、羊，这些牲畜可以自己跑出去吃草。"

刘砚道："胡珏，出发前林木森说了什么？"

胡珏道："他让我负责处理善后事宜，如果有人感染，就地解决。决明，你想开车吗？"

小队离开半小时后，那架犹如装甲车般、被刘砚亲手改装过的庞然大物扬起车前铲，轰隆隆地碾倒了两间民房，把民房里的丧尸连房子轧成了平地。

"咻——"决明握着方向盘无目的地乱撞，边撞边配音，这辆车是聚刘砚毕生功力的集大成之作，钢皮铁甲，所向披靡，把村庄南部碾掉近一大半。

"好了好了，方向盘还回来，"刘砚笑道，"你差点碾死一头牛。你看，有只狗在朝你叫了。"

决明停车，问："可以养吗？"

刘砚蹙眉，喃喃道："最好不要……或者送给林木森养一段时间，我总怕动物身上也有病毒，万一被传染上就冤了。胡珏，希望这次别有人感染，否则你又要开枪了。"

"我不会再杀了，"胡珏道，"那天我开了枪……晚上一闭上眼，我面前就是那个人的脸，我甚至不知道他叫什么名字……我当时没想太多，但开完枪，我才后悔了……那个人躺在地上，血渐渐流出来，我整个晚上，脑子里都是这个画面。"

刘砚静静地看着他，不吭声。

"他叫杨清和。"刘砚说。

胡珏点了点头，答道："我会记得这个名字的。你就不怕蒙烽他们，也变成这样的人吗？"

刘砚道："你在怕一旦开了头，杀了一个，就会杀下一个，越来越多，是吗？害怕最后变成漠视血和生命的人，几条、几十条、几百条性命都无动于衷。林木森让我杀第一个被感染的同胞的时候，我也是这么想的，但最后我没杀，蒙烽也没有。杀一个或者几个人，只要扣动扳机就行了，关键是在这儿之后，你还是不是人，多半和为了生存吃人的丧尸也没太大区别了。"

胡珏点了点头，叹了口气道："人生而平等，谁也没有裁判他人生死的权力。刘砚，如果我在这里被感染了，你会给我一枪吗？"

刘砚答道："当然不。但你没有亲人在这里了，你想回去向谁告别？"

胡珏想了想，答道：“也是，给我点吃的，我会自己走。”

寒风凛冽，一刀一刀刮过，车里刘砚和决明玩累了，刘砚缩在外套里，帽子盖在脸上打瞌睡。决明打开一个小本子，学着刘砚记日记。

不知过了多少时间，外面飘起了雪花，运兵车前凝了一层薄薄的霜，车外，蒙烽拍了拍窗子。决明茫然地朝外看，打开车窗，继而摇醒刘砚。

“亲，你居然用H国货，我们不和你玩了，要孤立你。”蒙烽戳了戳决明的脑袋，决明马上把他的H国卡通日记本收了起来。

刘砚同情地说：“孤立人是不好的，只要他的日记本里没有夹着什么奇怪的组合照片，还是给他一个改过自新的机会吧。”

决明道：“别欺负我！我爸会揍你们的！”

话音刚落，张岷回来了，愤怒的声音传到车前，三人不约而同地朝外望去。

“你干什么？”张岷吼道，“谁让你开枪的？”

胡珏登时蹙眉，推开车门要下去，却被刘砚按住。

闻且歌握着枪，站在一边挨训，身后是两名小分队队员，身上都负了伤，没有人倒下，也无人死亡，然而脖颈上、手臂上的伤口昭示着他们的命运。

伤者还没死，然而所有人都很清楚，他们活不了。

闻且歌一脸平静，张岷怒吼道：“我允许你开枪了吗？出发前不是告诉过你吗？有队友受伤了必须先带他回来检查！谁让你当场开枪杀他的？他不一定是被丧尸抓伤的！”

张岷越说越怒，用枪托狠狠给了闻且歌一下，闻且歌登时倒在雪地里。

张岷调转AK，朝向闻且歌，蒙烽马上道：“张岷。”

张岷犹如一只被激怒的猎豹，蒙烽一手按上枪管，张岷才喘息着收起步枪，望着刘砚，眼神里带着恳求。

“三个人受伤，我还没搞清楚状况，这浑蛋当场就开枪打死了一个。”张岷道。

张岷给另外两个人检查，收起手电筒，而后道：“你没事。”

那人就像重获新生，站着大哭起来。

“我呢？”另外一个人问，“张教官，我被感染了？”

张岷道：“你被咬伤了，目前还不清楚……”

那人道：“让我回去和老婆告别，可以吗？求你了。”

张岷道：“当然……上车吧。”

“地方查清楚了？”胡珏问。

“查清楚了，有牛，也有逃出猪圈的猪，还有储粮、面粉、干面条，谷仓里还有不少米，”蒙烽道，“你们受伤的人注意别碰到家畜。张岷带你手下的人开车运第一批食物回去，把受伤的人也送回去，待会儿再开车过来运走剩下的。胡珏，有意见吗？”

胡珏道：“没有，送他到篮球场上等，我回去解决。”

张岷麻木地点头，疲惫道：“上车。”

张岷开车驶出村庄，蒙烽带着刘砚与剩余的队员去生火，把闻且歌绑了起来，放在角落里。

雪越下越大，土制装甲车驶出村落，停在旷野中，大雪温柔地覆盖了黄土高原，极目远望，天地间白茫茫一片。

张岷没有执行林木森的命令，把两名伤员都载回了基地，让感染的那个人在篮球场外等候。

此刻已是深夜11点，胡珏去向林木森汇报，刘砚开始检修设备。

夜间，外面的雪沙沙作响，哭声仍时不时传来，蒙烽睁着眼，忽然又想东想西的。

“怎么了？”刘砚问，“胡珏是怎么处理的？”

蒙烽道：“他让受伤的人住在篮球场后面的校舍里。”

刘砚点了点头，蒙烽又道：“张岷被降职了，王术担任队长。你知道我在想什么吗？”

“你在想，”刘砚说，“如果被感染的是你，我会怎么办，是吗？”

蒙烽嗯了一声，刘砚说：“你总喜欢想这些‘如果’。”

蒙烽说：“其实我挺想看你可怜巴巴的，从外面把爪子伸进来，想拉一拉变成丧尸的我的手。”

刘砚道：“如果有那一天，你大可以不用客气，尽情地抓我一下，然后咱们就可以关在一起了。”

“我不会的，”蒙烽嘲讽地说，“我可不会这么便宜你，我会说，你必须活下去，连我的一起。电影上不都这么说吗？”

刘砚无语。

蒙烽唏嘘道：“刘砚，你要好好活下去。爱上一个人，过自己的日子……”

刘砚：“够了！”

蒙烽拍了拍刘砚，被刘砚推开，蒙烽意识到刘砚真的生气了，不敢再开玩笑，忙凑过来偷看他的脸。

刘砚表情不太对，蒙烽马上慌张了，开始哄他，刘砚一直没吭声，蒙烽哄了几句，困得撑不住，打起了呼噜。

翌日，刘砚下楼时吴伟光仍在给一个男人、一个老人和一个女人布道。

刘砚领到早饭，坐在食堂里决明的对面吃饭。

“扒拉菜不是个好习惯，”刘砚说，“决明，你怎么好像和于妈有仇？嫌不好吃吗？”

决明道：“我讨厌吃土豆，我要吐了。土豆煮稀饭的味道很奇怪，你不觉得吗？”

他们耳边传来吴伟光的声音：“再过几十年，你们会在天父的国度再相见，不要悲伤……”

于妈分完饭，听说了昨晚的事，长叹一声，用围裙擦手，坐到另一桌，朝一名年轻人道：“你哥好了？”

那年轻人双眼通红：“我哥伤得有点重，吓死我了，陪着我走到这里，现在剩我一个，我真不知道该怎么办了……”

“活着，”于妈语重心长道，“年轻人，我年轻的时候，老头就生病死了，我无儿无女的，也没个念想，侄儿侄女、姐妹都离得远。好不容易才在食堂里找了个活儿做饭，照你这么说，我不早就该死了？”

“活着多好啊！”于妈摸了摸那年轻人的头，“为你自己活，你哥也是这么想的。去和他谈谈，来，给你两个烤土豆带着，还热腾的。”

刘砚小声道：“于妈才像个传教的。”

决明答：“嗯，她可以和那个大叔换换……”

早晨，刘砚沉默了很久，也想了不少事，他总怀疑这里面有什么。

“停下！”刘砚朝走廊里一个快速跑过的小胖子道，“你是胆小菇分队的吗？有任务给你。”

小胖子气喘吁吁地退回来，问：“疯狂戴夫，有什么事？你要拿我们测试你的新发明吗？这太不人道了！我可不想踩钉耙。”

刘砚认出他的肩徽，示意他过来，小声道：“没有的事，去把这张纸条给队长决明。”

片刻后，一名初中女孩过来，轻轻地说：“闻且歌在后操场上，吃过早饭就在那里了。”

刘砚沉默片刻，下楼在漫天雪花中穿过后操场。关押病人的栅栏外，闻且歌在那里静静站着，不发一语。

刘砚看了一会儿，退入教学楼。

大雪起，训练暂停一天，所有人都无所事事，吴伟光与谢枫桦并肩坐在楼梯的台阶上。

“牧师，”刘砚道，“我需要你帮我一个忙，这件事很重要。”

吴伟光起身，刘砚与他小声交谈了几句，吴伟光的脸色变了。

“这……”吴伟光叹了口气，问，“您确定一切都是真的吗？”

刘砚看着吴伟光的双眼，说：“您愿意去吗？”

吴伟光沉吟片刻，离开教学楼，朝后操场走去。

刘砚则沉默着在谢枫桦身边坐了下来。

谢枫桦道：“发生了什么事，昨天张岷为什么发火？”

刘砚抿着唇，点了点头，说：“他就是这一切的原因。”

谢枫桦道：“闻弟？”

刘砚点头道：“你知道他从前是做什么的？”

谢枫桦想了想，说：“王晖告诉过我，闻弟以前学业不太好的……辍学了。他只是个小孩，高中老师不太喜欢他，经常挖苦他……导致他的成绩很糟，最后逃课跟着王晖混，其实他的人文学科不错的。”

刘砚道：“嗯，挺闷的人，不太爱说话的人语文大部分都不错，他们有很多时间去……思考文学和哲学里的一些观点。”

谢枫桦说：“可惜他的老师……显然不太喜欢他的作文，他没有做过什么坏事。我们偶尔也会聊聊文学、历史和艺术，偶尔以王晖生前的事为话题。刘砚，他可能……心里也很愧疚，这样的人有救。”

刘砚道：“我也觉得他有救，我打算以闻且歌为突破口，想个办法和林木森分家……他不明白咱们现在的最大敌人是丧尸，而不是彼此。蒙烽和张岷去例行巡逻了，不知道多久才回来，等他们回来就准备行动吧。”

谢枫桦道：“怎么分？”

刘砚：“等蒙烽和张岷回来，让他们带咱们走，那边的镇子里可以住人。”

谢枫桦道：“会产生暴乱吗？我看这里还有不少人忠于他……尤其他的小弟们都是亡命之徒，有点危险，万一抓人当人质，你怎么办？”

刘砚叹了口气："之前尽量避免和他产生摩擦，就是因为这个。你们不能把所有责任压在我身上，就没有别的人动过念头吗？"

谢枫桦摇了摇头："对不起，很惭愧，我从来没和黑社会打过交道。"

她想到流血事件一开始，不知道得死多少人，不禁打了个寒战："你总不能把跟着他的所有人都杀了……"

刘砚："这非常头疼，我不敢完全相信胡珏，也不敢找他商量。假设事情朝着最坏的方向发展，要和林木森火并，他输了、死了，留下他的十来个小弟，就不会表面顺从，怀恨在心，以后杀其他人报复吗？要么一次全部屠杀掉，把他们集合起来，挨个一人一枪吗？"

谢枫桦抿着唇，事情十分难办。

"咱们这个小小的流亡队，现在形成了好几层阶级呢，"谢枫桦说，"金字塔的顶端，是以林木森为中心，包括他的小弟们的圈子。他们除了训练，几乎不用去出任务，也不需要面对太多危险，只要坐着吃就行了。"

刘砚点头道："一旦林木森失去首领的位置，他们就得像其他人一样劳动，特权地位没了，都会怀恨在心。你们不能拿枪逼着他们干活，也没法劝服他们，这些种子埋藏在心里，迟早会引发出来。屠杀他们吗？全部关在一个房间里，其他人拿着枪在窗子外面杀？我做不出来这样的事……放逐他们？如果有人要报仇，一定会回来添乱。"

谢枫桦沉默不语，又道："确实很难办，第二个圈子是你们这些在干活的人，这没什么好说的；第三个圈子就是我们这些人了，只能尽力帮忙。"

刘砚说："有什么办法，是能让林木森安分点，其余人又不伤筋动骨的？"

"挑拨离间，"谢枫桦轻轻道，"让他们自己内斗，林木森就没空做别的了。胡珏说不定有办法，但你得先确信他不会出卖咱们。待会儿我也去和闻弟谈谈，他不是坏人。"

刘砚点了点头，开始思考矛盾爆发后，所有可能发生的状况。

谢枫桦抬头看了一眼，说："闻弟跟着牧师走了。"

刘砚马上沿着操场走去，吴伟光打开《圣经》，摸了摸闻且歌的头，低声说了几句。闻且歌双眼通红，肩膀不住地抽搐，似乎在哭。

"有时候，信仰的力量确实挺强大。"刘砚道，他和谢枫桦在走廊停下。

谢枫桦微微一笑，说："哲学在于'思'，而宗教在于'信'，当'思'进入迷茫，人类就会转而为信。其实终其本质，都是在讨论生和死的问题而已。"

刘砚道：“但像闻且歌，你觉得他会被牧师洗脑吗？”

谢枫桦莞尔道：“不一定，每个人都有自己的哲学想法，你看他在雪地里站了一早上，不就是在‘思’吗？

“对于愧疚的人、恐惧的人、陷于苦痛的人，凭‘思’无法获救的人，宗教就会成为一剂良药。

“但对于意志坚定、心神宁静的人，这些人永远也不会被它影响。”

刘砚笑道：“其实我有信仰，我心里的神祇另有其人，他或许比救世主更强。”

谢枫桦道：“胡先生呢？他垮了吗？”

刘砚答道：“我看他已经有点扛不住了……副手什么的，真是谁干谁倒霉。”

远处，闻且歌抬头，眼眶红肿，看了刘砚一眼。

吴伟光说：“死者已逝，闻先生，你有忏悔的心，主将赦免你。从此，耶稣的宝血将流淌在你身上，驱逐你内心的魔鬼。”

刘砚走向他们，牧师合上了《圣经》，说：“刘先生让我前来，我们在此一起恳请你，在面对邪恶与蛊惑之时，勇敢地夺回你的灵魂。”

谢枫桦道：“闻弟。”

刘砚道：“闻弟，你不是坏人。”

闻且歌闭上眼，点了点头。

“谢谢！”闻且歌的声音低沉而沙哑。

刘砚道：“现在请你告诉我，出发之前，林木森是怎么交代你的？还有别的内容吗？”

闻且歌看着刘砚，嘴唇有点发抖。

刘砚：“是林木森让你杀了他们的？你明白我的意思，闻弟。”

闻且歌站了很久，而后道：“没有，是我自己做的。”

刘砚点了点头，他没有得到预料中的最佳答案，但看得出闻且歌在说实话。

谢枫桦道：“闻弟，为什么这么做？”

闻且歌：“我……不知道，那天胡珏开枪后，他夸奖胡珏，说‘做得好，这种情况下，我们就需要你这样的人才’。我想当头儿，提升自己的地位。我真的是……昏了头。刘砚，你……你……”

闻且歌的声音发着抖。

刘砚期待地看着他的双眼。

过了一个世纪般的漫长时间，闻且歌说：“你杀了我吧。”

刘砚道：“我没有资格审判你，闻弟，你已经审判了你自己，但请先留着性命，你还有别的事要做。”

“你们在做什么？”远处一人声音响起。

三人马上警觉噤声。

胡珏站在过道里，看着他们，而后道：“刘砚，森哥有事找你商量。”

刘砚道：“暂时保密。”继而转身跑上二楼。

20 锋芒

刘砚只得整一整衣领，跟随胡珏上楼，胡珏低声道："你有麻烦了，具体什么原因我不清楚，但你得千万小心，别说错话。"

刘砚点头示意明白，胡珏推开林木森办公室的门，其余人退到室外。

"找你大半天了，在做什么？"林木森坐在一张转椅上，背对着刘砚，面朝窗外的大雪，手里玩着一把枪。

刘砚道："在聊天，今天不是正好休假嘛。"

他侧身坐在林木森背后的办公桌上，瞥见桌子的边角放着两本东西——决明的日记本与自己的日记本。

刘砚的日记本上对林木森略有微词，但那还远远达不到被问罪的程度，决明的日记本就难说了。

刘砚心念一转，林木森又道："哦？跟谁聊，聊什么？我看你，倒是和新来的那些朋友打得一片火热。"

刘砚道："和牧师、哲学家看雪看月亮看星星，谈谈诗词歌赋、人生理想……我们邀请过你，你如果愿意，随时可以加入我们。"

林木森的转椅打了个旋，正面朝着刘砚，笑道："森哥没什么文化，你们高才生的谈话，都听不懂，今天有人在走廊里捡到两个日记本，我不敢随便翻，尊重你们新新人类的隐私，你拿去问问是谁的。"

"好的，"刘砚道，"包在我身上。"

他收起笔记本，森哥又道："这几天我想了想，咨询胡先生的意见，做了两个决定。"

"如果我没有记错，"刘砚道，"胡珏还是我推荐给你的。"

林木森欣然点头："你推荐的人很不错。"

刘砚道："对了，蒙烽呢？"

林木森道："这就是我的第一个决定涉及的问题，咱们的粮食马上就要吃完了。"

刘砚心想，昨天才运回来米面、牛、猪，粮食都是按吨算的，满打满算按100人的粮食，每天吃100斤的口粮，一吨粮食够所有人吃上20天，搭配点土豆能吃一个月。林木森沿途搜刮的储备只怕已接近上百吨，怎么可能在短短的一个多月里吃完？只怕还吃不了20%。

林木森的心态刘砚很清楚——缺乏安全感。

林木森拼命减少配给，坐立不安，生怕某一天没有进项，粮食迟早会被吃完，就算囤积了近10年的粮食，也丝毫没有打消他这个念头的作用。

源源不断的进项同样不能消除他的危机感。要解决这想法，根源只有一个，向他证明，他们有自己制造粮食的能力，并且这些粮食足够解决大部分人的需求。

刘砚道："我之前详细地与胡珏讨论过这个问题。"

林木森眉毛微微一动，似乎有点意外，问："胡珏的主意是你告诉他的？你们经常私下沟通？"

刘砚暗道糟糕，于是转了话头，现出不悦的神色说道："他没告诉你吗？喜欢拿别人的想法邀功可不是一个好习惯。"

林木森像只狐狸般笑了起来，摇头道："刘砚，你太年轻，只要是对咱们这个团队好的建议和设想，谁提出来的，又何必斤斤计较？"

刘砚淡淡道："好吧，森哥说得对。"

林木森倾身把烟屁股按熄，重重地朝椅上一靠，双手手指交叉摆在腹前，淡淡道："不能坐吃山空，胡珏认为，我们应该积极拓展新的渠道。"

刘砚点了点头，似乎有点心不在焉。

林木森说："周围有不少资源可以用，不像咱们在裕镇的时候。东边的山头可以打猎，河水里可以捞鱼，我让张岷和蒙烽各带一队人，到东西两个方向去看看地形，顺便找湖泊、田地。"

刘砚说："其实这个建议是我最先提出的，我们带回来一个麻袋，里面是谷种，等到开春的时候，可以在那边的镇上开垦种田，大家一起迁徙过去。我看过了，那里的土地要种植绝无问题。我记得上次招收的人里，还有一个农业大学的大四学生……”

“很好，”林木森道，“计划和我的设想有点出入，大体上还是一致的。”

“有什么出入？”刘砚问。

林木森：“基地还是在这里，分一批人去开垦，没有必要全部过去。”

刘砚一听就明白了，他说：“但是那边地形和建筑物群都不利于防守丧尸，我需要挪用这里的大部分防御措施。”

林木森：“所以这是我的第二个决定，防御措施怎么拆？好不容易才建起来的。你得白手起家，自己解决这个问题，可能你需要找几个你的伙伴，提前规划一下。这个冬天，你可以尽情地让蒙烽出去为你搜索物资，免得到时候手忙脚乱。开春的时候我要看到成果。”

林木森的如意算盘打得啪啪响，他打算自己留在这所小学里，像个什么也不做的国王，带着一群跟班坐享其成。

其余人则将被赶到那个破败的村镇里，种田、养家畜，为他提供一日三餐，若再来点米酒、烟草就更完美了。

刘砚隐约有了计划，这是目前最好的结果，只要和他分开，就能解决大部分矛盾。

至于要让大家劳作养林木森的主意，蒙烽回来听到了，只会给他一脚。

“好的，没有问题，”刘砚道，“我这就去做。”

“你的工房还是留在这里，”林木森点头道，“你对我来说很重要，得保护好你自己。蒙烽很有能力，他能保护好去村里住的人。”

刘砚道：“我回去了，你派蒙烽和张岷的搜索范围是多远？交通工具呢？”

林木森道：“180公里，吉普车，我亲自在地图上圈的范围，怎么了？”

刘砚心内默默盘算，一来一回，外加四处查看，兜圈的时间起码需要两天。

“没怎么，”刘砚笑道，“随口问问。”

他正转身离开时，林木森忽然道：“刘砚。”

刘砚转过身，看着林木森的双眼。

林木森：“我总觉得你似乎不太喜欢我，是这样？”

“森哥你言重了。”刘砚嘴角勾了勾，他万万未料到林木森自己会控制不住，先一步说出这句话。他既有开诚布公的意思，自己和决明暂时就是安全的。

林木森淡淡道：“你是可造之才，要听话，知道吗？”

刘砚：“森哥，坦白地说，我有时候心里确实有点不舒服。”

林木森道："不舒服你可以说，我的帮派里一向是畅所欲言。这里我年纪最大，从刚开始你们过来投奔我的时候，我就把你们当作自己的弟弟一样看待。"

刘砚叹了口气，说："森哥，你提供了让我们赖以生存的资源，在第一次逃亡的时候接纳了我们，给我们吃的喝的，这点，我和蒙烽都很感激你。

"但我觉得人生而平等，你是我们的领袖，而不是皇帝。你给我们吃的喝的，我相信是因为你有怜悯之心，愿意在这个大家都无法自保的时候站出来保护我们。我们也愿意尽自己最大的努力，在你需要的时候，以牺牲生命来成全你和其他人的幸福作为回报。

"蒙烽一直是这么想的，他很强，但谁能说得准呢？这是情义，而不是服从，是彼此之间的信任，而不是……以前那些精英总喜欢说的，中国人骨子里的'奴性'，我相信我们没有奴性。

"所以哪天我们其中有一个受伤的时候，我希望你给点吃的喝的，给我们一个和你告别并祝福你的机会，再目送我和他一起离开，彼此说声'永别了朋友，祝你好运'，而不是指着我的脑袋，直接给我一枪。"

林木森静静地听着，不予置评。

林木森道："我会反省的，那句话怎么说的？'一日三省吾身'，是这样吗？"

刘砚："对。"

林木森道："以后凡事会问问你。对了，你说到我对你们的保护，我忽然想起一个重要的问题，是关于吴牧师的，差点忘了。"

刘砚："牧师怎么了？"

林木森道："他的有些行为我不太喜欢，比如说领食物的时候，他总是说'感谢主'，也让其他人说'感谢主'。吃饭的时候要说'感谢主赐予我们食物'，睡觉前说'感谢主提供给我们一个安全的归宿'……诸如此类的言论还有很多。"

林木森："他完全不知道，给他吃的喝的，给他一个住的地方的人，是我，保护他的人是我的手下。他告诉其他人，是救世主在保护这里的所有人，包括我。"

刘砚："这是神职人员的常态……怎么说呢，森哥，你可以把他说的'主'当作是你……"

林木森："我很肯定他说的不是我。"

刘砚头疼了，根本没法向林木森解释这个问题，正要缓和矛盾时，林木森冷冷道：“既然他觉得他的主在保护他，待会儿你就让他出去，给他三天的食物，让他离开这里，去找他的主。”

刘砚蹙眉，端详着林木森，确认他是不是认真的。

林木森一手甩着枪，漫不经心地说道：“你觉得这么处理可以吗？你看，我反省了自己，开始询问你的意见了。”

刘砚深吸一口气，道：“森哥，我替他求个情。”

林木森道：“或者你负责让他把感谢主换成感谢森哥，也是可以的，从前的事就既往不咎了。”

“这个……估计有点难。”刘砚道。

林木森：“要么去告诉胡珏，叫他让那个牧师彻底闭嘴。”

刘砚点头道：“好的。”

林木森懒懒道：“再让我听见一次，他就真的要去见他的主了，其实我考虑过用别的方式，可以一枪送他过去。”

刘砚点头，不再浪费唇舌，转身离开前，门再次被敲响。

胡珏推门进来，刘砚正要离去，胡珏道：“刘砚，先别走。”

刘砚停下，林木森抬眼注视着胡珏，胡珏道：“外面来了一辆车，车上有两个从X市逃出来的人。”

刘砚：“有难民来了？”

林木森说：“胡珏你负责解决，看他们有没有留下来的资格。”

胡珏道：“是一男一女，我觉得你应该亲自见他们，因为他们带来了一个坏消息。”

“丧尸？”刘砚隐约察觉了问题。

胡珏点头肯定了刘砚的猜测：“入冬了，所有的丧尸都在南下，一大拨丧尸潮足有10万，正在朝咱们的方向前进，根据他们的消息，还有不到一天就要抵达这里了。”

办公室内一阵漫长的沉默。

刘砚：“10万只丧尸？”

胡珏：“10万只丧尸。”

林木森道：“刘砚，你去准备一下，我知道你听得懂的，你是聪明人。胡珏，把那两名新来的带过来，我问问他们情况。”

21 天谴

“马上让所有人行动起来！”刘砚匆匆下楼，“把库房里所有的设备都搬出来，快！”

胡珏追在刘砚身后，跑过整个操场：“有用吗？”

刘砚道：“一定可以的，胡珏！你派人出去，想办法把蒙烽和张岷找回来！快！其他人跟我来！搬东西！谢枫桦，让丁兰过来！开库房！”

那一瞬间，整个学校里的人都惊惶了，宿舍、教室内奔出不少人，站在教学楼后，远远地看着刘砚。

丁兰的手发着抖，几次险些把钥匙掉在地上，谢枫桦接过，打开大锁。

刘砚转身道：“你们……所有人都在这里了？”

上百人茫然地看着刘砚，一人问：“丧尸要来了吗？蒙烽在哪里？”

风雪中，人群反而显出难得的镇定。

刘砚道：“蒙烽出去侦察了，马上就会回来，西北方向有一大拨丧尸正在接近，它们在躲避冰雪，很快会经过我们这里。我事先已经做好了防御措施，现在请大家协助我，完成应急准备。”

胡珏道：“丧尸群只是经过，可能有一部分会侵入，只要听刘砚的，保证大家都没事。”

刘砚说：“我会和你们在一起，等蒙烽回来，相信我，我们所有人都能活下来，快！开始搬东西！把发电机全部搬到楼顶去！”

人群散开，按照吩咐开始搬设备。

“林木森呢？”吴伟光过来说。

刘砚：“还在楼上，和新来的两个人说话……牧师，你带着小孩们上楼顶，把电线扔下来。你叫钱淮仁，对吧？我记得你，你带三个人，把所有的电线接头都拴在铁丝网上。”

刘砚在整个教学楼里奔波忙碌，一时间兵荒马乱，所有人都开始跑动。男人们把蓄电池组抬上教学楼顶的天台中央，那里早已在一个月前就浇筑上了13根水泥管。

顶楼寒风凛冽，狂风几乎要把耳朵刮下来，刘砚让人把3米高的风力发电机挨根插进水泥管中，上百片扇叶开始疯狂旋转，背后拖着长长的一道雪花卷起的龙卷，那场面颇为壮观。

“刘砚，这就是你的防御措施？”王术上楼问道。

刘砚回头，见是林木森身边的跟班，问：“森哥呢？”

“他让你开库准备物资，意思是叫你检修汽车，打开库房，把车库里的车开出来，你就折腾这一堆破玩意儿？刘砚，你是装傻还是真傻？”王术说。

那话一出，天台上的十来个人登时警觉，钱淮仁问：“怎么回事？他要扔下我们逃跑？”

王术道：“10万只丧尸！不跑还等什么？刘砚！你疯了吗？”

刹那间所有人惊慌起来，刘砚道：“都别怕，我去和他说。”

王术阻拦道：“他现在没空见你。”

刘砚几乎忍无可忍，然而大敌在即，蒙烽张岷都不在身边，不能再生事，胡珏插口道：“森哥在做什么？”

王术道：“他在……算了，刘砚，你到底想怎样？”

又一人从三楼上天台，是个陌生的男人。

“我姐在和他说话。”那男人道。

刘砚一想就明白了，这人是新来的。

“安静！”胡珏道，“刘砚不会送死，更不会让我们送死，相信他！”

刘砚道：“把开关和电线牵过来，其他人可以下去了。王术，别啰唆，小心我让决明去告状，张岷会揍死你。”

胡珏看了一眼表，已经是中午，刘砚朝其他人说：“饭还是要吃的，都放心，回去吃饭，待会儿我会给你们详细解释。”

胡珏会意，带着人下去开饭，那个男人伸出手：“你好，我叫唐逸川，你叫刘砚？”

刘砚道：“对，林木森什么时候能见人？”

唐逸川摇头，眼望四周立起的风力发电机，说：“不清楚，你准备了双弧分能式特斯拉线圈？”

刘砚微有点意外：“对，你也知道这个？”

唐逸川道：“我是搞物理学能源这块的，这个设计不错，还得再加强一下，初级线圈线路不太平衡，容易产生小面积爆炸。”

刘砚松了口气道：“你来得太及时了，咱们下去说。”

丧尸还没有来，人心在胡珏与吴伟光的努力下逐渐被安定下来，当然，最后拍板的人还是于妈。

于妈边分食物边说：“你们看啊，今天吃的和平时一样，大家都会好好活着的，不然怎么可能不把肉拿出来？”

这句话彻底安了幸存者们的心，大家散在食堂的各张桌子前，开始吃午饭。

刘砚面前摊着一张图纸，唐逸川趴在对面，用钢笔修改了几处电路，插回笔帽，说：“这样能持续得更久，雪天水蒸气多，线圈一定能产生很大作用。”

刘砚嘴里塞满了饭：“你觉得电对丧尸有用吗？”

唐逸川和刘砚对视一眼，唐逸川点头道：“有，电能作用非常大，瞬间产生的高电压能摧毁它们的中枢神经系统，彻底废掉它们的行动能力。”

刘砚如释重负，这也是很久以前，他与方小蕾商量过的。

丧尸与人类其实没有多大不同，它们并非完全不死，核心中枢都在大脑——大脑以微量电荷运转，指挥全身行动，通过中枢神经发送指令。

一旦电流毁去它们的中枢神经系统，只剩下一个张嘴的头部，就彻底解决问题了。

特斯拉线圈是一种使用变压器将电压瞬间升上百万伏的高频电压设备，奈何在丧尸潮暴发的情况下，大部分地区都已断电，几乎没有人尝试过。

“你姐姐是做什么的？”刘砚道。

“她是个演员，”唐逸川道，“这事说来话长……你们这里，那位叫森哥的是头儿？”

刘砚说：“情况有点复杂，我得马上去修改线路，大家安全活下来后，咱们再详细聊吧。”

唐逸川爽快地点头道：“行，我来协助你。”

刘砚：“你能让你姐姐稳住林木森吗？”

唐逸川一听就明白了，他静了片刻，而后道：“可以，但他已经在……”

刘砚说："去和她说说，让她说服林木森留下来。"

刘砚回去取了几个分流器，大部分地方的电灯都熄了，除了教学楼大厅。

他在大厅二楼的台阶上拆开了一个变压器，对着图纸上唐逸川标出来的地方开始改装。

"有什么能帮你的吗？"谢枫桦拿着饭盒过来坐下。

刘砚看了她的饭盒一眼，说："没有，你就吃这点东西？怎么和我们吃的不一样？"

谢枫桦耸肩，用勺子拌了拌泡饭。

谢枫桦说："你才发现？"

刘砚道："你去告诉胡珏，如果他区别对待，不让你们吃饱我会拿他试我的特斯拉线圈。"

谢枫桦笑了起来："他多半不知道那是什么。"

刘砚道："他只要知道是很厉害的玩意儿就够了……帮我把这个固定住。"

谢枫桦协助刘砚卡着一个弹簧片，又道："你看见新来的那位女士了吗？"

刘砚："没有，她怎么了？被感染了？"

谢枫桦道："不，她很健康，你猜猜她是谁？"

刘砚蹙眉，用螺丝刀小心地旋开一个螺丝钉。

谢枫桦说了一个如雷贯耳的名字，刘砚险些把螺丝钉掉进变压器里去。

"真的？"刘砚道。

谢枫桦笑道："你喜欢她？"

刘砚："我不讨厌，也说不上喜欢。她拍过很多部电影，还是影后……老天，我从来没想到会和她住在一栋楼里。"

谢枫桦道："我听见她说，真名叫唐逸晓，那个只是她的艺名。"

刘砚想了想，说："其实我对影星什么的不太感冒，只觉得很惊讶，蒙烽和张岷倒是会喜欢，我记得张岷说过……中学时代的偶像是她，你真的确定是她？"

谢枫桦朝楼上张望，说："喏，你看，她出来了。"

那个女星整理了一下凌乱的头发，关上林木森的房门出来，提着个名牌包，脖颈上还有明显的红潮。

谢枫桦和刘砚都心知肚明发生了什么，唐逸晓的高跟鞋被掰掉了鞋跟，显然是易于逃亡保命。走路的时候她却不自觉地踮起脚，似乎那鞋跟还在。

她优雅地挽着手提袋下来，居高临下，瞥了谢枫桦与刘砚一眼，问："我弟弟呢？"

刘砚道："或许在外面，你可以出去看看。"

唐逸晓没说什么就走了。

刘砚把变压器放在台阶上，快步上楼，敲了两下便不由分说地推门，进入林木森的办公室。

林木森敞着衬衣，一副心满意足的模样坐在转椅上抽烟。

"准备好了吗？"林木森笑道，"3点出发。"

"不，"刘砚道，"谁也不能走。"

林木森的笑容敛去。

刘砚："现在走，只会死，我终于等到机会来向你解释这个了。大规模丧尸南下，你想朝哪里走？"

林木森冷冷道："刘砚，你认真的？"

刘砚道："我用我的性命担保，谁也不会死。我和蒙烽早在一个月前就针对这里的地形做了周详而缜密的布置……"

林木森不待刘砚说完，勃然大怒地吼道："你一定是疯了！刘砚！10万只丧尸！你知不知道10万只是什么概念！"

刘砚没有动怒，他知道现在对着吼不能解决问题，认真地说道："森哥，你无论逃去哪里都是死，只有先死和后死的区别。X市人口近700万，与其所在的Q省接壤的H省人口接近一亿，这些人转化成的丧尸已经开始南下，就算是其中的十分之一，也有两千万。

"你现在离开这里，唯一的结果只是被丧尸追着跑，你想回去南方？回去我们来的地方？当初蒙烽提出过暂时躲进最西边省市的建议，你没有采纳，现在唯一的生路已被断绝，你不可能在横扫而下的丧尸峰潮中平行移动，向西边进发。"

林木森没有说话，刘砚道："10万丧尸只是第一拨，这些丧尸不可能集队，它们一定是分散的。而首先到达我们这里的只会是很小的一部分，预计以5000至10000只为一批，分批击溃丧尸完全是可能的。"

"你觉得'分批'的话，你能杀掉那10万只？"林木森仿佛听到了天大的笑话。

"可以试试，"刘砚道，"按照蒙烽的战术防御布置，最起码足够争取到三天的缓冲时间。我们原地等候适合的时机，直到蒙烽与张岷回来后，前几批大股丧尸已经过去，这个时候我们可以全部出动开始突围，逆着丧尸潮北上，这样一来，面对的压力就会减轻上百倍。”

“张岷是指挥游击的高手，我们能游击的话游击，不能游击的话就强行开枪扫射，碾轧过去。你想想，面前有10万只丧尸当路障可怕，还是只有两三万只零散的、分布在野外的丧尸可怕？”

林木森沉默了。

刘砚又说：“我们必须利用这里的防御杀掉一部分，再越过下一拨丧尸潮，一旦成功北上，那个时候才真的彻底安全了。起码在这个冬天里，寒冷会成为丧尸的最大行进阻力，不用再担心生命问题，就这样。”

林木森道：“你真的确定这样可行？我们所有人的性命可就交在你手里了。”

刘砚叹了口气，斟酌良久后，道：“森哥，蒙烽没有回来，我哪儿也不去。我相信能守得住，但现在还有选择的机会。

“一，你要走就现在走，要带多少人、多少东西，抓紧时间去吩咐撤离。再问其他人，只要是愿意跟你走的，一切自愿，去哪里随便你，是死是活，大家各自碰运气。除了上面的电池组，我什么也不要。反正发电机和电池组你也带不走，当作是跟了你这么久，留给我的一点东西吧。相识就是缘分，我祝你一切好运，期待咱们以后还有碰面的机会。

“二，加入我们，留下来一起抵抗强敌，只要能撑到蒙烽和张岷回来的那一刻，我们就安全了。”

刘砚抬眼，注视着林木森。

“选吧，森哥。”

林木森从刘砚眼里看出了一种近乎疯狂的自信，两人面对面站了很久，最后，林木森道：“行，我相信你，别让我失望。需要我做什么？”

刘砚道：“你只要坐在这里督军，稳住士气就行。”

11月17日，黄昏。

所有人如临大敌，或站在走廊眼望窗外，或躲在教学楼中央祈祷。刘砚走上天台，仍旧觉得有点不放心，朝谢枫桦道：“让闻弟来。”

闻且歌来了，他的表情十分阴郁，就像一棵快枯萎的树。

刘砚道：“闻弟，我有件事情请你帮忙。”

闻且歌抬眼看着刘砚，刘砚道：“你能帮我看着林木森吗？”

闻且歌点了点头，刘砚说：“万一他想逃跑，你得用一切手段拖住他。”

闻且歌：“我尽力。”

刘砚：“我需要一个确切的答案。”

闻且歌道：“我一定。”

刘砚又道：“你不需要战斗，只要跟在他的身后，一旦等到合适的时机，我会让人过去通知你，就不用再盯着他了。”

胡珏蹙眉道：“你想放他走？”

刘砚与胡珏对视良久，刘砚道：“等到最后一拨丧尸靠近的时候，说不定他会逃跑，这样我们就可以自己撤离，或者重新组织防线守住，他想带谁走就带谁走，不用再管他了。”

胡珏：“如果他不逃跑呢？”

刘砚：“那么就依旧叫他一声‘森哥’，所有事情押后处理，命是由他自己决定的。”

胡珏点了点头，闻且歌下去找林木森。

铁丝网深入地下3米，圈住了整个学校，外围的雪地里分散埋下了上百枚罐头炸弹，犹如一个巨大的地雷阵，覆盖学校外方圆一里。

最后一名前去埋设触发性罐头炸弹的人回来，他们把铁丝网并拢，牢牢缠上。13根足有4米高的铁杆立起，环绕整个避难所。那是刘砚的最后防御武器——特斯拉线圈。

天色晦暗，铁杆顶端电流噼啪作响，犹如跳跃的不安分的蓝色精灵。

电流在铁丝网上时不时滚动，每一片雪花飘下，落在铁丝网上时都响起了轻微的爆裂声响。

其余经过训练的民兵则手持枪械，20米一人，站在密封的铁丝网后。

刘砚站在天台顶部，举着望远镜朝远处看。

“注意！注意！一大拨丧尸正在接近！”身边胆小菇队的小胖子说。

决明道：“我看看。”

他接过望远镜，朝远处张望，上百只丧尸沿着北边的公路南下。

决明：“怎么没有举旗帜？”

刘砚：“什么旗帜？”

决明：“象征‘一大拨僵尸’的红色旗子。”

狂风肆虐，天已全黑，唯有天台顶端的帆布在疯狂飞舞，继而被风吹向远方。黑暗里，隐约的哀号声分不出哪些来自丧尸，哪些来自西北茫茫大地的风。

刘砚道："照明开启。"

一盏巨大的白炽灯在中央亮起，天台四角的射灯将强光投向铁丝网外的远方，照在一群腐烂的丧尸脸上。

它们混浊的瞳孔微微收缩，脸上凝着一层白霜，从北面缓慢地靠近外沿地雷阵。

"齐射！"刘砚吼道。

第一轮枪响，啪啪声连响，三队人轮番开枪，将外沿零散的丧尸头颅击爆！

"继续！别让它们靠近炸弹防线！"刘砚喊道。

丧尸越来越多，枪声也越来越密集，直到上千只丧尸涌来，刘砚举起望远镜遥遥望去，夜幕下一片漆黑，海潮般的丧尸在狂风中聚集，越来越多。

步枪再也守不住防线，第一只僵尸触发雷阵，轰的一声巨响！

震耳欲聋的爆破声接二连三地响起，射击营收枪，短暂的沉寂后，爆破声越来越烈，犹如天地间雷鸣阵阵，万马奔腾，火焰卷着黄色的爆炸火光照亮了整个夜空，就连林木森也忍不住站在窗外遥遥观望。

那阵大面积的爆破来得太过震撼，没有人能再交谈，喊声、叫声都被疯狂的爆炸所掩盖，无数丧尸被炸得断肢飞起，飞进防御圈内，引起恐惧的大叫与躲避。

在近10分钟后，炸弹耗光，外面才安静下来。

刘砚被震得头晕眼花，耳内嗡嗡嗡地不住作响。

"准备……"刘砚喘着气道，"第二批炸弹投放！"

"还有，没清光，"楼下有人喊道，"更多的来了！"

灯光下尸横遍野，更多的丧尸踩着同伴的躯壳缓慢地靠近，终于接近铁丝网外围，人类终于再次近距离看见了这些怪物的面孔。

它们一个个浑身爆裂，腐烂的肋骨上嵌着铁钉。狰狞的面孔与凸显的牙床在灯光的照耀下现出一片惨白色。

"退……快跑！"有人开始恐惧了。

邓长河砰然开枪，爆了靠近铁丝网的丧尸的头颅，吼道："谁也不许后退！怕什么！它们过不来的！"

第一只丧尸碰上铁丝网，教学楼中响起绝望的大叫声，然而一阵噼啪电流乱窜，那只丧尸被电得抽搐，牢牢地粘在铁丝网上。

绝望的叫喊声一停，有人欣喜地小声叫了起来，继而是轰天震地的欢呼声。

刘砚的心怦怦直跳，这只是个开始，唐逸川站在他的身边，神情凝重。

“会被压垮，”刘砚缓缓道，“太多了。”

唐逸川：“是的，铁丝网开始变形的时候，你就得开启特斯拉线圈。”

刘砚点了点头，这一刻，他内心无比紧张，铁丝电网在最开始架设的时候就朝外倾斜了一个明显的角度，以避免丧尸前赴后继，以重量压倒铁网。

黑压压的尸群越来越多，所幸冰天雪地里，它们的动作迟缓了不少，铁丝网开始闪耀蓝光，发出尖锐的声响，把一排接一排的丧尸电得尽数倒下去，每一拨丧尸倒下，校园内俱响起热烈的欢呼声。

人们已经不怕了，他们或是坐在教学楼的窗沿上，或是跑上天台远远眺望，就像在观赏一场盛大的电影。

“都下去，”刘砚吩咐道，“这只是个开始！回到楼里去！”

人就是这样，一旦平息了内心的恐惧，就难以避免地产生某种兴奋。然而，刘砚和唐逸川心里都很清楚，面前的丧尸还不到一万只。

接下来，将有10倍的丧尸涌向茫茫旷野中的这座孤岛。

一眼望不到头的丧尸潮仿佛永远不会停止，它们倒了一批又一批，尸体堆叠在铁丝网外，后来的丧尸踩着它们的躯体，缓缓地把铁丝网推向校园内。

更多的丧尸绕过北面防线，犹如涨潮时的骇浪，围着学校形成一个月牙形的包围圈。尸体堆满整座校园外围，直叠向两米高处。半小时后，铁丝网被压得朝内凹陷，当第一只丧尸把手从电网外伸进来，被邓长河一枪击毙时，人群又开始坐不住了。

“发电机开启，接通蓄电池组。”刘砚最后看了尸群一眼，下了命令。

铁丝网倾斜45°。人群慌乱了，大叫道：“怎么办？它们要进来了！快开枪！”

林木森浑身发抖，缓缓后退，继而朝房内退去，抓起手枪。

天台顶端，蓄电池组嗡的一声全面启动，12台柴油发电机发出震耳欲聋的声响，风力发电机疯狂转动，走廊与大厅的灯光一暗。

天台上的白炽射灯电力瞬间被抽到底，世界一片黑暗。

那突如其来的黑暗引起一阵恐慌的尖叫声，杂糅着如同坠入地狱的绝望呼叫声。

哭声、呐喊声中传出牧师的祈祷词。

“主耶稣啊，请你赐予我救世的曙光，赐予你的子民长夜中的希望……”

“点燃我等心中的灯火，在有黑暗的地方，为我播种光明……”

刘砚抬起头，一手握着开关匣不住地发抖，最后缓缓按下。

特斯拉线圈核心装置，主轴放电尖端的球体上升起一道耀眼的蓝光，犹如破开黑夜的闪电，电流的嗡鸣频率缓缓提升，所有发电装置的机械声越来越响。

震耳的轰鸣声中，蛛爪般的明亮电流轰然散开！

雷电纠结乱窜，13根环绕整座校园的接地分轴升腾起暗夜中的蓝光，同时发出巨响！

无尽黑夜，茫茫大地上，奇迹正在发生。

成千上万的丧尸围绕着一个孤岛，孤岛中央一道雷光闪过，环形的封闭闪电从高空高速飞散，紧接着化为一个巨大的耀眼圆环无情地呼啸而去，百万伏的高压电犹如暗夜里咆哮的狂龙，将前赴后继的丧尸扫得横飞出去！

短短10秒，环形雷电的速度越来越快，覆盖了近方圆10里的范围！所有丧尸都在那一刻被电倒！

犹如西方神话中的审判之雷降世，科学最为震撼、最为神秘的一面朝着人类展现出瑰丽的光华。

神祗之手引领着千万道灭世狂雷，飓风般横扫了所有的丧尸。

最后一声巨响，世界重归于寂，强光隐去，长夜再度陷入一片黑暗。

嗡嗡声响起，特斯拉线圈再次开始聚能。

三秒后，上百人发出几近疯狂的欢呼声，几乎要把整个教学楼掀翻。

“恭喜你，你成功了。”唐逸川道。

刘砚虚脱般地点了点头，浑身冷汗，似是从水里捞出来一般，背脊、脖颈、头发全部湿透。

他推上电闸，灯光再次亮起，楼下传来的欢呼声几近歇斯底里。他跑下天台，不停地有人过来拥抱他，林木森在高处道：“干得好！刘砚！”

刘砚大声道：“还没结束，都回去，回归已位。轮班休息。统计伤亡！集合！所有人集合！”

深夜，刘砚留下胡珏在顶楼侦察，打开铁丝网，发动了所有车，他给车辆装上前铲板，10辆车分头出动，把丧尸的躯体缓慢铲到下风处。

足足花了近四个小时，最终确认，他们处理掉了近3万具尸体。

这比刘砚预计的总数更多，如果丧尸真的只有10万只，说不定就不用撤离了。

“快，快，”刘砚从吉普车里探出头喊道，“决明，不要玩了！快点把它们铲到一起去！”

决明操纵装甲车，把尸体铲来铲去摆圈，被骂了以后，只好推到一个尸堆上。

其间又有小股丧尸过来，顶楼侦察的胡珏开启灯号，刘砚只用了很少的电能开动线圈，利用点杀射电就解决了它们。

天明前，狂风一如既往地肆虐，他们在尸山上浇了汽油，开始焚烧尸体，继而把铁丝网推回原位，破裂处重新焊接。

所有行动都在争分夺秒，两班人轮流休息，不到三小时便被叫起来继续高强度劳动。

刘砚不时地拿着望远镜眺望西边。

蒙烽还没回来……按道理他要到傍晚才折回。

唯有希望派出去的人能尽快找到蒙烽，更希望他们不会遭遇大批丧尸群……刘砚摇了摇头，把这个可怕的念头驱逐出脑海。

第一抹曙光在群山的彼岸出现，一辆吉普车从东边顶风而来。

那是张岷的队伍，谢天谢地。

车门被推开，一名枪兵队队员被焚烧尸体的黑烟吹得满眼通红，不住地流泪。

刘砚停下了脚步。

“张岷死了，”那人远远喊道，带着哭腔，“尸体找不到了！我们提前回来了！这里是怎么回事？”

轰的一声，刘砚脑中犹如挨了重锤，天旋地转。

决明走过来，似乎没听清，茫然地问：“什么？我爸呢？”

没有人回答。

决明道：“刘砚，他说什么？”

他要走向吉普车，却被刘砚一把拉住。

“张岷……死了？”胡珏道，“你说什么？再说一次！”

那名队员递出一顶野战军帽，正是张岷的，还有一把枪。

“在山上，10里外，刚出发没多久！第一个考察点，大伙儿下车步行的时候，山洞里……扑出一伙丧尸，张岷开枪引开了它们，让我们快跑。

“他……边退边开枪，谁知道……那里有很多山洞……好像是防空洞，还有几间房子……里面……到处都是丧尸……可能是进去避难的……

“我们逃到山腰，上面没枪声了，”那个队员道，“我……不敢扔下他，不能扔下他，我们就再……去山上找他，找不着……只剩枪了……没子弹。丧尸也死了。”

“仔细搜索了吗？”刘砚道。

“我们杀了不少丧尸，”那人说，“我没有抛弃他！到处都找过了！防空洞被他炸了，丧尸都堵在里头，他可能把自己也埋进去了！”

决明静静地听着，什么也没说。

那人又道：“我们上去的时候……听见他一声大叫，就没声音了……还在山路上……看到好几摊血，还有……不知道是什么骨头，到处血淋淋的，可能被……吃了……”

长久的静谧之后，决明开了口。

“我去找他。”

“你疯了！”那人道，“岷哥让我们跑的时候，他说‘帮我照顾决明，别让他寻死’，怎么能让你去？”

决明没有哭，也没有晕倒，说：“我不用你照顾。”

“你不能去，”那人道，“岷哥是为了救我们才死的，你是他唯一的亲人。”

刘砚说：“决明，现在到处都是丧尸，你能等蒙烽回来再去吗？”

“不能，”决明说，“我现在就要去。”

刘砚道：“你想好了？别冲动，决明。”

决明说：“不冲动，我一定会去的，我要去看看。”

刘砚的眼眶有点发红，说：“我给你准备点东西，你不会开车，对吗，我叫个人陪着你。”

决明说：“我会一点，你上次教过我的，我自己能开车。”

刘砚：“给你一辆车。”

决明说：“谢谢！”

刘砚转身去拿了一把枪，他给张岷的AK装满子弹，开始收拾东西，心里简单判断了形势——丧尸从西北边涌来，决明朝东边走。这里只要能防守住，他就不会有来自背后的危险。

张岷和决明都成功抵抗过一次感染，或许张岷还活着。

他脑中一团混乱，把枪交给决明，又拿了一把信号枪，给他三枚照明弹，教他装填，反复嘱咐他一切小心。

“如果能找到他，”刘砚说，“就朝天发一枪，包里有生命探测器，我特别改装过的瑞士军刀，还有一个小型炸弹，这个炸弹非常危险，没到关键时刻，千万不要乱用。地图上有标记，你沿着路走，能找到他们最后和张岷分开的地方。”

决明接过枪，点了点头，问：“如果他被咬伤了，快死了呢？”

刘砚说：“那也试着发信号。”

“有什么用？”决明抬头道。

刘砚：“如果……假设，蒙烽回来了，我们又能抽身，会去接应你们。”

决明埋头接过枪，没有对这个小得几乎可以忽略的概率表示什么意见。

他把东西放在背包里，刘砚又说：“给你五天的食物和水、绳子，还有医药，油箱加满了。”

决明轻轻地说：“再见，刘砚，你还没有祝福我呢。”

“再见！”刘砚说，“祝你好运，我亲爱的决明。”

决明接过地图，孱弱的身影上了吉普车，驶出防御圈。

“队长——”小胖子带着胆小菇队的成员冲下楼。

“队长，祝你好运！”胆小菇队的队员挨个过来和决明告别。

“队长，加油！”少年们纷纷喊道。

决明开车离开学校，消失在漫天风雪中。

22 救赎

并不是所有孤身闯敌阵的少年都很顺利，至少决明就不是。

他刚开了一大半路，还差一点就可以抵达山下，吉普车陷坑里了，前轮朝着路边歪歪一斜，熄火，可见挖坑不填害死人的真理。

决明把所有能拉的、能踩的、能按的设备都轮流按了一次——包括收音机和雨刷，全部罢工。

他在车里坐了一会儿，说：“爸。”

继而伏在方向盘上，两眼通红地看着车窗外的大雪。

10分钟后，他抱着枪，推开车门，站在齐膝深的雪里，打开地图看了一眼，走向公路。

黎明时分，他走在路上，按着地图上的标记开始朝着山走，不知道是因为牧师的祈祷还是外星人对他的眷顾，雪竟然奇迹般停了，风也小了许多。

一行脚印歪歪斜斜地通向山岭西侧。

望山跑死马，他走了整整一上午，其中休息了两次，吃了点饼干，水太重，扔在车厢里，没有带出来。

决明吃了点雪止渴，看到雪地里有块布，好奇心起，沿着雪朝下挖，挖了一会儿，挖出一具冻僵的丧尸的脚。

他面无表情地把雪盖回去，起身继续摇摇晃晃地步行。

决明不会射击，抱着一把4.79公斤的AK47有什么用呢？接近10斤的东西对他来说实在吃不消，最后他想了个办法，把枪系在包上，包又用绳子捆着，放在雪地上开始拖。

冰雪地面阻力很小，决明终于解决了首要问题。

山岭就在眼前，他发现了冰下车轮碾出的痕迹，当即沿着车轮印痕朝上走，知道接近目的地了。

“爸——”决明边走边喊。

“爸——”声音在山谷间回响。

十来只丧尸听到声音，摇摇晃晃地走上山谷，朝决明走来。

决明尚且不觉，他走过蜿蜒的山路，朝天开了一枪。

“乒！”枪声把他自己吓了一跳。

500米外的侧峰高处雪崩了，上千吨雪轰隆隆地从山顶滚下来，把那十几只丧尸压在谷底。

决明什么也不知道，脚底打滑，在山路上缓缓行走。

“爸——”决明绝望地喊道，声音小了不少。

面前有一摊结冰的、紫黑色的血，他趴下来摸了摸，似乎在确认是不是张岷的，片刻后，他起身继续前行。

又走了足足一下午，决明又饿又累，一头倒在雪地里。

“爸。”决明喃喃道。

他打开日记本，第一页上是张岷画的简笔画，什么都会的张岷连画画也很神似，一只大狗伸出爪子，笑眯眯地按在小鸡头上，小鸡低头，面前摊着本书。

下面是一行字：每天坚持写日记，爸监督你。

决明收起笔记本，吃了块饼干，吃了点雪，再次站起来。

“爸——”决明无奈地喊道，“快出来，你没有死。”

他走到路的尽头了，那里是个悬崖。

他蹲下来，朝悬崖下张望，什么也看不到，在峭壁的尽头发了一会儿呆，转身下山。

他不知道该去哪里了，远处有个塌方的防空洞，他尝试着把石头搬开，使尽全身力气搬出一块。

里面倏然探出一只腐烂的手！

决明看了一会儿，确认那不是张岷的，用石头砸了几下，手骨折了，他用枪管把手推回去，填上石头，继续朝山下走。

天黑了，崎岖的山路与连绵的群山仿佛换了个模样，犹如长夜里凄厉哭嚎的恶鬼，虎视眈眈地注视着他。决明嗓子哑了，也不喊了，他就像个执着的精神病人，拿着一个手电筒，朝满是积雪的草丛里照来照去，又扒开积雪，当然，什么也没有。

他解决完这堆草丛，朝山路上的另一堆草丛走。

走着走着，树下积雪坍塌，决明瞬间陷了进去，破口处的石头磨得他手肘破皮。

“啊——”决明唰的一下直陷进洞里，肩上拖着的布带系着包和AK步枪从地面飞速滑来，决明连声大叫，最后背包咻的一下填进洞口，AK打横旋转着飞来，带着背包，咔嚓一下牢牢地横卡在洞缘。

决明被拖得凌空一顿，双手抓着绳子，两脚乱蹬。手电筒打着旋掉了下去，砸在张岷的脑袋上，张岷醒了。

张岷忙抬头喊道：“有人吗？谁？”

他趴在地上捡起手电筒，朝着高处照，颤声道：“决明？”

决明抓着绳子，吊在半空中晃来晃去，听到张岷的声音，忽然间“哇”的一声大哭起来。

决明号啕大哭，张岷却笑了起来，片刻后喊道：“谁在上面？快拉他上去！要摔下来了！”

决明哇哇地哭，张岷连着喊了几声，没有人应答，决明边哭边稀里糊涂地说着什么，停了一停，又疯狂地哇哇大哭。

“别哭了！决明！听我说，你在说什么？”张岷坐在地上，艰难地抬头道。

“别哭！决明！张决明！”张岷大喊道，“张决明！你听我说！你的眼泪掉下来了！鼻涕也掉下来了！”

决明哭声小了些，抓着布带不住地发抖。

“爸——”决明呜呜地又哭了。

张岷突然一下就明白了，眼眶刹那变得通红，哽咽道：“决明，你自己一个人来找我吗？”

决明点了点头，张岷捏了把鼻子，忍不住也哭了起来。

张岷哽咽道：“外面没有人？”

“嗯，”决明噙着泪朝下看，“我抓不住了，可以跳下来吗？”

张岷忙道：“别跳！千万别跳！能爬上去吗？”

决明试着蹬了蹬。张岷道：“你右边的石头可以踩，看见了吗？”

他把手电筒的光束移向左边，决明抬起脚，尝试了几次，踩着石头，艰难地向上爬，被划破的手的血滴落下来，落在了张岷的脖子上。

张岷竭力忍着眼泪，说：“你再朝上爬看看，能出去不？要是不能出去就跳下来，爸抱着你一起死吧。”

“能。”决明不哭了，他拽着布带，不知道哪来的力气，半个身子钻出了那个狭小的深洞，爬了出去。

张岷松了口气，疲惫地靠在岩石上，闭着双眼，静了片刻。

决明在洞外焦急地喊，张岷忙大声答道：“没事，我没事！”

决明道：“什么？听不见！”

他把耳朵凑到洞口，总算听见张岷的声音了，总算安下心来。

张岷道：“你怎么过来的？能回去找人来救吗？”

决明：“车开不动，有人挖坑不填，车掉坑里了。”

张岷：“……”

张岷又大声喊道：“在外面是不是听不见我说话？”

决明把头伸进洞里：“对，现在能听见了！”

张岷道：“难怪他们听不到我求救，决明，有吃的吗？”

决明道：“有！要吃什么？有泡面、饼干、口香糖、花生……”

张岷：“随便来点什么！我快饿疯了！”

一包泡面扔下来，砸在张岷头上，张岷拆开包装，狼吞虎咽地吃了起来，决明又扔了个雪球下来，张岷满嘴干泡面，抓住雪球就朝嘴里填，迅速吃了大半包面，说：“刘砚给你的吗？”

决明说：“对！”

张岷：“那小子不仗义啊，泡面里没有调味包！蒙烽呢？”

决明说：“有一大拨僵尸举着旗子来了！他走不开！让我发……”

决明想起来了，忙朝着天上发射信号弹。

12个小时前。

11月18日9点25分，避难所。

又一大拨丧尸接近了，这次数量更为壮观，重新埋设罐头炸弹的人还没回来，刘砚打了信号灯，催促他们退回防线后。

“蒙烽还没有回来吗？”邓长河焦急地喊道。

“没有，”刘砚在震耳欲聋的枪声中朝他大喊，“一定是和派出去搜寻他的人错过了！”

邓长河道：“不会出事吧？”

刘砚沉默了。

胡珏马上朝着邓长河吼道："不会有事！别说蠢话！履行你的任务，一定要守住！"

刘砚闭上双眼，靠在大厅外，张岷生死未卜，决明多半已在茫茫风雪中丧生，蒙烽万一真的回不来了……自己在这里做的一切还有什么意义？

"刘砚，听着，"唐逸川见他情绪不对，忙上前说，"别垮，我们正在逐渐获得胜利。刘砚，这里有上百人的生命系在你身上，挺住。"

刘砚点了点头，喘息片刻，喊道："还没有埋下的炸弹呢？都上天台，准备用投标枪的方式把它们扔出去！"

话音未落，谢枫桦冲上楼，焦急道："唐逸川！你的姐姐怎么了？"

唐逸川惊觉，马上下楼，大厅里响起了一阵慌乱声。刘砚听了片刻，那叫声不对，仿佛还掺着"感染""死了"的惊慌呐喊声，他忙拔出枪，快步跑向大厅。

唐逸川吼道："别开枪！别开枪！她不是被感染了，她是正常的！只是毒瘾犯了！"

外围爆炸声接连响起，已听不见任何声音，两三名民兵让其他人离开，掏枪要把披头散发在地上挣扎的唐逸晓当场击毙。

刘砚喊道："别开枪！不是感染！"

她难受得不住地撕扯着自己的衣服，用头撞地，满脸眼泪鼻涕，大声号叫，像极了丧尸。唐逸川见劝不住，只得扑在她身上，抬头大声恳求。

外面爆炸声太响，没人听得清楚他说的话，刘砚大吼："别开枪……"

那一瞬间恰好炸弹炸完了，刘砚的声音清晰地传出来，其余人才收了枪，刘砚又喊道："出去防御，放心！这里没你们的事！"

唐逸川不住地发抖，把他的姐姐抱起来，颤声道："谢谢……"

本来时间就紧迫，这一惊一乍地险些把刘砚吓出心脏病，再次上楼时，正碰上林木森的手下快步下楼，拿着针筒要给她注射。

刘砚看了一眼，什么也没说，回到天台上。

上午10:20，雪停了，风势小了，十来台风力发电机转速渐慢，继而完全停下。

刘砚暗道糟糕，电网的能量只能靠柴油发电机维持，蓄电池组不能浪费，电力渐弱，这次压上铁丝网防线的丧尸比上一拨更多。

“牧师呢？”刘砚大喊道，“让他去祈祷！”

中午12点。

刘砚握着特斯拉线圈的主控制器，风又疯狂地刮了起来。

可以准备开始撤离了，按这个进度，路上的丧尸群已经剩下不到3万，大部分在荒野中游荡，开车突围已经完全可能。

然而，蒙烽还没有回来，刘砚深呼吸，是让所有人准备上车撤离，还是继续坚守？

“让闻且歌回来，”刘砚朝胡珏道，“不用再看着林木森了。”

坚守应该能挡住所有丧尸，有少许危险，但仍在应付能力范围之内。

要是撤离就一定安全了。

刘砚先前已经让人把货柜车队检修完毕，东西装车，让射击队成员从车顶架枪射击，足够清掉沿路的丧尸。

但蒙烽和决明怎么办？

胡珏下去发完信号，闻且歌跟着上楼，说：“森哥怕得很，准备逃跑了，他打算开装甲车逃出去。”

刘砚道：“行了，让人别管他……闻弟，你呢？”

闻且歌道：“我留下来，我掩护你们殿后，教我用你的装置。”

“不，你负责保护他们，”刘砚道，“你在第一辆车上开路扫射，我殿后，上最后一辆车，顺便等——蒙烽。”

胡珏开口道：“蒙烽什么时候回来？”

刘砚缓缓摇头，答道：“现在的情况是守得住，但说不准，也可以开始争取时间准备撤离了。蒙烽还没回来，现在走吗？你觉得呢？”

胡珏也没了主意，不敢擅自下决定。

“听天由命吧，”胡珏摸出一个硬币，“正面留守，反面突围。”

胡珏把硬币抛向半空，还未落地，楼下传来一阵马达嗡鸣声，紧接着是一阵枪声。邓长河跑上天台吼道：“刘砚！林木森逃了！他要朝西北方跑！”

刘砚道：“我知道了！马上派人跟在车后，守住缺口！”

林木森早有周详的计划，他带着自己的亲信登上刘砚改装的装甲车，在操场中打了个转，将车速发动到最高，轰的一声冲向铁丝网围墙，碾了过去！

突破口恰好位于西北面，装甲车碾过丧尸，碾出一条血肉横飞的路，冲出公路。唐逸川跑上天台，大吼道：“我姐姐被他带走了！”

怎么办？

刘砚推开唐逸川，喊道：“就绪了！所有射击手朝西北处集合！守住缺口！争取时间准备撤离！”

“刘砚！”丁兰恐惧地尖叫。

刘砚冲下楼去，抓起两个手雷塞进包里，冲向西北缺口。

潮水般的丧尸涌向破碎的铁丝网缺口，所有人眼睁睁看着刘砚高速飞奔，迎面向丧尸群冲去，紧接着将挎包朝外一扔。挎包在空中划了个弧线，落进丧尸群中央。

刘砚瞬间一个反身飞扑，卧倒。

轰的一声巨响，横飞的丧尸躯体散落操场内，射击手纷纷涌来，朝着缺口处错落开枪。

刘砚被冲击波震得咳出一口血，艰难地爬起来，听见胡珏喊道：“把电闸关上，铁丝网重新拉起来！”

刘砚下意识地要发令，然而瞬间理清了头绪，忙道：“不能关！一关全部的丧尸都会进来的！”

胡珏意识到自己险些决策错误，瞬间一阵心寒，刘砚示意胡珏稍定，勉强道：“我理解你，知道你不是丧尸们派来卧底的，扔绳钩！把铁丝网重新拉起来！射击队掩护！”

两人苦中作乐，无奈笑了起来。

刘砚不住地咳嗽，爬上天台，握着启动器，望向楼下。

胡珏亮出那枚硬币——反面，指了指南边车队的方向。

刘砚按下启动键，特斯拉线圈再次启动，这一次辉煌的闪电较之夜晚时更明亮，也更壮观。

灰色天幕在大地聚起的白光中不住地震颤，云层仿佛受到感应形成一个旋涡，雷电环呼啸着横扫而去。所有人接到命令，自发朝着篮球场上集合，货柜车分头开出，其余人开始撤离。

一道不稳定的环形电光席卷了上万只丧尸，在最外沿散去，能量未曾耗尽，纠结的雷电在尸群中翻滚。

外围又有新的丧尸涌了进来。

胡珏在下面喊道：“把手雷都扔出去！坚持住，刘砚！先头部队已经离开了！该撤离了！”

刘砚独自站在天台西北角，看着远方，蒙烽还没有回来……他的心里涌起复杂的、莫名的滋味，他曾经设想过无数次与蒙烽的生离死别，也许是壮烈地启动炸弹，一同死去；也许是被重重丧尸包围……无论如何，从未想过会像今天这样，没有任何预兆地分开。

他会回来吗？

他们前天晚上刚因为一件鸡毛蒜皮的小事吵过架，刘砚最后生气了，转身面朝墙壁，蒙烽在背后哄了几句，刘砚没理他。

蒙烽困得很，没哄完就打起呼噜睡着了。

于是，刘砚更生气了，决定不理他。

昨天早上，蒙烽先醒，门外有人提醒他去探路，蒙烽穿好衣服，一身军服很帅气，他坐在床边，主动侧过身子凑近，摸了摸他的额头。

刘砚那时已经醒了，却眯着眼在装睡，偷看他笔挺的野战军装，看他戴上帽子，穿好军靴出去，再翻了个身继续睡。

刘砚直到这时，仍觉得蒙烽下一刻就会回来，然而这世上又有谁，常常觉得自己马上就要经历生离死别？

他叹了口气，启动特斯拉线圈，忽然发动机发出一阵爆裂的响声。

刘砚猛地抱头，蹲下躲在围墙后，一道闪电光环擦着头顶飞过，主轴响起炸裂的声响，发动机冒出黑烟，居然没有爆炸！

刘砚抬头看着主轴放电尖端，一条回路告损，积累的电荷尽数倒灌回来，焦臭的气味传出，有电路烧了。

刘砚抬头望向围墙外，丧尸被放倒了一大片，再来一次，只怕线圈会彻底爆炸。

然而探出头的那一刻，他怔住了。

他缓缓地站起身，西边灰蓝色的天幕下，一辆吉普车高速冲来。

“蒙烽，”刘砚喃喃道，他几乎是竭尽全力，疯狂地大吼道，“蒙烽！”

吉普车冲到近前来了个漂亮的漂移，窗玻璃砰然被击碎，六管机关枪那雷鸣般的子弹把拦路的丧尸扫得稀巴烂，紧接着一个手雷抛出，巨响声中夷平了一大片。

“蒙烽！”刘砚歇斯底里地大叫着冲下楼去。

吉普车倒车，悍然铲向铁丝网，从东边丧尸群里最薄弱的突破口直飞进来，砰然落地。

蒙烽摔上车门跑来，大吼道："刘砚！你在放禁咒群攻吗？胆子真够大的啊！"

刘砚冲下楼，蒙烽一边抬臂扫射，一边大声怒吼，机关枪啪啪扫去，将冲上前的丧尸扫倒，紧接着伸出左手，把扑进怀中的刘砚紧紧抱在身前。

蒙烽道："张岷呢？这是怎么回事？那个红警电塔能用了？真彪悍啊！能再来一次不？"

刘砚回过神，丧尸群再次涌上，蒙烽带着数名手下不住地扫射。

"再用会把你烤熟的，没时间解释了，"刘砚道，"北边有丧尸吗？"

蒙烽一边扫射近前的丧尸一边大声道："不多！又要逃亡了吗？你还是技术人员呢！夸什么海口！"

刘砚道："按原本制订的计划来！我都准备好了！林木森提前逃跑……亏我还以为他一脸视死如归的样子是真的！邓长河！胡珏！让最后一批人上车！带他们走！"

蒙烽道："他的话都能信？都上车！我们掩护撤离！"

刘砚："我差点就真的信了！下次再让我碰见他……"

蒙烽怒吼道："老子一枪崩了他！忽悠老子去湖边转了半天，要不是惦记着你早回来，现在连尸体都熟了！你们快点撤！东西不要了！以后再回来找吧！"

最后一辆货柜车驶出包围圈，两旁各有一名持枪的人，不住地着扫射丧尸开路。货柜车车厢内胡珏喊道："刘砚，快上车！"

"蒙烽！刘砚！"人们纷纷吼道，"上车！"

蒙烽手上的机枪不停，回头恼怒地骂道："他不走！他陪老子给你们殿后！你们快滚！"

刘砚大笑起来，车队撤离，丧尸被分出一部分，跟随车队而去，学校内的丧尸少了许多，然而正在缓慢地形成包围圈。

蒙烽见所有人都撤离了，喊道："你开车！"

刘砚钻进吉普车内，倒车，将一只丧尸碾进车底。他推开车门，蒙烽疯狂扫射后将机枪一收，钻进车里，将机枪架在破碎的车窗上又是一通狂扫。

刘砚猛打方向盘，冲出了包围圈。

远处车队启程，丧尸群合拢，将他们与整个车队分隔开来。

"糟糕，"刘砚道，"能强冲吗？"

"子弹不多了，"蒙烽道，"哦，不好，朝咱们来了！快跑！"

刘砚掉头冲下公路，问："朝哪里跑？"

蒙烽："朝南……不行！朝西……不，朝东！"

吉普车在平原上拐向左，又拐向右，犹犹豫豫地拐了几个弯，车里传来刘砚的怒吼："到底向哪儿！要不要停下来抛个硬币？"

蒙烽："硬币只有两面！你读书读傻了？向东！这时候还要吵架吗？"

吉普车开到全速，风驰电掣般地上了公路，朝东边冲去。

23 雪崩

傍晚，车停在路边。

刘砚看了一眼油表，又看向蒙烽。蒙烽英俊的脸上有一道擦痕，刘砚手头没有医药箱，只得用衬衣蘸了轩尼诗X.O给蒙烽擦拭伤口消毒。

蒙烽痛得直吸冷气，刘砚把他离开这一段时间里发生的事详细说了一下。

“哦，”蒙烽漫不经心地说道，“有的是时间，下次追上，老子一枪崩了他。”

刘砚道：“你怎么提前回来了？按照原定计划，要到这个时候你才回基地的。”

蒙烽答：“我想你了啊，你前天晚上生气了，打算偷懒提前回来哄你，免得又吵架，这不正好赶上了吗？”

刘砚哭笑不得地点头。风从破碎的车窗外吹入，捡回性命后自身至心都彻底松懈了，只觉这漫天的寒冷与大雪几乎要把他冻僵。

蒙烽把外套夹在车门上勉强挡着风，刘砚坐到车后座，问：“现在去哪儿？去救张岷吗？”

蒙烽说：“不知道，先去东边看看，希望决明还活着，就剩这么点油了……冰天雪地的，怎么办？”

刘砚：“你还把窗玻璃打碎了……”

蒙烽：“我不把窗玻璃打碎怎么救你！隔山打牛吗？”

刘砚：“你可以把车顶天窗打开……”

蒙烽：“谁想得到那么多。”

刘砚：“承认吧，你只是想耍帅，现在要在车上被冻死了……别过来！现在不是打闹的时候！我要累垮了！”

蒙烽狠狠地揉了一下刘砚的头。

刘砚躺在后座上睡觉，冷得不住地发抖。蒙烽道：“哎，刘砚，起来，那里怎么有辆车？”

刘砚猛地惊醒，匆忙下车，大雪把车体掩埋了近半，刘砚道：“是决明的！快拿铲子来！”

蒙烽找出车后工兵铲，刘砚把雪扫开，里面没有人。

“怎么回事？”蒙烽道。

刘砚拉开车门，看了一眼油表，说：“有油，太好了，我们换这辆车，决明估计是下车了。”

蒙烽铲开车后的雪，轮子陷在坑里。

“哪个浑蛋挖坑不填……”蒙烽咬牙开始推车，“刘砚！”

刘砚：“怎么了？”

蒙烽：“我在这里推车。”

刘砚：“我知道啊，加油。”

蒙烽：“你不搭把手吗？”

刘砚：“我是技术工种，怎么能让工程师推车？”

蒙烽悲怆地吼道：“你不帮忙也就算了，起码麻烦你从车上下来行不？”

同一时间，山腰高处。

决明发射信号弹的半小时后。

张岷说：“决明，咱们应该回去救他们，求人不如自救，别等了，我想想该怎么办。”

决明把整个头伸进洞里，说：“你怎么不站起来？”

张岷说：“我的脚摔折了。别哭！已经接上了。”

决明道：“不哭，要等多久才能爬上来？”

张岷说：“伤筋动骨一百天，等到我能自己爬上来，估计咱们已经饿死了，你看看附近有丧尸吗？”

决明道：“那边的洞里有，不过洞塌了。”

张岷道：“看吧，爸多英明，还好提前炸了洞。”

决明道：“那是。”

张岷说：“刘砚给你登山绳了？”

决明道：“没有。”

张岷说：“这可难办了……说说你有什么，咱们来解智力题吧，‘如何在洞里营救被困的帅大叔’的脑筋急转弯，这个怎么样？”

决明去翻包，说：“有枪、瓶子……要不朝洞里填雪？有多高？”

张岷说：“哦，不，这个洞太深了，周围的雪不够填，而且我多半也只会被埋掉。”

决明道：“有信号枪、瑞士军刀，这是什么？闹钟？”

决明把生命探测仪朝着洞里，探测仪嘀嘀嘀地响，说：“我居然忘了有这东西。”

张岷说：“以爱之名，你已经找到我了，没关系！还有什么？”

决明道：“日记本、瓶盖、外套、创可贴。啊！绳子！”

张岷说：“什么样的绳子？”

决明道：“登山绳，太好了！”

张岷说：“对！太好了！把绳子扔下来！不不！不是把整根绳子扔下来，把一头绑在树上，另一头扔下来。绑牢点。”

决明把绳子一头扔了下去，张岷捞几次抓住了，咬着手电筒，在阴暗的洞穴里吃力地攀爬。

足足花了10分钟，张岷终于回到了地面上，瞬间瘫在地上，怔怔地看着决明，彼此都恍如隔世。

“决明，爸没白疼你。”张岷喃喃道。

他把决明抱在身前，一起看着灰色天空中飘下的温柔的雪花。

一小时后，离别之情叙过了，抱头痛哭也结束了。

决明开始捣鼓那把改装过的瑞士军刀，险些被弹出来的水果刀削掉手指头，张岷吓了一跳，说：“别乱动，我来看看。”

他拆出刘砚埋伏在里面的十八般武器，交给决明锯子，决明锯下两根树枝，当作夹板，用绳子固定在张岷的左腿上。

“好了，”张岷拿起AK，靠在树下，说，“现在还需要一根拐杖，搜索一下附近资源，别走太远，我负责掩护你，宝贝。”

决明到处看了看，朝山上走，张岷远远地说：“我记得RPG游戏，里面都喜欢把关键物品埋在草丛里的。”

决明道：“只有门板，那边还有房子，要进去看看吗？”

张岷说：“很好！我有个好主意！拿过来我看看。房子别进去，太危险了，留着等资料片里再闯关吧。”

10分钟后，决明面无表情地拖着门板，门板上躺着张岷，开始下山。

夜晚10点，他们抵达山脚，绕过空无一人的关卡，走上公路。

张岷抱着AK，不时地回头，决明说：“什么声音？”

张岷道：“别吭声。”旋即把耳朵贴在门板上，隔着木板听见大地传来一声闷响，脸上登时色变。

“赶快找个地方躲起来……那里，”张岷道，“快快，有两块石头！”

决明把门板拖下旷野，雪夜里四周微亮，天空呈现出奇异的灰色，张岷关了手电筒。

黑暗群山连绵起伏，又过片刻，大地轻轻震动。

“巨人吗？”决明小声问。

“嘘——”张岷示意他别说话，两人在狭隘的岩缝中紧紧抱着，张岷修长的手指蒙住决明的眉毛，难以置信地微微抬头。

决明扳开张岷的食指，从缝隙中朝外望。

大地又一声震动，这次清晰了许多，一只由数不清的尸体聚拢成的巨人在平原上缓缓朝他们走来。

吉普车停在路上，蒙烽与刘砚从车前窗朝外看，屏住呼吸。

蒙烽：“倒车吗？”

刘砚：“别动，把所有的灯都熄了。”

黑暗里，一个巨人踩上平原，发出惊天动地的声响，自西北朝东南缓缓地行走。

刘砚：“从刚刚咱们离开的地方走来的。”

蒙烽：“别回去，我对它是从哪里来的不感兴趣，子弹也快没了。”

刘砚：“这只与从前的不是同一只。”

蒙烽小声道：“我知道，它也不会注意到人，究竟是什么玩意儿？”

刘砚：“它们的行走方向都是东南，会是去哪里？”

蒙烽：“我怎么知道？说不定是去开同学会或者相亲……”

张岷屏住呼吸，紧紧抱着决明，抬头看。

那黑暗的巨大身影每一脚下去，都令大地一阵震颤。它走过满是积雪的旷野，跨上公路，一步踩出深陷的脚印，再次抬起一脚，黑暗笼罩了岩缝里的两人。

“哇——”张岷发着抖大叫。

“嘘——”决明示意别叫。

他们抬着头，怔怔地看见血肉巨人迎头踩下。轰的一声巨响，血肉巨人搅和了无数尸体的大脚落下，踩在他们藏身岩石的一米开外的地方，掉下一只烧焦的手臂。

紧接着，那只脚抬起来，巨人离开了。

“它掉了一只左手。”决明说。

张岷：“不用提醒它了，我觉得它应该不介意的，快，赶紧离开这里，别管那只手。”

决明从石头后拖着门板出来，张岷说：“找个背风的地方，生火准备睡觉……不对，这次又是什么声音？”

决明蹙眉，大地再次开始颤动，比起巨人走路时的频率性震荡，这次则是连续不停的雷鸣声。

决明回头，一道潮水般的灰线在暗夜中从山上卷下，雪崩了。

“快跑，”张岷道，“不，决明！你先跑！”

决明拖着门板加快速度，张岷面朝雪崩卷来的白浪，喊道：“你先跑！跑完回来把我挖出来！我会朝外面开枪指示地方……”

决明道：“能跑掉！”

张岷说：“那就快！加油！”

决明脚下打滑，拖着门板开始玩命奔逃，奈何体力不济，跑出50米后速度越来越慢。雪崩犹如千军万马、惊天动地地席卷而来，张岷深邃的瞳孔中映出一道白线，连话也说不出来了。

雪崩呼啸着吞没了他们先前藏身的岩石，决明气喘吁吁，越走越慢，最后躬身不住地喘气。他回头看了一眼，积雪卷向离他们不到5米处，停了。

张岷点了点头，嘘了口气，说：“休息会儿，今天太惊险刺激了。”

决明道：“爸，我走不动了。”

张岷喘息道：“就在这里过夜吧。”

话音落，车头灯亮起，远远地照亮了整条公路，两声喇叭响，吉普车停下了。

蒙烽下车走来，看着积雪，又看张岷和决明。

蒙烽说：“你真是淡定帝。”

24

寒冬

蒙烽把车停在漫天风雪的白桦林里，车上四人都已超过48小时没有合过眼，再也撑不住了。

前排蒙烽与刘砚相依为命地依偎着，盖了件外套。

张岷则横躺在后座上，枕着决明的大腿，决明倚在车窗边，车窗全部摇上，暖气打开，昏昏沉沉地入睡。

谁也没力气值班了，这一觉足足睡了10个小时，决明最先醒来，发现外头有只丧尸。

天已大亮，丧尸趴在车窗外，被冻僵了，它的眼睛直勾勾地盯着车里的人，维持着趴窗的姿势。

决明伸出一根手指头，移到左边。

丧尸张着嘴，混浊的眼珠子跟着移到左边。

决明的手指头移到右边。

丧尸的眼睛跟着移向右边。

决明手指竖在中间。

丧尸的眼睛成了对眼。

决明两手手指并排，正要分开的时候，蒙烽也醒了。

“调戏丧尸是不好的。”蒙烽打了个呵欠道。

车里所有人都醒了。

刘砚倦怠地坐直，回头端详着那只丧尸，说：“它大部分地方被冻僵了，思想还是清醒的。”

“嗯，”张岷艰难地扳着脚坐直，长吁一口气，蹙眉道，“有基本智力，你说它们的脑子在想什么？”

蒙烽耸肩道：“谁知道呢？丧尸心，海底针。”

他发动汽车，把那只丧尸挤在树干上，发出滑稽的声响，继而开车驶上公路，走人。

刘砚打开一盒牛肉罐头，就着三天前于妈蒸的馒头，夹了点辣椒酱，大家开始吃早饭。

那是蒙烽出去巡逻前在车上带的物资储备，张岷道：“有多少吃的？”

刘砚：“四天的食物储备。”

张岷忙自觉道：“我可以吃少一点。”

蒙烽和刘砚同时看了张岷一眼，对他的表现相当满意。

“我没打算把你赶下车，”刘砚诚恳道，“不过你很识趣。”

蒙烽把着方向盘，吹了声口哨，惟妙惟肖地学着林木森的口气说：“我最喜欢识趣的人，小伙子，好好干！森哥会栽培你！”

车里的人都大笑起来。

“现在朝哪里走？回去看看？”蒙烽把车停在分岔路口。丧尸过境，寸草不生，到处都是乱糟糟的脚印，路上还有几只被冰雪冻在旷野里的丧尸。

刘砚道：“不太安全，应该还有些没走的……况且食物都被车队带走了，咱们回去做什么？”

蒙烽道：“说不定还能找到点剩下的……算了。”

他也觉得不太保险，尤其是弹尽粮绝的情况下——这是真正的弹尽粮绝。

张岷问：“能联系上车队里的同伴不？”

刘砚摇头：“没有通信器，就算有，距离太远也不可能联系上。”

张岷展开地图，说：“那么……咱们来玩‘大家去哪儿了’的脑筋急转弯游戏吧……”

蒙烽和刘砚异口同声道：“我们又不是你的儿子！去和决明玩！”

张岷笑了起来，刘砚道：“去城镇补给，我有个主意。”

他把一盒磁带翻面，塞进车前的老式收音机，披头士的*yellow submarine*响起，继而把车开下岔道，前往西路，20里外有一个村庄，是他们曾经扫荡过的。

不久后，车子抵达村镇，满目狼藉，仍维持着他们曾经来过的景象，蒙烽换了AK下去重新巡视，刘砚道：“去找放在民居里的箱子。”

屋檐上停着好几只乌鸦，老鼠在冰冷的地面流窜。

一只小耗子蹲在被爆头的丧尸前，翻捡废墟中的食物。

“你看，”刘砚道，“耗子不碰尸体。”

张岷下车，左手搭在决明身上，另一手拉开裤链尿尿：“确实，乌鸦也对它们没有兴趣，腐食生物不是应该吃尸体的吗？”

刘砚留在车上，有点迷茫地摇头，说：“不知道呢，可能它们知道这些不能吃？动物的直觉是很敏锐的，它们察觉危险的能力比人更高。”

张岷缓缓点头：“这样也好，起码人类的伙伴们不会被感染。”

事实上直到如今，地球上唯一被感染的物种只有人类。

蒙烽出去10分钟，最后带上来一大箱吃的。

副食、罐头、干粮、各种山寨包装的小杂货店保鲜食物。

“来吃防腐剂啦。”蒙烽扔给决明一包凤爪。

“啊，这个好。”决明道。

刘砚笑道：“上次咱们来的时候我藏的一部分东西。”

“你那时候就想好了？”张岷道。

刘砚耸肩道：“没有，只是觉得万一哪天和林木森闹翻了，起码多条后路，能在风雪里多撑几天。”

“淡定帝，你现在可以玩急转弯了。”蒙烽煞有介事地对决明道。

决明想了想，说：“去……这里吧。”说着在地图上示意。

“那里是公海，”刘砚道，“你到底是怎么活下来的，算了，还是我来吧……”

决明说：“我只是翻错页而已……嗯找到了，这里呢？”

蒙烽看了一眼，说：“可以，沿着路北上，希望一切顺利。”

“我们的油还能跑900公里，”刘砚道，“最好在用完之前能找到他们，或者起码找到点汽油。”

两个小时后。

张岷一手搭在决明肩膀上，跟随老式录音机里的音乐哼着歌，一晃一晃的。

“对了，”刘砚忽然想起那个吸毒的女影星，说，“张岷，前几天你的偶像来了。”

张岷道：“什么？”

刘砚把唐逸晓的事说了一遍，蒙烽和张岷同时傻眼了。

蒙烽道：“她也是我的偶像！”

刘砚蔑视而漠然地看了蒙烽一眼，说：“哦。”

张岷道：“你怎么没帮我找她签名？天哪！早知道我就不去巡逻了！”

蒙烽悲愤地说：“我也是！刘砚！你怎么不找她签名！”

刘砚一脸无奈又无聊的表情。

“是啊。”刘砚说。

张岷问道：“她人怎么样？本人和电影里一样吗？”

决明茫然道：“你们在说什么？”

蒙烽激动地说：“刘砚你不厚道啊！哥俩都喜欢她，你就这么让她走了？”

蒙烽问：“她有多高？和网上传的一样吗？”

张岷问：“林木森把她怎么了？她谈到她离婚的事情了吗？”

刘砚终于忍无可忍道：“她被林木森带走了，现在应该被一大群丧尸追着跑，要不咱们去救她？”

蒙烽马上道：“算了，拖家带口的太危险，森哥会保护好她的。”

张岷说：“嗯，不划算，我只是想要个签名而已，不能把命搭上。蒙烽说的没错，森哥会保护她。”

刘砚顿时无语。

决明不明白。

刘砚说道：“她是你们的偶像！偶像被丧尸追着跑，居然不管？有这样的粉丝吗？”

蒙烽回答：“哎——这种心情你不懂的啦——”

张岷说：“就是，我当兵那会儿，整个连的兄弟都喜欢她……”

刘砚真想抡起AK给他们一人一下。

接下去的足足一小时里，蒙烽和张岷就那位女影星开始了漫长的交流，从她的成名作品一直说到柏林电影节的得奖大作，连刚出道拍裸照的八卦也没有放过，谈得热火朝天，不亦乐乎。

最后，他们在公路中央一辆被毁掉的装甲车前停了下来。

蒙烽与张岷关于那名女星的交谈戛然而止。

一个巨大的脚印深陷在马路中央，将简易装甲车的前大半部分踩成了一张铁饼。

枪支散了满地，周围还有不少被踩扁的丧尸。装甲运兵车尾部的两个车轮前倾，小半个车斗则保持完好。刘砚下车检视车斗以及装甲车的残骸，说：“林木森就是坐这辆车跑的。”

“那种巨人不止一个，”张岷推测道，“林木森真够倒霉。”

刘砚打开车斗下面的一个盖子看了一眼，嘲笑道：“他不仅倒霉，而且还很蠢，这辆车他根本不会用……你们看这里。”

车斗下有一个铁箱，箱上有两个圆形的开口。

蒙烽道：“整个车头和发动机都被踩扁了，居然没有爆炸。”

刘砚说：“因为我特别把备用油箱设计在车斗下的部位，一旦被丧尸追赶，车斗上的人可以拧开油箱盖子，汽油会浇在地上，一路走一路浇，酌情放掉一部分汽油，最后……点个火，路上的丧尸可以轻松解决。”

刘砚绕到车前，说：“喷火油枪也没有派上用场，太可惜了。”

张岷从车里探出头朝外看，蒙烽站在被压毁的车头一旁，地上扔着唐逸晓的一只高跟鞋。

刘砚：“你们可以捡回去当纪念，这应该比签名值钱。只有一只鞋子，你们怎么分呢？要不再找找？”

蒙烽自觉地岔开话题：“林木森呢？又跑了？真是命大。”

张岷看了一会儿，单脚控制油门和刹车、倒车，以吉普车头抵着装甲车残骸推开。

蒙烽掀起铁盖，找到两只血肉模糊的脚，认不出是谁的。

他们把车上的汽油箱卸下来，捆在吉普车备胎后面，开车走了。

11月22日

今天是避难所被丧尸们摧毁后的第五天。我的日记本丢了，暂时借决明的H国货记录。配图是他画的。

一个月的食物与够跑两千公里的汽油，一个备胎，三个半人，我们踏上了北上的道路。

撤离的伙伴们没有半点音讯，我开始有点想他们了。（一堆手拉手小人的简笔画）

今年的冬天比往年来得更早，也来得更冷，这是真正的冰天雪地。世界荒芜没有半点人迹，那些村庄、建筑，全部覆盖着一层厚厚的雪，令我想起人类出现之前的末世代冰河期。

白茫茫的雪地里，偶尔会出现一两只觅食的小麻雀，下车休息时决明会用饼干屑喂它们。

我们看见一个路牌，上面有个箭头，应当是政府的疏散方向。简单讨论后，大家（决明除外）一致决定朝指向北边的箭头走。

这些天里，我们驰骋在108国道上，生命探测仪没有反应，唯有丧尸像冰雕般被冻在荒野上。广播没有信号，路牌上覆盖着厚厚的一层冰。

这个世界上，除了我们还有幸存者吗？白色的雪地，没有尽头的国道，到处都像死亡一般安静，披头士的磁带被蒙烽翻来覆去听了上百次，最后果然粘磁条了。

连着15天过去了，我们进入了X市，全城被覆盖在冰霜之下，东长安街被洗劫一空。所幸城里还能找到吃的，我们换了一辆大点的车，在便利店、化工店以及五金店、药店、商场里的仓库中找到了足够的资源。

路牌上的箭头再找不到了，估计尽头是沦陷的X市。

蒙烽建议我们在城里住一段时间，最后这个提议被他自己否决了。因为下水道里还有成千上万的丧尸，它们竟然在地下御寒。

L县，千里冰封。

这不对。

这不像北方的冬天，到底发生了什么事？气象实在太反常了。

我甚至怀疑地球上的所有人都死了，空空荡荡的天空、大地、平原……只有我们四个开着车在天地间兜圈。

我们离开L县，继续北上。

12月7日，终于见到一架飞机划过天空。

“飞机！”蒙烽吼道。

急刹车，蒙烽快步登上车顶，双手交叉挥舞，大吼道：“喂……”

蒙烽脱下外套朝着天空狂挥，刘砚装上信号弹，朝天发射一枪，绿光哧哧地飞向空中，继而划了道弧线，落在雪地上。

（飞机的简笔画）

12月8日，我们在飞机出现过的地方等了一天，蒙烽在雪地里踩出SOS的字样，中间生起一堆火。

没有再出现任何搜救迹象。

是一架侦察机？轰炸机？载伞兵或者物资的运输机？

无论如何，还有人活着就好，一切总有希望。

风雪渐大，似乎又有寒流南下，没有天气预报，保命才是最重要的。

我们沿着某山脉的南麓背风而行，同时又见到一个被冻住的路牌上的箭头。

正要开过去仔细查看的时候，风雪陷住了汽车，风实在太大把牌子刮跑了，我们只得弃车步行。

张岷好得很快，已经能拄着拐杖行走。蒙烽给车的停泊处做了记号，带着我们朝高地上走，寻找避风的山洞。

12月21日，又一波南下的寒流过去，天气转晴，我们从山洞里出来，整理好装备，继续开车朝北走。食物还能支撑接近两个月，省着点吃能撑到春回大地。但不知道为什么，我觉得春天说不定永远也不会来。

那只是一个预感。

直到我们看见覆盖着冰雪的山顶上那座30米高的广播信号塔。

“刘砚！看这里！”蒙烽道。

他把雪铲开，铁塔下有生火的痕迹。刘砚蹙眉，蹲下用手拨开冰雪，他们把周围的雪地几乎翻了个遍，发现一个潮湿的烟头、烧到一半被盖熄的松枝以及一截绳子。

“伞兵绳，”张岷道，“哪里来的伞兵？”

他们站在山顶朝下眺望，云和山的彼端，黄昏的一抹暗红色光芒在发亮。

“这是个无线电广播的信号塔，”刘砚说，“决明！把收音机拿出来！”

决明戴着厚厚的毛线帽，耳朵上戴着耳塞，站在信号塔下，抽出长长的天线对着塔顶，把旋钮转到最左，又转到最右。

四周始终静谧。

“爬上去看看，”蒙烽道，“把天线指过来一点，我觉得让它碰着塔上的尖尖……”

“我最受不了你这点，蒙烽，”刘砚无奈地说，“用东西之前看一下说明书很浪费你时间吗？”

蒙烽说：“我爸就经常这样，散步的时候天线要……”

刘砚道：“你和你爸的想法在这里就是错的，我们已经站在信号塔下了，它没有信号就是没有信号！跟你指着哪里根本没有关系！你就算把决明挂在这座信号塔的尖上，他也收不到任何信号！”

蒙烽火冒三丈，说道：“你外婆也好不到哪里去，刘砚！以前去你家，你外婆连遥控器都不会用，就直接拍电视机！拍电视机能换台吗？你拍给我看看？”

刘砚道：“够了！”

张岷笑得倒在路边，决明根本没听见他们在说什么，还沉浸在他的外星人信号里，抱着收音机跟在刘砚身后。

蒙烽回去把车开过来，说：“现在去什么地方？”

刘砚道：“不知道，问你爸的收音机去吧。”

蒙烽开车说：“那就……沿着山脚找找，咦，你看，那里有两个雪人？”

刘砚不看，蒙烽拍拍他的脸，说：“转过头，看那里。”

旷野中堆着两堆雪。

张岷道：“是天然的。”

蒙烽：“嗯，这是什么物理学原理？刘砚，解释一下。”

车停了下来，决明好奇地张望，继而下车摇摇晃晃地走去。雪下似乎还盖着什么东西，决明把上面的积雪拨开，摸到一根长长的、硬硬的东西，朝外一拔。

他拔出一根胡萝卜。

决明心中疑问。

蒙烽傻眼了。

三秒后，刘砚意识到了什么，冲上车，按着蒙烽的手朝喇叭上压，连着数声喇叭巨响在雪地里远远传开。

蒙烽在杂物箱里翻出哨子，运足气一通猛吹。

山脚下的背面，有个小孩踩着积雪前来。

“队……队长！”那小胖子看见决明，登时大叫道，“决明队长！”

蒙烽深吸一口气，牵着刘砚的手下车，那小胖子“啊”的一声大叫，仿佛是见了鬼，转身就跑。

“等等！”刘砚喊道，“去哪儿？停下！”

小胖子在雪地里摔了一跤，很快没影了，他们上车扬起雪花追上去，绕过横亘在雪地的树根般的山峦底部，面前豁然开朗，远处是一个坐落于山脚的广阔的农场。

小胖子带着一群人狂奔出来，一个个大声喊叫，刘砚停车冲上前去，大叫着与生还者们拥抱。

12月22日，我们终于找到了失散的伙伴，他们离开避难所在路边留下了箭头和字——原来是胡珏的主意。

尔后，闻且歌带着大家绕过X市北上，在两省交界处看见一座高大的信号塔，像我们一样沿着山麓背风面向东，转而折向北面。

这里有一条公路，公路的尽头是一个农场，招牌上有“农家乐”字样。

胡珏率领能作战的弟兄扫除了里面的10只丧尸，把它们埋在农场的西边。

这里不算太大，然而，比起我们的上一个家园已经好得太多。

它依山傍水，东边的河流已经彻底冰封，本来据说还有人造温泉，但因为能源不足，已经结冰了。

郊区的农家乐度假村……就像个世外桃源。

我们不在的这些日子里，79个人都以胡珏为头儿，闻且歌作为队长担负起了保护所有人的责任，当胡珏交还我的日记本的时候，朝蒙烽说了一句话。

“太好了，我们的头儿终于回来了。”

25

新生

刘砚走进农场，这里有四座三层高的小楼，每座楼上插着一个简易的风力发电机。傍晚时分，于妈开始做饭，炊烟袅袅，这些天，他们几乎就没吃过一顿煮出来的熟食。

食堂里，于妈端上饭，刘砚扫视一眼，发现又多了近百人，有男有女，女人比男人多。

“我还怕标记起不到作用，”胡珏道，“没一天睡得着，还好你们找来了。”

蒙烽一口饭喷了出来，问：“标记？”

邓长河道：“你们不是按着标记找过来的吗？”

张岷茫然道：“没有……是被风雪盖住了吗？你们在哪里做的标记？”

胡珏哭笑不得道：“我们一路过来，所有的路标上都写了蒙字、画了箭头，让你们向西北走……”

“坑爹了！”蒙烽悲愤地吼道，“我们走的是X市的东边！108国道！决明！你这招仙人指路靠不住啊！”

众人哄笑起来，刘砚无奈地摇头。

“感谢主耶稣的指引，”吴伟光说，“最后还是找到了。”

刘砚点了点头，胡珏说：“总算可以卸下担子，交给你们了。”

刘砚也不谦让，说：“以后还有许多地方需要你帮忙。”

胡珏点头笑道：“我不会推辞的。”

蒙烽与刘砚在避难所救出的人自是十分熟络，当天就挨个激动拥抱过一番，而胡珏顺道救出的117个人则完全不认识他们。

蒙烽与张岷吃过饭，挨个去与新来的避难者交谈，给他们测试、编队。

刘砚接过整个农场的分布图与资源以及人员名单，召集所有人开了一个会。一切理所当然，没有林木森在时的夺权与算计，也没有任何观念冲突。

战略养成，新地图模式开启，游戏开始了。

他们在农场主的二楼大厅里开完会，刘砚整合了所有人的意见，详细记录成员的特长，开始计划二次建设。

这一次终于彻底安全了，不管天时、地利，还是人和。

天时——无疑是最大的要素，寒冷还会持续很久。

地利——农家乐位于整座山脉最僻静之处，并非南北、东西往来的必经之路。除非丧尸们翻山越岭，否则这里遭到袭击的可能性很小。

丧尸的迁徙路线刘砚尚不清楚，姑且不论是一次南下，还是像候鸟般春季北上，都不会特意来光顾这里。

农场朝东300公里外是X市，朝西则是T市，再往西北走就是L市。10公里外有一家加油站，周围有不少村庄，但都是规模不到百人居住的小镇。

人和——林木森的黑帮管理模式终于结束，所有人都松了口气。虽然这场丧尸潮不知道将在什么时候结束，或许在明天，也或许要在30年后，未来的道路说不定漫长而残忍，然而只要抱着相信彼此的心，一切都将逐渐好转。

傍晚，刘砚收拾单子，交给胡珏，说：“人事还是交给你。我不适合管理，只会捣鼓点小玩意儿，辛苦你了。”

胡珏年长刘砚10岁，像个彬彬有礼的大哥，却从未自恃年纪，闻言一笑，接过单子前去安排。刘砚拉开书房的窗帘，外面又下起了小雪，决明和几个小孩在打雪仗，张岷、蒙烽各带一队人在谈话。

他从明天开始就要住在这里，三楼的两间房已打扫好，是专门留给他们的。

有人敲门，刘砚转身，吴伟光推门进来。

刘砚道：“牧师，你的传教任务进行得怎么样？”

吴伟光答道：“我不是来向你布道的，不过如果你有皈依主的念头，我愿意为你指一条路。”

刘砚道：“还是算了，目前没有这个想法。怎么了？”

吴伟光似乎有点难措辞，考虑了足有一分钟，说：“再过几天就是圣诞节了。”

刘砚想了想，打趣道：“蒙烽非常……不待见这个节日，不过我保证他不会干涉你们。”

吴伟光揉了揉鼻子，笑了起来，又道："请你到处走走，我想他们都有很多话对你说。"

刘砚欣然道："嗯，我正打算这么做。"

黄昏时，大家都回来了，这是充实而忙碌的一天，蒙烽戴着露指的手套，全副武装，在餐厅里与十来个男人解说这里的防御布置。这些人是他暂时选出来的小队长。

张岷搂着决明，长腿交叉，时不时地插嘴发表意见。

"暂时就这样，"蒙烽说，"我们的计划还要配合刘砚捣鼓出的小玩意儿，才能开始详细布置，大家心里只要提前有点想法就行了……"他眼角的余光瞥见刘砚下楼，随口吩咐道，"先解散吧，准备吃晚饭。"

餐厅侧面有一条破破烂烂的走廊通往中间的公共休息室，休息室后是棋牌间，四栋长条形的小楼簇拥着中央的水池、花园与假山。

"这里以前的主人还是个风雅之士，"刘砚牵着蒙烽的小指头，懒懒地一晃一晃，笑道，"山水画——竹子，你看。"

张岷牵着决明的手，摇摇晃晃地走在后面，张岷道："嗯，有竹林。"

蒙烽说："以后可以在这里养几只熊猫，刘砚以前很喜欢熊猫。"

张岷笑道："正合我意，决明也很喜欢熊猫。"

决明道："再过几天就是圣诞节了，有礼物吗？熊猫就是礼物？"

蒙烽说："哦，忘了吧，那种洋节有什么好过的，别忘了老祖宗的东西……"

刘砚道："过圣诞节和忘了老祖宗的东西有什么关系，你不要偷换概念。"

决明说："就是就是……"

蒙烽道："反正我对洋鬼子的玩意儿半点不感冒。嗯哼？"

张岷说："嗯哼，嗯哼？"

刘砚道："你只是因为那年冬天陪我过节迟到挨骂，所以迁怒给耶稣而已……"

蒙烽说："都跟你说了多少次，是火车晚点！我请个假容易吗？千里迢迢回来过个洋鬼子的节，我冒着追尾、翻车、脱轨、被铁道部的人毁尸灭迹的危险坐动车回来，下午6点和你见一面，晚上10点坐车回去，只有四个小时，还要看你脸色……"

决明道："喵喵喵……"

张岷说："汪汪汪！"

刘砚道：“蒙烽中士！别逼我揭你老底！我在车站的冷风里等了你10个小时，明明就是你在车上打瞌睡坐过站……”

蒙烽说：“啊！这里灯光很亮！有照相机吗？”

张岷说：“我们过去那边看看。”

决明说：“我去找照相机。”

张岷与决明装模作样，嘻嘻哈哈地跳了几个舞步，晃悠着走了。

电力不算太充足，然而，基本的照明与设施足够供应，农家乐的上一任主人把这里打理得很好，有蓄电池预防停电。

今天，刘砚他们回来，厅里灯火辉煌，猫王的“HEY JUDE”从侧厅缓缓传来，音乐里流淌着说不出的浪漫。

“我只是……连着两天太兴奋，”蒙烽遗憾地说，“想到能回来，48小时睡不着……所以车上……”

刘砚：“早说不就完了吗？哎，死要面子做什么？承认这个很难吗？又不是什么太丢人的事，也不会少块肉，何乐而不为呢？”

蒙烽气得牙痒，很想按着刘砚揍一顿。

闻且歌在棋牌室外安静地站着。他的身材颀长，一身野战军服笔挺，面容严肃而凛然。

刘砚看了一眼闻且歌，他像是在这里等人，他的目光与刘砚、蒙烽微一接触，旋即转开。蒙烽道：“这小子干得不错。他们说他一路杀了不少丧尸，让邓长河在车上保护其他人，自己单枪匹马下去开路……后面救出来的100多个人，也是他带着人去救的。”

刘砚低声道：“我去和他谈谈？”

闻且歌说：“刘砚，你们回来了。”

刘砚点头，朝旁边看了一眼，蒙烽摘下帽子，在沙发上抽烟，刘砚说：“听说你做得不错。”

闻且歌说：“被关着的那个……他怎么样了？走之前你看过吗？”

刘砚短暂的迷茫后，想起在避难所里，那个间接死在闻且歌手里的人。

“嗯，”刘砚撒了个谎，说，“我们最后走的，蒙烽打开锁，把它放出来，和它们丧尸新朋友在一起，加入南迁的大军了。”

闻且歌的表情松动了些，眉眼间却依旧带着悲伤。

刘砚总算明白了，闻且歌在这里等的人就是他们。

闻且歌说："我想给你们看个东西，我不知道该怎么决定……"

刘砚回头道："当家的！"

蒙烽笑了笑起身，搭着刘砚的肩膀，闻且歌看了他们一眼，说："这边来。"

他的表情似乎很难抉择，一路上没有说话，他带着他们走上二楼，度假村最东边的一条走廊里潮气很重，地板和墙壁带着发霉的斑点，冷而破败。

蒙烽朝走廊末端看了一眼，所有人都住在西楼，东楼没有安排住所。

闻且歌掏出一串钥匙，打开217的门，带他们进去。

阴暗潮湿的房间里没有电，床上躺着林木森，他的身上盖着薄薄的毯子，双腿齐膝截断，床单上还有血水的痕迹。

房间里很臭，看上去却像时不时有人来打扫，床头柜上的玻璃花瓶里插着几枝野花。

林木森快死了，他躺在床上呼吸缓慢，胸膛像个风箱一起一伏。

闻且歌说："我们发现他的时候，他的两只脚被压在装甲车下面。"

刘砚点头道："我还在想，你们打算什么时候才告诉我这件事。"

蒙烽蹙眉说："你怎么知道他还活着？"

刘砚笑了笑："风力发电机是唐逸川设计的，他没有问咱们他姐姐的下落，证明已经找到了，林木森多半也……"

"让张岷过来吧，"蒙烽道，"给他看看。"

闻且歌如释重负，快步出去叫人。

片刻后，张岷来了，揭开林木森身上的毯子，看了一眼。

"药很稀缺，"吴伟光说，"我只能为他截肢。"

张岷说："就算截肢，应该也活不了多长，他的膝盖以下已经完全坏死，肌肉组织感染化脓……幸亏没有病毒。"

吴伟光说："张先生，您能不能用中医的针灸和药膏治好他？"

张岷说："我尽量吧，这很难说。"

房内众人一致沉默，林木森睁开双眼。

"刘砚。"林木森说。

"森哥。"刘砚语调平静。

林木森说："我在……货柜车下面，车轴那里……放了一包东西……把它给……逸晓。"

没有人回答他，林木森又说："小闻，咱们弟兄……到了今天，还有多少活下来的？”

闻且歌答道：“六个。”

林木森无奈地笑了笑，说：“王术呢？”

闻且歌说：“那辆车上的人，除了你和唐逸晓，剩下的都死了。”

林木森缓缓地点了点头，说：“以后，让他们听你的……”

“你，听蒙烽的，认他当大哥，”林木森嘘了口气，像个交代后事的领袖，闭上双眼，说，“窗户有点漏风，去帮……森哥补补。”

他们离开林木森的囚室，闻且歌锁上门，叹了口气。

蒙烽留了下来，与他一起下楼，问：“你跟了他，当他的小弟有多久？”

闻且歌说：“五年。”

蒙烽知道闻且歌对这个头儿终究有点感情，他在拐角处转过身，二人面对面地站着，蒙烽说：“听着，我不是你的大哥，你也没必要凡事都听我的。”

闻且歌点了点头，蒙烽说：“人生而平等，你只要对自己的良心负责就行了。”

吴伟光策划了一次圣诞节聚餐，刘砚给不少新加入这个团队的人做了些手工礼物，有多用军刀、钓鱼竿，等到开春时可以去钓鱼。

还有给小孩子们的勋章：蒙烽把编制再次扩大，除却一早就有的倭瓜队、土豆雷队（炸弹埋设工兵）、胆小菇队、向日葵队（后勤人员）、豌豆射手队（狙击兵）、西瓜投手队（手榴弹兵），更添加了毁灭菇队——自杀性袭击队伍，队员只有一个人：光杆司令闻且歌。

他把一个毁灭菇的肩徽交给闻且歌，这些日子里，闻且歌始终不合群、不笑、不说话，像个把自己孤立的罪犯。

吃饭时，他独自坐在一边；打牌时从来不参与，对着漫天大雪想事情。

但有事他看见会主动做，那两个人的死仍在他心中埋着阴影，他在寒冷中干活，从早上起来一直做到晚上。

他带着最后五名林木森留下的黑社会小弟，修好了后园里的温室。

仓库里囤积着大量的种子，成袋的蔬菜种子和花种，瓜果种子是农场主预备专门供给前来玩农家乐的休假人士种地玩的。这里从前的人全变成了丧尸，养的家畜饿得全跑了。成群的鸡躲在破旧的温室里避寒，并啄食菜叶和蚯蚓，青菜、番茄没人施肥，却像施了肥一般疯长，俨然形成一个自给自足的生态循环。

鸭子白天出去溜达，下午则回温室里找吃的，刘砚实在惊叹于大自然的顽强生命力，这些家禽没有人照顾，大部分竟活了下来。

肥料、农药一应俱全。粮食也非常多，粮仓里大包的面粉与大米足够他们吃一年的。排水系统连着附近的一条地下水道，早已修建好，生活垃圾被排放进河道的一条支流，汇入X市外沿的污水河。

在这个自给自足的农场里，生活垃圾本来就很少，大部分肥料又是猪、鸡、鸭等的粪便，几乎不对自然产生多少污染。

宽敞的农场后面则是大面积的田地，一直蔓延到河边，还有几台废弃的耕地用的机械设备，经过刘砚重新改装后全部可以用。

张岷带着人沿东边的河岸巡逻一圈，找到跑丢的牛和猪，在一个山洞里发现了三只瘦骨嶙峋的母猪和好几窝瑟瑟发抖的小猪。

张岷把它们抱了回来，刘砚打趣道："再找几只狗，种种田就齐全了。"

"你会种田？"蒙烽说。

"不会可以学嘛！"刘砚在看一本关于作物种植的书，这些书在邓长河带领大部队长征逃亡的时候居然没被扔在雪地里，刘砚真不知道该嘲笑片儿警是笨还是夸他聪明。

来年开春，他们将在田地里开垦、种下第一批小麦。两名农业大学的后来者加入了他们，一切趋于安稳，名为希望的种子，正在这片与世隔绝的土地上扎根、发芽、抽枝、开花。

蒙烽道："走吧，出去堆雪人。"

刘砚道："没空。"

蒙烽说："休息一下嘛，你看，喏，那里，张决明小同学玩得多快乐。"

刘砚道："不了，你去和他玩吧，活到老学到老，荒废学业是不好的。"

蒙烽说："你不要逼我动粗。"

刘砚道："来啊！烽哥，你现在当了头儿，胆子肥了是不……"

蒙烽二话不说，横抱起刘砚，壮烈地大喝一声，从二楼跳了下去。

雪球瞬间四面八方飞来，刘砚从摔倒在地的蒙烽身上爬起来，在周围人的大笑声中狼狈逃窜。决明带着他的队员们杀气腾腾地两路包抄，杀了上来，刘砚边告饶边逃，蒙烽穷追不舍。

刘砚在雪地里摔了一跤，蒙烽追上了，被刘砚推开，又扑了上去。

"决明，"张岷道，"回来了！"

"你爸叫你回家吃饭呢！"蒙烽回头朝意犹未尽的决明嚷嚷道，"搅人好事被驴踢的！”说完，侧脸上又挨了一下决明的雪球，和刘砚一起扑倒在雪地上。

蒙烽背着刘砚，一行足迹在雪地中歪歪斜斜，延伸向远方。

“这儿的老板，”蒙烽抬头眺望白桦林与林中的木屋说，“是个有钱人。”

刘砚头埋在蒙烽的肩上，一晃一晃地被他背着走。他的肩膀宽阔，背脊坚稳可靠。

“嗯，”刘砚随口道，“看得出来，单身？”

蒙烽说：“你没看书房里的杂物吗？上次我整理出一沓情书，是他年轻的时候写给他老婆的。”

“他原来是20世纪60年代的知青，比咱们爸妈年龄还老点，”蒙烽感触良多地说，“回城以后白手起家，90年代下海创业，和那个女孩结婚，没有小孩。赚到上千万资产以后把公司出让给一家大企业，带着老婆来这里，办了个农家乐。”

刘砚温柔地笑了笑：“挺有乐趣的生活，能急流勇退的人不多。”

蒙烽点头道：“我看到那些情书，他还十分怀念下乡时候的知青生活，那个女孩是农村人，一直支持他创业。没想到开了农场以后，老板娘没过几年就死了，剩下他一个人打理这里，又雇了点人打理，你看前面。”

他们在木屋后白桦林里的两个墓碑前停了下来。

一个墓碑是大理石白板，光滑而未刻字；另一个墓碑则刻着“吾妻芮婉婉之墓”。

“应该是城里来避难的人带来的病毒，”蒙烽说，“这老板也变成了丧尸。胡珏解决了他以后，搜索附近时找到这里。你看，他把他老婆埋下去了，还留了个墓，是预备他死了以后埋进去的。”

刘砚道：“尸体呢？”

蒙烽说：“前几天我让他们搬过来埋了。”

刘砚点头，和蒙烽在墓碑前站了片刻，而后道：“谢谢你留下的农场，祝你们在天上再相见。”

“吃饭了——”邓长河扯着大嗓门吼道，“蒙烽！刘砚！今天吃新年饭了！快点回去！”

蒙烽说：“来的时候我背你，现在该你背我了。”

他不由分说地趴在刘砚的背上，刘砚艰难地迈出一步，摇摇晃晃地吃力前行。就像决明背着一个巨大的顽皮豹毛绒公仔，蒙烽两脚在雪地上拖来拖去，刘砚背着蒙烽走出50米，朝雪地里一扑，索性装死，不动了。

12月31日，新年前夜。

蒙烽吩咐开了40瓶米酒，200人在大厅内吃肉喧闹，划拳斗酒，饭后一部分人混在一起打牌抽烟，吃零食取乐。另一部分人玩击鼓传花，讲笑话唱歌。

张岷人缘甚好，一喝酒就被人轮番灌得醉醺醺的，躺在沙发上。

“爸……”决明道。

蒙烽：“你爸倒了！要吐了！你去玩收音机！待会儿再来！晚上罚他跪搓衣板！”

男人们吵吵嚷嚷地把张岷扛到一边，23:40，胡珏的英文歌唱得深情而好听，邓长河在中间弹吉他，尖叫与鼓掌声把张岷闹醒了。

“岷哥会不？来一个，来一个。”片儿警递过吉他。

张岷头嗡嗡地响，接过吉他，笑着弹了一曲，下面的女生疯狂尖叫，鼓掌喊着再来一个。

“等等啊，我看看再弹个什么。”张岷酒劲过了，帅气地笑了笑，拿着那把从遗物堆里翻出的旧吉他，对着前主人留下的乐谱翻过一页。

“快倒数了，”张岷说，“还有五分钟，不弹了吧。”

“再来一个嘛——”群众纷纷大叫。

“决明呢？”刘砚转头找人。

蒙烽喝得有点高了，说：“快倒数了，你去找决明来。”

“叫闻弟下来变魔术，”谢枫桦敲了敲酒瓶，笑道，“闻弟会变魔术的！”

刘砚转身上楼，闻且歌从二楼关上门出来，没有锁门，站在走廊里，眼望着窗外满天的飞雪。

刘砚说：“林木森吃了吗？”

这些天里林木森的病情一再恶化，每天都吃很少，明天是新年，他们在楼下餐厅狂欢时，刘砚便叮嘱闻且歌带点吃的上去。

闻且歌说：“他死了。”

刘砚叹了口气，说：“死了……生前的事就清算了，祝他走得安详。”

闻且歌说：“牧师给他祈祷过了。”

刘砚点了点头，说：“马上倒数，你下去吧，枫桦让你变魔术。天亮的时候，蒙烽会带人给他下葬。”

闻且歌道：“好的，刘砚，我变个魔术给你看。”

闻且歌拿出个硬币，左手一弹，右手抓住，手掌摊开，里面是一团雪球。

刘砚笑了起来。

闻且歌道："刘砚，新年快乐！"他一整衣领，走下楼梯。

刘砚站在那扇门外，最后还是没有推门。

"森哥，再见！"刘砚在门外说，继而转身走向三楼。

三楼走廊里一阵冷风吹来，决明戴着棉帽和厚手套，脸上发红，裹着厚厚的大衣，抱着个收音机，坐在窗沿上。天线拉得长长的，指向窗外漆黑的天空。

小雪窸窸窣窣地下着，决明把调频旋钮转到左边，又转到右边。

刘砚道："你还真的在这里玩收音机。"

决明说："啊？我不喝酒。他吐了吗？"

刘砚说："下去吧，在倒数了，新年马上来了。"

"十——九——八——七——"

楼下的倒数声远远传来，刘砚也不走了，索性站在决明身后，静静望着外面寂静的天空。

"决明——"张岷从楼下跑上来。

"六——五——四——"

那一刻整个农场灯火辉煌，所有的灯亮起，农场门口挂着的木牌上写着三个字——"永望镇"。

木牌上缠绕的五色彩灯一闪一闪，缤纷的圣诞树站在风雪里。

蒙烽顺着旋转楼梯朝上走。

"三——二——"

"一！"

"耶！"

欢呼声在雪地里远远传来，下一秒，沉稳、可靠的男声响起。

"这里是国际救援组织联盟，今天是1月1日零时零分，我代表联盟在此呼叫所有的幸存者……"

刘砚："……"

决明莫名其妙，低头看着手里的收音机。

"过去的五个月里，人类遭到了史上最为深重的灾难，广播频道断绝，所有城市被一场病毒引起的……"

"蒙烽——"刘砚一把拉起决明的手，冲下楼梯，上楼的张岷马上把决明横抱起来，冲下一楼。

“安静！安静！听！”蒙烽吼道。

整个大厅里的两百人静了下来，甚至不闻呼吸声，唯一响起的，只有决明手里的收音机，刘砚发着抖，把音量调到最大。

“过去的五个月里，我们几乎看不到任何希望，感染者摧毁了我们的家园，这是毁灭性的打击，但灾难永远不能摧毁人类顽强的生存意志。

“过去的五个月里，我们在公海建立了太平洋救援基地本部，中国政府成立救援组织，并加入国际盟军，全世界正在向各地输送大量的救援人员，无论你现在遭遇到什么，请不要放弃活着的希望……

“今天是新年的第一天，迄今为止，全国各地的信号发射塔都在军方以生命换取的代价下修复了，并于1月1日零时零分开机，信号网络初步确认，覆盖全国大部分地区。

“如果你听到这段广播，请与生者互相转告，避开南下的感染者大潮，准备维生与御寒物资、药物，进入北部各省市，尤其避开东南沿海各省以及中原地区，救援队正在挨省搜索幸存人员……”

那一刻，所有人都哭了起来，终于在与外界隔绝的第五个月后，听到人类幸存者的第一次呼叫，那心情无法形容。

“请听到这段广播的幸存者互相转告，向你们最近的广播信号塔靠拢，在广播信号塔上系一条白布以示周围地区安全，系一条黑布以示周边地区尚有游荡的感染者，并不完全安全。

“请在信号塔周边做方向标记，妥善标记后离开，于50公里范围的地区内寻找隐蔽点。救援队抵达时，会在以信号塔为中心的50公里内进行搜救……

“如果你现在安全，请尽可能帮助所有未被感染的幸存者，彼此鼓励，并坚强地活下去。如果你正在以武器对付还活着的同胞，借灾难之机进行抢夺、杀戮，请你收回你的手，救助一切有需要的人。这不是末日，而是一场对中国、对人类、对整个地球的考验。

“请不要放弃希望，同时铭记我们生而为人的道德与爱，全国人民万众一心，团结起来，互相帮助，你所站的地方就是中国，只要你们不放弃自己，国家就永远不会放弃你们。

“后续搜索需要你的耐心等待，我们的原则与立场是不放弃每一位活下来的人，本消息每半小时发送一次，新年快乐！”

“新年快乐！”刘砚低声道，“蒙叔叔。”

·番外一·

张决明同学的僵尸养成手册

僵尸是一种不死的生物，它介乎人类与动物之间，是很神奇的物种。我对它们非常感兴趣。

除了养一只熊猫以外，养一只僵尸好像也很不错。

僵尸有等同于3岁小孩的智力，目前还不清楚会不会变得更聪明，但就目前的研究发现，僵尸在你把手指放在他们面前的时候，眼珠子会跟着你手指活动的方向左右移动，证明它们除了吃，还会关心外界，刘砚把这种行为称作“应激反应”。

爸说它只是把我的手指当作一根手指饼，让我不要太关心僵尸的智力问题。

但研究表明，只要给僵尸们剪指甲、刷牙、洗澡，应该是可以养的。流浪狗也会咬人，带回家就不咬人了，重要的在于目光交流。

养一只僵尸要注意什么呢？这里是蒙叔提供的一些小诀窍，我决定把它们记下来，方便以后参考：

第一，养一只好的僵尸需要一个舒服的窝。推荐用红木棺材，铁棺材显然是不好的，棺材底部可以垫一些棉絮，但不需要太多，因为僵尸不会出汗。

第二，要给它们新鲜的生肉进食，尝试说服它们，不再让它们吃人。如果僵尸表现得十分暴躁，要把它关在棺材里，直到饿了为止，这样可以改变它的饮食习惯。

第三，阳光要适宜，环境要保持适当的温度，不能太热，否则僵尸容易脱水，变成干尸。

第四，环境不能太潮湿，否则会发霉，变成水鬼。

第五，要有适当的轻音乐，音乐节拍不能太快，也不能太嘈杂，重金属摇滚类尤其要禁止，否则容易令僵尸心情烦躁，抓破自己的肚皮变成丧尸。

以下待添加……

26 落单

3月22日

就在我以为漫长的冬天永远不会结束的时候，决明又开创了新的令人掉下巴的奇迹。

算上他用一块门板把张岷从山上拖下来，除夕夜拧开收音机听到蒙烽他爸的声音，这次已经是第三次。

前天下午，他去河边溜达，在冰上转了个圈，踩破一块冰，掉进河里去了。

张岷当然是马上把他捞上来，回来给他冲姜汤喝，熬中药祛风寒焐被子。

然而，决明踩破的那个坑，引发了整条河面的连环大爆裂——整条河的冰块哗啦爆响，全部碎裂，静止了近五个月的河水疯狂流淌起来，把冰块冲向下游。

当天晚上，蒙烽坚持说他听见了布谷鸟的声音。

今天，所有的积雪都融化了，我想不通这个冬天为什么这么冷，春节的时候，室外气温竟然降到了零下27℃。

冬夜漫长，最冷的那几个晚上，我和蒙烽生了火盆，我们就这么看着燃烧的火，说以前高中的事。

他说了很多，我也说了很多，他想证明自己的价值，退伍开一家公司，像张岷那样；或者做出一番大事业，不想像上班族那样庸庸碌碌的，更不想当个买菜做饭的小男人。

其实，这些我从未介意过，也没有嫌弃过他。

况且人不经过磨砺怎么能发光？强大的经济帝国的第一块基石往往就是从卖保险与推销开始。当然我没有告诉他我的想法，蒙烽只会说，他根本不是卖保险和当售楼先生的料。

这些都已经不重要了，整个世界的沦陷成全了我们的友情，然而，状况已有改变，等到丧尸潮结束后呢？蒙烽或许还得去卖保险。

胡珏提到，他曾经代表公司参加过亚太地区的一个环境会议。

会议的内容是碳排放与全球温室效应影响，他据此认为：今年人类的大批量灭亡以及所有工厂的荒废，直接造成了这个漫长且寒冷的冬天。

这是一次气象系统对突发情况反映出的大清洗机制，下一年的冬天或许很短，如此反复循环，10到20年后趋于稳定。如果当地居民的工业废气与污水不再被排放进大气、海洋，地球环境最终将恢复到冰河末期，春夏秋冬交替作用，而不是灼热与寒冷的两极交替。

或许有点道理。

搜救队还没有来，春天却来了。丧尸们会再次北上吗？希望不会，得盯紧点。

窗纱在春风中飞扬，窗户大开，阳光照在刘砚的办公桌前。他嫌每天去书房里麻烦，索性就待在房间里。

左边一张大床，右边则是刘砚的工作台，上面杂乱地摆满了零件与工具。

春光明媚，4月快来了，天气渐渐热了起来，这里的气候实在是好得不能再好，白天温暖而夜晚凉快。

蒙烽嫌热，穿着件紧身背心与一条露出结实大腿的运动短裤，趴在床上翻画报。

敲门声响起。

刘砚说："进来。"

决明说："刘砚。"

刘砚道："你不是跟你爸去钓鱼了吗？怎么了？"

决明说："我觉得我爸最近很奇怪。"

刘砚和蒙烽一头雾水。

刘砚："什么？这不像你会说的话，决明。"

蒙烽："你应该说，喔喔嘎嘎嘎人家爹地有点怪怪滴啦……"

话未完，蒙烽头上挨了刘砚一发字典炮弹，刘砚说："怎么奇怪了？"

决明："他一直抱那女的……就是那个一直流鼻涕的女的。"

刘砚："……"

蒙烽忽然道："刘砚，张岷在帮那个叫唐逸晓的女人戒毒，你记得吗？"

刘砚马上明白过来。10天前，林木森留下来的海洛因终于被唐逸晓用完了，吗啡被牧师收走以备当作缓痛剂，年前事忙，多一个人不多，少一个人不少，又因为地位特殊——是蒙烽和张岷的偶像，于是便区别对待了。

刘砚没管她，就谁也没管她。

然而，海洛因用完后，唐逸晓只得开始戒毒，牧师吴伟光与她的弟弟唐逸川都应付不下来，张岷便前去协助唐逸川，帮他姐姐戒毒。每天一把鼻涕一把泪地撞、闹，张岷力气大，大部分时间都是他抱着唐逸晓把她按回去或者绑着。

决明一直不知道，昨天路过走廊，看到张岷把躺在地上哭的唐逸晓抱起来，抱回床上。今天唐逸晓好了许多，独自出来吹风，张岷则带着决明在河边钓鱼，唐逸晓便坐了下来，和张岷说话并感谢他。

"她在戒毒而已，"刘砚从抽屉里取出一个望远镜，朝河边看，"决明，你不知道戒毒是怎么回事？毒品没接触过吗？"

决明茫然地摇摇头。

刘砚道："你看。"说着，他把望远镜递给决明，决明朝外看去。

唐逸晓在河边坐了下来，张岷也穿了条很短的运动裤，上身穿了件小马甲，敞着赤裸健壮的胸膛，他的身材十分匀称，腹肌健美有力，脚指头夹着人字拖一晃一晃，那是决明很喜欢的性感装束。

"这些日子多亏你了。"唐逸晓叹了口气，笑道。

"不客气，"张岷礼貌地说，"你的弟弟出力最多，我只是尽到一个医生的职责而已。"

唐逸晓道："没想到中医也有这么大的作用。"

张岷谦虚地笑了笑。

"很多人都觉得中医是经验主义。"张岷道。

唐逸晓接口道："其实不是。以前我们拍电影的时候也请过人来刮痧，那时候在九寨沟中暑了，当地的医生很厉害。"

张岷道："啊，在九寨沟拍的那部片子？"

唐逸晓眼中闪烁着欣喜的光芒，笑道：“你看了？”

张岷道：“我和决明去电影院看的，我一直很……呃……喜欢看你拍的电影，那个角色演得很不错。”

唐逸晓笑了笑，说：“他们说你枪法很准，是所有射击队员的头儿。”

张岷哂道：“以前当过兵。”

春风拂面，唐逸晓觉得很舒服，两人看着水里的鱼漂，唐逸晓自嘲地笑道：“我……最狼狈的模样都被你见着了，多半这次要破灭了。”

张岷莞尔道：“怎么会？人都有三灾六祸狼狈的时候，还是一样的。”

唐逸晓闭着眼睛，抿着唇笑了笑，说：“谢谢你，张岷！”

唐逸晓捋了一下长发，说：“从小到大，第一次遇到陌生人没有别的原因，真正地愿意为我伸出援手，我很感动。不知道该怎么报答你，这些天我一直在想，能为你做点什么……”

张岷意识到了什么，马上起身道：“那个，唐小姐，生而为人，和动物最基本的区别就是有爱，会互相帮助，这是我应该做的。”

唐逸晓会意地笑道：“是我失言了，这是我的真心话。”

张岷十分拘束，而后什么也没说，提着水桶喊道：“决明——你去哪儿了？”然后，他走了。

刘砚说：“看到了吗？”

决明满脑袋的问号。

蒙烽说：“看到什么？”

刘砚解释了一次，坐回桌子前。

蒙烽漫不经心道：“他关心他爸这个问题还不如关心他的大熊猫，店家怎么还没发货呢？”

刘砚道：“他只是一种医生对病人的关爱，外加唐逸晓是年轻时代的偶像；张岷是个非常好的人，不会乘人之危，对一个落难的女性怀揣非分之想。决明，你要好好珍惜这样一个好父亲。”

决明有点莫名其妙，忽然脑袋上灯泡叮地一亮，明白了什么，走了。

蒙烽帅气又欠扁地回头朝刘砚笑了笑。

刘砚面无表情道：“你知道我现在在想什么吗？你这样趴着，我忽然很想打你屁股。”

蒙烽把书一摔，吼道：“来啊！”

刘砚扑了上去，整整两分钟的“来啊”“来啊”滚成一团挣扎之后，刘砚开始求饶了，蒙烽这才满意地说：“要乖，知道吗？”

当天黄昏，张岷简直要疯了。

“决明呢？”张岷疯狂地大吼道，“决明去哪里了？下午还好好的，到底发生什么事了？刘砚！”

他一把抓着刘砚：“你们看见决明了吗？带我去找找！”

蒙烽：“你与其在这儿浪费时间，不如到你的床底下去看看。”

张岷马上一阵风地上楼，进房间，揭开床单，果然看见决明趴在床底下，面前摆着本日记，睡着了。

“决明？”张岷松了口气，哭笑不得道，“醒醒。”

决明醒了，一脸不乐意地被张岷拖了出来。

“我的熊猫呢？”决明说。

张岷想起年前说的话，傻眼了。

当夜3点。

一阵闷雷般的响声潜伏在大地深处滚滚而来，蒙烽的鼾声一停，睁开双眼。

刘砚翻了个身，蒙烽慌忙摇了摇他。

刘砚倏然睁眼，蒙烽说：“听。”

又是一阵隆隆声，窗玻璃竟咯咯地响。

刘砚转身下床，站在地上，侧耳辨认远方传来的声音，蒙烽拿起望远镜眺望远处，门被敲响。

张岷光着脚过来，问：“是打雷了？还是地震？”

“不，”刘砚道，“是X市那边传来的声音。”

刘砚穿好衣服跑上楼顶，漆黑的天幕尽头，猎户座在远处闪耀，瑰丽的红光隐约映红了半边天空。

刺目的光芒只是一闪，继而再次沉寂下去，就像什么也没有发生过。

“城市里发生了什么？”刘砚蹙眉喃喃道，“会是轰炸？”

“没有轰炸机，”蒙烽疑道，“应该不是，会不会是搜救队的人来了？”

翌日，刘砚和蒙烽讨论后，决定前去X市简单地侦察看看。张岷与决明也要求加入队伍，顺便找他们的熊猫。

3月25日

新年的广播信号抵达后，大家都有种倦怠感。他们觉得军队开始搜索救援，迟早会抵达这里，只要耐心等候就行了。

在这种心态下，永望镇的居民放松了警惕，我觉得这是非常危险的事。

春回大地，如果又产生了新的变数呢，谁能保证丧尸不会再次北上？理论上，寒冷会令它们的大脑受到永久性损伤，但那只是理论上的。完全依靠军方不靠谱，得确认永望镇不会在军方的救援抵达前，再沦陷在丧尸潮里。

即使可能性很小。

我们开了一辆捡来的改造后的面包车进入X市。

X市的城墙在春季的阵阵风沙中显得无比荒凉，墙下堆满了一层黑色的泥，像废墟，又像垃圾堆，白骨参差不齐地从黑泥中伸出来。

那是冰雪融化后，被覆盖在雪下的尸体，看来在去年夏天，病毒暴发不久后这座城市还进行了一番挣扎。

只是不知道幸存的人现在去了何处。

如今黑泥堆里露出了春天的新芽，一切欣欣向荣。我们一共进入X市三次，第一次是逆着寒流北上，从市中西北面的区域出城。

第二次是蒙烽带着队员进来补给，调查了西南区域的西部。

“这里有人来过，”蒙烽说，“你看被炸掉的楼。”

“嗯，”张岷说，“爆破的痕迹。”

越往中心区走，大楼便越显得杂乱，蒙烽道：“这里昨天晚上起码引发过300公斤TNT当量的爆炸。”

张岷神色凝重，车在市中心附近停下。

蒙烽下车说：“刘砚调度，我去周围巡逻看看。”

刘砚打开车内通信器与地图标志：“你想去哪儿？”

蒙烽：“地铁站里不知道怎么样了。”

刘砚：“看看自动贩卖机，如果可能，帮我拆点地铁车厢的导航仪下来，就在车头。”

决明道：“可以下去走走吗？”

刘砚看了张岷一眼，张岷接过通信器说：“我陪他下去。”

刘砚展开手里的地图，仔细查看，这部车经过他的特别改造，轮胎外加了四个旋转尖头锯轮，车头处是锋利尖锐的撞板，车尾处则是可控式油箱，随时倾倒加过润滑剂的汽油。

车顶还加了一个小型特斯拉线圈，虽然电能不强，但足够对付几十到上百只丧尸。

风起废城，卷着萧索的黄叶飘过空旷无人的长街。

决明在一家商城门口停下脚步，商城被炸掉大半，剩下暴露在空气中的楼层截面的钢筋水泥犹如狰狞的怪兽，从深处传来闷声的怒吼。

决明探头探脑地张望，张岷握着枪道：“决明，你要找什么？回去吧。”

决明拿了一排电池，说：“刘砚要的。”

“走吧。”张岷说。

决明蹙眉似乎还看见了什么，数十只丧尸围着商场深处的一个地方，此起彼伏地哀号着。

张岷和决明站在外面，总觉得里面似乎有点什么奇怪的东西，决明注意到柜台下有个玩具——打鼓猴子，他把电池装进猴子的屁股里。

“决明，你想干什么？”张岷说。

决明把猴子放在地上，打开开关，紧接着张岷马上把决明拉到柱子后，躲了起来。

“哐哐哐……”

猴子敲锣打鼓，原地转了个圈，被底下轮子推着朝丧尸们雄赳赳、气昂昂地前进，那群围着什么东西的丧尸纷纷转头，打鼓猴子在凹凸的地上一颠，转向绕圈，朝着侧面跑了。

丧尸们纷纷追那只猴子去了。

张岷和决明从柱子后探出头。

决明走向商场深处，张岷端着枪在后面巡视以防不测，决明在先前丧尸们围住的地方单膝跪下，扳开一块塑料板，里面是开了一条缝的电梯。

电梯里躺着一个浑身是血的男人，正在不住地喘气。

男人几近赤裸，下身穿着条残破的迷彩军裤，胸膛、腰间伤痕累累，从军裤和军靴能辨认出是一个军人——或许曾经是。

“刘砚，”张岷说，“把车开过来，我们发现了一个幸存者。”

张岷道："你还好吗？"

男人道："勉强……你们是怎么找到这里的？被爆炸声吸引过来的？"

决明蹙眉道："你在里面做什么？"

男人答道："我从10米高的地方……在电梯里摔下来，现在正在休息。"

张岷咬牙撬开电梯门，男人艰难地爬了出来，问："有水吗？我有点虚脱。"

决明从包里掏出水壶，那男人接过喝了口，说："谢谢！"

刘砚倒车，男人拖着受伤的手臂跑出商场，说："有吃的吗？给我点吃的。"

刘砚拆了包饼干给他，又拧开一瓶运动饮料，男人狼吞虎咽地吃了，把一瓶饮料全喝下去，说："你们得马上离开这里，借把枪给我。"

刘砚警觉地蹙眉，问："你是搜救队的人？你要做什么？"

男人体力恢复了些，抹了把嘴角点头。

"有一枚炸弹失效了，"男人道，"任务差点失败，我现在得去启动最后一环。"

刘砚望着张岷，张岷微微点头，意思是可以给枪，他能控制得住。

刘砚取了把枪给他，那男人接过枪，一拍刘砚肩膀，疲惫道："谢了。"

他转身就跑，刘砚道："喂！"

男人喊道："马上离开！别逗留！"他做了个手势，踉跄地跑向市中心的一处废墟。

"蒙烽，你听见了吗？"刘砚道，"我发现一个像是搜救队的人，他正朝你那边去。"

蒙烽道："我沿着地铁站走，已经进下水道里了，这里丧尸不多。"

刘砚说："是吗？我怎么觉得这里到处有危险……你最好先出来……"

蒙烽道："搜救队的人想做什么？"

刘砚说："他要去引爆一个失效的炸弹。"

蒙烽道："我想我已经看到你说的炸弹了。"

蒙烽站在地底隧道的尽头，那里是一个悬空的下水道出口。

七个同样的下水道口位于半球形空间的顶端，中央是个巨大的排水拱顶，小股的水流从地面淌下，汇入下水道，再沿着拱顶的墙壁朝下淌，流进地下的沟槽里。

拱顶里有上千只丧尸，它们在宽敞的地底空间里随意走动，没有发现顶端探出半个身子的蒙烽。

而排水拱顶中央，有一个3米高的抽水泵。

抽水泵顶端有一个尖锥形的炸弹，周围防爆保险栓散开，一条被丧尸咬断的电线松松地搭在电缆上。

尖锥炸弹顶端，红灯一闪一闪。

蒙烽装上远距瞄准镜，喃喃道：“这是微型核弹啊！”

27

盟军

“帮个忙！”男人从下水道深处跑来，蒙烽侧身一让，男人跃下中央拱顶，用手枪开始点射！

蒙烽：“你要做什么？”

男人道：“掩护我！我得把线接上，把这里的丧尸都炸了！”

蒙烽随着那男人跳下拱顶，那一声动静惊动了所有的丧尸。蒙烽从3米高处落地着实摔得不轻，喘了几声艰难地站起，一只丧尸迎面扑来。

连声枪响，子弹爆射，蒙烽握着手中的机关枪，转身开始扇形扫射，背靠水泵缓慢退后。

男人立即跃上抽水泵，牵过线飞身一跃，扒着电缆三两下系好，大声道：“走走，快走！”

蒙烽持枪扫射，枪声震耳欲聋，头也不回地说道：“什么？”

“子弹没了！给我一把枪！”那个男人大喊道，“跟我跑！”

蒙烽抽出后腰霰弹枪扔在地上，那个男人捡起枪，啪的一枪点射，底部的排水口处，丧尸脑袋炸开，钢珠激射，放倒了附近的十余只丧尸。

“改良过的？”那男人道，“你是什么人？哪个部队的？报番号！”

蒙烽吼道：“不是现役！别啰唆了！快走！哪个方向？”

嘀嘀声响起，电子箱发射信号，远处一声爆炸，一道火龙从连接了抽水泵大厅中央的下水道口喷出，整个拱顶开始阵阵震动，并逐渐塌方，水泥、砖石轰然崩塌，倾泻下来，一条三人合抱的巨大水管被折断，哗啦一声响，漆黑的工业污水兜头浇下！

“你在这里做什么？”蒙烽贴着隧道一路进入，带着那个男人开始逃亡。

蒙烽持枪开路扫射，那个男人则回手开枪殿后。

“这霰弹枪谁设计的？太强悍了！”那个男人大吼道，“我叫赖杰！你叫什么名字？”

“蒙烽！”蒙烽吼道，继而摸出一个手雷抛去，那人一手按地，漂亮至极地来了个前翻，脚后跟一带，为半空中的手雷加了一道力，令它如蓄势炮弹般沿着下水道直飞出去。

手雷在半空中爆炸，嗡的一声响，下水道空间内犹如被翻了个个，耳膜在这巨响中疼痛欲裂，二人被冲击波掀得飞出一米，重重地摔在地上。

“蒙烽！”刘砚道，“你没事吧？”

“没事……”蒙烽挣扎着蹬了蹬，勉强起身，“我把那家伙带出来了，刘砚，看看周围空间，塌方了……”

“小心！”赖杰侧身挡开蒙烽，顶部又有一大块石头坍塌下来。

“蒙烽！”刘砚的声音从耳机里传来，焦急道，“朝东边跑！”

耳机里传来一阵轰鸣，紧接着是张岷的大喊声：“刘砚，决明！抓紧……我要冲过去了……”

“是你的同伴？”男人道。

蒙烽说：“在地面接应，得找条路出去……”

赖杰道：“马上让他们离开商圈！那里要全面爆破了！”

蒙烽色变道：“刘砚！火速离开那里！他们埋了炸弹！”

蒙烽与赖杰沿着下水道开始逃亡，到处都是崩裂的纹路与塌方的砖石，躲避落石时又有丧尸咆哮，从拐角处冲出。

同一时间，电子引爆器恢复运转，地底发生了连环爆炸，隐匿在地底一个冬天的丧尸大军被坍塌的路段压了下去，张岷吼道：“你俩抓紧时间！”

刘砚撞得头昏眼花，车猛地一打横，整段主街道连着中央广场的地面发出一声巨响，地底的爆炸一声接一声，方圆五六里的路面壮观至极地轰然坍塌、深陷。

刘砚艰难地扯着握把，大吼道：“蒙烽！卧倒！我要引爆小精灵了！”

汽车飞起来，决明被甩上半空，刘砚一把揪着他的衣领，朝控制钮上一推。

决明大叫一声，屁股坐上了一个按键。

下水道内，蒙烽吼道：“卧倒！”紧接着一个飞扑。

跟在蒙烽身后的小金属球接到遥控指令，瞬间嗡的一声开始高速旋转，飞上半空，紧接着一声轻响，烟花般甩出千万道锐利的薄铁片，擦着洞壁飞出去，射进丧尸的头颅！

地面上，张岷猛踩油门，将车速提到最高，整辆车飞驰过倾斜的碎裂路面，凌空飞过5米，从一道横亘X市南北的巨大沟壑上空掠过，砰然一声巨响砸在平地上。

紧接着车轮飞速旋转，带起沿路崩毁的碎石冲向道路尽头。塌方面积越来越大，大地被彻底分成了两半，一栋大厦发出惊天动地的巨响倒了下来。

安静了。

刘砚死里逃生，推开压在身上的一个工具箱，抓起耳机道："呼叫蒙烽……呼叫蒙烽……"

蒙烽道："还活着。"

刘砚松了口气，汽车在路边停下。刚才他们停泊过的地方已经成为一个上万平方米的巨大深坑，整座市政府建筑连带着广场周围的高楼倒进了深坑里。

赖杰从废墟中把蒙烽拉出来，吼道："核弹还没爆呢！剩五分钟了！快跑！"

第一波爆炸把近万只丧尸埋进了地底，然而，又有更多的丧尸爬出深坑，开始寻找猎物。

开始只是小股数只，逐渐越来越多，张岷下车四处点射，蒙烽与赖杰朝车跑来，刘砚道："快上车！你们没事吧？"

赖杰看了刘砚一眼，蒙烽说："这些都是我的同伴，我们的基地在西北方向300公里外，上车。"

张岷注意到他的伤口，示意决明到车前座来，没有多说什么。

"你好，朋友。"张岷说。

赖杰看了张岷一眼，不回答，也不与他握手。

众人上车，蒙烽关上车门，刘砚开了后座车厢的灯，凌乱的车厢里多了一个人显得十分拥挤。

张岷发动汽车掉头，丧尸从四面八方围了上来，城市的另一侧再次响起爆炸声。

蒙烽道："马上离开这里。"

刘砚启动装在车上的摄像头，将5000米内的景象传到显示屏上，丧尸从四面八方浩浩荡荡地围了上来。

"你叫什么名字？"赖杰嘴角浮现起一丝笑意，"这些都是你发明的？"

刘砚没有回答他，说："向西边走，所有防御系统开启。蒙烽去开车，张岷过来给他检查。"

蒙烽接过方向盘，刘砚打开车顶的特斯拉线圈，电能抽走，蓄电池嗡的一声响，电量表瞬间下降两格，摧枯拉朽般扫光了附近的丧尸。

砰砰连声巨响，刘砚打开车前的喷火枪，汽车缓慢掉头，焚烧了成片的丧尸。车速越来越快，紧接着冲上公路，将车速提到最高，飞速冲出X市。

一分钟后，核弹引爆，巨响声中白光万丈。

所有人抱头俯身，远处一团蘑菇云升上天际，爆炸声惊天动地。商业大楼的玻璃墙瞬间碎成千万片，被爆炸的飓风扫着飞向远方。

"没事了，"赖杰道，"这种新型核弹辐射不太强……走。"

"你受伤了，"张岷掏出一个手电筒，招手道，"朋友，我帮你检查一下。"

"你是医生？"赖杰说，"你们好，我叫赖杰。"

张岷点了点头，刘砚怀疑地看着赖杰。

赖杰赤着上半身，一身脏得很，他接过決明递来的纸，擦拭全身伤口与下水道中滚出来的泥污，匀称的肌肉显得十分坚硬。

赖杰下身只穿着一条破破烂烂的齐膝军裤，军靴上满是腐烂的血肉，踩在架子上时留下了一个漆黑的靴印。

张岷观察了他的瞳孔，按过他的脉，又让他侧身，检视他的伤口。

"没有被感染。"张岷把一块纱布按在他小腹上的破口处。

怎么可能？刘砚忍不住心想，那些伤痕一看就是丧尸抓出来的。

赖杰笑了笑，答道："当然没有被感染，因为我注射了疫苗。"

那句话一出，就连蒙烽也忍不住回头看着他。

车内静了，片刻后，赖杰说："先自我介绍一下吧，赖杰，国际救援组织中国搜救军第十六分队——飓风队队长，中尉，我负责西北地区所有的信号塔，寻找生还者，补充兵员，并朝公海第三避难所发出信号。"

"谢天谢地，你们终于来了，"张岷道，"我们足足等了四个月。"

赖杰道："算很快了，我们在四个月里救出了17000多人，杀了150万只丧尸……"

刘砚忽然道："你的队员们呢？"

赖杰说："都死了吧，不清楚。"

刘砚、蒙烽无语。

赖杰："我们在X市地区进行搜救的过程中，确认大半个城市面积都搜索过了，没有幸存者。但是X市东南部分信号塔上有标志，城里还有活着的人……地下的丧尸太多了，我们要逐渐清理，三天前我负责引开大批丧尸……"

刘砚："结果你被抓走了。"

赖杰一扬眉，点了点头。

决明："你被抛弃了吗？真可怜。"

刘砚："你不要说出来，他会难过的。"

赖杰笑着说："这不能怪他们，连我下落都不清楚，怎么能回来救我？"

刘砚："那么，你是不是该说点什么？"

赖杰想了想，礼貌地说："谢谢你们救了我，但那种疫苗非常珍贵，不可能交给你们，我们只带了三支，是准备……"

刘砚："中尉，你想太多了，根本没人稀罕你那玩意儿。"

赖杰点头道："那就好，我刚才确实有点怕你们四个人为了抢三份疫苗，先开枪打死自己人中的一个，搜救过程中我们遇见好几次这样的情况了。"

蒙烽说："好了，刘砚，不管怎么说这是件好事，赖中尉，我们现在把你带回我们的基地去，想办法找到你失散的同伴。"

赖杰点了点头，接过张岷递来的一块纱布，问："这是什么？"

"一种药粉，"张岷说，"能帮助你止血。"

赖杰怀疑地看着张岷，那块纱布上沾满药水，混合着中药与酒精的气味，最后他把纱布捂在胸腹的伤口上，侧着身子开始睡觉。

一路上没有人说话，都在想搜救的事，决明给赖杰盖了条毯子，赖杰马上充满敌意地睁眼，紧接着朝决明笑了笑，那表情，像是在表达一种狡黠的友好。

翌日下午，他们回到了永望镇。

刚回到家刘砚就预感出事了，农场外聚集着一群人，远处停着三辆大车，胡珏带头，上百人站在铁丝网外，与外围穿着军装的一个女人针锋相对地吵着什么。

蒙烽二话不说停车，握起枪，却被刘砚一手按住。

女军官取出一张公文："按照紧急征召令……"

胡珏看也不看："如果你现在要谈法律，那么援引国际人类生存权法例草案，任何情况下组建的盟军，不得以任何借口强行征收平民土地，更不能牺牲弱势群体生命以……"

“头儿！”车上有人发现了赖杰，跑下车。

“刘砚！”胡珏大声道。

数人下车，胡珏见他们回来了，愤怒地喊道：“蒙烽！”

“怎么回事？”蒙烽远远地喊道。

“他们说是搜救队的，要征收这里所有的物资，”胡珏道，“让我们搬出去等军方的人！”

赖杰的出现马上吸引了那队人，他依旧是赤着胸膛，下身一条破破烂烂的五分军裤，走向那女人，远远道：“喂！我回来了！都活着吗？”

那女人道：“赖杰！你还没死吗？这里的人比以前碰上的更难解决，过来处理一下！”

28

召唤

赖杰笑道："起码先找件衣服给我穿吧。"

飓风队的队员下来了，刘砚扫了一眼，赖杰、女军官、一名年轻人，看上去不太像战斗工种。

只有这三个人。

永望镇里，众人见刘砚等人回来了，七嘴八舌地说了一会儿，方慢慢安静下来。

"把围栏打开，"刘砚说，"他们是来救咱们的，都回去，蒙烽会和他们谈。"

邓长河带人撤了铁丝网防御，赖杰穿上一件白背心，接过一副露指手套戴上，叼着一根烟，那年轻人上前给他点了火。

"介绍一下，"赖杰站在永望镇的入口处，衔着烟笑道，"这位美女是吴双双，他叫李岩，实习兵……老小和嗑药的那家伙呢？"

吴双双笑道："老小不是早就死了吗？嗑药的出来撑不住了，我们把他埋在路边的沟里了，没人开车，车是拖着过来的。"

赖杰眼中闪过一丝黯然，而后漫不经心道："哦，那就这样了。"

他接过女军官手中的文件，看了一眼蒙烽，又看刘砚，似乎在判断谁说的话分量更重，最后在蒙烽面前摊开，说："根据371号战时征集令，我要暂时征收你们的避难所，集中所有物资进行重新调配……"

蒙烽不去接文件，带着明显的敌意，看着赖杰。

赖杰又道："还有，根据征集令的第四条，所有现役军人和公安人员都要来我这里报到，请你去通知一下，看看有多少。适龄的男人也带来让我看看，以便甄选……我要人，也要粮食储备。”

刘砚说：“都给了你以后呢？我们尽了义务，可以获得什么权利？”

赖杰避开了刘砚的问题，四处看了看，抬头张望。

回来前，小孩子们在放风筝，决明忘了他的熊猫，加入了他们，和张岷扯着一个风筝在春风里笑着交谈，缓慢地后退。

五颜六色的风筝在天空中飞扬。

赖杰说：“你们这里的储备很多啊！有多少人，带我走走看看？”他笑了起来，拍了拍蒙烽的肩膀，蒙烽马上抬手挡开，却没有拒绝赖杰的请求。

他转身走进农场，永望镇的牌子后，是一大片怒放的花田，万物欣欣向荣，赖杰问：“花了多少时间发展起来的？是个很不错的避风港。”

刘砚微微蹙眉，蒙烽没有发作，解释道：“去年冬天来的。”

赖杰在花田中央停下脚步，认真地说道：“我们要进X市去救人，彻底搜索一次，把所有的幸存者都救回来，安置在这里。再把丧尸大致清理干净，最后会用信号塔发射求救电波。大约10天之后救援总队会过来，把避难者全部带去公海地下基地。”

刘砚坐在花田的围栏上，蒙烽点了根烟，彼此都不吭声。

赖杰说：“现在我要接管这里了，把所有人都叫出来。”

“不行，”刘砚果断地回绝了赖杰的提议，“请你先发出信号，我要确认所有人都安全，而且你不会把X市的丧尸引来，才能把物资、地方交给你。”

赖杰说：“我办不到，搜救组每个地方只能来一次，来过就走了，你这样胡来，我们会很难做的，小兄弟。”

刘砚道：“你怎么证明你说的是真的？万一你是强盗呢？”

赖杰笑了起来，不以为忤，反问道：“如果我是强盗，会浪费时间跑去下水道里炸丧尸吗？”

蒙烽说：“永望镇是我们的家，不能交给你，但你可以把人带回来。”

赖杰说：“那么就各退一步，你们把退伍兵和能与丧尸战斗的男人叫出来。说句实话吧，军方以后会轰炸整个大陆，以确保消灭所有的丧尸，你们迟早要离开这里，否则会非常危险，我很抱歉。”

刘砚说：“我也很抱歉，这里没有你需要的兵。”

赖杰看着刘砚，舔了圈嘴唇，表情一松，走到栏杆前，坐在刘砚身边，像个老朋友般转换了阵营，朝他神秘兮兮地笑道：“至少有一个。”说着，指向蒙烽，又朝刘砚神秘兮兮地说，“你是机械专家，他是特种兵退役成员……如果我没有猜错，刚刚那个瘦瘦的高个子……还是个神枪手？”

“你看错了。”刘砚面无表情道。

赖杰侧着头打量刘砚，像个痞子般笑了笑，说：“我第一眼看见你的时候，就非常欣赏你，希望你……”

这一句一下子激怒了蒙烽，他冷不防地上前把赖杰掀了下来，怒吼一声，两人开始扭打，刘砚回过神来，大叫道：“蒙烽！加油！把他打趴下！”

那一叫轰动了整个农场，刚散去不久的人群从楼里跑出来围观，刘砚开了个头，众人哄然呐喊，给蒙烽打气，谁也不知道发生了什么事。然而，这队外来者气势汹汹，大家理所当然地都帮着自己人。

赖杰也是个能打的，拧着蒙烽的衣领，二人惊天动地地压垮了大半个花架，花盆砸了满头。赖杰被蒙烽狠狠一拳揍翻在地，压倒好几棵花草，紧接着赖杰一脚横扫，将蒙烽带得摔在地上。

肉搏一开始，周围的喊声越来越大，赖杰的部下——那个女军官与年轻人跑到围栏外，俱是一脸无奈。

最后，蒙烽终于不要命地一拳，将赖杰狠狠揍倒下去。

“很好，”赖杰手肘支着地后退，点头道，“你具备优秀的格斗体质，K3出来的吧……”话未说完，脸上又挨了蒙烽一拳，这下彻底消停了。

“好了，蒙烽。”刘砚听到拳头揍上眼眶的声音，竟有轻微的声响，生怕真的搞出什么事来，当即制止了蒙烽。

蒙烽也碰上了对手，被揍得鼻青脸肿，勉强起来，走到台阶前坐下。

“你叫赖杰，”刘砚说，“嗯，我们现在能好好谈谈了。”

“首先，永望镇目前不能交给你，”刘砚说，“但请你随意继续履行你去X市救人的计划，我会看情况为你提供物资，以我能承担的情况为界限。”

“其次，这里有我布置的防御设施，这些防御设施的威力非常大，你们可以把车开进来，以我站的这里，一直到对面的河边为界，自由活动。只要在永望镇范围内，你就不用怕被丧尸抓死。”

“再次，你带回来的生存者我会妥当安置，有多少我接收多少。”

“最后，”刘砚说，“我对你没兴趣。你可以尝试和他们谈谈，看有没有人愿意加入你，但请不要强行征兵，否则我会用那些高压线圈，送你们上西天。”

当天傍晚，刘砚给蒙烽上了药，蒙烽对着镜子端详，哼哼了几声。

“他人不够。”蒙烽说。

“那是他的事，”刘砚道，“如果他能说服谁，我不会阻拦。”

蒙烽道：“你会参军吗？”

刘砚静了片刻，而后道：“不……”

“真的？”蒙烽说。

刘砚最后道：“你去我就去，不过我相信你不会跟着他去，太危险了，不是吗？”

蒙烽没有说话，刘砚收拾了桌上的图纸，拿着他与蒙烽的饭盒去食堂吃饭。

赖杰带来的人混在永望镇的居民里排队打饭。刘砚进队伍末尾时，吴双双回头看了一眼，眼中带着笑意。

“他人是好的，就是喜欢满嘴跑火车，像个神经病。我们自己有时候也很受不了他，”那个年轻人回头朝刘砚说，“队长只是想试试你朋友的实力，所以才想办法激怒他出全力，你别放在心上。”

刘砚点了点头与李岩握手：“你叫李岩，对吧？车开进来了吗？”

赖杰拿着他的军用盒饭，排到了队伍最前面，说：“啊！好久没吃家乡菜了。”

于妈看了他一眼，说：“你是南方人？”

赖杰答道：“每天吃的都是饼干，水……美女大妈，再给我点吧。”

于妈舀给他一大勺红烧土豆，赖杰满意地端着走了。

刘砚看了他一眼，赖杰挤进了几个男人中间，开始听他们的讨论，并进行游说。

他一坐下来，别人就静了。

赖杰说：“恭喜你们，很快就能走了。”

一人道：“真的？”

赖杰边吃边说：“等我的任务完成以后，会朝基地发射求救信号，军方会派人来接你们走。”

另一人马上道：“去哪里？”

赖杰说：“公海，不过得确认，我们队里的三个人之中，有一个活着。”

其余人开始追问，刘砚没再听，打完饭就上楼去，楼梯口处吴双双正在低头用勺子扒拉饭，抬头笑道：“帅哥！”

“怎么了？”刘砚道。

吴双双道："你这里不错，你也很不错。"

刘砚道："为什么？"

吴双双说："因为你和他们吃一样的东西，打饭的时候也排队。"

刘砚点头道："谢谢！"

当夜9点，有人来敲门。

闻且歌的声音在门外响起："赖中尉想和你谈谈，蒙烽。"

"又来了。"刘砚无奈道。

蒙烽放下画册起身，穿了条军裤，上身赤裸，趿着人字拖下楼去，漫不经心道："去去就回。"

月光下，蒙烽走出花田，那里停了赖杰小队里的三辆车，刘砚远远地看了一眼，蒙烽和赖杰站在花田中交谈，听不见。

赖杰说："蒙烽，我认识一个和你长得很像的人。"

蒙烽道："你就是想告诉我这个吗？如果你说出那三个字，说不定又要挨揍，相信不？"

赖杰笑了笑，打量蒙烽，说："你们是怎么活下来的？你爸一直以为你死了。"

"别老气横秋的，"蒙烽冷冷道，"你没比我大几岁。"

"我29岁，快30岁了，"赖杰说，"我比你大5岁。这一路上，你是怎么活下来的？带着刘砚杀丧尸，逃亡？随便聊聊，坐。"

蒙烽坐了下来，一脚有节奏地踩了踩湿润的花泥，空气很清新、很舒服。

他把沿途的经历大致说了一遍。

赖杰听了许久，最后插口道："你们真自私。"

"我自私？"蒙烽马上就被激起了怒火。

赖杰吸了口烟，把烟头扔掉，说："还有吗？轮到你请我抽了。"

蒙烽问道："有，但凭什么给你？"

赖杰说："因为你抽的，是我储备烟里的最后一根。"

蒙烽摸出一包烟扔过去，赖杰接了，说："你们为什么不主动出击去杀丧尸？"

蒙烽："我为什么要杀它们，我保命要紧，有那么多人的命都牵系在我身上……"

赖杰："这就是自私！每杀掉一只丧尸，就有一个人免于被感染，可能是你的家人、朋友、亲人，丧尸只会越来越少。你带着这么一群人躲在这里当缩头乌龟能做什么？等世界上的人类全死光了，它们迟早会找到你。你不救人，以后也没有人来救你！你不知道整个世界只有你们几个人活着的那种绝望的感觉吗？孤独，没有同伴，想找个人说话你都找不到，整个大地无边无际，只有你们还活着……”

蒙烽深吸一口气，正要反驳赖杰的话时，赖杰却又嘲笑道：“还是说你怕丧尸？K3出来的人，居然会怕这些成群的、没有智慧的蠢货？你手头有这么多人，为什么不组织一支猎杀丧尸的队伍，清除掉周围区域的丧尸，自发担任民兵？”

蒙烽说：“我完全没有兴趣。”

赖杰冷冷道：“你从教官那里学到的到底是什么？”

他的声音里带着冷酷与威严，比起傍晚时，仿佛变成了另一个人。

“你的教官应该被抓去枪毙，”赖杰说，“国家让他培养军人，就教出你这种军人，中国有几千万甚至上亿人等着你去救，你缩在这个好地方，贪生怕死……”

“我已经退伍了！”蒙烽勃然大怒道，“我退伍转业的时候国家在哪里？说好分配工作，没有安排我上一天班！我在40℃的太阳下跑了一个月，只为了找一份暂时能养家糊口的工作，不在其他人面前抬不起头来！国家让我等，永远是没完没了的等！这些你怎么不说？”

赖杰怒吼道：“所以呢，你对祖国怀恨在心！这个国家生你养你，只因为没有给你找一份混吃等死不干活的体面工作！没让你在你朋友面前扬眉吐气，还让你在太阳下跑了一个月！你就在灾难发生的时候，坐视千万同胞挣扎在死亡线上！不闻不问！你是K3的耻辱！你入伍宣誓时说的是什么？你是蒙建国将军的耻辱！

“面子是你自己给的！人得自己成全自己！别老把自己和别人比来比去，比进沟里了！你的理想在哪里？蒙将军送你进K3，五年训练没把你磨砺成金子，把你磨成了一团贪生怕死没骨气的垃圾！

“你还有脸问我国家在哪里？我倒要问你，你身为特种兵军人的尊严在哪里？”

惊雷似的怒吼声惊动了整个农场，不少房间亮起了灯。

蒙烽深吸了一口气。

赖杰轻轻地弹了下烟灰，一缕猩红在黑夜中飘扬，他漫不经心道：“对不起，不该吼你，是我太冲动了，过几天就把你和你朋友送去安全的地方，保证你们这辈子能腻在一起，再也不会分开了。”

蒙烽沉默着起身离去。

“国家在哪里？它不是一个虚幻的名词，”赖杰漠然道，“蒙烽中士，它是这个农场，农场里的所有人，也包括你的爱人。”

“南到南沙群岛，北到漠河，你所站的地方，你在逃亡里走过的每一寸土地、满目疮痍的故乡、变成废墟的城市，就是你的祖国。”

4月1日

这仿佛是个愚人节的玩笑，赖杰与他的小队带着外界的消息来到我们中间，我有种预感，或许我和蒙烽离再次分开不远了。

蒙烽的老爸不是什么好东西……蒙烽如果偷看我的日记本一定会发火。

我还记得高考完的那个夏天，蒙烽给他爸爸打了一个电话。

据说那是蒙烽三年里和他老爸唯一的通话，过程很短暂，内容很简单。他说高考对完答案，感觉不太理想，问他爸能不能托一下关系，给他找所S市的大学念书，因为他想离我近一点。

如果能弄进我填第一志愿的学校，就再好不过了。

他在路边蹲着打手机，那边应该只说了一句话就挂了。蒙烽把手机挂掉以后，带着我过马路去吃公园门口的那家TCBY。

我一直以为他爸会帮他找学校，那么短的通话，难道不是说“可以”吗？

就算说的是“不行”，我也会理解成：蒙烽的爸只是想责备他，给他点苦头吃，但该找的还是得找。

直到他拿着入伍通知书来找我，8月的一天晚上，我们在楼下还大吵一架，惊动了整栋楼的邻居。我吵完就上楼去了，他在楼下坐了一晚上，抽了两包烟，第二天就上了火车。

蒙烽会和我一起去公海避难中心吗？

29

线索

翌日。

“避难中心里有什么？”小胖子问。

赖杰笑道：“什么都有，国家建立的，进去以后，你们就彻底安全了。一直到我们确认外面没有丧尸和病毒，大家才一起出来，重新建设家园，开始生活。”

柔柔的妈问：“需要我们提供什么吗？”

赖杰说：“不用，现在在那里住的大部分人都不需要做太多，社会上的很多工种是闲置的。非常时期，不用劳动，但回去以后，组织会安排你们学习……适当打发时间，大学生分文理科，理科生比文科生要稍微忙一点，会被抽调去进行一些研发工作，尤其是生物学的，你们这里没有生物专业的吧？那可是大熊猫，得保护起来。”

“没有。里面生活条件怎么样？”又有人问道。

赖杰答道：“军事化管理，20个人一个房间，一天吃三顿，不能上地面，出入要报备。晚上9点，准时熄灯。”

众人理解地点头。

刘砚从楼上下来，看了赖杰一眼。

邓长河道：“我以前是警察，我呢？”

赖杰说：“警察……会加以培训，让你担负守卫职责。具体不清楚，要看那边怎么安排。”

“您能请人关照一下吗？”丁兰问。

赖杰乐不可支地说：“我和中心没太大关系，我们是受军方统一管辖的，帮不了你。”

“能活下来就不错了，”有人说，“你还想要个单间和浴室？”

众人都笑了起来，赖杰朝他们详细说了些避难中心的事。

“赖中尉，你打算什么时候才去救人？”刘砚道。

刘砚一出现，围在赖杰身边的人自发地散了。

赖杰说：“我需要人手。”

刘砚点了点头，礼貌地说：“加油。”

赖杰自嘲地笑了笑，在餐厅里沉思了一上午。

下午，刘砚走出花园时，看到闻且歌站着，飓风队的车门敞开，赖杰打开一个上了密码锁的箱子，朝面前的闻且歌说：“想好了？如果你改变主意，我会杀了你。”

闻且歌说：“想好了。”

赖杰点了点头，打开钢铁箱，刘砚走上前去，发现箱里有一股白色雾气，那是一个冷冻箱。

他从箱子里取出一管药剂、一个针头，撕开包装，说：“手臂。”

闻且歌挽起袖子，让他注射。

“这就是你们的疫苗？”刘砚道。

“是，”赖杰也不避他，“国际救援组织研发出来的，非常珍贵。”

刘砚说：“能完全防止感染？”

赖杰说：“不能。”

“这种疫苗，据说是由最初的疫苗改良而来。丧尸潮暴发的时候，疫苗就已经开始研发了……”赖杰极其缓慢地推针头，闻且歌满头大汗，微微地喘息着。

“撑住，兄弟，”赖杰道，“我相信你能办到的。”

刘砚眯起眼，看着那管蓝色药剂，赖杰推得很慢很慢，头也不抬道：“以前接受过注射的人，有的死了，有的成功防止了一次感染，但没有生成抗体……”

刘砚说：“我有两个朋友就是这样，在注射疫苗后被咬伤，但是活下来了。”

赖杰道：“运气可真好，上万人里才有一例……只能防御一次感染，让他们珍惜小命吧。”

刘砚说：“怎么传播的？”

赖杰漫不经心道：“中心的人会告诉你的……据说有两个不同的阶段。第一阶段是病毒进入你的体内，你还活着；第二阶段则是你变成丧尸以后，病毒的形态也随之改变。”

刘砚点了点头，赖杰道：“这里有避难中心免费发放的小册子，你可以拿本回去看看。”

“第二阶段和第一阶段有什么区别？”刘砚道。

赖杰说：“病毒最开始只是普通的病毒，就像感冒病毒，但当人变成丧尸以后，病毒就完全不同了，他们管没被感染的人身上携带的病毒叫‘孢子’，成了丧尸以后的病毒叫‘母体’，挺形象的。”

刘砚沉吟不语，确实很形象，孢子游离，进入体内扎根生长为母体。

“很奇怪，”刘砚说，“具备病毒本身的复制性，同时还会繁殖更小的病毒颗粒？对称体制是怎样的？螺旋体还是二十面体？”

赖杰道：“自己回去看册子。”

“估计两种都不是，这是一种介乎病毒和增殖细胞之间的奇怪生物……这还是病毒吗？”刘砚喃喃道。

赖杰说：“我听他们说，这种病毒是人类从来没有接触过的，可能是一种全新的生命体，只是构成和病毒有点相似。”

刘砚缓缓点头：“闻且歌以后就再也不怕被感染了？”

赖杰看了刘砚一眼，似乎明白了他的疑问源自何处，答道：“不，这是抽取了很多试验品的血清二次改良后的疫苗。注射后一旦接触了病毒，体内会在短时间里生成抗体，也会有其他的反应……一共只有三次。有点像两种不同的玩意儿，疫苗产生的新抗体和感染你的病毒，在你的体内互相吃来吃去。”

刘砚：“三次完了以后呢，再注射？”

“一生只有三次，”赖杰道，“所以加上你自己，一共有四条命。四条命用完以后就没了。”

刘砚点了点头。

“奥克斯病毒，欧洲人给它起的名字。”赖杰将针管推到尽头，闻且歌发出一声痛苦的嘶吼倒了下去。刘砚忙上前去扶，赖杰却先一步抱住了闻且歌。

“好了，结束了，”赖杰低声道，“休息一会儿。”

他把闻且歌放在后车厢里，收拾了东西看着刘砚。

“副作用挺大的啊！”刘砚说，“不会突变吧？”

“会的，”赖杰笑了笑说，“体内生成抗体，不仅仅能抵御奥克斯，还会令他的伤口在短时间内的愈合速度提高上千倍。”

“就像丧尸一样？”刘砚注意到赖杰昨天的伤痕已经消失了。

“嗯。”赖杰点头道，“有点像，但不完全一样，被注射的人的某种优势会被成百倍地体现出来，比方说闻且歌，他的手很巧，据他自己说以前是个……小偷，所以我觉得他有一定的资质。”

刘砚道：“会令他更敏捷？”

赖杰道：“受致命伤时身体会开始自发愈合，除非受到重创，又或者一枪爆头，否则断了手、脚，都会……应该可以再生吧，反正我没有试过。”

“生化人。”刘砚说。

“生化人战士，”赖杰点了点头，“被感染的人也不用再害怕，避难所利用另一种病毒……给感染者注射进去，能令他们全身机能运转得非常缓慢，进入休眠状态。”

刘砚喃喃道：“等到能治病了，再给他们治疗。”

赖杰欣然点头，说道：“没有办法中的办法，但据说会对脑部造成一定损害，程度则不清楚。”

刘砚道：“看不出来你对病毒学这么了解。”

赖杰谦虚地笑了笑，说道：“必须的，不然给新人注射的时候，你让我怎么给他们解释？”

刘砚换了个话题说：“我们在迁徙的过程里发现了一种巨人，是用尸体堆砌成的。”

赖杰的笑容敛去：“奥克斯综合体，你们见到了几个？”

刘砚心中一凛，赖杰有他想要的答案。

但刘砚没有问“什么意思”，而是直截了当地说：“那玩意儿的中间，有一种很奇怪的东西，它令所有死掉的丧尸聚集在一起……”

赖杰神情凝重了不少，问：“你看到过弦？”

“什么？”刘砚道，“那玩意儿叫弦？”

“不可能。”赖杰说。

刘砚说：“我是用红外线波段勘测到的，”他满嘴跑火车地瞎掰，以便套话，又道，“蒙烽用汽油烧，外加其他人协作，用钩爪把所有尸体钩了下来……”

赖杰马上抓着刘砚的手，把他推到车门边，说：“别动！你们拆卸奥克斯综合体是什么时候的事？”

他手忙脚乱地翻出一张试纸，放在唇间以唾液润湿，再强行掰开刘砚的嘴。

赖杰："我看看你有没有抗体，别动！"

刘砚心里叫苦不迭，赖杰力气不比蒙烽小，按着他几乎完全无法反抗，只得衔着沾了赖杰口水的试纸。

片刻后，赖杰才放开他，从刘砚嘴里抽出试纸，翻出一本色表，对着试纸端详。

"没有，"赖杰失望地说，"你没被影响，不是他们要找的人……"

弦，地球弦。

刘砚获得了两个非常重要的关键词。

赖杰合上色表，随口把试纸吃了，说："详细说说，你们怎么惹上那巨人的？"

"你为什么吃试纸？"刘砚道。

赖杰诧异地说："我第一眼看见你的时候就欣赏你，不是早说过了吗？"

这人真是个变态——刘砚心想。

"我们……"刘砚观察着赖杰的眼色，退后些许以免他又做出什么过激的举动，防备地说，"正在拆解的时候，又出现了另一只巨人，那只巨人开始攻击我们……"

赖杰哈哈大笑。

"你在骗人，"赖杰笑完，换了副表情，冷冷道，"差点上你的当了。"

刘砚的谎话被揭穿，索性也不装了，直接问道："地球弦是什么？"

赖杰蹙了蹙眉，说："想知道吗？"

刘砚回答："当然。"

"加入我们，"赖杰说，"飓风队的机械师不久前死了。"

刘砚微微摇头道："不。"

赖杰的一边嘴角微微上扬："所以我也'不'，虽然我第一眼看见你就欣赏你，但也不能告诉你。"

刘砚看着赖杰不作声，忽然又换了个话题："丧尸们有智力了。"

赖杰漫不经心道："哦，那又怎么了？"

赖杰点头，手里拿着那沓试纸，翻来覆去地玩，看上去似乎还想再吃一片。

刘砚蹙眉道："它们突变了，还是进化了？具有一定的智商？相当于人类几岁的智商？"

赖杰："你不加入我们，不能告诉你，组织下的死命令，虽然我第一眼看见你就……"

刘砚毫不留情地打断道："他们也知道了，觉得很恐惧，是这样？你有没有想过，如果丧尸一直朝着这个方向进化，最后会变成什么？"

赖杰："无可奉告。"

刘砚退后几步，以防赖杰恼怒动粗，遗憾地说："你根本什么也不知道，顶多就是背完了那本小册子而已，多半病毒什么的也是你背下来的。"

赖杰起身，刘砚马上就跑得没影儿了。

那一刻，赖杰心里有种被耍了的感觉。

"就算你想加入也不行，组织有命令，不能接收任何非战斗人员，你们这些大学生，最后都得被强行送到避难中心去！"赖杰远远道。

夜里，刘砚翻了个身，蒙烽也没有睡着。

"你会和我一起走吗，去避难所，蒙烽？"刘砚在黑暗里问。

蒙烽没有回答，看着天花板。

刘砚只听到赖杰几句话，便准确无比地猜到了整场对话的内容，他说："为祖国效力，救人，关键在于你的心，不在于你站在哪里。"

蒙烽翻身面对墙壁，沉重的声音从长夜里传来：

"去基地又能做什么？"蒙烽说，"帮我爸站岗吗？领点薪水，当他的勤务兵？听起来挺风光。"

30 分别

赖杰的人手还是不够，他几乎游说了所有的人。当天下午，刘砚的工房门被敲响。

“什么事？”刘砚抬眼道。

邓长河的表情有点为难，片刻后，他说：“他们让我来问问你的意思。”

“坐吧，”刘砚示意道，“赖杰和你们说了什么？”

邓长河踌躇不语，直到刘砚说：“你知道我的脾气，不说就出去，大家都别浪费时间。”

邓长河说：“赖杰对许多人说……如果咱们不帮忙去救人，他就……没法发信号请求支援，这样……救援队就永远不会来，直到他确认X市市区和周边地区再没有幸存者为止。谢枫桦说听见他对蒙烽认真地说……”

“说什么？”刘砚难以置信，轻轻地问。

“说‘我代表军方和百姓请求你’。”邓长河叹了口气。

他抬眼看着刘砚，刘砚道：“闻且歌不是已经加入了吗？他还要多少人？”

邓长河摇头：“要么我去，加上你和蒙烽、张岷和闻哥，大家一起跟着他……”

“不用，”刘砚说，“我去和他谈谈吧。”

刘砚收拾了东西下楼去，花田里，赖杰玩着一个空针筒，手里拿着一沓试纸发呆。

又用掉一管，刘砚微微蹙眉，是谁？

赖杰颇不礼貌地抬起手来摸刘砚的脸，问：“改变主意了？”

刘砚不着痕迹地避过：“需要我做什么，说吧，你给谁注射了疫苗？又招到人了？”

他走向车后座，赖杰马上抬起一脚把他拦住：“别进去，有人在休息。”

刘砚：“是谁，我想我有权知道。”

赖杰微微一笑，他与张岷、蒙烽不一样，有种成熟男人的魅力，他的皮肤黝黑，身材匀称，瘦却不弱，像个常年在烈日下曝晒的痞子。他只比刘砚大了4岁，说话、行事却似成熟了不少。

他的头发很短，也很喜欢笑，但比起开朗阳光的张岷，多了一股浪子般的风度。

“是一位英雄，”赖杰说，“哪天在我死了以后，他就是飓风队的新队长，有队长，编制就永远不会取消。”

刘砚静了很久，而后开口道：“给我也注射疫苗吧，你赢了。”

赖杰道：“不行。你必须去公海，蒙建国将军下了死命令，所有大学生、学者、科学家、专业领域的人才，不管是搞人文、经济还是自然科学的，都要去那里集中。”

“你们是重点保护对象。我们是为了保护你们而活的，你们是祖国的明天。”

刘砚蹙眉道：“我不能加入你们？”

赖杰笑了笑，笑容中带着深意，摇了摇头，而后道：“你想通了，我很感动，之前那些话只是逗你玩玩；有蒙烽就够了，他会连着你的那份一起努力。”

春风遍野，花开大地，刘砚站在璀璨的花田中央，悠悠地叹了口气。

4月4日

我们组织了一次快速突进，全面搜索X市。

蒙烽没有说他注射疫苗的事，我也没有问，参战人员有我、张岷、决明、蒙烽、闻且歌、邓长河、赖杰以及他的两名队友。

赖杰很厉害，他身经百战，制定出详细的路线，而且手头有非常充足的炸药与弹药储备，甚至还有微型核弹。

这在他手上只能发挥不到一成的作用，但交给了我，怎么能浪费？

我修改了轰炸与剿灭细节，并把炸弹反复改良，让金属球机器人前去布引线，避免再出现一次赖杰被丧尸抓走的情况。

我们炸毁了近百层高楼，在X市中央制造出一个占地5万平方米的填埋场，消灭了上百万只丧尸，最后点火焚烧，这座废弃的大城市火光冲天，黑烟顺着北风南下。

赖杰用生命探测仪覆盖全城，进行地毯式搜索，这种军方交给他的新型研究产品能够有效接收卫星信号，再实时通信，形成复杂的地图网。蒙烽与张岷从高处用滑翔翼穿过丧尸的密集地区朝下轰炸，我们带着浩浩荡荡的人群，冒雨上公路。

整个X市以及周边地区，居然还有3000多人活着。

他们或是藏在地底，或是躲在偏僻的与世隔绝的山里，大部分人愿意跟着我们走，少量农村居民则执意留下来。

赖杰费尽口舌想要说服他们，却仍然有一部分不愿意走的人。

一眼望不到头的队伍，所有人都在哭，赖杰下车陪他们步行，一边安慰，一边告诉逃难者“没有抛弃你们”。

他们在永望镇外集合，四面八方的人都来了，胡珏清仓发放全部粮食，拆掉温室上的塑料布，分发给难民们避雨。

他们在田野上、旷野中、树林里、河边暂时安居，所有我们看得见的地方都有人，所有的人都在哭。

尤其当赖杰爬上信号塔的顶端，安置信号发射器的那一刻。

春雨连绵，赖杰浑身湿漉漉地攀上信号塔顶，大地上的所有人都抬头眺望。

他把一个磁力装置拍在信号塔尖端上，嘀嘀的响声很小，却穿过沙沙雨声清晰传来。

“飓风队呼叫总部，飓风队呼叫总部……”赖杰站在雨里，拿着通信器说。

“总部收到，赖杰？”一个柔和的女声道，“你还活着，恭喜。”

赖杰疲惫地笑道：“我快涅槃了，汇报工作：X市地区任务完成，幸存者共计3375人，其中69名科研人员，请总部派出救援队。”

女声道：“辛苦了，赖队长，下一波弹药补给以及物资将随救援队送到。请准备详细过程的书面报告，交由吴双双送回。飞龙队在H省救援过程中全军覆没，吴双双将被抽调回总部组建新的团队。48小时后救援队即将赶到，祝你好运，赖杰队长。”

那边挂了，赖杰点了点头，湿透的头发搭在额前，他躺在地上，望着灰色的阴霾的天空。

那一夜，旷野中生起上千堆篝火，永望镇的住民们自发地发放热水与食物。牧师穿行于人群中，挨个宽慰幸存者。

没有人睡觉，不知过了多久，天亮了；又过了很久，天黑了。

刘砚没有去动任何零件、设备——这些都带不走，他在桌前坐着发呆，蒙烽则一直没有回来，他负责带人进行最后的巡逻，以免在等候救援队的几天中再出什么岔子。

天黑了又亮，亮了又黑，这场雨一下就是好几天，似乎永远不会停止。

晚上，蒙烽也没有回房间过夜，他在楼下搬了把椅子，坐着抽烟，就像许多年前他去当兵和刘砚分别的那一夜。

第三天。

“刘砚，”蒙烽说，“我有几句话想对你说。”

刘砚点了点头，跟着他走出花田。

他们穿过连绵湿润的旷野，穿过在雨中守候希望的人群，天空就像要塌了一般，与茫茫大地如此接近，仿佛下一刻就要沉甸甸地压下来。

永望镇的木牌在雨中缓慢褪色，朝地上滴着水。

“枫桦。”闻且歌一身军装走过来。

谢枫桦蹲在花田里，把花土铲松。

“你要加入飓风队了吗？”谢枫桦起身道，“加油，闻弟，你一定能活下来。”

闻且歌点了点头，说：“谢谢你，我变个魔术给你看。”

谢枫桦笑了起来，闻且歌左手拈着片花瓣招了招，双手合着轻轻一揉，再分开，无数花瓣飘零飞出，落在泥土中。

张岷打着伞，站在雨中，决明穿着黑毛衣与短裤，脖子上围着一条白色的围巾，望向天空，清澈的双眼里映出天上的直升机队伍。

嗒嗒的螺旋桨声响起，大地上等候的人开始骚动。

上百架直升机在灰蓝色的雨天飞向永望镇外的荒原，赖杰喊道：“别拥挤！排队准备接受检疫！按顺序来，没点到名的都别动！轮到的时候会喊你们！现在开始点名，一个一个上！所有的人都能活下来！我们不会抛弃任何一个！”

蒙烽停下脚步，赖杰在远处扬手，示意不用过来帮忙。

他低下头，看着被军靴踩出脚印的草地，沿着河岸缓缓前行，走进那一片白桦林。

“刘砚，我要走了。”蒙烽说。

刘砚没有说话。

“你会活下去。”蒙烽说。

“你呢？”刘砚反问道。

蒙烽道：“我已经注射了疫苗，得跟着赖杰走，下一站是中央地区。”

刘砚：“我知道，你在车后休息的时候，我就在前面和赖杰说话。”

蒙烽：“我都听见了，你总是这样，有的时候装傻不是更好吗？”

刘砚没有说话，雨水淋在他的身上，他忽然觉得很冷很冷。

蒙烽：“你看这里的墓碑。”

刘砚：“你想告诉我什么？”

“我当初带你来这里，就是想告诉你，”蒙烽低沉的声音一如既往，却多了往昔无法抗拒的命令口吻与坚定的勇气，“这个世界上，没有谁离开了谁就活不下去的道理。”

刘砚疲惫地闭上眼睛，伸出一只手，蒙烽却退了半步，不让他碰到自己。

蒙烽不敢再与刘砚相视，否则好不容易建立起的信念，只要与他轻轻一碰，就会被粉碎。

刘砚转头看着那两座墓碑，蒙烽说：“他的妻子死了，他还活了许多年。”

“我明白的，”刘砚点头道，“我都明白。”

蒙烽说：“我们都为自己而活下去，好吗？祝你过得幸福，实现自己的理想。”

刘砚看着蒙烽，发现他的双眼发红——一模一样的话，当初在那间狭隘的、租来的房屋里，蒙烽也是这么说的。

“也祝你过得幸福，实现自己的理想。”刘砚轻轻地说，转过身。

刹那间，他们仿佛回到了一年前，短短咫尺间，横亘着一扇永远不可能被打开的门。

蒙烽转身走了。

刘砚再走出白桦林时，看见永望镇的居民依次前去检疫，军用大型直升机每架可载近两百人，直升机的后舱尾部有医生在用电子仪器检测逃亡者，并注射血清抗体。

一起逃亡了近半年的伙伴们挨个与蒙烽拥抱、告别。

蒙烽对刘砚道：“我会永远记得你，但你不用等我。”

“我不会等你的。”刘砚转身说。

蒙烽叹了口气，注视着地面，他侧脸很英俊，然而，比起许久之前，似乎多了一种不一样的气质——军人的气质，透露着一种追逐梦想与实现自我的情怀。

天平的一边承载着他的感情，另一边则承载着为了令这段感情走得更远而不得不有所割舍的痛苦。

“刘砚！”胡珏喊道。

“他跟你们一起走，”蒙烽说，“胡珏，加油。”

胡珏点了点头，前去注射疫苗，张岷上前与蒙烽狠狠地拥抱，二人在雨中晃了晃。

“你呢？”蒙烽笑道，戴着露指手套的手指头刮了刮决明的脸，“听你爸的话，有熊猫。”

“哦，”决明说，“再见！”

“你会活下来的，”张岷说，“蒙烽，好好照顾你自己。”

“你们也是，”蒙烽道，“再见！”

刘砚站得远远的，视线中的蒙烽与朋友们告别，直到雨里只剩下他一个。

蒙烽低下头，看着地面，显得孤独而十分陌生。

“走吧！”赖杰说，“第一批、第二批人员就绪！”

“一号机出发……”广播中的声音响起，螺旋桨逐一转动，20余架军用直升机启动，狂风般的气流席卷了整个草海，声音震耳欲聋，刘砚在狂风中一手挡在额前。

“轮到你们了！”赖杰喊道。

永望镇最后的人上了直升机，蒙烽从外套口袋里掏出一个信封，交给随救援队离开的吴双双。吴双双接过收好，经过刘砚身边，说：“走，去检疫。”

最后一架直升机仍未坐满，张岷给决明系上安全带，后舱内人员分坐两边，飓风队的所有成员前来送行。

“刘砚，”赖杰喊道，“谢谢你的帮助！我代表这里所有被救出的人，真诚地感谢你！”

刘砚答道：“不客气，我应该做的。”他走上直升机，李岩、闻且歌过来朝他们敬礼。

那一刻，谢枫桦尖叫一声，解开安全带冲下机舱，大叫道：“李岩！”

李岩猛地大吼道：“枫桦！你怎么在这里？”

谢枫桦大哭起来，扑进他的怀里，两人在狂风中抱头痛哭。

“别多说了，”前舱驾驶员喊道，“快上来，又怎么了？”

刘砚马上察觉到了，喝道：“再等等，让他们说几句话！”

吴双双道：“那姑娘……是小岩的女朋友？”

刘砚摇了摇头，茫然道：“我也不知道……他来了好几天，一直没有和枫桦碰过面。老天……这太残忍了……”

谢枫桦和李岩紧紧地抱在一起，又哭又叫。

赖杰顶着狂风道：“好了，马上要出发了！小岩，放开他！不然直升机就走了！”

谢枫桦道：“你一定要活着回来……李岩……我等你……”

李岩大哭道：“我就知道你还活着，我就知道！你也好好活着！”

“上去！”赖杰吼道，“要升空了！吴双双，把她带上去！”

吴双双解开安全带，把她半抱着带上了跳板，谢枫桦哭得死去活来，朝机舱外大喊道：“李岩！你一定要回来！”

“我会的，”李岩在风里喊道，“枫桦，我爱你……”

最后一架直升机带着轰鸣声离地，刘砚从后舱口朝外看去，李岩在风雨里站着，远处是背对他的蒙烽。

他甚至没有转过头，但刘砚知道他的心情，一如自己现在的心情。

后机舱门缓慢关上，谢枫桦的热泪在风里飘零。

直升机掉头，飞向东边，跨过满目疮痍的大地，飞向茫茫大海。

谢枫桦小声地抽泣，倚在丁兰的怀里，怔怔道：“能再见他一面，我已经很知足了……遗憾的是想要一个孩子……像李岩那样……”

“总有一天，我们会再见面，”刘砚道，“哲学家，加油。”

永望镇外，蒙烽的泪水划过脸庞。

飞机上，刘砚看着窗外绯红色的黄昏与火红的落日。

“呼叫总部，呼叫总部。”吴双双在通信器中说。

“总部收到。”女人的声音响起。

“这里是飓风队支援队员吴双双。”

“吴双双中尉，请汇报。”女声答道。

“我们在搜救过程中发现了蒙建国少将的儿子，K3退伍成员蒙烽，蒙烽中士主动要求归役，由赖杰接收，加入了飓风队，并有一封信，让我转交蒙将军。”吴双双道。

女声："请稍候，现在为您请示统战部。"

一阵漫长的等待后，女声再次响起："获得上级指令，你们所在的十六号运输机将改变路线，前往第六区统战部停靠，请妥善保管您的信件，中尉。"

"换地方了？"张岷问道："蒙烽是那个将军的儿子？"

"虎父无犬子，"吴双双眼中带着笑意，"临出发前赖杰交代的，让你们到第六区去，那里的条件比其余避难中心好。"

4月7日

我不能任凭蒙烽一个人去面对未知的危险。

赖杰说了，蒙建国下的死命令，所有活下来的技术人员都必须前往公海救援中心报到。但我觉得这里面一定有通融之处，他们也缺机械师。

没有一名机械师，他们的设备无法派上最大的用场。

我得回去，回到蒙烽身边，我要找他爸谈谈。

蒙建国一定是爱他儿子的，只要能和他坐下来说几句话，就一切好办。

我不会等你的，蒙烽，因为我很快就会回来陪着你。

31

桃源

公海第六指挥站。

这是在世界地图上没有标注的一个环礁岛，它坐落于太平洋靠近外海的一侧。自1986年4月，苏联切尔诺贝利核电站发生爆炸后，国际联合国组织就开始着手筹备核冬天的人类避难所。

假设某一天，50亿吨TNT当量的核能量在地球上发生了爆炸，整个大气环流与海洋将受到污染，世界进入漫长的冬天，人类的末日来临，这些没有标注的岛群就将成为暂时的避难所。

2011年5月，日本福岛核电站在海啸中被彻底摧毁，令各国开始紧张，并发放蓝皮文件开始翻修。核爆产生的粒子一旦升上平流层将是极其可怕的事，平流层不会降水，这些粒子将覆盖上去并挡住阳光，地球气温骤降，10年、20年，永无止境。

事实证明，人类没有毁在核能源上，却迎来了另一个意义上的末日。

“瓦良格”号航母与其余六艘航母各据一岛，保护着巨型避难所基地。六号指挥站位于环礁群岛中央，与其余五个避难中心遥遥呼应。每个避难中心足够容纳5000万人，然而大部分空间是闲置的——活下来的人很少，大部分集中于一号与二号中心。

海洋勘探船在离这里300海里外的大海中央钻探油田并开采石油。

环礁群岛布满风力发电机与太阳能发电板，海底则有核能潜艇巡逻。中国的所有科技与有生力量都被转移到了这里，海面搭上一望无际的平台，上面分层种植农作物，还有一座临时建起的小型核电站，在供应电能。

这里是洋流里鱼类资源最丰富的地方，海面下有着广阔的空间，人类建起了海下避难所与新的扇形工业中心——就像个天然的内嵌型巨大水族馆。

大海能提供几乎所有资源，也能容纳9000万人的生活与工业废料排放。

区域非常广阔，救援队抵达环礁外沿，15架直升机掉头飞向航母，十六号机孤独地贴着海面飞行。

晴空万里，阳光灿烂，大海犹如一望无际的深蓝色丝绸。

“很漂亮，”吴双双主动朝他们介绍道，“生活环境真的很好，还能吃到不少海鲜。”

众人笑了起来，刘砚想的却是另外一件事。

如果病毒在这里暴发……他不敢多想。

吴双双似乎窥见了刘砚的内心，笑道：“也是绝对安全的，上飞机时他们注射的疫苗是一种血清，这种血清能够有效地防止感染扩散，进去以后要经过严格的体检，然后每天按时去检查一次。”

刘砚点了点头，问：“那是什么？”

后尾舱外吹来带着腥味的海风，刘砚示意他们看环礁群岛中心的一座高塔。

“第七区。”吴双双道。

刘砚问：“不是只有六个救援中心吗？”

吴双双点头道：“目前环礁岛下面有一个扇形区域，是工业生产中心。外面像花瓣一样分出六个区，一区是幸存者检疫与医疗处；二区和三区是收容所；四区是政府驻地与民生、资源调控部门；五区里有很小一部分区域作为收容站外，大部分地方是闲置的；六区是统战部，也就是他们说的第六指挥所；七区就是那个……”

“你们看到的大型高塔。”吴双双示意他们看，直升机又接近了些，得以窥见那顶天立地的高塔全貌。它的顶端有一根避雷针，四个巨大的风力发电机绕着塔顶缓慢旋转。

“它的作用非常重要，是科研人员所在的地方，”吴双双说，“构成很复杂，具体有什么用我也说不清楚。”

“地震带勘察，”刘砚道，“检修中心、航海灯塔、强信号发射与接收终端、远程遥控核武器发射塔……特斯拉线圈，乖乖……这种线圈启动不知道有多壮观。风暴圈驱散仪、洋流干扰中枢……的确作用很重要，非常重要。有这玩意儿在，基本连外星人军团都不用怕了。”

刘砚连珠炮般报出那一大串塔顶设备的作用，吴双双点了点头，道：“很多连我也不知道。”

“风暴驱散……”决明说，“是什么？”

唐逸川与他们在同一架飞机上，解释道：“利用几千亿伏高压电能，瞬间把周围空气进行电离，反向消除掉上万平方公里海域的台风。”

所有人听得咋舌。

“能探测外星人吗？”决明说。

刘砚端详决明片刻，而后道：“外星人不会喜欢这些东西，他们会用鸡腿枪把第七区毁掉。”

直升机足足又在海面飞了三个小时，才在一艘航母的停机坪上降落。

马上有医护人员上前给所有外来者重新检查，完成步骤后另一架直升机把他们载下航母，飞向环礁群岛的陆地。抵达陆地后第三次检查，走进一个地下城入口。

电梯的红光闪烁，数字停在七层，女声响起：“欢迎来到第六区统战部，盟军中国分部指挥中心陆军基地。”

电梯门开启，一个巨大且干净的空间呈现于他们面前。

墙上是一幅巨型的地图，上面用红、橙、黄、绿、蓝五种色彩标注地区感染情况。

吴双双道：“好了，带你们到这里就没我的事了。”

“中尉！”一名中校带着不少人走过来，吴双双脚跟一碰，向他敬礼。

“稍息，”那中校道，“对于飞龙队的事情，我很难过。但请马上从悲伤中走出来，有更重要的任务等着你去做。”

吴双双道：“我服从组织的所有命令。”

中校道：“请跟我来，蒙少将与周上将要见你。”

他把吴双双带走了，身后的副官则说：“你们好，先点一下名，我负责带你们去收容机构登记。”

刘砚知道由中校的副官接手他们，证明军方对这一行人很重视。

副官点名，刘砚走出几步，仰头看着地图的颜色。

毋庸置疑，触目惊心的红色是丧尸灾难最严重的地方。大部分蓝色区域在岛屿、海洋附近以及高纬度地区。空白处标注着清晰的数字——36%，右下方还有一级、二级城市和村庄等数量统计图表。

“人口分布最密集的地方，”刘砚喃喃道，“以及东南沿海……所有的海岸线都是红色的，朝着内陆地区延伸，这代表什么？”

张岷也忍不住抬头，说：“沿海全是重灾区，可能是人口的问题。”

“张岷，说不定，这场丧尸潮的病毒是海水带来的？”刘砚想到他和蒙烽、张岷等人就是从沿海城市逃出来的。

“你很聪明，”副官看了刘砚一眼，“但请不要乱说话。蒙将军特别指示了，如果你说了不该说的话，我们会很难做。”

刘砚点了点头，副官收起名册，点完了名，朝决明笑了笑。

“九年义务教育念完了吗？”副官问，“还少一年吧？”

张岷道：“初中毕业了，这里有学校吗？他还需要继续念书。”

副官说：“16岁的少年，有不少已经当兵了。这里没有高中，但9月可以参加入学考试，跟我来。”

“在每一层里，去许多地方都要坐车。”副官上车给他们刷了卡，军方特别交通工具里有严格的身份辨识系统。

这名副官的安全等级很高。

类似于公共汽车的电磁轨道车在宽敞的道路上缓慢前行，这里是军方专用的物资供给站，刘砚问：“占地面积多少平方米？”

副官道：“抱歉，无可奉告。”

刘砚又问：“电梯只有一个吗？”

副官说：“不，刚才你们下来的电梯只是一个入口，整个第六区有30个小型电梯，六个大型电梯，但你们是通不过身份辨识系统的。请不要擅自走动。”

“六角形的地下基地，”刘砚推断道，“分成六个小区？”

副官赞许地点了点头，说：“其他楼层也是。”

一个小时后，副官把他们带到登记中心，开始例行检疫，这是他们接受的第四次检查了，刘砚排队去接受折腾，最后逐一登记特长与职业。

张岷等人和刘砚分开了。

刘砚和唐逸川在一起，谢枫桦等人则被带走，临别时张岷与刘砚告别，说：“常联络！”

刘砚点头道：“我会去找你们的！”

“你们两位，”一名戴着眼镜的女士仔细查看二人的登记表，说，“唐逸川博士，您在这次救援中心的特殊人才名单上，您活下来了，实在是万幸。”

唐逸川与她握手，那位女士说：“但我没想到您这么年轻。”

唐逸川笑道："我是奔40岁的人了。"

女士说："您可能得马上到第七区去报到，一分钟也不能耽搁，谢天谢地，X市能源研究所的所长一定会激动得哭的。"

唐逸川无奈地笑了起来，那女士交给他一张条形码，说："用这个去坐车，U7031，在第七区驻统战部办公室门口下车，林主任会带你通过虹桥的身份识别和瞳孔检测，个人信息我已经输入电脑里了。"

唐逸川道："先来杯咖啡吧……这里咖啡要收钱吗？"

女士笑了起来，从抽屉里递给他一个纸杯，唐逸川道："这位小朋友……刘砚，他救了我和我姐姐的性命，是个很勇敢的人……"

女士道："唐博士，你再在这里耽搁下去，我会被处分的。"

唐逸川笑了起来，与刘砚紧紧拥抱，说："小兄弟，祝你好运，我会记得在永望镇的日子。"

"我也会的。"刘砚与他拥抱。

唐逸川穿过纯白色的明亮走廊去接了杯咖啡，穿过透明的玻璃虹桥离开，有士兵带他前去办公室。

"谈谈你吧。"那女士转身示意刘砚进来坐下。

办公室里四面都是乳白色的墙壁，墙体是自发光的，天花板明亮而干净，窗户外面，一只透明闪着蓝光的水母在浅海珊瑚礁旁掠过。

刘砚的眼神中充满了好奇，这里所接触到的一切都陌生而新鲜，仿佛置身于未来世界。

像一个失乐园，又像是避风港，丧尸肆虐的恐怖大地不真实得像一场梦，离他如此遥远。

"国家花了多少时间建这个基地？"刘砚捧着咖啡，颇有感触道。

"20多年，"那女士说，"第六区和第七区是最新的，所以你看到的东西都很漂亮。"

刘砚点了点头，女士道："你的电子档案来了，让我仔细看看，Z市重点中学毕业，广州一所很不错的理工科学校，包豪斯交换生……回国后攻读硕士……你的妈妈是烈士……"

刘砚道："她去世了吗？我还不知道呢。"

女士意识到了什么，然而一时失言，只得安慰道："你……还有更重要的事要做。"

刘砚笑了笑，说："没关系，我有心理准备了，你看，我……没什么。你现在在给我安排工作吗？"

女士点了点头："对，你有什么计划？你打算把硕士学业继续修完，还是有其他的……"

刘砚沉默了。

女士道："你有三个选择，加入全国理工联校，担任大学助教，同时把你的硕士念完。"

刘砚问道："还有呢？"

女士道："欧盟在大西洋成立了一个新的学校总部，教授机械设计、自动化和建筑，还有对抗丧尸的武器。如果你愿意，专业自选，军方也派你去重新学习，一年后回来，直接进入第七区从事科研工作。"

刘砚问道："还有吗？"

女士说："统战部还有一个独立的军方研发中心，比较松散。材料无限量供应，只要不是危险品，填一张单子就可以随意领取。你也可以去找魏博士报到，他现在正缺人手……不过我觉得有点浪费，我推荐你去大西洋基地学点东西回来，这是一场长期抗战，战后还需要建设人才，你觉得呢？"

刘砚沉默了。

"我想见见蒙建国少将。"刘砚忽然说。

女士说："什么？"

她有点迷茫，而后回过神来，笑道："你不可能见到他的，他很忙，怎么了？要感谢他，以后有的是机会。"

刘砚又说："在外面拿性命救人的那些特种部队成员，他们不是缺后勤机械师吗？我来之前听一名队长说过，他们的机械师死了。"

女士道："机械师是由军方统一调配的，他们只要宣誓后的国防生或者军读生。你的履历已经远远超过了，组织的原则是珍惜人才，绝对不能把你浪费在前线，那是很大的损失。"

刘砚沉吟许久，而后道："军方的研发中心在哪里？我现在去报到。"

女士道："你想好了？"

刘砚被分到一间双人宿舍，的确如吴双双所言，这里条件非常好。

他用条形码换到一张磁卡，进门、出门、吃饭、报到全用的是这张卡。

刷一下，再把眼睛凑上去，瞳孔扫描一次，就解决了身份辨识问题。

室友也是个20多岁的男生，看上去刚大学毕业没多久，他们生活的地方是第十五层，在这里住的几乎全是军人家属。研发所则在第十八层，男生们常互相开玩笑，说每天起来都要下十八层地狱。

十九层是军方独立出来的，与第七区不同的单独生化技术研究部，属于绝密基地区域。

军队和第七区在一定程度上共享技术，分别研发，但存在着一定的理念分歧。

第七层、第八层、第九层则分别是陆军、海军、空军的办公区，那里按照军衔划分了各大区域，第十层是特种部队K1—K3的训练场。电梯是严禁随意乘坐动的，进去时需要刷一次卡。升降梯会显示你该去的楼层，抵达该楼层后，走廊里还有一扇门，刷卡通过。

无关人士会被拦在外面——这是刘砚尝试了好几次的结果，他用尽方法都进不去第七层，只得下十八层地狱去干活。

工作环境倒是出乎意料的宽松，每人一个大型多功能机床工作台，包括数控机床。直接把图纸扫进电脑里调整后就可进行一键倒模，非常方便。

材料随便填张单子就可以领，黑板上张贴着军方需要他们完成的任务。

大部分供给是单人完成的，包括武器与装备拆零制造、调试改良，刘砚报到后熟悉了大概环节，挨个看了一次，有许多东西都不太明白原理。团队合作的任务则需要提前报备人员，等待审批。

在这个工房里就算不干活也没太大问题，事实上大部分人都没在干活，他们总是对着电子屏幕发呆或者唾沫横飞地聊天。

技工们习惯了一份零件捣鼓半天的日子，姓魏的博士是工房主技师，常常用他制造出的扩音器朝着学生们怒吼，催他们干活。

刘砚不认识任何人，去了便撕下张轮轴零件图，开始改良倒模，心里翻来覆去地想，要怎么名正言顺地离开这里。

早知道该态度强硬地留下来……不过这么做，赖杰与蒙烽的态度说不定会更强硬，直接把他塞上直升机。

从永望镇到第六区的沿途他一直在找逃跑的机会，但那是徒劳的。

32 越狱

刘砚的零件做完了，等候吃饭的时间里漫不经心地往一个球壳里填东西。他把图钉的尖端掰下来，大头钢片压平，边缘在砂轮上打磨锋利后胡乱塞进去。

“你在做什么？”魏博士经过时奇怪地看了一眼，“新来的？”

“刘砚，”刘砚起身道，“老师好。”

魏博士点头示意他坐下：“你好，工件模型出来了？让我看看你的设备，有什么用？”

“这是个多用性机器人炸弹，”刘砚手握那个巴掌大的金属圆球说，“分两层，外层用碎铁片填上，下层放一个高能片装电池，感温电路板外加微型红外摄像头，在这里开一个孔……”

“啊！”魏博士说，“很不错，你怎么确认……我明白了，利用重力轮轴，可以保持摄像头的角度始终朝前，不错，耗能很少。”

刘砚点头道：“底下装一管活性金属粉，再搀一点点硝化甘油……危险品领不到。我试过密封以后，遥控一键引爆，底部会喷发出大量气体，反推力能令金属球机器人升空并高速旋转。角速度达到6000rad每秒的瞬间，外壳会被甩掉，钢片全部甩飞出去……”

魏博士：“……”

刘砚抬头看了他一眼，说：“升力和旋转力在离地160厘米左右达到完全平衡，这时候，甩出的钢片就像子弹一样，可以射进丧尸的脑袋，杀掉周围一大片。”

“很好，”魏博士说，“这个借我玩玩！作为交换，我给你看个东西。”

刘砚道：“等等，我想拿给蒙建国将军看看，你说呢，老师？”

魏博士说："他不管这个，跟我来。"

刘砚暗道有戏，起身跟着魏博士进了内车间，看到的却是一台大型双臂捕捞机。

刘砚的脑袋耷拉了下来，魏博士道："你觉得这个怎么样？别这种表情嘛，年轻人，发表点意见。"

刘砚心不在焉道："嗯……机械臂做得很有趣……"他装模作样比了个螳螂拳的动作，面无表情道："真是个伟大的发明。"

"再看看，"魏博士示意他上前，"靠近看看。"

刘砚蹙眉看了一会儿，忽然道："这是深水作业用的？"

魏博士怒道："当然！你就发现了这个？"

刘砚道："金属外壳用了最新的成模法……激光枪头，机械臂能承受接近两百吨的作用力？抗压指数是多少？老师，这是你设计的？用来做什么？"

魏博士说："抓海里的一些东西。"

刘砚问："什么东西？"

魏博士："奥克斯综合体。"

刘砚道："奥克斯……"

"你要抓那种巨人？"刘砚心惊道："有什么用？"

魏博士道："第七区要求做的，我也不清楚，你见过那种东西？"

刘砚诧道："它们不会挣扎吗？"

魏博士摊手道："只知道大约重量，很难说，你觉得有什么地方需要完善的？"

血肉巨人在海里？它们去海里做什么？刘砚隐约想起那些长途跋涉、走向东南的巨人……它们是离开大陆，前往海岸线，再走向海里？那里有什么？

这次刘砚不再敷衍了，他绕着捕捞机走了一圈，缓缓道："看不出有什么需要完善的了。"

"嗯……"魏博士说，"给你一份机械臂图纸，晚上回去想想，回去给它加点小配件以防万一。"

刘砚："我要程序重新精确建模……"

"没问题，"魏博士爽快地说，"工房里选一台笔记本电脑拿去，我去为你开信息线密码，接入以后能从军方的基础数据库里下载资料。"

刘砚点头，魏博士把一份复印图纸卷好塞在他的衣领里，说："不错，有干劲的年轻人，去吃饭吧。”

刘砚离开十八层，前往十七层军属区食堂打饭，这里的伙食非常好——三文鱼、明虾、扇贝、生蚝、鲍鱼、帝王蟹、油炸带鱼、海螺汤、海胆汤……海鲜应有尽有，蔬菜则是清一色的海带与豆芽。

每人限打四份，螺旋藻蛋糕当甜品。刘砚像个忙着逃狱的囚犯，满脑袋还想着自己的计划，心不在焉。吃完后收拾东西回宿舍，开始看图纸。

室友回来了。

室友名叫廖兴尧，在另一个机房担任计算机维修工作，把东西一扔就趴到床上编程。刘砚在这里住了快一个月，见不到张岷他们，但也与廖兴尧混熟了。

与他的相处，令刘砚想起从前和崔小坤一起住的日子，想起回家时的车，返校和逃亡时的PSP，不禁有点难过。

“姓廖的。”刘砚说。

“怎么了？”廖兴尧说，“我刚被骂了，那些当兵的可真凶。拿军队的纪律来压人……”

“别这么说，”刘砚说，“你能帮我把第七层的身份辨识系统黑了吗？”

廖兴尧吓了一跳，说：“你要做什么？”

刘砚说：“我要进去找个人，不让我过，什么都试过了。”

廖兴尧道：“不成，我们天才师姐看着呢，想也别想，她会掐死你。”

刘砚叹了口气。

廖兴尧说：“你找谁？”

刘砚说：“能找人帮着带个话吗？我想找蒙建国将军。”

他在对铺抬头与廖兴尧隔着中间的茶桌对望，廖兴尧说：“哇！你认识他？找他干吗？”

刘砚说：“我要申请离开这里，去前线支援我的朋友。”

“别那么傻！”廖兴尧马上道，“外面危险得很，你去找死吗？到处都是丧尸。花生给我吃点。”

刘砚把花生扔过去，说：“你什么时候进第六区的？”

廖兴尧想了想，说：“说实话，那时还不知道怎么回事，晚上躺着睡觉，有人来敲门叫醒我和我妈，让我们上飞机，就过来了。”

刘砚问：“所以你不知道外头的日子。”

廖兴尧道：“你想上前线？为什么？”

刘砚继续埋头看图纸，随口道："我的朋友缺一名机械师，我得去帮忙。"

"你知道吗？"廖兴尧同情地说，"出去救人的兵有四条命，但后勤人员只有一条命。"

"为什么？"刘砚蹙眉道。

"疫苗很贵，"廖兴尧说，"不会给你打的，我听他们说，刚开始病毒暴发那会儿，死了很多很多军人，现在没人手了。他们派了一部分去沿海清剿丧尸，还有很多被派去保护科学家，去南极洲调查。剩下的都去救人了。当兵的又要救人，又要保护后勤技术人员，忙不过来，死了不少。疫苗一支要600万美元，国际联合组织提供的，哪里供得起？"

"那么贵？"刘砚听得心惊。

"你知道飓风队吗？"廖兴尧说。

刘砚道："我就是飓风队送来的。"

廖兴尧缓缓地点头，说："他们的技师在城市里的一个车库里等，队长带着人去出任务，有很多丧尸爬进通风口，他到处求救，还向基地发出求援信号，呼救了足足四个小时，跑不出去，队长回来的时候，他已经被丧尸吃得剩个血淋淋的头了。"

刘砚："……"

廖兴尧道："在这儿待着吧，爸妈给的命，做什么不好？现在根本没有技工想上前线，军方就算强迫他们也不去。谁想去？谁也不想去。"

刘砚道："军方强迫人去，他们能不去？"

廖兴尧嘲笑道："去了也是当逃兵，已经跑了好几个了，左右都是死。你们搞机械的一个比一个厉害，把车直接开走，找地方躲上十天半个月。"

"这爱国教育……"刘砚唏嘘道，"做得可真不到位。"

"命是你的，"廖兴尧道，"别的都是假的，懂吗？现在军队不敢强行拉壮丁了，他们自己培养的技工全死了以后，只能从平民里征，要么让特种部队的人自己想办法解决，谁让他们执行任务的时候不保护好后勤？"

"现在满世界最缺的就是机械师，特种兵的命都没有他们那么值钱……"

刘砚道："后勤技工只要躲在车里就行了，不用去和丧尸正面交战，不打疫苗也一样的吧？"

"是的，"廖兴尧道，"但谁不怕啊，坐在车里，外面全是丧尸，是我，我也怕。就算给你疫苗，又没说你三条命用完就回来不去了，还是得等死，跟几条命都没关系。”

刘砚叹了口气，廖兴尧道：“现在队长们一个个把机械师当宝宠着，没人去，必须死的前线，谁会去？懂吗？”

“懂。”刘砚心里升起一股悲凉。

开导结束，关灯，睡觉。

刘砚在黑暗里说：“你不知道他们的日子，都是在万丈深渊上走钢丝……没有终点。”

4月25日

我不得不承认，当那名官员说出送我去欧盟念书的时候，我的内心有那么一瞬间动摇过。

这里与外面比起来，简直就是两个世界，丧尸、逃亡，在这些天里仿佛离我无比遥远，记忆都成了上辈子的事。

只有蒙烽的身影，仍然那么清晰。

战后我还会跟着大部队出去重建家园，重新过我该过的日子。

蒙烽呢，说不定还没等到人类与丧尸的战争结束，他和赖杰、闻且歌、李岩……他们的尸体就已经被埋在了大地上。

如果不去，等到再次踏足陆地的那一天，我就只剩下煎熬一辈子的分儿了。

翌日，有人找上门来，是刘砚的老朋友胡珏。

“终于找到你了。”胡珏无奈道。

“人模狗样的嘛。”刘砚揶揄道。

刘砚穿着一身卡其色的军服，而胡珏则西装笔挺，胡子刮了，头发理得顺溜，十分精神，衬衣上还夹着个名贵的领带夹。

他看了看刘砚的宿舍，寒暄几句，从西装里掏出一沓闪亮的东西，放在桌子上，说：“哥哥谢谢你那段时间里的照顾，来报答你的。”

“哪里的话，”刘砚哭笑不得道，“这是什么？”

他拿了一片对着灯光端详，是片用胶套着的金箔，面积不大，只有半指长，很薄。

胡珏诧道：“你不知道？这是新的货币，全球通用的。”

刘砚明白了，问：“你们还在做生意？”

胡珏笑道：“有人的地方就有生意，你没看电梯里的广告吗？”

刘砚嘴角抽搐，连连点头，胡珏说：“现在黄金储备成为唯一流通的货币，每张抵人民币1700多元的面值，你留着，要买什么可以用。”

刘砚道：“我用不到，这里全部开支都是军队在付。”

胡珏再三坚持，刘砚只得把那沓过塑后的金箔收了起来，胡珏又道：“你能帮大哥个忙吗？”

刘砚就知道有事相求：“什么忙？说。”

胡珏说：“帮我做个窃听器，公司现在的财产全转移了，名下的开发组也差不多了，除了第七区和军方工房，几乎找不到我想要的东西。”

刘砚问：“你要窃听器做什么？”

胡珏说：“周惟阖上将要开一个会，具体说来很复杂，总经理打算把竞争对手搞垮。我们要偷听他们的投标报告会。分批竞标，谁也听不见谁的内容，单独和上将讨论。我们要针对竞争对手的报告书，调整内容，懂吗？”

刘砚道：“在哪里开会？”

胡珏：“就这区，第七层陆军统战部，能做？”

刘砚暗道，真是送上门的机会，就说：“能做，机械窃听器是我的拿手好戏，保证绝对不会被军方发现。但你能带我进第七层不？我要去见蒙烽的父亲。”

胡珏只略一顿，便隐约猜到内情，答道：“没问题，就说你是我的助手，但必须快，今天下午就要开会了。我们公司的人刚过来，都在三楼会客处等着。”

刘砚道：“行，你就在这里等。”

刘砚一阵风似的回到工房，把修改后的图纸上交，翻出零件做了个简易窃听器，午后也顾不上吃饭，回宿舍时胡珏仍等着。

“听得到吗？”刘砚在墙外说。

“有点模糊，”胡珏喜道，“但足够了，走！”

胡珏让刘砚换上衬衣西裤，把他带上三楼填表，重新报备身份，领到一张临时通行卡扫过瞳孔在外等候。

那家国际公司的总经理是个老头，还亲自与他握了手。刘砚颇有点受宠若惊的感觉，这老头儿可是和巴菲特撕过脸皮、和比尔盖茨打过架的人。

众人整理衣领，跟在总经理身后进了第七层。

刘砚的心跳得像打鼓，背上满是汗水，虹桥从电梯一侧跨越了整个第六区，通向中央高塔。

他们在虹桥一侧的休息室内等候，两名士兵在门口等着。

胡珏侧过身与总经理说话，掏出西装内袋里的窃听器，以身体挡住，交出耳机，老头子闭目养神，把耳机塞在左耳朵里，用花白的头发挡住。

窃听器的另一端被贴在墙上。

“我出去走走。”刘砚说。

胡珏道：“别走得太远，早点回来。”

刘砚离开休息间，虹桥左侧是一望无际的靛蓝的大海，透明的玻璃墙外，万千鱼群折射着阳光，形成一道壮丽至极的奇景掠过。

虹桥尽头是第七区的通道，右侧则是一排并排的房间，门上绘着军衔徽标。

十一位陆军将军的办公室都在这里，刘砚的心不禁怦怦跳得更为剧烈，只要随便推开一扇门，里面都是军长级别的军官，蒙建国在哪个办公室里？

一穗一星……刘砚决定试试运气，最不济闹一个将军出来，只要惊动了人就好办。

刘砚走向其中一扇门，门外的警卫马上道：“什么人？”

刘砚道：“我来找蒙建国将军。”

警卫道：“蒙将军没有时间，无预约恕不接见，回你来的地方去。”

刘砚知道猜对了，运气实在太好，这扇门里就是蒙建国的办公室。

一名副官恰好推开门，从里面出来，正要朝休息室走，发现刘砚在外便停了脚步。

“什么事？”那副官道。

“家事，”刘砚道，“我找蒙建国将军，关于他儿子的事。”

副官蹙眉道：“你是他的什么人？”

刘砚知道自己已经胜利了，笑道：“我是他的挚友。”

33

回归

办公室里铺着暗红色的地毯，四壁书架上摆满了小型武器模型与勋章、纪念盘，近两米长的环形办公桌周围是明亮的玻璃墙。

玻璃墙后鱼群飘过，日光从荡漾着耀眼粼纹的海面上投下来，形成一道天然的壮丽奇景。

桌上摆着一个相框，相框里是蒙建国与小时候的蒙烽、蒙烽妈妈的合照。小蒙烽一脸苦大仇深的模样，明显很不乐意。

刘砚坐下，看着办公桌后的蒙建国。

他像极了蒙烽，这两父子简直就是一个模子里刻出来的——一模一样的眉毛、一模一样的鼻梁，同样刚毅的唇线与脸部轮廓。

只有一点区分：蒙烽的眼睛继承了他离家出走的母亲，带着一丝柔情，而蒙建国的双眼则带着猎鹰般的锐利神色。

若非他们的双眸有这点区别，刘砚几乎以为蒙烽是用蒙建国的细胞克隆出来的。

此刻，这名50多岁的男人给他的感觉，就像对着一个成熟而沉稳的蒙烽。虽年过半百，却丝毫不见颓老，蒙烽那种刚毅英俊的风姿在其父的骨子里隐隐体现，化为久经沙场的悍勇以及饱经沧桑、说一不二的军人风度。

蒙建国。

刘砚时有耳闻，从前他还只是个中校，蒙烽够不上军二代的保护级别。蒙烽的奶奶也和这个儿子闹得十分不愉快，甚至不惜搬出军区大院，到平民住宅区去住。

刘砚有时候甚至怀疑，蒙烽是不是蒙建国的私生子。他见过蒙建国好几次，毫无疑问，蒙建国也认识他。

他现在对着一个与蒙烽极其相似的男人，先前打好的腹稿忽然都说不出来了。

“你只有三分钟时间。”蒙建国穿着笔挺的军装，倾身按了桌上的一个计时器。

嘀嗒嘀嗒秒针开始走动。

刘砚问道：“蒙少将跟你家里人也是这么限时谈话的吗？”

蒙建国说：“两分50秒。”

刘砚道：“我们在丧尸潮里逃亡的时候，你在做什么？”

蒙建国：“我在保护你们。”

刘砚：“你的保护显然没有效，我们都差点死了。”

蒙建国：“我保护的不仅仅是你们俩，如果在那种情况下放弃国家和人民，去找我的儿子，那才是罪人，两分15秒。”

刘砚：“现在你把我们分开了，他正在前线，没有机械师，成千上万的人等着他去救。他要深入感染最严重的地区，却只有三辆车、四名队员，赖杰甚至不知道大部分设备的用法，请您把我送去，协助他们。”

蒙建国：“你是人才，必须留在这里，有更多的人需要你。每个人都有派上自己用场的地方，两分钟。”

刘砚：“人才？你儿子对你的作用又是什么？”

蒙建国终于正眼注视刘砚。

刘砚说：“你儿子如果哪天牺牲，是为了成全你‘虎父无犬子’的威名。蒙烽为了不成为你的耻辱，在前线拼死拼活，你坐在安全稳定的后方，等着唁电，让我想想，你的悼念词都拟好了吗？你为祖国付出了你的儿子，满身荣耀，金光闪闪，我猜到时候，政府又会颁给你一枚勋章。”

蒙建国说：“你别这么不知好歹，刘砚！K3就是为了祖国献身的一群人！进入特种部队服役是他自愿的！”

“他根本不自愿，”刘砚怒吼道，“高考完那天，他的语气你记得吗？他在求你！求你给他找一个大学！你却让他去当兵！他听你的话去当兵，出来以后等你给他找一个工作！如今你连一名技工都不派给他，你就这么忍心看着自己的儿子去死？”

蒙建国吼道：“事实证明，当初如果不是我送他进K3，现在他还会活着？

你还会活着？愚蠢至极！连自己的理想都找不到在哪里，怎么当一个男人！他简直就是我的耻辱！”

“他不是你的耻辱！”刘砚不客气地说道，“你才是他的耻辱！”

“等他死了以后，”刘砚的语调放缓下来，“我妈和蒙烽的妈妈会在天上看着你，修身、齐家、治国平天下，连自己的儿子都不爱的人，我很怀疑你会不会爱百姓，蒙叔叔。”

叮的一声提示，计时结束，三分钟到。

蒙建国道：“爱不爱他，不需要向你交代，你可以滚出去了。”

刘砚道：“没让你向我交代，现成的机会就在你的面前，把我送去前线，我知道你们缺机械师。”

蒙建国缓缓摇头，刘砚终于抛出了撒手锏：“你不把我送去，小心我给你添乱。”

蒙建国忽然笑了起来，嘲讽地说：“请便。”

刘砚说：“别太小看我，如果你不想十八层一天到晚跑上来一堆纽扣机器人到处爆炸，又或者是中央工房的线路被弄得一团糟，或者在你们的新型兵器里突然出现奇怪的小配件……对了，魏博士很喜欢我，让我参与他的奥克斯综合体打捞作业设计。我只要动几个小地方，就足够让你们吃不了兜着走。”

蒙建国沉声道：“那么我会先一枪崩了你。”

“请便，”刘砚道，“你应该现在就一枪崩了我，事后诸葛亮显然不太英明。”

“你以为我不敢吗，刘砚？”蒙建国抽出一把手枪，看也不看他，专心地上子弹。

“来吧，”刘砚笑道，“蒙烽会为我报仇，他在前线拼死拼活，你在后方一枪送我归西，回来以后，我想父子相残的局面一定相当热闹。”

蒙建国无语了。

刘砚道：“或者你也可以把我关起来，等我撞墙自杀以后，蒙烽也会来给我报仇的。”

蒙建国心里想的事又被刘砚料了个准。

“给我一张表，”刘砚说，“以后的事，就再也不用你管了。我的妈妈已经死了，这个世界上再没有亲人，蒙烽就是我唯一的亲人。我会为我的生命负责，不过我觉得你多半不会承认你儿子有我这个亲人的。”

蒙建国说："机械师的疫苗只能自费，你不可能买得起。去了只会送死，那些技工没有一个活着回来。"

刘砚："我不需要疫苗。"

蒙建国静了很久很久，直到副官敲门，刘砚才道："叔叔，阿姨现在还活着吗？你就没想过她？"

那个称呼似乎触动了蒙建国，他随口道："不要这么叫我，你只能叫我蒙少将。"

刘砚道："这是家里的传统，是礼貌，我还不想这么称呼你呢！咱们走着瞧。"

蒙建国："……"

"我不觉得你具备半点应有的礼貌，也从来没打算过认可你。"蒙建国拉开抽屉，取出一张表，拿钢印盖上，并在最下面签了名，把表扔给刘砚，认输了。

"你总有一天会有这个念头的，"刘砚反唇相讥道，"所以我说走着瞧。"

副官再次敲门，蒙建国的工作实在非常多，刘砚接过表折好，什么也没说转身出门。

"带点巧克力给他，"蒙建国在刘砚背后说，"小时候他很喜欢吃那个。"

刘砚说："知道了，我还想进第七区一趟。"

"这个帮不了你，"蒙建国道，"你去吞金来得比较实际，别再拿你的那些小花样威胁我，第七区连我也不能进入。"

刘砚只得道："好吧，再见，蒙烽其实还是爱你的，谢谢你的特批，所以我也爱你，蒙叔叔。"

"别那么肉麻！"蒙建国冷不防地吼道。刘砚心情大好，忍不住笑了出来，有种得逞的惬意。

刘砚关上门出来，在休息室里等了一会儿，直到胡珏和他的公司高层开完会。

"你要上前线？"胡珏小声问。

刘砚接了烟，两人在虹桥的广袤海底玻璃墙边停下。

"我去帮蒙烽。"刘砚说。

胡珏说："我听说有一种疫苗是防范奥克斯病毒的，但产量很少，你和蒙建国关系好，是不是？能帮搞到点吗？"

刘砚看着胡珏双眼。

胡珏："要钱是吧，一针多少钱？"

刘砚："600万美元一'针'，只能防三次感染，你要多少'针'？"

胡珏难以置信地说道："老天！600万美元？"

"嗯。"刘砚缓缓点头，看着胡珏。

"有多少要多少！"胡珏狂喜道，"能买到多少？你去帮大哥问问……"

刘砚摔倒了。

"我错了，胡大哥……"

"不不，你等等，我们老总下的命令，只要告诉我找谁买就行……"

"蒙建国恨不得杀了我呢！刚刚都拔枪了……"

刘砚和胡珏吵吵闹闹地离开第七层，刘砚去交表，紧接着把十八层工房里的所有图纸撕下来去复印，再把有用的图纸卷好，顺便偷了个公用的平板电脑，接上信息线，下载一大堆觉得有用的资料，拿走，回宿舍打包行李。

当夜，刘砚有说不出的疲劳，这里再没有多少可留恋的，他躺在床上，梦见了自己的母亲。

梦见了空无一人的医院，丧尸一拥而上，疯狂啮咬，把他的身体、骨骼、灵魂撕成碎片。

一道蓝光在面前铺开，犹如无边无际的蔚蓝的大海，将他残破的身躯纳入海底。

"刘砚，"陌生的男人声音响起，一手摸了摸他的头，"起床，9点了。"

刘砚在梦里被摸得很舒服，温暖的大手令他有种被父亲叫醒的感觉，他迷迷糊糊地睁眼，全身剧痛，汗水浸湿了整张床单，一个从来没见过的男人坐在他的床边。

"您是哪位？"

"K3教官，"那男人自我介绍道，"郑飞虎。"

刘砚缓缓地点点头，郑飞虎道："9点了。"

刘砚马上回过神找衣服，郑飞虎道："不忙，我们有的是时间。"

"你也去吗？"刘砚道。

郑飞虎看上去有三十五六岁，表情严肃而认真，全身上下收拾得十分整齐，答道："我负责送你上地面。"

他取过一套叠得十分整齐的衣服交给刘砚，是套土黄色的军服，上面有刘砚的临时军衔——那是国家规定的，所有回陆地的志愿者都进行越级提拔，以便家属在后方领一份抚恤金。

刘砚获得了上士军衔，当然这军衔对于他来说无关紧要，那套军服很合身，是专为机械师准备的，他穿上靴子，发现手臂处又有一个不显眼的标志。

郑飞虎平时显然是不苟言笑，说道："蒙烽和赖晓杰都是我带出来的兵，飓风队在行动中立下了大功劳，这次非常感谢你去前线支援他们。"

"你是……"刘砚瞠目结舌，"你是蒙烽的教官？"

郑飞虎点了点头。

刘砚侧头端详着他，说："不像啊。"

郑飞虎淡淡道："穿好就走。"

刘砚的背包昨晚就已收拾好，起身时手臂又一阵剧痛，左手僵硬般地胀痛且冰凉，就像输液时将大分子药液速度调到最快，五脏六腑闷痛阵阵，并伴随着头晕眼花。

郑飞虎道："这是正常反应，一天就会自动消退，别紧张。"

刘砚道："什么正常反应？"

郑飞虎没再说什么，刘砚脚下像踩着棉花，连路也走不稳，问："到底怎么回事？我想我是发烧了……"

"我背你。"郑飞虎道。

刘砚忙道不用，然后跌跌撞撞进了电梯，实在撑不住，最后郑飞虎终于把他背了起来，提着一个零件箱，上了地面。

阳光铺天盖地倾泻而下，海风习习吹来，刘砚一见阳光，登时舒坦了，也不再头晕恶心了。

"你就是那个魔鬼教官？"刘砚忽然问道。

郑飞虎说："他们都这么说我？"

刘砚笑道："蒙烽说过，原来你还是赖杰的老师。"

郑飞虎点头道："他原名叫赖晓杰，后来改名叫赖杰，他比蒙烽早一任，算是蒙烽的前辈。两人都是我带的兵。"

刘砚点了点头，郑飞虎不善言辞，刘砚也不再多问了。

他把刘砚送到"瓦良格"号航母的起飞平台上，说："这艘航母是中国最老的航母了，叫'瓦良格'号。"

刘砚道："对，1988年下水，至今已经有25年了。"

郑飞虎点了点头，说：“上飞机，祝你平安，好好保护他们。”

刘砚上了飞机后机舱，郑飞虎亲手帮他系好安全带，说：“孩子，保重。”

刘砚道：“你也加油，教官。”

郑飞虎眼眶发红，点了点头，刘砚这才注意到他的军衔是中校。

郑飞虎跃下飞机，大声道：“出发！”

飞机喷射器启动，那是一架翻新后的旧式F5战斗机，乘客只有刘砚一个，前舱的驾驶员大声道：“抓稳喽，小子！”

狂风掠过航母跑道，海鸥一瞬间惊飞，胡珏、张岷与决明跑上航母，前来送行的朋友终究慢了一步。

刘砚在风里大喊道：“我会回来的——”

郑飞虎朝他敬了个礼，飞机在跑道上滑行的速度越来越快，及至冲向“瓦良格”号起飞道尽头，嗡的一声巨响，蓝天、大海、白云，所有的景象被瞬间抛在天的尽头，成为一个小黑点。

刘砚只觉一阵天旋地转，几乎要吐了出来，前舱驾驶员道：“没事吧？”

刘砚脸色苍白，连连点头，倚在座位上舒了口气。

前舱驾驶员道：“三个小时后抵达指定地点，跳过伞吗？”

“没有，”刘砚道，“我们在哪里降落？”

“不降落，”驾驶员道，“直接跳伞！把你扔下去我就走了！”

“我没跳过伞，”刘砚道，“会摔死的！”

驾驶员道：“没事，现在全是电子调控的！看到你的安全带了吗？上面有高度表！”

刘砚看了一眼，现在已经在两万米的高空了，驾驶员说：“等我降低高度以后，把你扔下去，降落伞自动打开……”

刘砚仿佛听到了天大的笑话：“你要让我跳伞进丧尸堆里？”

“有人负责接应！你一切放心，”驾驶员安慰道，“风向、天气、高度这些电脑都会自动计算，你不用管！着陆地点偏差不会超过50米的！”

刘砚惨叫道：“万一设备出问题了呢？！降落伞打不开怎么办？没有备用伞包？”

驾驶员道：“你自己不就是做这行的吗？还怕什么？你没接受过训练，备用伞包你会用吗？别想了！安全系数很高呢！”

刘砚绝望地叫道：“就是因为我做这行的，才知道安全系数靠不住啊！”

“哎呀，”驾驶员不耐烦道，“你怎么这么啰唆？不会有事的！全是电子设备在计算，非常科学！我要把你扔在D市中心，飓风队的所有成员在恭迎你……”

刘砚：“机器也有出错的概率，何况误差有50米！万一50米外就是丧尸群怎么办？”

“不会有问题的，”驾驶员大声道，“别担心了！我运载过3000多名后勤技术人员……”

这话一出，刘砚稍稍安心了些，驾驶员继续道：“一共也才摔死了不到10个！”

刘砚：“……”

驾驶员：“开玩笑的！吃早饭了吗？”

刘砚彻底败给他了。

驾驶员又道：“多吃点，好上路！”

飞机穿过茫茫云海，从公海基地直到飓风队任务地点只花了三个小时，驾驶员开始降低高度，摘下通信器：“这里是‘银鹰’号，呼叫赖晓杰，呼叫赖晓杰……”

赖杰的声音从通信器里传来，还有震耳欲聋的枪响声，大吼道：“什么事？快点说！老子正在丧尸堆里呢！准备引爆了，大家快撤！”

驾驶员：“我要朝你们的目标位置投放后勤人员了！”

赖杰吼道：“这时候来？投吧，祝他好运！别摔进五万只丧尸里！”

刘砚脸色唰地变得苍白，大吼道：“喂，等等！他们正在执行任务吗？我会死的！”

驾驶员道：“投放！”

刘砚还没说完，咻的一声舱门打开，把他弹了出去。

“祝你好运……”驾驶员的声音传来，“银鹰”号漂亮地在高速飞行中侧过机翼一掠，翻个跟头离去了。

刘砚已经听不到什么了，呼呼的狂风吹得他双眼通红流泪，失重的感觉一瞬间笼罩了他，天与地掉了个转，穿过层层云雾，大地上的景象逐渐清晰。

火柴盒般的房屋、手指宽的马路，D市全城火光冲天，黑烟顺着西风远远飘离，犹如修罗炼狱般的战场。

大地旋转着朝他扑了上来，刘砚犹如炮弹一般坠了下去，瞳孔因恐惧而不自觉地微微收缩。

降落伞没有打开……刘砚心中升起一阵恐慌。

没有打开！刘砚反手去摸，背包一切如常，高度探测仪嘀嘀地响，亮起红灯。

刹那间背后唰的一声响，伞包打开了。

紧张的刘砚终于松了口气，景象越来越清晰了，他看见了一座近10层的高楼，楼下密密麻麻地围着丧尸。

楼顶，四个人正拿着机枪，依次扫射冲上天台的丧尸群。

不会吧？刘砚在空中缓缓地下坠，再次紧张起来，如果落点偏差超过50米，飘下楼去，几万只丧尸一瞬间就能吃了他。

距离越来越近，他看见蒙烽抛出一枚炸弹钉在天台的小屋上，所有人反身一跃卧倒，炸弹被轰然引爆，一道火焰的光芒扩散，将天台出口彻底炸塌。

刘砚飘向天台中央，脑子里嗡嗡直响，视野一片漆黑，有力的手臂抱住了他。

最后听到的，是模模糊糊的声音。

“跳伞综合征……放轻松，小朋友……”

“刘砚，怎么是你？”

34

混战

蒙烽说：“他一定是偷跑出来的，不知道顶替了谁的名字，必须马上联络中心送他回去……”

赖杰道：“不，我宁愿相信是组织送他来的。何况这里的任务没完成，根本不可能联系总部来接人，等他醒了以后再说。”

蒙烽说：“不行！我已经把信交给他了……”

刘砚冷冷道：“你管不着，我只是申请加入飓风队，来协助赖杰。”

苍白的天空下，参差不齐的楼房斜斜飘着黑烟，全城笼罩在此起彼伏的哀号声中。刘砚缓缓地睁开眼，蒙烽的声音止住，走到天台的边缘朝下看。

赖杰、蒙烽、闻且歌、李岩四个人的脸上都被烟熏得漆黑，浑身肮脏不堪。蒙烽穿着件背心，裸着强壮的胳膊，一脸疲惫。

短暂的尴尬过后，还是赖杰开了口。

“跳伞的滋味如何？”赖杰坏笑道。

“我以为会摔下楼去，”刘砚四处看了看，说，“机械师刘砚向你报到，这里有第六区签署的文件，喏，蒙建国将军盖的钢印。”

“他让你来的？”蒙烽勃然大怒。

“你行啊！”李岩笑道，“带什么秘密武器了吗？”

“没有，”刘砚坐起身，戴好帽子，“只有几个小机器人，开始工作吧，我需要做点什么？闻弟，好久不见。你要变魔术给我看吗？”

刘砚笑了笑，闻且歌伸出戴着露指手套的左手与他一拍，把他从地上拉了起来。

“不了，”闻且歌莞尔道，“以后有的是时间，欢迎你，机器猫。”

刘砚："现在怎么办？"

赖杰："得先想办法出去，这座楼的结构我没注意，地下还有不少丧尸，它们就像能互相交流，一只发现了蒙烽，其他的全部过来了，我们只得跑楼梯，上了天台。"

刘砚朝下看了一眼，又道："会互相交流？"

闻且歌站在风里遥望远处："现在全城的丧尸都朝着咱们来了。"

蒙烽道："你不是很厉害的吗？竹蜻蜓来几个，任意门的就更好了。"

刘砚看了蒙烽一眼，答道："设备不足，缺少黑洞力场发射器和粒子螺旋加速仪，你去日内瓦把那玩意儿给我拿来，再随便拆个防盗门，马上就可以给你做一个。"

赖杰的手表嘀嘀地响个不停。

刘砚看了一眼，问："那是什么？"

赖杰说："炸弹倒计时。"

刘砚问道："还有多久？"

赖杰回答："17分22秒。"

刘砚说："你怎么不早说？"

赖杰答道："现在告诉你也不迟嘛！想个办法，我们要在17分钟内离开这里，到对面的楼上去。"

10分钟后。

"来吧。"刘砚拿着降落伞剩余的材料，和几根铁线改装出的简单滑翔翼，示意过来个人。

刘砚说："不一定所有的设计都这么高科技，你们要习惯。真正的顶级设计往往都是把垃圾堆在一起，这玩意儿放在柏林双年展上能卖几百万呢。"

闻且歌说："比劳斯莱斯还贵了，买保险了吗？我来试试吧，希望别撞坏了……"

蒙烽说："撞坏了你赔不起的。我去，你们在这里等。"

蒙烽握着滑翔翼的把手，向前疾冲几步继而一跃，带着钢线跃出50米高的大楼，在空中滑翔向对面的五层高楼，脚下是成群的丧尸。

蒙烽缓缓挨近了对面楼顶，在边缘一撞。

刘砚用望远镜远远看着，一颗心提到了嗓子眼儿。

蒙烽单手抓住天台围栏，爬了上去。

赖杰说：“还有七分钟，准备——”

对面楼顶射出一枚信号弹，示意绳子已经拴紧了，赖杰煞有介事地说道：“撤离——”

说时迟，那时快，刘砚与李岩先后上了钢索，在天台边缘猛地一蹬，紧握把手滑向远处高楼。对面枪声接连响起，另一栋楼上蒙烽开始掩护，清理冲上前的丧尸。

李岩一抵达对面便解下枪，与蒙烽并肩扫射，把刘砚护在身后，短短片刻，赖杰与闻且歌先后过来。

赖杰喊道：“我们还有五分钟，马上离开这里！”

震耳欲聋的枪声中，蒙烽领头抛出钩锁，虚虚于楼的侧面荡出一个弧度，身在半空仍开枪扫射，清掉走廊里的所有丧尸，其余人一枪爆开天台门锁。

“快快！”赖杰催促着冲下楼梯间。

“你那是什么次品？”蒙烽怒吼道，“差点害老子摔下去！”

刘砚冲下楼梯，不忘还嘴道：“是你太重了，换闻弟去就刚好！谁让你自己想玩滑翔翼！”

三楼楼梯间，一只丧尸冷不防地推开门，咆哮着冲了出来！

“小心！”李岩侧肩撞开刘砚，一枪准确地击爆了那只丧尸的头。

刘砚道：“给我一把枪！”

“你会扫到自己人，”蒙烽道，“为了我们的小命，禁止你碰枪。”

赖杰冲下二楼，掏出一个定时炸弹排在楼梯扶手上，紧接着吼道：“冲！”

蒙烽收枪，大吼一声，一手搂住刘砚冲前几步，抬肘在窗户上一撞。

哗啦一声玻璃碎裂，蒙烽与刘砚最先飞了出去，落向大楼背后的空地。

嘀嘀三声响，炸弹被引爆，赖杰带着其他队员飞跃出来。

轰然巨响，一道火云喷出窗口，整座二楼的所有门窗同时朝外碎裂，玻璃飞了漫天。

蒙烽护着刘砚，摔了结结实实的一下，正头昏眼花时，刘砚一个打滚起身，捞起蒙烽的AK，看也不看啪啪两枪，击中冲上前的一只丧尸，子弹的冲力把它射得朝后摔去。

赖杰冲上前一枪解决了那只抽搐的丧尸，大吼道：“还有三分钟！跑！”

所有人开始没命地飞奔，冲出五层大楼外的后院，刘砚道：“你到底埋了多少炸药？这里已经是安全范围了！”

“还没有——”赖杰边没命地奔跑边大吼道，“都到车上去！那东西厉害得很呢！”

车就停在两百米外，蒙烽扔出手雷开路，赖杰吼道：“滚！”

继而从背后冲上，转身单脚一绊，刘砚朝前趔趄，紧接着闻且歌从背后揪着刘砚的衣领把他按倒在地，配合堪称完美无缺。

刘砚翻滚的同时，所有人约好般地动作一致，朝前飞扑，就地一打滚。

打滚的瞬间手雷爆炸，将一大片丧尸掀得四处横飞。爆炸冲击波刚扫过他们身边的下一秒，打滚恰好结束，赖杰揪着刘砚的衣领把他提了起来，笑道：“漂亮！继续跑！”

所有人再次开始奔跑。

刘砚简直是一通天旋地转，连在做什么都不知道，耳中到处都是枪声、爆炸声，最后被赖杰扔上了后车厢。

飓风队所有人冲上车，在车厢内一通疾喘，闻且歌两枪点射，将追上的丧尸砰然爆头，迅速拉上车门。

后车厢就像直升机的内舱，两侧都有座位，一进来所有人就不说话了，各自找地方坐下，拉着扶手。

刘砚喘了片刻，见没人开车，十分茫然。

“十二、十一、十……”赖杰像个坐地铁的上班族，一手拉着头顶吊环，另一手亮出手表倒数，抬眼道，“刘砚上士，你不找点什么稳住？别怪我没提醒你。”

“三、二、一……”

埋在十层高楼底部的炸弹被引爆。

刘砚转头望去，沿着车前窗看见远处的情景。

嗡的一声响，音波扩散，一朵蘑菇云冲起，大楼玻璃爆成亿万碎片飞射。紧接着从一楼至天台，巨大的冲力将整座大楼连根拔起，钢筋水泥犹如纸糊的一般支离破碎。

成千上万的丧尸在爆炸中化为水蒸气。

刺眼的光芒一闪，车窗感应系统开启，瞬时变暗。刘砚马上转头闭眼，大地隆隆作响，冲击波沿着引爆点开始扩散，犹如无形的气流飞速冲来，飓风队的基地车被掀得翻了个跟头。

刘砚登时明白了，下意识地抬手抓头顶，却被蒙烽有力的手臂抱住。

那辆车被掀得在空中翻了一圈，再狠狠地摔了下来，砰然巨响，世界安静了。

“呼……呼……”刘砚不住地喘气。

赖杰道：“我们的车是防辐射的。”

刘砚倒在一边，连说话的力气都没有了。

半小时后，刘砚喝了杯咖啡，开始熟悉车里的仪器。

“我去开另外一辆车。”蒙烽说。

“防辐射服穿着，”刘砚打开一个核辐射探测器，“20公里内还有粉尘，但强度不大。”

蒙烽没说什么，套了件防辐射服下车去。

飓风队的车在半个月前毁了一辆，赖杰手头剩下两辆。这种多功能基地车和运输车是任务开始后，航母载着他们在沿海地区登陆时就量身打造好的，军用直升机将大车吊上海岸线，交到各队队长手里，无法再补充。

本来一辆运载物资，一辆供成员休息，最后一辆则留给技师安放探测仪、监视器等作为指挥部，如今剩下两辆车，赖杰便把一大堆没接电源的液晶显示器，杂七杂八的电子仪器、工具箱、零件等一股脑儿塞进了休息车，显得整个车厢拥挤不堪。

刘砚发现显示屏上还带着明显的黑色血迹，他没提，自己用扳手和夹钳做架子，把它们逐一固定在车厢壁上，喷上消毒液擦干净。

“有一种铁盒子，”刘砚说，“在哪里？”

“这么多铁盒子，”赖杰说，“喏，这些、这些，你拿去用就行了。”

刘砚说：“我不是说这种铁盒子，你们之前把废车上的东西拆下来了，对不？它是梯形的……李岩？我抵达这里之前谁是技师？”

李岩马上道：“我不知道，我只负责看着它们别爆炸，那些玩意儿我也不会用。”

刘砚道：“所有的东西都在这里了？不对啊，怎么缺了很多部件……”

赖杰说：“有的放不下，就被我扔了。”

赖杰说：“我想想……想起来了，你说的铁箱子太占地方，也被我扔了，从车顶内部拆下来的那个，对吗？”

刘砚问：“对，你扔到哪儿了？”

赖杰说：“应该是扔在经过的哪个省区了，我不记得了。”

李岩："那是很重要的东西？"

刘砚真想搞个特斯拉线圈把赖杰电死。

"那是连着车外天线的信号盒！你们把天线留着，把盒子扔了……"刘砚哭笑不得道。

赖杰前去开车，刘砚把六个显示器排好挂上，拆解它们的电子徽章，这种勋章基本原理是利用电池向指挥车发射无线电波，在显示屏上标记，同时带着小型音孔与麦，可供队员沟通用。

长期使用后都坏得差不多了，但赖杰仍把这些收集起来保留着。

仪器不算太精密，刘砚只花了不到40分钟就修好了。

徽章分发下去，所有人都有种如释重负的感觉。

设备几乎被赖杰扔了一半，幸好刘砚有从第六区工房带来的一些图纸和自带的万能工具箱，便拆东墙补西墙地开始改装。刘砚埋头干活，心想幸亏自己来了，普通技师只会维修，对着残缺的设备也是一筹莫展。

"你们在下面埋了核弹，还跑上楼去做什么？"刘砚开始组装信号盒。

闻且歌答道："被丧尸们围攻了，不是告诉过你吗？"

刘砚漫不经心道："闻弟，我不太相信你们有这么笨，说实话。"

"好吧，"李岩躺在座椅上翻一本捡回来的佛经，笑道，"因为'银鹰'号要把机械师扔下来，如果不定位，怕你有危险。"

赖杰道："别胡说八道，跟这事没关系。"

刘砚马上就明白了，说："是为了我……不，为了新来的机械师，所以大家才冒着生命危险，去大楼上等，对吧？要是来的人不会做滑翔翼呢？大家不就一起把命都丢了？"

赖杰专注地开车，不吭声。

李岩笑道："战友就是要彼此托付生命嘛！"

闻且歌躬身擦靴子，随口道："头儿也有办法逃脱的，放心吧，不可能让我们送死的。"

赖杰唏嘘道："这个还真没有！"

赖杰开车进入少室山麓搜寻村庄里的幸存者，蒙烽似乎是刻意地避开了刘砚，主动承担了开物资车的职责。刘砚也懒得理他，反正床在这里，晚上睡觉的时候总要回来的。

一定要找蒙烽的麻烦，必须的，刘砚早已做好准备了。

4月29日

顺利抵达前线后，手已经快写不动字了，指头上全是血泡。

终于把最基本的设备调试好，“飓风”号的配备几乎是中国的最高技术，粗略估计，这两辆车价值接近500万美元。

赖杰说，飓风队成立的时候，他还不是队长。

最初配给他们的技师是一名军队的高级技术人员，在去年10月的搜救过程中不幸感染而死，后来又断断续续地换了几批技师，直到我。

我是飓风队的第六名技师了。

从前派来的人，面对这些损坏的设备，应该也是一个比一个不会用，要把它们全部复原，发挥最大的功效，我实在是有心无力，只得逐渐熟悉，缓慢学习。

今天我成为正式队员，赖杰说了很多，包括李岩加入前的事。

他们与丧尸们的战斗太惨烈，队员们接二连三地战死，在这场持续了10个月的战争中，死得最多的就是军人。疫苗还没有研究出来之前，K3的73个小队简直就是拿命在与丧尸们搏斗。有生力量一再锐减，直至现在，搜救队要从幸存者中补充兵员。

他告诉我，别看目前一切顺利、形势大好，实际上则是黎明前最黑暗的时刻，几乎没有人能战斗了。

搜救过程完成了37%，等到100%的时候，军方的航母将靠近海岸，派出机群进行无差别地毯式轰炸。把所有的土地翻个遍，彻底消灭丧尸。

第七区则坚持认为，他们已经找到了丧尸潮暴发的源头，只要给他们时间，假以时日，一定能攻克疫苗，找到清除病毒的方式。

双方各持己见，统战部发现丧尸开始发生变异，不能再等了。第七区的态度却非常强硬，地毯式全国轰炸只会彻底毁坏我们的生存环境，造成自然界的另一场大灭绝。他们认为绝不能用坚壁清野的方式来解决这场丧尸潮。

而军方独立技术部门提出的报告指出，就算陆地上的植被大规模死亡，海中的水藻与绿色生物也足够提供人类存活的氧气，他们态度强硬：地毯式轰炸势在必行，否则当丧尸进化出高级智能，具备独立思考的能力与完善的策略后，真正的灭顶之灾必将随之而来。

这很难定夺，蒙烽的老爸几乎把院士们全得罪光了，他们想办法牵制搜救过程的进度，打算让长夜计划的实施时间延后。

统战部则十分愤怒，认为第七区用人民的生命在开玩笑，因为搜救队最主要的目的还是救人。

第七区认为一旦开启长夜计划，不管军队救出了多少幸存者，最后无差别的轰炸都将令整个地球、所有的生物给人类陪葬。

这不仅仅是我们有的问题，就连盟军内部也在吵，末日下的人本位思想与环保主义的冲突，终于针锋相对地被推上了台面。

而全球所有国际盟军救援分部的军人，包括我们的K3，就在这两派的混战里充当了极其尴尬的角色——救人进展越快，长夜轰炸计划将更快到来，而救人速度又不能放慢，成千上万的逃亡者在等待……

更何况，谁也说不清病毒会朝着哪个方向进化。

35

星空

山里应该有不少村落，所有从D市、Z市等地离开的逃亡者，大部分都躲进了山里。赖杰的判断很准确，一路上，他们在少室山岭沿线发现了几座信号塔，上面都挂着白布。

天快黑了，赖杰对照地图计划，准备翌日展开搜救。

当天黄昏，他们在山腹里的一个小村落外停车，这里只有不到10间民房，蒙烽提着机枪下车，准备清除掉这里的丧尸。它们大部分跑到山里去了，剩下数十只在田地间游荡。

刘砚走到一口井旁边，打起一桶水，用试剂检验水源——安全的。

他面无表情地开始洗衣服，片刻后，他忽然回过头，发现了一只很小的丧尸。

是个头部腐烂、现出头骨的小丧尸，它站在栏杆后看着刘砚，没有扑上来，也没有嚎叫。

刘砚警觉地眯起眼，掏出手枪，那只小丧尸退了一步。

“老天……”刘砚不禁头皮发麻，喃喃道，“它有智力？到底是什么玩意儿？”

啪啪枪响，小丧尸应声倒下，刘砚抬眼，看见不远处持枪的蒙烽。

“你还想去抱一抱它？”蒙烽说，“下次看见丧尸，记得马上喊出来。”

刘砚没吭声，蒙烽又道：“据说好几个部队就是这样全军覆没的，一定得示警，知道吗？”

刘砚草草地把衣服洗完拧干，脑子里仍满是那只小丧尸的动作，它们有智力，已经能判断敌人了，不会盲目地扑过来。

那么它们不盲目扑上来的原因是什么？刘砚不禁疑惑了，丧尸已经死了，它们还怕死？对二次死亡的恐惧意识代表着什么？已经进化得有生存本能了？这到底算是死者还是生者？

蒙烽扫视完全村，集合了很少的物资，他们在村外生起一堆火，开始吃晚饭。

几个罐头、一堆饼干，罐头用饼干挖着吃。

刘砚早上10点抵达D市，游览完市中心后观赏了核弹爆炸，接着坐车进山欣赏风景，车上午饭是饼干加罐头，刘砚只以为是暂时随便吃吃。

然而，晚上也是饼干挖罐头，刘砚就有点无语了，如果自己不吭声，多半明天早上、中午、晚上，后天早上、中午……全是一模一样的食物。

刘砚吃到一半，过去打开另外一辆车门，发现塞着满满的红烧肉罐头和压缩饼干。

“你们……”刘砚说，“就没有一个会做饭的吗？”

所有人摇头。

“你呢？你是后勤，”赖杰说，“我记得都是后勤管饭。”

“算了，”刘砚道，“当我什么也没说。”

篝火的光亮映着刘砚的脸，蒙烽坐得远远的，自己吃罐头。闻且歌说：“你才吃第一天，我已经吃了快一个月了，还是于妈做的饭好吃。”

刘砚笑了起来，把烧开的水注入纸杯里，拌了点咖啡。

李岩道：“避难中心里怎么样？枫桦吃得好吗？”

刘砚说：“还行吧，你没去过？吃得挺好的。”

李岩说：“没去过，听救援总队的人说里面条件很好，他们给她安排工作了吗？”

刘砚想了想，撒了个谎，笑道：“有，让她教小孩子们思想品德，很轻松的课。”

李岩说：“那就好，说不定教出一群腹黑，几个人住？还和丁兰一起吗？”

刘砚硬着头皮答道：“嗯，她俩住一个单间，十来平方米。”

李岩松了口气说：“谢天谢地，总算可以放心了。”

闻且歌说：“那么大，看来环境真的不错。”

刘砚想起闻且歌也没去避难所，他本来能跟着一起走的，却自动放弃了这个机会，进入飓风队救人，看来这短短的大半个月里，赖杰把他训练得很好。

闻且歌又道：“吃什么？每天的工作呢，具体描述一下吧。岷哥和决明过得怎么样？”

刘砚：“住……我没跟他们住一起，不过房间很宽敞，大厅都很漂亮，能隔着墙壁看见海下的水，白天阳光照下来……嗯，非常漂亮。张岷和他儿子估计能霸占一间房，每天都会过得很舒服。”说着看赖杰。

赖杰耸肩道：“别看我，我又没去过。”

刘砚：“你当初还说，20个人一间房，军事化管理……”

赖杰说：“都听他们说的，我刚离开成都军区就被叫到大鹏湾集合了，从来没去过公海。”

刘砚说：“好吧，大概是……朝九晚五，食堂管饭，有鱼、虾、墨鱼丸子、龙虾、带鱼、鲍鱼、海胆汤、海带……螺旋藻蛋糕、刺身、扇贝、生蚝、帝王蟹……”

闻且歌那表情精彩无比，听着刘砚说的话，看着自己手里的罐头。

刘砚道：“你想得到的海鲜都有……是你们自己要找刺激，不能怪我。”

李岩笑道：“枫桦最喜欢吃海鲜，这次有她吃的了。”

就连赖杰也有点撑不住，用饼干挖了挖红烧肉罐头，那表情，简直想把罐头扔了骂娘。

刘砚同情地说：“你可以把这些想象成海鲜。吃完记得把罐头盒上缴，我要做炸弹。”

闻且歌道：“环境那么好，你还回来？”

刘砚笑了笑，赖杰给了闻且歌一拳，一本正经道：“这还用问，不是明摆着吗？”

刘砚不予置评，斜眼瞥远处的蒙烽。

蒙烽背对他们坐着，像只夜色里孤独的大狗熊，低头掰着东西，一声不吭。

赖杰大声说：“刘砚之所以回来，都是为了我！这都不懂？他愿意放弃一切，陪我赴汤蹈火！”

刘砚怒吼道：“你给我闭嘴！我对陪你赴汤蹈火没有半点兴趣！”

众人大笑起来。

蒙烽终于起身，把吃完的罐头当啷一声扔在刘砚的脚边，说：“上缴的。”他的手上满是油腻，显然刚刚在掰红烧肉罐头的盖子，以免刘砚做炸弹的时候割伤了手。

蒙烽去找水洗手，赖杰说："蒙副队长，你说对不对？"

蒙烽嗯了一声。

刘砚开口道："我正式警告你，赖杰队长，你再胡说八道，我就……"

说着抬手，将袖上徽标一亮。

赖杰瞬间起身，条件反射般地转身就跑，退了几步后才回过神来，说："你……那个谁，你认识那个谁？"

刘砚道："当然，这件衣服是他送我的，我们还很谈得来呢。"

"谁？"蒙烽马上警觉地转身，杀气腾腾地问道。

刘砚答道："郑飞虎。"

蒙烽刹那间脸色就白了，大喊一声险些摔在地上，刘砚亮出袖子朝他招了招。

"你们怎么……认识的？"蒙烽定了定神，"你认识教官？"

"不可能，"赖杰道，"他……"

刘砚把郑飞虎的容貌形容了一次，说："挺酷的，很成熟，有种不一样的帅气。"

赖杰道："他和你说了什么？"

刘砚道："没什么，呃，我睡过头了，出发前，他摸了摸我的头，还给我衣服，说'这个是我专门为你做的'……"

赖杰难以置信道："他摸了你的头？"

"嗯，"刘砚开始搜集空罐头盒，拿去洗干净，又道，"背着我出来，一路背我上飞机……"

"你说什么？"蒙烽抓狂地叫道，"他还背你？"

"送我上飞机以后说，"刘砚道，"'蒙烽和赖杰那俩小浑蛋，如果欺负你，记得告诉我'，最后朝我敬了个礼。"

刘砚洗完罐头盒上车，手指一戳赖杰与蒙烽，嚣张地说："我警告你们，别逼我去告状。"

"不可能。"赖杰怀疑地摇头。

蒙烽脸色煞白，筛糠般地站着发抖，硬汉的形象霎时全没了。这世上果然一物降一物，在K3被郑飞虎修理了足足五年的记忆不堪回首，导致他现在听见那名字时仍觉胆战心惊。

赖杰相对来说稍微好点，但也忍不住暗自哆嗦。

“说不定……刘砚其实是教官的亲儿子？”赖杰忽然道。

“怎么可能？”蒙烽悲怆地叫道，“教官35岁，刘砚25岁，你见过谁10岁生娃的？”

赖杰道：“那怎么解释？”

蒙烽道：“不可能！他不认识教官，一定只是见过！”

刘砚没搭理他俩，上车去拆手雷改炸弹，改了一大排，又拿两个空罐头盒填上土，外头随便刨了点野草种在罐头里，放在工作台上当盆景。

夜8点，两辆车停在村庄外，风呜呜地吹来，穿过幽远黑暗的山腹，群山里仍听得见丧尸小声的哀号，犹如孤魂野鬼。

物资运输车轮流值班，李岩过去睡驾驶室，刘砚打开所有的监视器，方圆10里情况尽收眼底。

“安全，”刘砚说，“可以休息了。”

他们没有什么娱乐活动，8点自由活动，10点熄灯，蒙烽把长椅拉开，形成火车上下铺般的折叠床。

对面车里，李岩在驾驶室看女朋友的照片。

这边车里，赖杰在下铺自己玩牌，闻且歌躺在另一边上铺，看着天花板发呆，刘砚便爬上其中一个上铺。

“喂，”蒙烽在井边冲了个冷水澡进来，搭着毛巾，只穿了条平角内裤，“那是我的床。”

“现在归我了。”刘砚面无表情地说。

他趴在床上，打开从工房里偷的平板电脑，接上电，开始阅读电子书《枪支反冲力研究与应用》。

“被积函数可以化为全微分d，括号arctan括号y/x括号……”呆板的女声阅读器响起。

“可以换本书吗？”蒙烽趴着翻一本画册，“我想把你的电脑扔下车去。”

刘砚用拇指按着触屏朝上翻，换了本《家居美味食谱三千例》。

“将新鲜带鱼切段，裹上鸡蛋与面粉，炸至金黄……”

“行行好吧！”赖杰、闻且歌、蒙烽不约而同地朝他吼道。

这是刘砚第一次和当兵的过集体生活，队友们都很好相处。闻且歌本性一丝不苟，经过赖杰的训练后颇具备了点当兵的气质，蒙烽则仍遵循着部队的习惯。

一到10点，赖杰准时熄灯，刘砚也不再看书了，把平板电脑关上睡觉。

黑暗里，赖杰的声音响起。

“刘砚，我好无聊啊。”

赖杰道：“来我的铺上，咱俩聊会儿天吧，我诚恳地邀请你。”

刘砚说：“你们当兵的，晚上睡觉的时候有话痨的习惯，不怕被郑飞虎……”

刘砚刚说出郑飞虎的名字，两个下铺的铺位便不易察觉的同时一震，蒙烽和赖杰都有点抽搐，产生了条件反射。

刘砚问道：“不怕被他糊巴掌吗？”

蒙烽：“哦，队长，你要是和他聊天，我打赌你会后悔的。”

赖杰一本正经道：“为什么？”

蒙烽嘲讽地说：“他们这种人，满脑子里全是公式、力学、积分……”

刘砚：“你居然还知道积分，果然人不可貌相。”

蒙烽不理会刘砚，继续道：“他们只知道‘理论’，理论是什么呢？理论就是科学中一种严谨的态度。在这种态度的驱使下，无论你问他什么，得到的回答都是‘理论上’的！他既不说是，也不说不是，一定得给自己留条后路。所以‘理论上’是这回事，实际上又是另一回事，一见事情不对，方便随时改口，不用负任何责任。”

蒙烽：“比如说吧，一个人对他说‘我爱你’，他会点头，说‘知道了’。若问他‘你爱我吗’，这个时候他只会回答‘可能吧’或者‘理论上是这样’。”

赖杰说：“不错，他‘理论上’是爱的，实际呢？”

闻且歌开口道：“你们以前在K3的时候，晚上熄灯了也经常这样说相声？”

刘砚道：“比起这种无聊的相声，我宁愿看变魔术。闻弟，你能变点龙虾出来吗？”

赖杰说：“不不，我是他的前辈，我们基本不认识。”

刘砚道：“他们之前也这样吗？真苦了你了，闻弟。”

闻且歌答：“没有，前段时间挺安静，今天你来了他俩才显得不对劲的。”

蒙烽置若罔闻，唏嘘道：“理论和实际，往往是不一样的……”

刘砚打开一个软件，道：“我真的会告诉郑飞虎教官，说你们欺负我哟。”

赖杰：“根本就不怕他！他算个毛！打架都不是我对手了。”

蒙烽附和道：“就是，我们根本不怕他！青出于蓝而胜于蓝，他现在不敢惹我们了，懂吗？他就是个纸老虎。”

赖杰道：“纸飞虎……”

刘砚按了下repeat按钮，平板电脑里传来声音：

“我真的会告诉郑飞虎教官……根本就不怕他！他算个毛……就是……青出于蓝……他现在不敢惹我们……”

蒙烽自觉地闭上了嘴巴，刘砚把赖杰和蒙烽的豪情宣言循环了两次，关上电脑，世界终于安静了。

刘砚既累又困，不到片刻就入睡了，睡得死沉，不知睡了多久，蒙烽的鼾声停了。

刘砚马上清醒，蒙烽翻了个身，刘砚只觉自己的感知能力似乎强了不少，是凑巧吗？

蒙烽又翻了个身，睡得不太舒服。刘砚闭上眼，只觉外面一片静谧，虫鸣声轻响，闭着双眼的时候，车外安静的天地、浩瀚的星空、一草一木都清晰地投射在他的脑海里。

他感觉到有人在说话，但不是向他说的。

像一股无线电波，从少室山深处发出，覆盖了方圆近千里的地域。他的思想在此刻异常清醒，犹如捕捉到一种内容无法破译、频率却恰好对上了的信息。

蒙烽起床了，刘砚的思绪被他的轻微动作打断。

蒙烽下床穿上人字拖，挠了挠头，毛躁地下车去尿尿。

刘砚在床上静静地躺着，那段穿梭在夜空中的信息消失了，远方仿佛有什么东西在朝少室山里聚集。

36 分歧

刘砚又躺了一会儿，蒙烽没有回来。

他轻手轻脚地爬下铺，在边上一打滑，差点崴了脚，赖杰马上抓住他的脚踝。

“我出去走走，”刘砚稳住，“你没睡？”

“你没有拖鞋，穿我的出去。”赖杰道，继而睁眼看着上铺的床板。

刘砚走下车，蒙烽在树下站着，黑暗的群山连绵起伏，浩瀚的银河从他们头顶横亘而过。

刘砚道：“好久不见，蒙烽。”

蒙烽面无表情道：“那厮对你说了什么？”

刘砚说：“让我给你带巧克力，还说……”

蒙烽说：“巧克力拿出来，你过几天就回去。”

刘砚道：“别这么强势，走着瞧。”

“是你走着瞧。”蒙烽转身，他赤着胸膛，全身上下只穿着条军绿色内裤，健壮的古铜色肌肤在满天星河的微光里强壮而温暖。

刘砚无意识地抬起手，蒙烽马上抬起手臂避开。

“我说认真的，”蒙烽道，“你为什么回来？你在这里，我根本没法战斗。我会很怕，怕你死，也怕我死，我不敢去拼命，只有不断地退缩和恐惧。这样下去，我们两个都会死的。”

刘砚：“你也会怕？从前我们一路从裕镇逃出来那会儿……”

蒙烽：“那是不一样的！以前是只要安全逃亡，现在是主动去和丧尸们作战！你知道赖杰从前的爱人吗？什么人！”

蒙烽道："有敌人！"

蒙烽把刘砚护在身后，刘砚瞬间反应过来，转身冲向汽车。蒙烽缓缓后退，那一刻车里所有人都醒了，运输车上李岩开启车灯，两道强力的灯光穿透黑夜，赖杰光着脚冲下车来，刘砚抛出三把枪，数人反应一致各抓住一把。

紧接着下一秒，刘砚关上车后门，开启所有防御设施。

不到短短10秒，战斗准备就绪，配合堪称完美。赖杰接到霰弹枪，蒙烽是机关枪，闻且歌用AK，搭配得无懈可击。

赖杰边上保险栓边漫不经心道："你看，小砚很认真，不想当咱们的负累。"

蒙烽不接话，说："那边草丛里有敌人。"

赖杰道："散开包围。"

刘砚的声音从扩音器里传来："红外线显示是一个人……不是丧尸……草丛里的人给我出来！否则开枪了！给你五秒时间！五！四！……"

扩音器声音开到最大，刘砚的气势登时压倒全场，闻且歌把枪一收，忍不住莞尔。

草丛里窸窸窣窣，高举双手，爬出来一个人，满脸污黑，是个十来岁的少年。

蒙烽与闻且歌各自把枪一收，上车去睡觉，那少年全身污脏，穿着破破烂烂的灰布裤子，看上去像山里的住民，身边有一个大帆布袋。

"我是活人咧，大哥，"那少年一开口就是本地腔，"有吃的没有？"

赖杰取了试纸给他检查，说："没有，你叫什么名字？你们的避难处在哪里？"

他检查那少年的舌苔，又看他耳后血管，看了一眼他身边的大帆布袋，问："你叫什么名字？那里面是什么？"

少年神情变得十分古怪，马上道："李庚宝，没有东西。"

赖杰打开他的帆布袋看了一眼，里面装着两具被子弹爆了头的尸体。

"你带这玩意儿做什么？"赖杰道，"是你的家人？"

李庚宝只是憨笑，不答话。赖杰过去拿了两个罐头给他，说："你在这里先睡着，明天带我去你们的避难所。"

"中！"李庚宝马上道。

翌日清晨，个个一脸疲惫打着哈欠起床，李庚宝却早早收拾好了坐在井边，刘砚与李岩各开一车，开始搜寻幸存者。

4月30日

我们沿着崎岖的路在山中转折，李庚宝用带着河南腔的话解释，他们是最早的时候，第一波丧尸潮暴发时就逃进山的。当初进山的人足有好几万，D市一带的历史中，一有大规模瘟疫暴发，周边城市居民便会依靠嵩山逃难。

山里的寺庙会自发赈济，治疗难民，然而这次没人说得出是什么病，当地人认为是恶鬼侵扰、中邪。寺庙里的和尚也解释不出个所以然来，只能按土法子治疗。

然而，人实在太多，病毒在山中又经过几次暴发，丧尸游荡进山里，令更多的村庄连环感染，所幸中原地区的冬天仍会下雪。一轮寒潮后，有上万人活了下来。

他们分散在山洞里以及百年前的山区防空洞、寺庙废墟里。派人出去打探消息，周围的城市丧尸仍在肆虐，南下的北地尸潮掠过。出去的人带回了更多的病毒，连带着污染了整个山区。在我们不知道的地方，有接近20万只丧尸在游荡，这些丧尸是零散的，没法集中消灭，我们开车一上午，兜兜转转，碰见了上百只。

与李庚宝语言不太通，他说来说去，我们勉强只能听懂一半。蒙烽和赖杰两个人渣，老逗弄农村小青年……

赖杰坐在对面，伸着脖子张望。

刘砚迅速把日记本啪的一声合上，警惕地看着赖杰。

赖杰无辜地说：“蒙烽，他居然在日记上乱写，说咱们逗弄农村小青年。有这回事吗？”

蒙烽说：“实话说吧，我就是很讨厌刘砚这点，他总是很喜欢在日记上抹黑别人……”

刘砚忍无可忍道：“你们适可而止点吧！我记个日记关你们什么事啊！这是我自己的东西！”

赖杰道：“你的日记本上提到我多吗？”

蒙烽说：“你省点吧，他就说了我几句，让你跑龙套就不错了。”

“你偷看我的日记本？什么时候？”刘砚拿起一个小遥控器，冷冷道。

蒙烽一副无所谓的表情，哼着歌，装聋作哑。

刘砚启动遥控器。

山路上，前后行驶的两辆汽车里，前面那辆忽然间电光乱窜，整部车里噼里啪啦一通乱响，后车厢里的赖杰和蒙烽被电得口吐白沫，全身抽搐倒在椅子上。

“两万伏电压，防车内外袭击的保护装置，”刘砚道，“挺有用的，以后躲在车里就安全了。”

赖杰一张脸痉挛变形，朝刘砚竖了个拇指。

当天午后，他们抵达山间岔道，前方已无路可走，车开不进去，幸存者们的避难处照着李庚宝指的路，还得徒步行走三个小时。

赖杰说：“太远了，山谷内不利于直升机降落。闻弟，把车朝山顶开。”

闻且歌勘察周围地形，在峰顶附近找到一个铺满砖石的宽敞平台，车停在平台边缘，赖杰让所有人下车，扫了一眼，附近正好有个信号塔。

“选这里当据点。”赖杰说，“刘砚你看家，等我们回来。”

队员们分了枪支，蒙烽穿着件背心，胸口交叉缠了两大排弹药，一把超长单手机关炮扛在肩上，颇像个未来战士。

刘砚道：“我觉得你应该让他去把还活着的人叫过来。”

“不行，”赖杰说，“说不定有感染的，你看他还带着尸体。”

刘砚说：“不，我总觉得这里不太安全。”

赖杰道：“需要留个人保护你吗？你如果留在车里，别开车门一定不会有问题。”

刘砚说：“我不是说我自己，我怕你们有危险。”

蒙烽不耐烦道：“你别啰唆，听队长的话！”

刘砚道：“这山里全是丧尸，我刚测试了一下新的感应器，山里到处都是，只怕有上百万只！”

赖杰道：“刘砚上士！”

刘砚不吭声了，赖杰说：“这是命令，我命令你留在这里，其他人跟随我去执行任务。平时怎么开玩笑无所谓，关键时刻，你必须服从命令，否则不管你多有才华……”

刘砚没理他。

“听着，”赖杰怒了，揪着刘砚的衣领把他推到车边，“听清楚！看着我，正眼看着我，别那副不服管的样子！”他以一只手指蛮横地戳了戳，冷冷道，“我不需要指挥不动的机械师，听命令，否则就回去，你自己选。明白吗？”

"明白。"刘砚道。

赖杰交给他一把信号枪，说："发生任何事，哪怕一只丧尸爬上来了，都朝天发信号弹，并且打开通话器，我会派人回来支援你。"

"你的感应器能探测那么多丧尸？"李岩问。

刘砚说："我把卫星同步信号增幅了，覆盖面广了很多，但是精度也大大降低，还不确定是不是真的有这么多。"

赖杰道："这个回来以后再说，各单位出发。"

蒙烽让李庚宝带路，众人沿着曲折的羊肠小道下山。

闻且歌走在最后，拍了拍刘砚的肩膀，说："他没有恶意，别放心上。"

刘砚示意无妨，送走他们，上车等候。

他戴上耳麦，随口道："你们距离标注目标方位5公里，预计抵达时间下午3点。"说着，在车厢内开始放音乐，并取出零件组装。

蒙烽说："刘砚，千万别下车，听见了吗？"

刘砚不回答，耳麦内一片静谧，队员们第一次戴上通信器，反而都不太习惯。刘砚刚被训完，所有人都有点尴尬，谁也没说话。

"声音大点，"赖杰问，"你在听什么歌？"

刘砚把耳机摘下，挂在音响边，清新的民谣响起，声音带着淡淡的惆怅。空山里天灰沉沉的，树木带着一股阴冷之气，音乐与四周的环境融为一体。

"刘砚，你在做什么？说句话。"蒙烽的声音从挂在一边的耳麦内传来。

刘砚答道："改良一个新型号探测器，经过昨天晚上的事，我想让摄像头也能探测到人类生命体的接近。"

闻且歌笑道："果然是个机器猫。"

刘砚说："这个听起来挺复杂，实际上很简单，只要把温度波段朝上调，再设置一个范围就行了……已经快改装好了。"

闻且歌又问："你每天对着那些电路板，不会枯燥吗？"

蒙烽说："哎，他的兴趣本来就很枯燥的，人家乐在其中啊！"

下午两点。

刘砚把一个广角摄像头组装好，下车寻找位置固定，打开按钮。

摄像头刚开机便嘀嘀地响起，刘砚蹙眉转头，扫视山顶平台，空旷无人。

这个广阔的平台从前是个古代的封禅台，屹立于嵩山最高点，朝下则是漫漫云海，一望无际。

坏了？刘砚上前拆开盒子。

“把手举起来，”身后有人冷冷道，“转过身，别乱动，否则我开枪了。”

刘砚缓缓举起手，转过身，面前是个男人，手持子弹上了膛的猎枪。

男人普通话很标准，看上去不像当地人，说：“把车钥匙交出来，扔在地上。”

刘砚道：“遥控的，不用车钥匙，你叫什么名字？哪儿来的？想做什么？”

男人道：“别废话！遥控器在哪里？”

刘砚道：“车上，有一个工作台，旁边的遥控器，拿来给我。”

男人道：“别玩花样，过来，到这里来。”他手持猎枪指着刘砚示意他走到车后，转身上车，一手端着猎枪，侧头看了一眼，拿起桌上的遥控器。

刘砚说：“红色的按键是启动全车能源系统，绿色的按键是开前车门，必须先按红的，否则会触发警报……”

话未完，男人按下红色按键，噼里啪啦被电得倒在车里，昏了过去。

刘砚面无表情地走开，把盒盖归位，上车从抽屉里掏出一个手铐，把男人铐在车里的一根横杆上，拧开水壶，浇了点水在他头上。

男人醒了。

刘砚问：“叫什么名字？”

“你们是什么人？”男人猛烈地挣扎，“放开我！”

刘砚道：“连我们是什么人都不知道，还敢过来打劫，胆子可真够大的。”

男人吼道：“快放了我！不然你会后悔的！”

刘砚按了下遥控器，又把那男人电昏过去，整个车体内只有工作台前的座椅是绝缘的。

再浇点水，男人又醒了。

“叫什么名字？”刘砚重复道。

男人：“李……李鑫铠。”

刘砚：“住哪儿？”

李鑫铠马上道：“有丧尸来了！快去山谷里救人！东南边的丧尸全朝着这里来了！”

刘砚马上到工作台前大声道：“呼叫本队，蒙烽，听到了吗？”

耳机内没有人回答，一片丧尸的哀号声。

过了许久，赖杰的声音才响起。

“说。”

刘砚说：“我抓到一个人，他说东南边的丧尸正朝着山里来！”

赖杰语气森寒：“知道了，马上回来。”

赖杰与蒙烽、闻且歌四人站在一座吊桥上，吊桥另一边的山崖上是个废弃的村落。

吊桥下的10余米处是一个坑状的山谷，山谷里黑压压的，近千只丧尸拥挤在一处。李庚宝蹲下解开蛇皮袋，把一吸二次死亡的丧尸扔了下去。

刹那间，下面的丧尸声音大了些，争相抢夺尸体。

吊桥上的人俱是一阵恶寒，李庚宝没事人一般收起蛇皮袋，说：“俺村的人都在那边呢。”

“这是什么……”赖杰难以置信道，“你们在这里养了多久的……丧尸？”

李庚宝憨憨地笑了笑，说：“没办法，没东西给它们吃，别的不中，只能出村去找……哎！咦，有人来救俺们了！”

村落里有上千人，警惕地看着赖杰一行人。

赖杰道：“我们是国家搜救队的人，这里有多少人，马上叫出来集合！国家让我们送你们去避难！”

“我们还需要大约半个小时，”蒙烽说，“刘砚，你那里问题大吗？”

刘砚睁大眼睛，看着卫星传回的地图，按了几下放大键，方圆近300公里地域内的丧尸果然正在朝他们的据点集合。

“按行进速度，大约还有20个小时。”

“够了，”蒙烽马上道，“全部到空地来集合，不要带东西，快！”

赖杰出示证件，闻且歌与李岩持枪挨家挨户敲门叫人，整个山崖上聚集着上千户人家，嘈杂的声音、焦急的面容、难以沟通的语言都成了撤离最大的阻力。

头顶是一座悬空的寺庙，赖杰仰头看了一眼，跃上蜿蜒的小道，敲响寺庙中央的一口大钟。

蒙烽扛着机关炮大声叫嚷，催促住民动身，其中混杂着不少居民，急促地说着什么。蒙烽道：“有管事的吗？来个管事的！”

一名披头散发的女孩道：“我！你们是军人吗？”

蒙烽：“太好了，你叫什么名字？”

那女孩道：“我叫孙晓玥，是带团来的导游，现在怎样了？朝哪里撤？”

蒙烽道：“你负责带人朝山顶走，沿着山路到山顶上去，我们的队友在那里等待接应，马上有直升机过来接你们去避难所。”

孙晓玥马上跑向一间民房，翻出一个导游专用的喇叭，喊道：“各位乡亲父老！军队已经来接我们了，大家跟着他们走，很快就安全了！”

她用普通话和当地方言各喊了一次，闻且歌带头从吊桥离开，孙晓玥挨个清点撤离的百姓，片刻又有人挤过来，问道：“是去哪里？”

“公海！”蒙烽在一片混乱中朝他喊道，“国家的救援基地。”

“我要去K市……K市，送我到那附近也可以……”那中年人操着港腔普通话道，“先生，这个给你！帮我联络一下！我要回K市……”说着，摘下金戒指、金项链塞到蒙烽的手里。

“不能去那里！”蒙烽大声答道，随手接过金项链和金戒指就朝口袋里塞，“你必须去公海，那里才是最安全的！”

“K市已经没有了！被核弹夷平了！蒙烽中士！你在做什么？我要通报批评你！”赖杰怒吼道。

蒙烽偷鸡摸狗被发现，只得把金项链还给那港商，推搡着他道：“快走快走！”

一眼望不到头的幸存者开始撤离。

最后起程的李庚宝拖着辆板车，赖杰大吼道：“那是什么？别朝人堆里挤！”

李庚宝道：“是俺爷爷！”

赖杰与蒙烽难以置信地站在板车前，板车上用麻绳捆着一个丧尸老人，它的嘴里满是鲜血，瞪着赖杰，头部和颈部已经开始腐烂，身上盖着几个麻袋。

蒙烽把麻袋掀开看了一眼丧尸的身体，马上盖了回去。

“它已经不是人了，”赖杰道，“把板车扔掉。李岩，过来给它测试身上的病毒。”

“你把……”李岩几乎要吐出来了，李庚宝手里还拿着半只小孩的手，喂他的爷爷。他把李庚宝推到一边，仪器在它身上上上下下扫描着。

赖杰用枪抵着那个老头腐烂近半的头，不由分说就是一枪。

李庚宝发出疯狂的哭声，引得逃难队伍的人纷纷回头，闻且歌马上朝天鸣枪，一声巨响。

“别看！继续走！”导游孙晓玥大声道，“别管他们！”

赖杰把板车踹下悬崖，吼道：“你们这些蠢货！还有多少人？”

蒙烽怔怔地看着村落深处，半天说不出话来。

山路上有一队板车，上面都绑着丧尸，拖车的人有男有女、有老有少。赖杰按着那号啕大哭的少年，转身道：“找个说话清楚的，我要问话！”

孙晓玥仍在安排人撤离，看见赖杰杀了一只丧尸，忙转身跑来，喊道：“别胡乱开枪！”

蒙烽上了后山的道路，沿着板车挨个开枪，登时引起无数人绝望的哭号，更有人扑上来要和蒙烽拼命。

“他杀了俺妹……”声音远远传来。

蒙烽愤怒地大骂，挣开不明状况的村民。

赖杰拉住跑过身边的孙晓玥问：“这是怎么回事？他们把丧尸养在村里？你知道情况吗？”

孙晓玥答道：“这些丧尸和峡谷里的不一样，它们不吃亲人！前段时间有医生说只是中邪了！”

赖杰忍无可忍道：“这是什么中邪？他们不懂，你们城里来的人也不懂？”

孙晓玥道：“没办法，我们根本没法阻止当地人，只能搬到寺后的山上去。你现在……我的天哪，全部都杀了？别这样！”

赖杰说：“必须杀！他们就每天抓人去喂这些丧尸？”

孙晓玥不悦地说道：“没有，大多数都是吃生肉，鸡、鸭都吃……同类的尸体也吃。”

赖杰马上喝道：“蒙烽！别管他们！都杀了！”

又一声枪响，赖杰站着不说话，孙晓玥又道：“能治好吗？你看那孩子……”

李庚宝坐在地上，绝望地大哭。

赖杰说：“进化得这么快了？”

孙晓玥又道：“但是饿了会非常暴躁，只有给它们东西吃，才会安静下来。”

赖杰道：“必须全杀了，身上都带着病毒。你们真是命大，和丧尸住了这么久居然没被咬伤。”

“走！快走！”蒙烽粗鲁地吼道，一手挡开冲上前的人，不住地踉跄着退后。

赖杰掏出霰弹枪，朝着山壁悍然开了一枪。

山路上的人大声喊叫，岩石被弹珠击得四处纷飞，那一下安静了。

赖杰大吼道：“马上离开这里！谁再不走老子崩了他！”

当天傍晚，山顶平台上聚集了所有的村民。

刘砚把李鑫铠放出来，那名叫李庚宝的一见之下便大哭道：“叔——”继而，扑在其叔怀里。

“怎么了？”刘砚远远道，“过来我看看。”

蒙烽被村民们的砖头、木棍打得满头包，更有不少村民呼天抢地地号啕大哭，失去了亲人的要上前厮打。

刘砚忍不住莞尔，然而发现蒙烽抬手不住躲让，竟是不敢还手，刘砚喝道：“干什么的？别动手！”

蒙烽在推搡中退后，几乎要被推下山去，场面一片混乱。刘砚见势头不对，打开特斯拉线圈，登时一道连环闪电把一大排人放翻在地。

平台顶上又安静了。

“刘砚！你在做什么？”赖杰怒吼道，“怎么能做这种事！”

刘砚冷不防地被赖杰一巴掌打在头上，太阳穴剧痛，嗡的一声，额头至眉角火辣辣的。

赖杰道：“孙导游，让他们都就地休息。”

蒙烽在车后坐着抽烟，众人聚集到一起，赖杰道：“开个会，我问过他们，人基本都在这里了。”

“你刚刚那一下放电，”赖杰的食指几乎要抵到刘砚的喉咙，“如果有人摔下山死了，你要怎么办？你能对人命负责吗？”

刘砚道：“不小心按错键了，我只是想聚能吓一吓他们。”

赖杰道：“还狡辩！”

刘砚一下就被揭穿了，只得规矩认错。赖杰又道：“以后给我记着，无论什么情况下，都不许对老百姓动粗！场面在可控范围，还不到要采取行动的时候。”

蒙烽道：“别骂刘砚，是我没处理好。”

赖杰说：“算了，现在是非常时期，不罚你们，现在情况是这样的……”

赖杰把自己所见粗略说了一次，队员们大概都知道了，那话显然是对刘砚说的。

“你觉得呢？”赖杰说。

刘砚答道：“不知道。”

赖杰问：“你不是很有想法的吗？”

刘砚不吭声了。

赖杰真是头大，知道刘砚在消极抵抗，他又看蒙烽，只觉气不打一处来。

赖杰沉声问：“刘砚，你现在还觉得自己没错？”

“他不是当兵的，”蒙烽忙道，“你不能用当兵的那一套要求他。刘砚，你别生气了，现在不是生气的时候。”

刘砚静了片刻，转身上车去。

“下命令吧，”闻且歌说，“有丧尸过来？快来不及了。”

赖杰安静了一会儿，说：“蒙烽，你去看看仪器是怎么回事。”

话音未落，刘砚下车扔过来一张地图，上面是红笔圈出的大致范围以及几个箭头。

蒙烽问：“你确定吗？最好再核实一下。”

赖杰说：“刘砚，你得保证这个数据没有差错。”

刘砚没鸟他，再次转身上车，摔上车门。

赖杰一手毫无意识地在空中晃了晃，李岩马上掏了个罐头递过去，赖杰朝着地上狠狠一砸，出了口长气。

“蒙烽，”赖杰问，“你有什么好的主意？”

蒙烽看了一会儿地图，又看山下。

“我们的炸药不够，”蒙烽道，“微型核弹用掉了，就算有也不能用在这里，首要的任务是把人全转移出去。”

“很好，”赖杰道，“按这个路子来，山顶适合当停机坪。现在抓紧时间把信号发射器装上对面山头的信号塔，呼叫总部来把人全部接走。”

蒙烽缓缓点头，说：“山下的通道全部炸掉，让山体塌方。”

闻且歌道：“但总部把人接走了以后，我们怎么撤离呢？山下一定全被丧尸包围了，你该不会想让机器猫把车改成直升机……”

“我没这个本事。”刘砚在扩音器里冷冷道。

“让直升机把两辆车吊走，”赖杰伸出食指在头顶转圈圈，嘴巴“嘟嘟嘟”地模仿着螺旋桨的声音，“现在开始，都去干活。闻弟装信号发射器通知总部，蒙烽去装炸药炸山路，李岩去把吃的分给他们。”

蒙烽进去取雷管，他们在登封用掉近八成，剩下的没多少了。赖杰又道：“留条小路，以防万一。”

刘砚面无表情，看着屏幕发呆，地图20公里外，到处都是光点。

赖杰坐在车后抽烟，直到天已全黑，闻且歌回来了，山下传来爆炸声，大地阵阵颤动。

蒙烽拿了吃的进来放在工作台上，说：“吃饭了，给我点你发明的那种铁钉炸弹。”

刘砚说：“架子上，自己拿，剩下20个了。”

蒙烽取了炸弹下车去，在山路上每隔百米埋下一个地雷。

长夜到来，峰峦顶部，不少人纷纷点起蜡烛，烛火在山风里忽明忽灭地摇晃，仿佛一场盛大的祈天祭礼。

他们相携恸哭，祈祷他们死在蒙烽枪口下的亲人安息。

闻且歌单膝跪在地上，身前围了一群小孩。

“别哭，都别哭，”闻且歌说，“大哥哥变个魔术给你们看。”

刘砚转头朝车外看去，闻且歌就像名舞台上英俊的魔术师，左手举着根狗尾巴草，右手手指碰了碰它毛茸茸的头，狗尾草嘀嘀嘀地开始叫。

小孩子们笑了起来，有人伸手来碰，狗尾草不叫了。

他自己碰了碰狗尾草，狗尾草又嘀嘀地叫了。

他拿着草，让小孩子们依次来摸，狗尾巴草不住地发抖，边抖边嘀嘀地叫。

刘砚蹙眉想不通，小孩子们纷纷被逗得大笑，最后闻且歌笑了起来，嘴唇一动，亮出压在舌底的小短哨子。

“切——”小观众们大笑着一哄而散。

刘砚无奈地摇头莞尔。

黑夜里，赖杰从几千根蜡烛跳动的微弱火光中经过，挨个检查幸存者们的情况，记录他们的名字。

刘砚问：“你剩几条命？”

“关你屁事。”蒙烽翻了个身，面朝墙壁睡了。

李岩躺在隔壁上铺的床上，玩着一把小刀，说：“头儿有点神经质，你别和他一般见识。”

刘砚道：“我知道。”

李岩说：“你知道老小的事吗？”

刘砚：“被吃剩一个头的技师？”

李岩哭笑不得：“谁说的？不是这样。”

37

孤岛

李岩：“那时人手正缺，老小连职高都没念完就上前线了。”

刘砚忽然道：“你是什么时候被招进来的？”

李岩道：“很早了，我会一点武术，在政法学院参加了跆拳道社团。离开学校的时候跟了一辆部队的车，一位部队大哥接到命令，带我和几个社员去海边等搜救队，丧尸太多，朋友们都感染了，那位部队大哥把我关在仓库里，以免我被感染。我在里头等了快两个月，幸亏有吃的，最后，赖杰搜救的时候发现了我，为了报答那位为我牺牲的部队大哥，我问头儿我够资格吗？他说勉强吧，现在也没人了，我就加入了飓风队。”

蒙烽道：“他就是李嵩的弟弟。”

“你是李嵩的弟弟？”刘砚难以置信道。

“是，”李岩道，“你们碰上我哥了，对吗？”

刘砚叹了口气，李岩说：“林木森那斯也死了，我哥混账，成天跟他混。”

刘砚安慰道：“说不定没事，你看枫桦不也找到了吗？”

“嗯，”李岩出神地说，“我还剩两条命，头儿一直不让我做太危险的事。只要活着，总能碰面的。”

刘砚问：“闻弟呢？”

“四条，”李岩说，“离开永望镇后都没遭遇过危险。”

刘砚问：“赖杰自己呢？”

李岩说：“不知道，他没说过。以前老小没打疫苗，头儿说机械师打不起疫苗，他是飓风队的第五任机械师，老喜欢跟着头儿。”

“几岁？”刘砚心中一动，问道。

李岩说："17岁吧，记不得了，跳伞下来那会儿差点摔死。"

蒙烽道："和决明差不多大，真是造孽。"

李岩叹了口气，说："他很喜欢头儿，总喜欢找他聊天，或是开玩笑。"

刘砚问道："后来怎么了？"

李岩说："每次我们出来执行任务，老小总装模作样说他被丧尸围了，一群丧尸在车外头，多么危险，让头儿回来救他。"

刘砚心底升起一股难言的悲伤，说："赖杰都没回来过吗？"

李岩说："开始几次把我们都吓坏了，回来的时候好好的，顶多一两只丧尸，开车碾死就打发了，多的话他把车门关着，丧尸也进不来。头儿就不再怎么管他，说他贪生怕死。他一直和头儿套近乎，想骗支疫苗然后跑路，让我们也别管他。"

"后来有一次我们在W市，12月，要进一个大学去清除丧尸，顺便把外头的桥炸掉。头儿把车停在一个地下车库，让老小留下来接应。"

刘砚和蒙烽都没有说话，黑暗里只有李岩的声音。

"我还记得那天的前一个晚上，他坐在头儿的床头，说杰哥我有话对你说，头儿把他踹下了床，让他爬上去睡觉。第二天他又在全队的通信器里说：'杰哥，你回来见见我吧。'头儿说：'别胡闹，回来揍死你。'当时，我们进了桥底铁横梁，通信器声音不太对劲，沙沙响，头儿以为是坏了。后来听见老小不停地喊'救命、救命，杰哥你快回来，我要死了，想见见你……'头儿骂他说'滚，又来这一套，疫苗不能给你打，省点吧'。"

刘砚道："他死了？"

李岩说："嗯，我们都对不起他，老小被骂完就不吭声了，我们走了一段，头儿觉得有点不对劲，问他没事吗？他说没事。那会儿我们刚好也被一大群丧尸围着，抽不出身，桥的两面全是丧尸，要车上指挥调度。老小的声音一直在发抖，给我们说了路线，让我们分头埋炸弹再会合。当时我还想多亏有他这么镇定，否则大家都得死在桥上了。"

"执行任务回来，车门里趴着只丧尸，后车门的车锁坏了，"李岩说，"里头还有一只，两只都被老小杀了，他躺在工作台下面，失血过多死了。身上被丧尸咬了好几个地方，手里拿着枪，脖子上、地上、椅子上到处是血。头儿从那天开始，就有点不太对劲了。"

一阵沉默。

李岩叹了口气，而后哑着嗓子道："头儿觉得……是他把老小害死的，所以有点精神病，时好时坏，起初那几天他还自言自语，以为老小还在。吃饭也多摆个罐头在工作台上，你别和他计较，大家心里都不好受。"

蒙烽说："过去的事就过去了，人总得朝前看。"

李岩说："嗯，刘砚，闻弟说你平时看上去挺冷，但心肠热，别和头儿一般见识。"

蒙烽说："17岁，还是个小孩，太造孽了……"

刘砚叹了口气，说："别说了，睡吧，下半夜还得值班呢，我宁愿没听过这个故事。"

凌晨3点，刘砚听见赖杰进来换班，蒙烽出去值巡，他的意识有点清醒，却因为睡意而逐渐模糊，懒得不愿意睁眼。

赖杰在下铺坐了一会儿，起身帮李岩拉好被子，山间的夜晚仍有点凉。

他从床下翻出一床被子，撂在刘砚身上给他盖好。刘砚几乎能感觉到赖杰一直站在床边，看着上铺的自己。

床的高度刚好到赖杰的胸口，他伸出手，摸了摸刘砚的头。

刘砚趴着睡，侧脸贴着枕头，其面容像个未经世事的小孩。赖杰的手掌摸过他的短发，给他带来很舒服的感觉，就像被郑飞虎叫醒那天，有种安全感。

早8点，飓风队的队员都起来了，刘砚下床时摸了摸赖杰的头，赖杰怒道："没大没小！"

刘砚看了一眼，多了一双哆啦A梦的人字拖，便没说什么穿上。

山间布满迷蒙的雾气，白茫茫的一片，偶有鸟雀嘶哑的叫喊声，于林中此起彼伏。

蒙烽坐在平台的最东边吃早饭，逃难者们仍在地上睡着。赖杰下车道："刘砚，回去换战斗服，总部的人快来了。"

刘砚道："不忙，你的战斗汇报写了吗？"

赖杰从衣兜里抽出皱巴巴的一份手写资料，刘砚看了一眼，字写得乱七八糟，蒙烽说："比我的字还丑。"

赖杰道："别笑，不和你们闹，去换衣服。"

刘砚看了一会儿报告，说："我觉得还要补充几点。"

赖杰把人叫过来集合，刘砚取了平板电脑摊在膝前，照着赖杰的战斗报告开始录入，边录入边说："你其中提到一个问题，是丧尸们不再挑食了。"

没有人回答，刘砚并非想得到答案，而是预先设下个条件，马上又道：“所以它们有残存的记忆。”

蒙烽问：“对，你想说什么？”

刘砚道：“它们不一定只以人为食物了，也吃其他的，不管是活着的还是死的，村民们喂它们吃什么，它们就吃什么。”

蒙烽缓缓地点头，刘砚又道：“据此推测，其他的丧尸呢？它们如果找不到活人，会不会互相吞食？”

“你想利用这个让丧尸自相吞食？”赖杰蹙眉道。

“这只是第一个假设，”刘砚道，“互相吃以后，会造成什么结果。这就是你呈交报告里没有提到的。交给第七区分析。”

“可以，”赖杰如是说，“把这个加上。”

刘砚又道：“假设丧尸们找不到食物，除了互相吞食之外，会不会去吃其他的东西？这个很重要。”

这话一出，数人同时意识到一个非常严重的问题。

刘砚一边飞速打字一边说：“丧尸还会吃什么？吃飞禽走兽？山里的动物？假设它咬伤或者抓伤一只小动物……就松鼠吧，这只松鼠如果又逃掉了，会怎么做？它会像人类一样，噬咬同类？同类逃掉以后，继续啮咬其他的同类？会不会像丧尸潮最开始在人类族群中暴发时那样？丧尸吃植物的话呢？”

蒙烽道：“我觉得第七区已经做过这个假设了，目前没有什么特别的指令。”

刘砚说：“它们也不完全清楚特性，除了各个队伍提供丧尸样品给总队带回去研究，外加咱们这些人的战斗报告，还有什么渠道能知道丧尸的进化方向？”

“不错，”赖杰果断道，“这点至关重要，虽然不知道其他队是不是也碰上了和我们一样的问题，但一定得加上去。”

“哟——”李岩给了赖杰肩膀一拳，“头儿，你终于能升官了。”

“说什么呢，”赖杰一本正经道，“能活着回去就知足了，写吧，刘砚。”

刘砚进车里把战斗报告打印出来，这时候山下的丧尸已多了不少，拥挤在山下却无路可走，唯有一条十分狭隘的小路。

大部分丧尸还没爬上山来，便被同伴挤得摔下山去，一时间百丈高崖上，坠入深谷的闷响声接二连三地响起。

“我怀疑这个山里，”刘砚交出战斗报告，“探测仪上显示的上百万只感染体，至少有一半是动物。”

刹那间，所有人安静了下来。

蒙烽马上回过神，反问道：“那么在咱们进山的时候，这些丧尸动物怎么不来攻击？”

刘砚道：“这也是其中一个疑点……我之所以没有说，就是因为怎么没丧尸动物来攻击？很奇怪……想不通。可能它们对人类没有兴趣，就像最早被感染的人类，对其他动物没有兴趣一样，能烧山吗？”

赖杰沉吟片刻道：“不能，现在正是春夏交际，又是雾天，根本烧不起来。”

蒙烽道：“不管了，密切留意山下，大家把汽油多拿点出来，顺着山路朝下浇，方便随时点火。喷火枪拆卸下来，支在山边，反正补给快随着救援队到了，只要救援队抵达，一切好办。”

众人开始动手架设，刘砚上车去调整特斯拉线圈，将发电机功率调到最大，开始预热以防万一。

上午10点。

嵩山绝顶，茫茫雾海在耀眼的日光下消散，数天以来，崇山峻岭间第一次放晴，蒙烽引爆了第一颗山路上的地雷，轰然一声响，上百只丧尸被炸飞，落进深谷。

“没有预料中的多，”蒙烽朝山下看了一眼道，“顶多10万只。”

一旦超过了某个数量，刘砚就没法判断有多少了——密密麻麻的丧尸群积在一起，10万只还是20万只，抑或是上百万、上千万只，对他来说根本没多大区别。

“嗯，”刘砚发自内心地佩服他，说，“10万只，你真厉害。”

蒙烽以为刘砚在说反话，收了枪，不悦道：“你不嘲笑我几句会死吗？”

嗒嗒声响，十余架大型军用直升机沐浴着阳光飞来，狂风卷起，将平台上的粉尘吹得四处飞扬，赖杰让其他人守住，顶着狂风喊道：“分批降落！快！别关引擎！”

“赖晓杰！”一名驾驶员喊道，“来领你们的物资，你胆子太大了，山里全是丧尸啊！”

赖杰大喊道：“一切从速！没时间点名了！检疫员马上开始！过一个上一个！”

物资被拖下来扔在地上，驾驶员大吼道：“是你们技师申请的三硝基甲苯！你给我小心点！”

刘砚出了满背冷汗，上前提着箱子放进车里，每次两架直升机降落，螺旋桨轰鸣声中直升机的吊架仍未曾触地，山下满是丧尸，隔一会儿蒙烽便引爆一枚炸弹，所有人的心都提到了嗓子眼儿。

最先抵达的两架直升机启程，离开山顶，后两架接上，几只丧尸爬上山路的尽头，引起一阵骚乱。

“别害怕！”孙晓玥大声道，“都别怕！啊——”有丧尸压倒了铁丝网，一声尖叫从扩音器里传出，人群登时炸了锅，纷纷朝直升机处挤。

蒙烽抬手拨转背后机关炮，金属声响，扣动扳机就是一炮！

蒙烽微微躬身，消去后坐力，一道炮火飞出，将那几只丧尸轰出高台，断线风筝般坠下山谷。

“你叫什么？”刘砚吼道，“安静点！”

又有两架直升机起飞，人群拥挤，闻且歌持枪在前维持秩序，吼道：“再挤我要开枪了！”

朝天鸣枪数次后，人群方逐渐安静下来，山下丧尸犹如永远杀不完般接连爬上，直到最后一架载人的直升机飞走。

螺旋桨轰鸣，运输机垂下钢索，赖杰吼道：“刘砚上车！其他人接钢索……”

说时迟，那时快，山林里升起躁动不安的气息。

远隔万里，四野空茫，千万里灰蓝天空，压顶黑云化作一道高速旋转的景象，刹那间一收——

隐没于刘砚漆黑深邃的瞳孔之中。

“有危险！”刘砚本能地大吼出声，“找地方躲避！”

千万只惊鸟发出刺耳的噪声飞出树林，冲向空中的直升机队伍！聒噪声犹如撕裂灵魂的利器，漫山丧尸大声惊嚎。

阳光被瞬间遮没，黑压压的一片，光线一暗，密密麻麻的鸟雀冲过他们的头顶，赖杰朝天鸣枪继而大吼撤离，离开的直升机马上拔高，螺旋桨被鸟雀群登时缠上，发出爆裂声响。

“刘砚！”蒙烽发狠大吼。

“系上防弹衣！戴头盔！”赖杰吼道，“双手护住头脸！”

刘砚双手护着头顶躲进车下，到处都是纷飞的羽毛与枪响，他趁机冲进车内，抛出武器箱，哗的一声覆盖式头盔散了满地。

四名队员从不同方向冲至，就地一打滚捡起头盔戴上。

所有直升机竭力拔高。高处发出惨叫声，鸟雀循着未曾关好的后舱门冲进舱内，砰砰乱响，有人从空中坠下，还未落地便被千万只飞鸟撕成碎片！

刘砚怔怔地望向车外，那时山林中被病毒感染的鸟类已经汇聚成一股恐怖的洪流，冲向天空！

蒙烽与赖杰各操纵一把喷火枪，刹那间烈火漫天，喷向山谷高处。

飞在最后的一架直升机发出砰然声响，顶端引擎爆炸，撞在山岩上发出一声巨响，化成滚滚燃烧的火球坠下山谷。

“当”的一声巨响，环形音波扩散，扫飞了天空中密密麻麻的飞鸟，紧接着九架直升机通体释出电压，破空飞去。

最后一辆运输机要降落，鸟群转而扑向平台，从四面八方冲向直升机，到处都是横飞的破碎血肉与羽毛，赖杰朝驾驶员吼道：“别管我们！你快走！”

刘砚一按遥控器，啪的一声，连环电流清掉车体周围的丧尸飞鸟。赖杰不住地大喊，队员们朝着基地车回援。

刘砚发抖着迅速翻出一个收音机的电路板，接在蓄电池输出口上，几下缠好黑胶布，拧开电流。

喇叭里传出持续的尖锐声音，就像在舞台上麦克风打开时，那令人颇不舒服的尖鸣声，在耳鼓内回荡。

刘砚将功放调到最大，一拧蓄电池，嗡的一声尖鸣，频率高得刺耳。

“你在做什么？”蒙烽吼道，“开线圈！”

“太多飞鸟了！线圈没效果！”刘砚大声答道，手指缓慢拧动调频旋钮，外面是暴雨般的撞击声，一阵比一阵急促，一阵比一阵大，窗玻璃在鸟群猛烈的撞击下疯狂地震动。

运输机在千万只鸟雀的飞扑下离地，转向东南要离开山谷，却在鸟雀的疯狂撞击下倾斜了一个角度。

瞬间螺旋桨刮中一片山岩，砰的一声旋轴断裂，呼呼地打着旋飞向平台。

“卧倒！”蒙烽竭力吼道。

四人同时一个飞扑卧倒，直升机撞山爆炸，化作惊天动地的刺眼火球。气浪卷着螺旋桨飞来，擦着他们头顶飞过平台，钉在侧峰上。

嗡嗡的电流声越来越响，漫天鸟雀失去了目标，同时从各个方位扑向平台！

刘砚手指发着抖，电流声频率终于对上，尖锐的电流声响彻耳鼓，在山谷中回荡。紧接着鸟雀发出嘶哑难听的叫声，哗的一下朝四面八方飞散。

一瞬间，漫天丧尸鸟群就那么散于无形。空旷的平台顶上，唯有基地车的电流声刺耳鸣响。

三秒后，刘砚关了扩音器，四周安静了。

“说实话，我觉得这次……你能升官的概率实在不大。”蒙烽喘息着道。

赖杰摇晃起来，解下头盔，无奈道：“我就是个万年垫底的命，差点连小命都交待在这里了。”

他们面对着一望无际的山林。

灰白的天空下，漫山满谷的丧尸，直升机坠毁，其余所有飞机队伍都已离开。

唯有这么一座孤立无援的平台，犹如丧尸潮中的孤独海岛。

38 突围

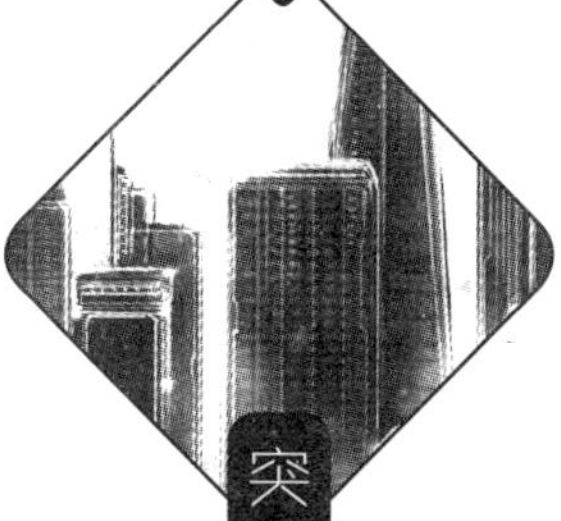

“补给是刚到手的，”刘砚道：“有5公斤TNT炸药，两万发哈齐开斯机枪子弹，螺旋霰弹改良装5000发，手雷120枚，NATO枪弹12匣，通用手枪子弹……”

“定位地雷10个，微型核弹一枚，所有机械设备运转正常，报告完了。”

“能再联系上总部吗？”闻且歌朝山下眺望。

“毁了，”赖杰说，“你看信号发射塔。”

山头一侧，信号发射塔歪歪斜斜地拦腰折毁，蒙烽朝山下看，开口道：“丧尸越来越多了，附近城市里的都在朝这里聚拢。”

赖杰坐在弹药箱上，手指反复地摩挲着自己的下巴。

“为什么丧尸们都在朝这里聚集呢？”赖杰眯起眼道，“我觉得这说不通，它们怎么知道山里有人？”

蒙烽道：“这些丧尸很奇怪，你们注意到了吗？它们和从前的不一样。虽然杂乱，但隐约在遵守某种秩序，没有胡乱朝山上挤，就像在排队一样……就像自己知道，乱挤会掉下去。”

至此，众人都隐约觉得蒙烽说得有道理，这些丧尸里说不定有个头儿，否则不可能会像在排队上山一样。依照本能，它们只会乱挤乱拥，后面的丧尸为了更靠近食物，把前面的挤得掉下山路。

但这个设想太过匪夷所思，几乎推翻了先前他们对丧尸的所有印象，然而看山下前赴后继攀爬的丧尸，就像一支有纪律的军队，说没有一个控制系统是不可能的。

赖杰说：“你认为这是一支军队？”

蒙烽道："教官说过，凡是有秩序的敌人，都一定有某个控制中枢在予以调配。如果在空旷的地方……它们的后方扔一个饵，你觉得它们会转身吗？"

众人都没有说话，许久后赖杰放下望远镜。

蒙烽道："假设有丧尸指挥官，这个指挥官应该在后方，扔一个人过去，指挥官势必会紧张，调集大部队回来保护自己，说不定一下山，路上全部的丧尸都跑了也有可能。"

刘砚调整红外线监测倍率，答道："但你怎么知道这个不一定存在的指挥官，就和人一样思考呢？而且迄今也没有发现特别异常的丧尸。"

赖杰问道："你相信这种事？"

蒙烽反问道："否则你怎么解释？"

赖杰不吭声了，刘砚不由得暗自钦佩K3的战术课程，看蒙烽那表情似乎也有点把握。

刘砚接过望远镜朝山下看，喃喃道："说不定就是很平凡的一只，和其他的没有区别，只能试，寻找它的隐蔽点，假设没有呢？"

蒙烽说："那么就两面夹击，寻找突破口，我从丧尸后方扫射，你们冲下山，在薄弱地方会合。"

赖杰缓缓地点头。

山下的丧尸越来越多，现在就算用炸药开路下山，随之而来的也将是更多的丧尸大潮。这里没有掩体，没有楼房可供爆破，一旦被丧尸堵上，势必哪里也去不了，只能在车上等死。

赖杰又想了一会儿，说："蒙烽，你的战术学得比我好，不管这是不是一支军队，都得引开它们，减轻突围压力。"

蒙烽说："对，山谷里的丧尸都聚集在上山的路前面，我们在山谷空地上投放一个饵，至少有一部分会转身去追饵，无论怎么说，都方便大家趁机突围。"

赖杰又道："行，咱们赌一把，我负责当饵。准备开车下山路。"

蒙烽道："不行！必须我去，山路太狭隘了，不能让刘砚开，否则一定翻车。我去当饵，你开车。"

赖杰道："我去，你留在这里保护大家。飞蝠服给我一件。"

闻且歌道："每次都是你做饵，总该轮到我们一次的。"

赖杰道："这是命令！"

刘砚说："都别抢了，不如我去当饵吧。"

蒙烽道：“这种时候，别说冷笑话行吗？别啰唆了！队长，你技术最好，你得开车，我当饵，否则我也会把车开进沟里的！反正也没人等我回来。”

刘砚说：“你真的好可怜啊，蒙烽中士！不如现在就去跳崖吧……”

蒙烽不理他，上车换衣服。

刘砚打开所有的监视仪器，迷茫地一眼扫过六个显示屏。上面几乎都是一模一样，重叠在一起的暗黄色人形光体。

他忽然注意到屏幕上最边缘的地方，有一个很矮的人影，没有动。

刹那间，刘砚背脊一阵发麻，转头道：“蒙烽。”

蒙烽解开衬衣扣子，现出古铜色健美的胸膛，眉毛扬了扬，问：“怎么了？”

“你看这里。”刘砚道。

蒙烽穿上飞蝠服，过来看显示屏。

刘砚再回头时，屏幕上那个很矮的光影不见了。

“奇怪……”刘砚道，“刚刚还在的。”

蒙烽问道：“你发现了什么？”

刘砚不言语，点开一个地图，对应该监视器覆盖的范围，是山体的里侧。

刘砚一脸迷茫，侧头时，和蒙烽的视线对上了。

蒙烽注视刘砚的双眼，帅气的脸上有点发红。刘砚正在想事，不自觉地舔了舔嘴唇。

“怎么了？”蒙烽看着刘砚的双眼，小声道。

刘砚摇了摇头，喃喃道：“我怀疑我已经发现它了，但它不见了，应该就在这一带范围里。”

“太远，”赖杰不知何时站在两人身后，“没法投弹，你确定是这里？”

刘砚不敢妄加揣测，蒙烽道：“试试吧，让所有人上车。”

“你是不是可以试试先找到它，”刘砚说，“说不定就不用麻烦了。”

蒙烽点了点头，赖杰又道：“万一不是呢？”

蒙烽随口道：“他说是就是吧。”

刘砚马上道：“我可没这么肯定啊！”

蒙烽看着刘砚，目光中带着熟悉的神色。刘砚静了片刻，而后道：“好吧，我觉得很有可能是，但你……”

蒙烽嚣张地以手指戳了戳，嘲讽道：“别怕，我还是相信你的这点小聪明……”

刘砚：“你不用反复强调这个问题！我完全没有任何异议，说什么自己都记得，走着瞧。”

蒙烽：“你走着瞧！”

赖杰：“不相干的事都闭口！说正题！”

蒙烽：“队长开基地车，李岩去开物资车，刘砚负责通信和看屏幕，闻弟负责保护开路的基地车，刘砚描述一下那玩意儿。”

“一个……不足一米的人形光体，是红外线探测到的。我看不清楚它的长相，我觉得应该是个小孩，它不动。在山谷里的边缘。”

“足够了，”蒙烽道，“出发。”

赖杰掉转车头，这时的每一分每一秒都十分宝贵，蒙烽说：“待会儿我解决了那只指挥官就朝西跑，你们下来接我会合，咱们想办法冲出山去……”

刘砚忽然道：“你还有几条命？”

蒙烽坐上副驾驶位，漫不经心道：“回来再告诉你，走！”

赖杰一躬身猛打方向盘，基地车发出巨响，将铁丝网撞得斜斜地飞下山谷。

转弯的刹那，蒙烽跃出车窗，犹如一道黑色利箭射向山谷。

“加油！”所有人齐声喊道。

蒙烽一头坠落万丈深渊，心内默计距离，紧接着舒展双手双脚，飞蝠服黑色的布帷在狂风中猎猎飘动，整个人犹如一只巨大的黑色纸鸢，飘向山体西侧的丧尸群。

基地车猛地一震，撞上堵在山路上的丧尸，闻且歌冲上副驾驶位，扯下虹片架在眉前，拉出机枪操纵杆按下连发按钮。

“抓稳了！”赖杰吼道。

一刹那，砰砰的子弹连发声响起，拦路的丧尸被撞下山路，沿途血肉横飞，赖杰将方向盘死命朝左打，隆隆声巨响，基地车贴着山壁刮出飞扬的火花，碾出一条血肉横飞的道路。

刘砚被撞得头晕眼花，蒙烽的声音从通信器里传来：“我落地了！这里丧尸实在太多了！到底在哪儿！刘砚，全局指挥！”

屏幕上明亮的红色高大人影是蒙烽，周围暗黄色体温略低的大批丧尸围了过来，六管臂式机关枪在蒙烽手上，瞬间，车里、车外、耳机中到处都是枪声。

“小心你背后！”刘砚大吼道。

蒙烽掏出罐头炸弹朝远处一扔，紧接着在地上一打滚，爆破声震得耳机嗡嗡作响，铁钉四处横飞，刘砚道：“头顶！”

丧尸越来越多，满山谷的丧尸竟是朝着蒙烽那里疯狂涌去，刘砚道：“在树后！它在树……”

说时迟，那时快，基地车一颠，刘砚后脑勺撞在车壁上，右后轮滑出山路，底盘擦着岩石飞速地一路摩擦发出刺耳的声响，三轮着地，一轮悬空地冲了下去！

赖杰猛打方向盘，吼道：“李岩，小心！”

后面运输车行至同一位置，猛地一刹车，在同一个位置颠了起来，两辆车轰轰烈烈地以同个姿势碾得山路破碎瓦解，石块纷纷掉下深谷。

“没听见！”蒙烽吼道，“刘砚！”

“树……”刘砚喊道，“它跑了！小心你左手边！”

五六只丧尸冲过来，扑在蒙烽身上，蒙烽咬牙一脚踹开正面那只，打滚躲到岩石后，架起机关枪，背靠山壁疯狂扫射，弹壳四处激飞，刘砚的声音从耳机里传来：“你的……左上方。”

蒙烽马上转头一瞥，一只断了双脚的丧尸以双手撑着岩石缓慢攀爬，从树枝上爬向悬崖的一块突出的岩石上。

蒙烽右手机关枪扫射不停，左手抽出腰间手枪，一发点射，砰然将那只残废的丧尸一枪爆头！

刹那间，群山中响起丧尸犹若洪流般的哀号，十万鸟雀惊飞，刘砚的瞳孔剧烈收缩，似乎感觉到有什么不一样了。

“你成功了！”刘砚大吼道，“马上离开那里！”

隐藏的丧尸首领一死，坑谷与山路上的数万丧尸大军先是短暂地一停，紧接着变得更为狂躁。它们各自为政，不再朝山谷底部聚集，开始缓慢散开，四处寻找猎物，蒙烽喊道：“掩护我！我要跑了！”

刘砚喊：“赖杰！稳住！”

整个基地车几乎有两轮被架在山路外，刘砚几次竭力去拉车顶的操纵杆却无论如何够不到，几次要碰到却被甩得直摔下来。

赖杰控车苦不堪言，大声道：“自己想办法！”

刘砚随手乱摸，抛出一根钩锁，钩住拉杆朝下狠狠一扯。

特斯拉线圈发动，一道连环闪电跳跃，犹如海浪般卷下山去，连着四道闪电扫过丧尸群，蒙烽踏着山石狠命一跃，跳过第一道闪电。

车体震耳轰鸣，跌跌撞撞冲过大半条山路，冲向尽头的陡弯，赖杰单手控车，飞速朝右一转，紧接着疯狂左旋方向盘，撞飞了整个围栏。

李岩吼道："控制不住！我要摔下去了！"

随后而至的运输车转弯，大半截车体被甩出山外。

同一秒内：

赖杰："跳车——"

刘砚配合默契至极，一脚踹开车尾门，李岩踩着侧车门，纵身飞跃。

李岩身在半空，运输车坠下山去，刘砚甩出钩锁，狠狠一扯，将他拖进车来，两人摔在一起。

运输车飞出山谷，一个小型铁箱在空中翻滚，闻且歌掏枪从窗口处开了一枪。

子弹击中铁箱盖锁上，一声巨响，铁箱在空中被击得翻了个跟头，盒盖敞开，五个铁筒飞了出来，在空中四散。

闻且歌吼道："蒙烽，你要没命了！赶快跑！"

蒙烽眼角余光瞥见头顶坠下来的运输车，大骂一声，使出吃奶的力气没命地飞奔。基地车冲下山坡，再次转弯的瞬间，蒙烽冲上山路，朝车里一扑，李岩马上带上车后门，赖杰猛地一踩油门，所有人被冲力带得摔向车尾，赖杰瞬间将车提到最高速，绝尘而去。

运输车落地，爆炸声响从山后传来。

"终于不用再吃罐头和饼干了。"蒙烽舒了口气道。

10秒后，五个三硝基甲苯储存管落进火里，整片山谷发生了连环大爆炸，冲击波卷着火浪一瞬间冲出峡谷，紧接着基地车箭矢般地飞了出来。

"我的TNT也没了。"刘砚推开压在自己身上的蒙烽，无奈道。

赖杰又喘了片刻，而后大声道："恭喜，很好！剩下一辆车了，以后就不用值班了！全员成功脱离！"

5月5日

我们离开中央地区，进入D省，得马上找一个信号塔，把我们的遭遇发送给公海组织救援中心。

丧尸已经进化为一个群体，并出现了头领，根据赖杰的描述，那只头领是个没有双脚的残疾丧尸，表面上与其他的丧尸并没有区别，不高大，一枪爆头的瞬间也没有产生其他的变异。

那么，它们是用什么方式交流的？难道就像一个短波电台与千万台接收器一样，意识能互相交流影响吗？实在是令人匪夷所思。

只有能接收第七区铁塔信号的信号台，才能发去指定的联络。但目前的情况非常糟糕，我们失去了物资车，没有吃的，只得沿着国道朝东边走，寻找商店和民居里的剩余物资。

这里的东西大部分都被洗劫一空，更糟糕的是，汽油快要用完了。

黄昏，赖杰开车，其余四人分坐在车厢两边。刘砚和闻且歌坐左边，蒙烽和李岩坐右边，摇摇晃晃，大家的表情都十分无奈，肚子咕咕响，没有人说话。

“你的巧克力现在可以拿出来了。”蒙烽说。

刘砚这才想起来，从座椅下拖出他的背包，拿出四大块巧克力。

蒙烽扔给刘砚一块，把另外三块分给队友们，侧坐在位置上打盹。

刘砚拆开，掰下一小块，蒙烽微微张开嘴，刘砚拿着，瞄准了很久。

刘砚手指抬高，蒙烽抬起下巴，做了个啊的口型。

刘砚躬身，蒙烽把身子放低一点，反复几次。

“你要扔就快点！”蒙烽怒道。

刘砚把一大排巧克力扔过去摔在蒙烽脸上，不说话了。

蒙烽吃了一小块，又扔过来，摔在刘砚脸上。刘砚摔过去，蒙烽摔过来，摔过去摔过来，刘砚道：“你！”

蒙烽怒吼道：“怎么！别以为我会像以前那样让着你！”两人在狭小的空间内推来搡去，乱成一团。

“别打架！”赖杰在前座呵斥道。

闻且歌道：“别打架别打架，我变个魔术给你们看。”

刘砚按着蒙烽的脑袋，愤怒地说：“快！闻弟，来个大变活人把他变走！变到西伯利亚去！”

太阳在群山的尽头现出一抹血红，一眼望不到尽头的公路上，尘烟飞扬。

车靠边停，赖杰找到第一个信号塔。信号塔高处飞扬着黑色的布条，塔下则是一片死寂。

那里有着大大小小的临时帐篷，沾满血迹，地上凌乱地扔着步枪，远处旷野中还躺着几个死人。显然是有幸存者听见广播后，生怕错过救援队的搜寻，直接在信号塔下扎营等候。

在救援队还没有来的时候，丧尸却先一步来了，从帐篷和设施看，这个营地里竟死了近100人。

赖杰嘘了口气，说：“拿信号发射器给我。”

太阳下山，初夏的风卷着不知从何处而来的灰烬掠过天空，赖杰在塔顶安放好发射器。

刘砚开启无线电通信，里面沙拉沙拉响。

“呼叫总部、呼叫总部，这里是飓风队技师刘砚。”刘砚道。

没有人应答。

刘砚静了片刻，一种不祥的预感升上心头。

赖杰下来了，四人围成一个圈，刘砚站在中间。

“呼叫总部，听见请回答。”

通信器里一片恐怖的静谧。

“机器坏了？”赖杰道。

刘砚道：“没有坏，接通的，两边显示都完好，而且信息已经发出去了。发送是绿灯，接收是红灯，显示那边没有任何信号。”

“波段你选对了吗？”闻且歌说。

“这个是特制的，”刘砚道，“只有一个波段。”

赖杰：“是不是我没固定好？”

刘砚：“不可能，不用检查了，能发送怎么会不能接收？”

蒙烽：“你靠近点，把天线对着……”

刘砚：“说了多少次！这个和距离没有关系，你就算把我直接挂在那上面也是没有用的！你爸和我外婆的争论还要再来一次吗？”

蒙烽：“你太不淡定了，除了这个还有什么解释？难道还会是总部的发射塔坏了吗？你是不是想告诉我一大批丧尸抱着小鸭救生圈游去公海，把发射塔搬走了……”

刘砚：“很有可能，你爸那个抠门的，从来不买钉耙和池塘清洁车……”

赖杰道：“不会吧，你别吓我。”

众人神情有点不对，都是想到了公海总部被丧尸攻陷的场景。

刘砚没好气道：“别听他瞎掰，有疫苗有血清，不会在那里暴发的……可能是太阳黑子风暴，导致中央发射塔暂时故障。”

赖杰接过通信器道：“我来试试。”

“呼叫总部，飓风队队长赖杰呼叫总部……”

众人一副哭笑不得的表情。

“换个人呼叫有区别吗？”闻且歌道。

“我以为和人品有关系。”赖杰无奈道，最后只得放弃了这个打算。

夜9点，始终没有人应答，闷雷翻滚，开始下雨了。

“好吧，”赖杰道，“现在联系不上总部，接不到下一个任务，也没法执行，想必其他队伍也碰上这个问题了，大家先缓和一下情绪，想想办法打听消息。”

39

危机

第六区统战部，十四层，教学与公共设施楼层。

张岷牵着决明的手去上预科班——这里9月入学考试，随后开学。许多军方人员的子女都在这里，包括平民。

按张岷的身份是不应该进入第六区的，然而吴双双带他们来了，蒙建国也开了条子，张岷身为退役军人，签署了文件，一旦有需要，将前往军队服役，随时会被征召走，但也有每天回家探视儿子的机会。

同时，张岷也填了一份中医诊所的申请，愿意在第六区开一家小诊所，不收取任何酬劳，只要国家保障他与决明的温饱和食宿。

这两份申请还在排队，但决明因第一份文件获得了一个上学念书的机会，当然仅仅是机会。

地下避难营每一层都能容纳上百万人，空间非常广阔，张岷和决明住的地方和刘砚一样是第十三层。

他每天带着决明来上课，就在学校外面找个公共食堂等候，中午去接他出来吃饭。

午饭后，张岷在公园的长椅上坐着，决明枕着他的大腿躺着睡了一会儿，下午继续上课，晚上出来吃饭回宿舍。

这天张岷出来买了杯咖啡，坐在食堂里，随手翻了翻免费的报纸——厚厚的一大沓，可以拿回去铺个熊猫窝。

张岷答应决明入学考试结束以后，不管过不过，都可以去领养一只没有主人的白松狮犬，再把眼眶染黑，在宿舍里养它。

他随手翻了翻报纸，头条是：统一战线指挥部已获得初步进展，全国地区获救人员达到一亿多人。

随手翻了翻，副版是思想教育，隐隐地能看出对第七区科研中心的不满言论。

国际新闻版面：全球有90%左右的地区沦陷。

> 非洲的住民离开好望角，朝南极洲撤离，一艘满载游轮在途中病毒暴发，抵达罗斯冰架时失去通信，半月后随洋流进入皇后群岛。丧尸病毒污染了南极洲大陆，所幸气温寒冷，正极其缓慢地朝着东南极洲、文森高地扩散。
>
> A国实验中心宣称疫苗研发取得阶段性突破三天后，实验室内暴发变异病毒感染，所有科研人员丧生……
>
> I国或有不人道病毒实验现象，遭到强烈抨击
>
> 人类的刽子手茨威格将军……

张岷翻过一页，副版后是豆腐块大小的专栏。里面清一色是在大灾难中逃出来的人的口述，讲述不堪回首的日子，末了又提醒所有避难所遗民珍惜今日，鼓励民众对未来充满信心。

娱乐版是一群落魄明星的逃难故事，头条：唐逸晓平安归来，数万粉丝泪流满面。

对面有个女人一直怀疑地注视着张岷，张岷又把报纸从后朝前翻，在其中一页停了下来。

那是一个偏僻版块上的小论坛。

第七区学术报摘要，病毒暴发的根本原因可能是一次地球环境的自我清洗。（专栏下附带了军队的科研专家评论，措辞激烈，逐一反驳了第七区的理论）

张岷看到专栏撰稿与整理人是谢枫桦，不禁笑了笑，那个小姑娘找到了一份不错的差事。

食堂一侧的电视墙响起声音。

女主持："蒙少将，今天您可能要面对非常多的麻烦问题，您要做好心理准备。"

男人的声音："每次你都是这么说的，有哪一次不是？"

女主持笑道："第七区自然环境小组与远古考察文化小组指出，这次洋流

带来的病毒源，或许在9.5亿年前的寒武纪冰河期就已经存在，您是怎么看待这个问题的？”

男人的声音：“我们接到第七区的无数个报告。”

张岷抬头看了一眼，几乎有种错觉，坐在采访室里的是蒙烽。

面容有点相似，气质像得不能再像，张岷马上就知道那是谁了。

蒙建国比画了个手势，声音沉稳而镇定：“这些报告书摞在我的办公桌上，能叠到天花板。”

观众们笑了起来。

“每一封假设的理由都完全不同，天文学家认为是外星人扔在地球上的实验废料，考古学家认为是造成玛雅人消失的根源，生物学家认为是自然淘汰进化的原因，神学家们则……别问我，我也不知道他们是怎么混进第七区的，他们觉得是潘多拉的匣子泄漏了。”

这段话引起食堂里的哄笑，蒙建国年过五十，却是个英俊的军官大叔，亲和而英武，是一名十分具有个人魅力的将军。

这种时候他作为军方的发言人再恰当不过。

蒙建国又道：“还有更离谱的，我记得有一位遗传学家指出，这种病毒对人类来说，最终将促成整个族群的进化，令人类成为一个全新的物种，开启新的地球纪元。言下之意，显然是打算给我们注射病毒。”

观众又笑了起来，女主持人笑道：“那么蒙少将是怎么想的呢？哪一份报告最贴切目前的情况？”

“比起军方怎么想，”蒙建国说，“我倒是希望，第七区在递交建议之前，先统一他们的内部矛盾。我可不想每次虹桥的门打开时，出来的都是这么一大沓……科幻小说般的资料。”

女主持人笑着说：“近期蒙少将会采取什么计划，听说搜救的部队遭遇了许多从未面对过的麻烦？”

蒙建国想了一会儿，答道：“一切都有进展，局面正在军方的掌控之中，请拭目以待。”

“张岷？”对面座位的女人颤声道。

张岷一直被节目吸引了注意力，此刻被人叫出名字，雷击般地转头。

“嫂子？”张岷难以置信道。

“你还活着……张岷！”那女人起身道，“你怎么会在这里！谁送你来的？”

那女人正是王博的妻子肖莉，张岷起身，那女人哭着过来与他拥抱，张岷拍了拍她的肩膀示意稍安，找了张桌子坐下，去为她买了杯咖啡。

肖莉红着双眼，哽咽道："你大哥和珊珊呢？"

张岷道："我……先说你吧，你一个人？嫂子，我以为你死了，你怎么在这里？"

肖莉道："那天我和老王吵架回娘家，当天就说外头病毒暴发，不清楚实际情况，电话联系不上老王，我跟着朋友上了撤离的车。"

张岷安慰道："那就好，王大哥他……"

"他死了吗？"肖莉噙着泪，颤声问道，"珊珊呢？"

张岷把初见王博的事说了一次，略过发病的过程，最后叹了口气。

"我跟着几个朋友逃难，"张岷如实道，"最后被军方接到这儿，4月才来的。"

肖莉悲痛地看着咖啡，什么也没说。

张岷说："你的朋友是军人？"

肖莉道："他是某个军区的旅长。"

张岷马上明白了，他叹了口气什么也没说，点了点头。

"以前的事，翻篇儿了，"张岷略一沉吟，而后道，"好好活着，嫂子。"

"你在等决明下课？"肖莉抹去眼泪，又问。

张岷笑了笑点头，问："你呢？"

肖莉说："朋友的女儿在补习备考，今天等测试分班，我帮他……来接送。"

话音未落，肖莉身后有人过来，开口道："小莉。"

肖莉忙起身，问："你怎么来了？"

来人是个近40岁的中年军官，看上去很有风度，肖莉忙介绍，张岷一时间也没听清，起身与他握手。

"杨上校，您好。"

肖莉介绍道："这是我的好朋友，王博的弟弟，张岷。"

双方寒暄几句，杨军官问："你儿子在里面念书？"

张岷笑道："叫张决明，是养子，呃……我看看。"

他看了一眼表，快放学了，杨军官便起身，肖莉抹了把眼泪，小声道："你怎么来了？"

杨军官道："没什么事处理，提前回来了，怎么了？不舒服吗？"

肖莉点了点头，哽咽道：“老王和珊珊……”

杨军官叹了口气，摸了摸她的头，两人声音又小了些。张岷在校门口等着，片刻后，杨军官的女儿出来，数人在过道边站定，杨军官让女儿叫人。

那女孩和决明差不多大，戴着耳机听音乐，侧头斜斜地瞥了张岷一眼，又怀疑地看肖莉，一声不吭。

张岷主动打了招呼，得不到回应便站着。

杨军官开始训女儿，张岷忙打圆场，又等了很久，肖莉本打算下午与张岷出去走走，现在看来只得作罢。

张岷见杨军官的女儿尤其不耐烦，识趣道：“你们先去吃饭吧，我在这里等决明。”

杨军官笑道：“不不，一起去吧，说好了的。你儿子叫决明？”

肖莉神色不安，那女孩隐约听到名字，摘下耳机，疑惑地看了张岷一眼，问：“你是决明的爸？”

张岷礼貌地笑道：“对，他和你一个班？他和同学相处得还好吧？”

那女孩道：“他应该去找个医生看看，我说真的。”

杨军官马上训斥道：“杨雨珊！怎么能这么说话！”

张岷忙道：“没关系，小孩子，别骂她。给叔叔说说，决明怎么了？”

杨雨珊道：“他说话简直就……很奇怪，不像个正常人。老师让他坐到最后一排，他就像个幽灵一样，不说话。问他问题也不站起来。大家听写，他坐着不动，上次差点还跟人打架。”

“没打起来吧？”张岷道，“决明从来不跟人打架。”

杨军官安慰道：“小孩打架很正常，没什么，打打闹闹就好了。”

张岷心里有点难过，叹了口气。

杨军官的手机响了，那是军方特别定制的通信器，他接了个电话，神情凝重，说：“是，是。”

杨军官收了电话，说：“这样，我有紧急任务要去执行，雨珊，你和肖莉阿姨待会儿去吃饭，还有张岷叔叔，爸晚上回来。”

“哎！老头子！”杨雨珊不悦道。

杨军官顾不上女儿，仿佛有很重要的事，跑去开车。

两秒后，第六区全区警报响起。

“请所有人员回归本队集中，临时兵力抽调，打捞队与装甲队在12点前就绪。”

“没事吧？”张岷敏锐地察觉到了什么。

肖莉道：“没事，他们经常这样的……雨珊？雨珊！”

杨雨珊双手插在裤兜里，沿着路走了，肖莉追上去道：“别走！你爸爸回去报到了，要听肖莉阿姨的，雨珊！”

张岷又在校门口等了一会儿，决明终于出来了，身后跟着个男老师。

“您是张决明同学的家长？”那男老师问道，拿出一张卷子扬了扬。

张岷点了点头，知道决明又有麻烦了。

张岷接过一张成绩不错的卷子，换他也不太相信。

然而，那个老师怀疑决明作弊，张岷马上答道：“他不是被你们安排到最后一排去坐了吗？左右没有同学，怎么作弊？”

那个男老师没话说了，他让决明特别留下来，要求他把考卷最后几题重新解一次，但决明根本没鸟他。

男老师认为：你做不出来就是作弊，你不能走，打电话叫家长来。

张岷又不是军官，当然没有电话，决明什么也没说，就在办公室里站着，一副走神的模样。

男老师训了决明近半小时，决明不说话也不动，就像对着个木桩，老师也要吃饭，最后没法，只得送他出来。

“就连上校的女儿，也在我这里上课，出错一样要被批评，张先生。”男老师道。

“老师，”张岷不客气地打断了他，“我服役的时候虽然只是个尉官，但我的小孩接受教育，跟我的军衔没有任何关系。您巡考的时候，下面学生是不是在作弊，难道您完全不知道吗？”

那个男老师只得悻悻地闭嘴，当了这么多年老师，怎么可能不知道考场上的动静？外加教室里安着摄像头，决明确实没有作弊带小抄。

但这分数根本没人相信，责任也不完全在他。

10分钟后，张岷拿着卷子。

“决明，”张岷道，“你为什么不说清楚？”

决明挎着个包走在路上，张岷转身倒退着走，走在他的面前，决明说：“他不相信我，所以我不做给他看。”

“你有什么话，要说出来，”张岷道，“决明，爸说了很多次……”

决明："哦，答应的熊猫呢？"

张岷道："待会儿再提熊猫的事，你不能总不说话，知道吗？换了个学校，就不能再像以前那样……"

张岷边退边走，在栏杆上绊了一跤，猛地朝后摔倒，撞翻了一个垃圾桶，摔在地上，巨响声中显得十分狼狈。

张岷躺在一堆瓶瓶罐罐里，做了个手势："要主动，热情起来，和老师、同学沟通。"

决明笑了起来："哈哈哈哈——"

张岷道："就像现在这样。"

张岷无奈起身，把垃圾桶扶好，和决明一起捡垃圾，塞回去，牵着决明的手说："算了，去吃饭吧，下午去动物中心看看。"

父子俩吃了午饭，张岷站在路口等车，决明带着一包油炸虾，边吃边站在一面巨大的玻璃墙后，看外面的海水。

神仙鱼游过，亲了个嘴，忽然间掉头离开。

"车来了，给我吃一个虾，"张岷说，"上车，决明。"

车上几乎没有位置了，张岷先坐下，再让决明坐他大腿上，前往十四层最近的电梯，再乘电梯上十二层申请领养动物，再上地面，坐船去第三区领狗。

估计全办完得花一下午时间。

车行进到一半，停了。

整个十四层的灯全部熄灭，车里登时爆出尖叫与惊呼声。

绿灯在第六区全区亮起。

"警报，能源供应暂时抽取，支援中央第七区尖塔，过程可能需要一到两小时，所有电梯停运，请您耐心等候。"

到处都是暗淡的绿光，车里闹哄哄的。张岷下了车，顶天立地的巨大玻璃墙外，还有一丝海面投下的光亮。

决明问道："熊猫又没了？"

张岷回答："有的，等来电就好了，中间的塔可能要做什么研究。"

决明双眼看见一只巨大的灰色触手掠过整面玻璃墙，在海水中一蜷。

油炸虾子吃完了，决明把纸袋倒过来抖了抖，说："章鱼。"

张岷掏了根烟低头点上，头也不抬道："哦，章鱼，中午才吃的。"

"很大的，"决明说，"看。"

四只庞大无比的章鱼掠过面前，足有60米的章鱼触手上，吸盘已经开始腐烂，棉絮般的软组织在海水里飘散，触手的吸盘上还嵌着不少人类狰狞变形的头颅。

张岷抬头时，那只全身腐烂的巨型章鱼已经不见了。

“多大？”张岷什么也没看到，随口说。

决明说：“很大。”

张岷笑道：“很大是多大？”

决明说：“很大就是很大，像外面的船一样。”

张岷笑道：“那是航母，没有那么大的章鱼。”

决明说：“有，你看，又有一只了，两只。应该是外星人，章鱼星人来了。”

十来只上百米的巨型章鱼在海水中分开，乌黑的眼睛看着玻璃墙里的人，紧接着一只离开，游向海面高处，另一只则抬起触须，拍在玻璃墙上，砰的一声巨响。

玻璃墙上现出一道横亘10米的碎裂纹路。

大厅里登时炸了锅，人们一起疯狂地尖叫起来。

40 长空

飓风队临时营地。

刘砚站在信号塔下，于小雨中调试手上的信号接收器，不时地抬头看。

天气仍有点冷，他穿着一件黑色的兜帽衫，头发湿淋淋的，脸色有点苍白。

他的身体本就不像蒙烽和赖杰般强壮，从前一路逃亡，直到住在永望镇时衣食住行条件仍很好。离开公海基地，加入飓风队后，每天只有罐头和饼干、维生素，有点撑不太住了，脸色带着病弱的苍白。

蒙烽走向刘砚，刘砚看了他一眼，转身走了。

蒙烽说：“我有话想对你说，站住！”

刘砚道：“蒙烽中士，我快饿死了，没力气陪你吵架，而且我是上士，你是中士，你叫我站住我可以随时掴你巴掌，谢谢。”

刘砚上了车，缩在位置上，用阴冷而潮湿的衣服捂着。对面座位上，闻且歌抱膝，在和李岩聊天。

李岩给闻且歌看他钱包里的照片：“你看，枫桦的眼睛很漂亮、很清澈。”

“嗯，”闻且歌答道，“人也很好、很温柔，恭喜你。”

李岩笑了笑说：“现在不知道教小孩子们教得怎样了，她很喜欢小孩子和小动物，有爱心。对不，刘砚？”

刘砚说：“枫桦挺万人迷的，不过也可能是永望镇里的适龄美女太少的原因。”

闻且歌淡淡道：“她以后会是个好妈妈，当你们的小孩很幸福。”

车里静了，李岩哼着歌，刘砚既饿又累又冷，缩在角落里像只湿漉漉的猫。

蒙烽上车问：“怎么不换衣服？”

刘砚道：“前天洗了在运输车上，全没了，闻弟，帮我拿一下被子。”

闻且歌把头顶上铺的被子取下来扔给他，李岩说：“那是老小的被子吧，哆啦A梦的，以前他自己带的。”

蒙烽一脚把被子踹开，躬身脱下自己的衣服，对刘砚说：“换上，别着凉了。”

他赤裸的胸膛前有个小不锈钢牌，那牌子刘砚见过，是预备战死后确认身份用的。不锈钢牌以一根细链拴着挂在脖颈上，当兵的人都习惯把它戴在衣服外，蒙烽却收在背心里。

蒙烽道：“饿吗？先吃点巧克力。”

刘砚换了蒙烽的衣服，宽松而暖和，还带着他的体温。

蒙烽掰下一块巧克力喂给他，手指捋顺他半湿的头发。

刘砚吃着巧克力，睁眼看着蒙烽的脸。

“你知道我在想什么吗？”刘砚说。

蒙烽：“想起以前我给你买巧克力的事吗？”

刘砚：“不，我吃着巧克力，就想到让我带巧克力的那个人，那张面目可憎的脸……”

蒙烽：“哦，是我爸……刘砚！你能不能别蹬鼻子上脸的，不知好歹！你以为我听不出你在影射我吗！”

刘砚比画道：“说得一点也不错，就是你这样的眉毛、这样的嘴角，一副‘老子天下无敌’的表情，一副‘你们都得听我的’的姿态，一副‘我现在很忙，给你三分钟说完快滚蛋’的……”

蒙烽：“这种时候不要用排比句！这是骨气、英气、霸气！懂吗？不知道有多少人喜欢我……”

刘砚：“省点吧。你念完高三就去了军营，退伍后在家开了两个月淘宝店还得了一堆差评，其实是把魔兽玩到满级再出去晒太阳，人都见不着几个，又宅又笨，除了能打架……有个鬼喜欢你……”

蒙烽怒道：“还不是你！让我开淘宝回消息说什么‘亲’！害我都当口头禅了！你别太得意……”

刘砚：“是你别自我感觉太良好！”

刘砚忽然觉得蒙烽的表情和平时不太一样了。

“你在酝酿要怎么反击吗？”刘砚道。

“随便你说，我总是说不过你，”蒙烽随口道，“反正想清楚了。”

蒙烽陷入了漫长的沉默中，随手摸了摸刘砚的头。

赖杰上车道：“开饭了。”

一只囫囵的白水煮鹅团成一团，躺在圆形的头盔里，嘴巴里还叼着试纸。

众人各取饭盒和瑞士军刀，赖杰割了个羽毛还没拔干净的鹅腿给刘砚，说：“一个鹅腿给你，一个鹅腿给闻弟，这里你俩年纪最小。”

鹅肉煮得有点老，也没什么味，饶是如此，队员们还是吃得津津有味，饿了一整天，好不容易有肉吃，认真品尝仍觉得很香。

刘砚边吃边报告储备：“我们还有12000发连发机关枪子弹，6把AK，800发手枪子弹，25个手雷，一枚核弹，所有设备运转正常，有工具箱，没材料。汽油只能跑320公里，吃的只有两块半巧克力，联系不上基地，得节省用电了，接下来怎么办？原地等？”

“像以前那样吧，”闻且歌建议道，“边走边补充物资，咱们还得吃饭，不是吗？”

“有点难，”赖杰道，“现在不比以往，很多城市的东西都被搜刮空了。”

蒙烽道：“这里是哪个队伍的搜救区？”

赖杰沉默片刻，而后道：“天狼队，明天开始咱们进入D省，沿途边补给边搜索看看。”

5月6日

我们与基地完全失去了联络，怎会这样？难道传染源把病毒带回了基地？希望不会，既然能在公海建立救援中心，就一定有周全的防范措施，不应该发生这种情况。

为了确保汽油够用，除了雷达扫描和无线电波设备外，车上所有机械暂时关闭，我们沿国道进入D省，第一站是J市。

路上陆续找到几辆车祸后的废车，油箱里的汽油已经挥发见底了，但还勉强能用，基地车的燃料是特制的，需要高纯度的航空用油。

我拆下其中一个汽油发动机改良，装在车后实现动力分流。97号汽油驱动行驶，微型涡轮发动机则用以供电，暂时可以开启所有设备。

蒙烽给了我个金戒指，据说是从哪个商人身上扒过来的，叮嘱我千万不要告诉赖杰。

“你又在日记本上抹黑我，”蒙烽不悦道，“刘砚！你能别一副看人不顺眼的样子吗？”

刘砚啪地把日记本合上，火冒三丈道：“我在日记本上抹黑谁跟你有什么关系？这是私人物品，况且我根本没有评价你的行为是好还是不好啊！”

蒙烽说：“马上把最后一行涂掉，不然赖杰偷看你日记的时候我就完了！”

驾驶座上的赖杰回头道：“怎么了？刘砚，你别老抹黑他，偶尔也抹黑一下我。”

刘砚不理他，径自道：“现在所有设备都能开，足够支持72个小时，你看看怎么办？首先要解决燃料问题，其次是食物和弹药。你朝哪里开？闻弟，你开始呼叫吧，看看周围有没有队伍。”

闻且歌摘下麦：“就算有，会刚好收到吗？”

“概率很小，不过试试吧。”刘砚在工作台上把那枚金戒指敲敲打打，接上电熔钳，把它拉成一条细丝。

闻且歌对着麦说：“这里是飓风队发出的信号。呼叫D省搜救队，我们陷入了困境，天狼队、飞龙队、小熊队、猎户队……我们需要援助，任何搜救队接收到这一信号，请马上回答。副队长，来一首？”

蒙烽问：“想听点什么？”

李岩道：“来一首，来一首。”

蒙烽清了清嗓子，接过麦，说：“点歌。”

“这是在呼叫，”刘砚道，“你们玩卡拉OK吗？”

蒙烽道：“别这么严肃嘛！我打赌，这附近根本没战友，有也不会刚好开着收音机，开着收音机也不可能刚好在这个波段。”

刘砚说：“别装可爱了，你1.85米，78公斤了，又不是小决明。”

“来一首，”赖杰说，“唱个《分手快乐》吧，或者卢巧音的，《好心分手》也行。”

“对对对！”刘砚马上赞成道：“副队长来个《好心分手》。”

蒙烽道：“我唱个周董的《枫》吧，来，大家鼓掌。”

扩音器：“呼救！呼救！这里是天狼队！有人听到吗？听到请回答！是公海中心吗？你们到底发生了什么事？！”

所有人先是一怔，而后蒙烽马上道：“你们的方位在哪里！报经纬度！”

那边道：“这里是天狼队技师小均，呼叫中心请回答……”

刘砚马上夺过麦：“这里不是公海中心！是飓风队基地车，你们在什么地方？”

那人道：“你们怎么会在公海中心的波段上？”

赖杰道：“李廷均！你给我说正题！我是赖杰！你不是在呼救吗？”

那人：“啊！是晓杰哥，好久不见！这样的，王洋队长不是被困在机场了吗？哦，你不知道……这里丧尸太多，他们的弹药告罄，现在情况非常糟糕……你们在哪里？”

赖杰马上一踩油门，基地车提速，风驰电掣般冲向机场，喊道：“刘砚，你告诉他我们半小时内赶到，让他汇报那边情况。”

扩音器里说：“太好了！现在公海中心完全联络不上，你们怎么会……”

刘砚道：“我把安在通信塔顶的那种发射器拆了一个，用调频板装在车顶朝外发射强信号，覆盖面积不大但是……”

那边欣喜道：“你太聪明了！回头我也拆一个，但是那个造价十几万啊，你怎么拆得下手……”

赖杰忍无可忍地吼道：“别东拉西扯的！报告状况！”

刘砚：“对对，说你们的情况！”

“呃，王洋他们暂时没事，只是躲避丧尸的时候从跑道上来被困在登机梯里，我们一共有四个队员，你们呢？火力足吗？”李廷均道，“你可以叫我小均，你是飓风队的机械师吗？你叫什么名字？”

刘砚道：“我们也是全员的！四名战斗兵外加我，你可以叫我……”

赖杰说：“报告战况！蒙烽你去和他说！这小子出了名的天生话痨，别让他岔开话题！”

蒙烽说：“你一个人？现在在哪里？”

小均：“我在机场的播音室里，他们进安全跑道的时候被堵截了，从外面柜台到候机大厅，全是活死人！很多已经半腐烂了！你们进来的时候得小心点，都是去年逃难的时候在这里等飞机的乘客，估计有几万只……”

“乖乖……几万只！”赖杰道，“我们的弹药还不知道够不够。他们的弹药还有多少？”

蒙烽说：“明白了，我们马上去播音室，你能确保通信吗？到时候你负责指挥我们冲进去救人，弹药还有多少？！”

小均说：“可以，目前信号非常稳定，刚才听得很清楚，是你在唱歌吗？

你声音其实挺不错的，浑厚，胸腔气息足，声音洪亮……”

蒙烽：“那当然，我也给你唱个……”

赖杰怒吼道：“别让他岔开话题！报告地图路线！”

小均：“没有弹药了！一发也没有了！我用来防身的手枪里只有一发子弹，留着自杀的，你们呢？弹药够吗？”

赖杰忍无可忍地道：“都要死了还这么话痨，我来跟他说，蒙烽你开车。”

“李廷均你给我听着！”赖杰对着麦一通狂吼，“马上给我报告地形！我们已经到大门口了！”

小均：“大门正前方，进候机大厅。”

蒙烽驾车冲向机场，喊道：“抓稳了！”紧接着基地车在挡板前一提速，哗的一声撞垮了整个玻璃墙，碾进密密麻麻的丧尸群里。刘砚拉下特斯拉线圈，啪啦一声巨响，电光扩散。

“朝左转！我看见你们了，”小均道，“从安检过来！”

到处都是腐烂的丧尸，一瞬间涌向冲进机场的基地车。蒙烽打方向盘，闻且歌跃上副驾驶座打开喷火枪，基地车沿着坡道直冲上去，飞过安检柜台，撞翻了自动贩卖机，罐装可乐滚了满地。

小均道：“直走到尽头！我就在三楼办公室里！”

基地车碰上什么撞什么，沿路撞飞候机室里的所有设施，车后缠着自动贩卖机的电线，拖着偌大一个机器冲向走廊尽头，紧接着一个飘移，车身侧了过来，闻且歌推开车门，砰砰巨响，连着四枪清光了周围的丧尸。

蒙烽出车，架起六挺连发机关枪，朝着三楼一通疯狂扫射，尸体四处坠落，赖杰踹开后车门，吼道：“上楼！”

赖杰与李岩打头，刘砚跟着，蒙烽与闻且歌殿后跑上三楼，进了办公室。

天狼队的技师和刘砚差不多年纪，戴着副眼镜，松懈下来：“谢天谢地。”

“仔细说说，什么情况？”赖杰道。

小均：“是这样的，我们昨天晚上找了两条路，一条是从东边过海湾，另一条是走中线的山路，其实我比较赞成去海边，因为景色……”

“说重点！”所有人异口同声道。

赖杰的理智终于啪地断线，掏出手枪抵在小均的脑袋上。

“别别……晓杰哥，你别这么野蛮，是是是……我们一直呼叫公海，但是没有应答，头儿怕那边有危险，打算找一架波音飞机先回公海看看，弹药本来就没多少，进了机场，丧尸太多，又全用完了，就被困在登机梯上……”

赖杰收枪：“正好了，捎上我们，我也有点不安心。蒙烽开路，你俩中间，闻弟、李岩殿后，跟我们一起走，快！”

丧尸开始从整个机场朝候机厅涌来。蒙烽架着机关枪开路，赖杰以霰弹枪点射，刘砚和小均各捡一罐可乐，在众队员的掩护下边喝可乐边匆匆下楼。

“我说，”蒙烽在震耳欲聋的连发枪声中大吼道，“你不要太过分了！”

刘砚单手用平板电脑一拍，把侧边杀出冲向小均的一只丧尸的脑袋拍得歪过去：“我又不会开枪，喝点可乐怎么你了！”

他们冲过十三号登机口，一个门上砰砰响，并伸出了一把刀。

小均喊：“头儿，他们在那个梯子上！你看在撬门了！”

赖杰不住地推搡：“别管他们！我有办法！先出跑道再说！”

“小心！”闻且歌喊道，两枪打断灯箱广告牌吊绳，轰的一声响灯箱坠下，压在丧尸群里。

蒙烽在前头扫清堵在楼梯上的丧尸，一收机关枪，枪口滚烫冒烟，就着刘砚的手喝了几口可乐，吼道：“争取时间！”

众人冲进安全通道，赖杰道：“快走快走！给我也喝点，刘砚，你怎么区别对待？我的心要碎了！”

闻且歌追在后面道：“头儿，别难过，我变个魔术给你看。”说着单手一抖，从袖子里抖出一瓶可乐交给赖杰。

赖杰突了眼。

“你们到底拿了多少瓶？”赖杰吼道，“全交出来！”

整条安全过道里几乎没有丧尸，刘砚匆匆下楼，小均追在身后道：“哎，太好了，我刚想着临死前去拿罐可乐喝……”

刘砚：“你应该从通风口爬过去，扔个钩锁下来吊自动贩卖机。”

小均道：“哎，你真聪明……咦，你穿的哆啦A梦拖鞋是阿小的……”

众人转下楼梯，蒙烽一枪击爆扑上来的丧尸的头颅，把刘砚拖了回来，让他通过一楼。

刘砚闪开身侧抓来的手：“你也认识他？我匆忙间忘记换鞋，穿着人字拖就下来了……”

小均：“我们在A市执行任务时刚好两队碰头，就在商场里拿了两双，我也有一双，可惜放在车上没带下来，还有……”

赖杰："所以你们说来找天狼队的时候我有点发怵。"

闻且歌快步下楼："我理解的。"

蒙烽："他们的队长一定生不如死……我现在觉得刘砚一点也不啰唆了。"

小均："你们的勋章通信器还是好的吗？我们的已经坏了很久……"

刘砚："原来坏的，被我修好了，你怎么不修？"

"到这边来！"蒙烽怒吼道，"你们跑错方向了！"

刘砚和小均同时反弓箭步，原地一个漂移，转身跟着蒙烽奔向机场跑道。

赖杰跑在最后，闻且歌一枪爆了从楼梯口下转过来的丧尸的头，说："我一直不觉得刘砚啰唆……"

小均说："我不敢乱拆，头儿说每个值15000美元，拆坏了赔不起……"

刘砚："其实大部分勋章损坏的原因都是二级放大电路过热或者短路烧了，你只要拆开以后修一下电路，重新焊上再给它上个保险丝，以后再坏只要直接换保险丝就可以……不过得固定好点，因为跑跳的时候它们容易松掉导致接触不良……"

小均："我不是电子专业的，我学理论物理……待会儿你教我修一次……"

蒙烽："有点逃命的样子行不行？你俩别聊天了！我的脑子要炸了！"

四名队员掩护着两名机械师冲出跑道，赖杰投出手雷吼道："卧倒！"

所有人扑倒在地，手雷炸断登机梯，小均趴在地上说："你去过A市吗？"

刘砚道："没有，高中毕业的时候想和蒙烽去，不过吵架了……"

"你应该去看看，虽然丧尸游客很多，但景色还挺不错……"小均道，"啊！头儿！太好了！"

那截登机梯从中间折断，三名天狼队成员摔了下来。

"我本来快撬开那玩意儿了，"王洋道，"可乐哪里来的？给我喝口。"

赖杰提着小均的衣领把他拖过去，推给王洋，说："把你们家的话痨领走，我快疯了。"

蒙烽扔枪，天狼队的成员接枪，王洋和赖杰开始商量撤离事宜，得到枪的成员朝着跑道奔跑，丧尸从一楼的四个登机门渐渐出来。

"朝哪儿走！有油吗？"赖杰喊道。

王洋道："有！刚才已经加满油了，那边的一架冲8，回去接小均的时候被困住的！"

"走走走！"赖杰喊道，"你们K1的应该会开飞机才对……快！别让刘砚跟小均混一起！会学坏的！”

蒙烽箍住刘砚，在他耳边嚷嚷道：“不许和他玩！”

所有人冲向远处跑道中央的小型冲8客机，赖杰甩出三根钩锁勾在舱门上，刘砚和小均没经过训练，慢吞吞地各爬一根，其余人迅速爬了上去，收绳把各自队伍里的机械师拖进机舱，利落关门。

填满了整个机场的丧尸散向跑道，王洋坐上前机舱，说：“谁会开飞机？再来个人！”

蒙烽：“别看着我，我不会，上课的时候走神了。”

赖杰道：“试试吧，我以前学的都还给教官了。”

赖杰坐上副驾驶位，王洋依次打开一大排按钮，螺旋桨的声音轰鸣，小均还在乘务组舱里翻吃的，一名天狼队的成员面无表情，提着他的后领把他扔到座位上，迅速强制给他系好安全带。

飞机隆隆滑行，电子地图全亮，机舱灯熄灭，噔的一声电子音响，在跑道上掉头开始滑翔。

小均：“哇——好多丧尸啊，老天，刚刚都没发现这么多，应该是来坐飞机的乘客，在机场病毒暴发……”

刘砚礼貌地说：“哦——有道理。”

两人各凑在过道两侧的靠窗位，眼望着下面密密麻麻的丧尸。飞机嗡的一声，擦着丧尸群的头顶掠过，起落架挂断了通信塔顶，冲上云端，飞往东南方向大海。

刘砚拉出扶手处的小桌板，在商务舱顶上扫了一眼，拉开最高处的舱门，掉下来个工具盒。

里面有简易螺丝刀、小扳手、夹钳、铁锤和缝纫用针，刘砚抽了根针，搓了搓手指，示意道：“摘个勋章给我。”

他接了天狼队的通信勋章，就在小桌板上开始修理，又从衣兜里翻出纯金的线剪开一段，当保险丝塞上，又道：“暂时充着，你回去换个保险丝就行。”

小均：“啊，原来是这样！明白了、明白了，下次我会了……你可真敢拆啊，直接就把零件扔了……”

刘砚专心地捣鼓，点了点头，小指头上的钻戒又戴上了，钻石折射着窗外正午的光芒。

“你们真幸福，”一名天狼队员朝蒙烽说，“你们的机械师太安静了。”

“是啊！”蒙烽大大咧咧道，“我爸给我特派的，你知道的，这年头，不靠点关系真的不行。”

数人都以一种歧视走后门的目光看着蒙烽。

【未完待续】

·番外二·

曦日系统

“呜——呜——呜——”

警报一声接一声，响彻公海基地走廊，十七层内红灯一阵接一阵，研究员却没有丝毫慌乱，在长廊内快速穿梭。

“刘砚呢？！”秦博士喊道：“快通知刘砚过来！”

空旷的实验室内，十六个竖起的休眠舱呈环形排开，只有一个紧闭，内里锁着身材健硕的蒙烽，蒙烽只穿背心内裤，戴着呼吸面罩，太阳穴上贴上了神经传导线，在营养液中胸膛起伏，陷入沉睡。

飓风队员在警报响起时便第一时间赶到实验室内，刘砚反倒是最后一个到的，抵达实验室时，第一件事是先将警报器关了。刺眼红灯一瞬间消失，实验室里恢复了正常，灯光敞亮。

“决明看下数据分析。”刘砚镇定道。张岷、赖杰、决明、白晓东等人围在仪器周遭，决明调出波动数据，喃喃道：“不应该啊……”

这是公海基地中十七层的新项目，专为培训特种兵队员所设计，用途是使用虚拟电子信号，协助他们熟悉在丧尸环境中战斗的技巧。毕竟在虚拟环境里哪怕被抓伤、感染、变异，也不会对身体造成伤害。提前进行充分的培训后再将队员们投入战场，将极大地保证他们的存活率，名唤“曦日系统”。

曦日系统在前期开发时一度因数据采样不足而停止计划，而后蒙建国应技术部的提案，将采样摄像头安装在了各小队的武装配备上，方得以传输回更多的数据完善系统。到飓风队这一次回来时，曦日已正式进入测试期。

在人手不足的情况下，决明与刘砚参与了外部调试，总部的要求则是希望从飓风队中挑选战斗力最强的成员，参与第一次封闭测试。原本内定的成员是赖杰，但赖杰没有通过条件苛刻的心理考察，考察显示赖杰潜意识中对暴力仍存留着部分阴影，于是改由副队长蒙烽接入曦日系统。

整个测试期需要四十八小时，被接入系统的蒙烽会被投放到系统模拟产生的一个空旷地，最后抵达终点并脱离系统。若中途测试发现系统设置的障碍难度过高，也可放弃抵抗，等待身亡，便将从系统内以另一种方式成功脱出。

这不算一个太危险的测试，刘砚与决明也并未当一回事，原本说好了测试结束后去珊瑚礁上烧烤，没想到进程还未过半，就发生了问题。

决明把数据投在大屏幕上，密密麻麻全是滚动的代码。

众人："……"

赖杰："看不懂，进去救他？"

"直接投子不就完了？"刘砚喃喃道："这么执着做什么？"

放弃进行中的任务并进行系统内自杀叫作"投子"，蒙烽被卡在了一座山坡上，四处全是丧尸，他们也不知道蒙烽究竟是怎么爬上去的，现在的情况是丧尸上不去，蒙烽也下不来。就这么互相僵持耗着。

"我进去一趟吧。"刘砚转身进了休眠舱，众人大惊道："你不能去！"

"我对系统最熟悉，"刘砚边摘下呼吸面罩戴上边说："也对蒙烽最熟悉，尽快把他带出来，决明负责监控，其他人都散了吧。"

余人听刘砚这么说，只得暂时离开，决明开始接入系统，只有张岷与赖杰还陪在一旁。

系统男声响起："欢迎你，刘砚，飓风队机械师，编号BE-03，提醒您进入曦日系统后的注意事项……"

"不用说了。"刘砚说："快速接入，咦？这次总算换了个男siri，怎么听起来像岷哥的声音？"

系统男声："……"

决明答道："我负责录入的，里头还有彩蛋，你可以找找。"

"倒数开始。"系统道："五、四、三……"

刘砚闭上双眼，电子仪器将神经导线贴在他的太阳穴上。

"二、一。完成神经讯号传导。"系统道："投放。"

一声巨响，刘砚被震得耳朵发疼，心想接入系统的缓冲得做得再平滑一点，眼前旋即白光亮起，睁眼时，发现自己竟是悬浮在空中，正在朝下不断坠落。

"不会吧！"刘砚喊道，"就这么往下扔啊！"

他从七千米的高空飞速坠落，虽然是虚拟测试系统，身体却不受控制地产生了反应，如同跳伞一般，在气流下不断旋转。伸手一摸，耳畔只有一个耳机，里头传来决明的声音：“第一步就是跳伞空投测试，刘砚，你穿着滑翔服呢。”

刘砚竭力稳住身躯，张开手臂，身上是仿生鼯鼠滑翔服，抖开后整个人成为一张平顺的滑翔翼，乘着气流朝远方飞去。

系统内的第一个测试区域是丘陵、森林与群山地貌，其中分布着两个小型村镇与一个大城市。并在沿途投放了少量NPC，需要带领NPC抵达城市，再由地标建筑顶层乘坐救援直升机离开。这区域像极了飓风队探索营救时的地形，刘砚几乎身无一物，在空中展翅飞翔。

“一点钟方向。”决明声音在耳机内传来：“砂岩地貌，十七米高，有雾。”

刘砚：“怎么还有砂岩？！谁设计的？”

决明：“仿张家界哈利路亚山做的……”

刘砚：“一个系统做这么复杂……”

决明：“顺便可以观光嘛。”

刘砚：“我要降落了！定位！”

决明：“你飞过去了！”

“刘砚！”

底下传来蒙烽一声大喊，蒙烽正在一柱石山顶端，下面则是密密麻麻堆叠起来不停往上爬的数万只丧尸，几乎填满了砂岩山谷。

“蒙烽！”刘砚破开迷雾喊道。

蒙烽跑向石柱边缘，抬起手臂要接刘砚，刘砚却咻的一声从他头顶飞了过去。

刘砚：“……”

蒙烽：“……”

决明：“你飞过了！”

“我知道！”刘砚恼火地答道，高度没计算好，鼯鼠服带着他一瞬间掠过了蒙烽头顶，飞向另一座石柱山，决明说：“你现在距离蒙烽垂直高度有六米……”

“不用报了！”刘砚在空中一个翻身，借着撞上的悬崖改变了方向，绕了个圈再飞向蒙烽所在山头，蒙烽刚转过身，便一声大喊，被刘砚撞得两个人从石柱山上滚了下去。

“啊啊啊——”

刘砚：“声音小点！耳朵要聋了！”

蒙烽猛然抓住石柱边缘的树，乱石飞滚，一手紧紧抱住刘砚。

“你差点害死老子！”

“早点挂掉就没这么多事了！”刘砚道，“之前不是告诉过你……”

“你们没事吧！”石柱山顶上，一个熟悉的声音传来，紧接着，英俊的青年面孔出现在刘砚与蒙烽的头顶处。

刘砚看到那青年面容的一刻，顿时怔住了，天地间一片静谧，眼前只有那青年伸出的手。

“闻弟？”刘砚颤声道。

那人正是闻且歌！是他们在逃亡之路上，结识的那个带着阴郁之气的青年，是告诉他“刘砚，我的罪赦了”的闻且歌！

闻且歌听到这话时，仿佛有些意外。

蒙烽看了刘砚一眼，意思是你懂我为什么会在系统里逗留这么久了吧。

“决明，这是怎么回事？”刘砚被闻且歌拉上石柱以后，第一句话就是问耳机里的决明。

而此时的闻且歌，似乎已记不得刘砚了，他与蒙烽在石柱山顶的一块空地上坐着，不时交谈，两人又朝山下望去。刘砚走到一旁，目视山下前赴后继的丧尸，低声询问决明。

“NPC。”决明简短地答道：“曦日系统里的‘回忆’程序，许多行动队的队员们，只要是在基地里留下过铭牌的战士，都会在曦日系统出现。”

刘砚望向与闻且歌交谈的蒙烽，说：“这样好吗？”

“其实不是他们本人。”决明又说，“如果觉得不妥，可以更改他们的容貌。毕竟记忆也无法百分百地复制，制作这些NPC，目的只是为了让大家永远记得英雄们而已啊。”

刘砚心中简直百味杂陈，一方面他实在无法把面前的闻且歌，与那个牺牲自己，沉入了马里亚纳海沟里的英雄区别开来。另一方面他又清清楚楚地知道，这个“闻且歌”，只是一段系统制造出的程序，一名NPC。NPC有着少部分闻且歌生前通过数据传输系统留下的生平以及容貌与身体参数。却与本人有着天壤之别。

蒙烽也许也正是因此，才迟迟不愿跳下悬崖，从系统中脱身，留下“闻且歌”独自面对这群丧尸。但对刘砚来说，只要按下系统的重启键，这一切都会被抹掉并重置罢了。

“走了吗？”蒙烽道。

闻且歌也随之起身，朝刘砚问：“你是来援救我们的吗？”

刘砚以眼神朝蒙烽询问，蒙烽点了点头，他们彼此对对方十分了解，刘砚自然知道，蒙烽的意思是，无论如何，自己都要把系统训练的测试路径走完，给这旅程一个结局。

刘砚不易察觉地点了点头，注意力全在闻且歌身上，刚抵达不久蒙烽便不乐意了，一把抓着刘砚，搭着他的肩膀，朝闻且歌说：“我说的就是他，他一来就好办了。”

闻且歌善解人意地点头，说：“看得出你们的关系。”

刘砚哭笑不得，真不知自己抵达前，蒙烽朝闻且歌说了些什么。闻且歌又适当地补了一句：“烽哥说你一定不会扔下他的。”

刘砚心想这要是真实环境，我当然不会扔下他，关键这只是一个测试系统而已啊！

“想想办法，怎么下去。”蒙烽坐在石头上，身边搁着一把机枪，抱着手臂，跷着脚，开始指挥刘砚：“你那些可以一下清光丧尸的机器带了吗？”

“并没有！”刘砚几乎要忍无可忍了，他检视装备，发现蒙烽的弹药匣已经空了，随身剩下少量的绷带，唯一有子弹的是闻且歌的一把手枪，枪里有两枚子弹。

“自杀用的。”闻且歌朝刘砚说：“一枚子弹给他，一枚子弹给我。但是你就没有了。”

刘砚一手扶额，蒙烽手里又有一卷绳子，一块木板。

刘砚把绳子系在树上，说：“试试看。”

半小时后，刘砚带着绳子一个飞扑，从空中滑翔，飞向稍低些许的另一个石柱，蒙烽与闻且歌以钥匙扣弯出的铁钩滑了过去。

原先围着石柱上的丧尸随之转了方向，但在它们蜂拥而来前，刘砚三人还有时间。

“爬爬爬！”蒙烽催促道。

三人顺着低矮石山爬下，进入石柱群底的峡谷中，闻且歌刚想喘口气，蒙烽又不住催，刘砚看闻且歌身体素质不像加入飓风队后强悍，道：“你别催他！”

蒙烽道："丧尸就要来了！"

闻且歌手臂上被刮了不少伤口，说："没事，我能跟上！"

刘砚反而站住了，说："走哪儿？你指路？"

蒙烽一下也愣住了，往哪儿跑？倏然转念，伸手来摘刘砚的耳机，说："谁在指挥？决明吗？喂？"

刘砚："你给我住手！"说着把耳机抢了回来："你连路都不知道走哪儿，还测试个鬼啊！"

蒙烽："我当然不知道！又没给我地图！你能快点儿吗？"

闻且歌察言观色，忙道："你们不要吵了，是我不好。"

"别说话！"刘砚道。

先前他在空中飞翔时便观察过路径，当着一个NPC的面也不方便吵架，便只得说："跟我来吧。"

决明在耳机里说："刘砚，前方左转，离开峡谷前有一个小屋子，里头有弹药补给配备。"

刘砚在前带路，闻且歌走在最后头，蒙烽大大咧咧地扛着枪跟在刘砚身后，刘砚道："你怎么发现他的？"

蒙烽说："我不知道谁设计的，路上一辆卡车，上面载着难民，司机感染了，半路把人都抓伤了，闻弟就在那车难民里。"

"他们从哪儿来，要到哪儿去，就没有半点疑惑么？"刘砚问。

蒙烽耸肩道："不知道呢，刚刚我一直在问他，他有些事儿记不清楚了，譬如说咱们，加入飓风队后的经过……身世还是记得的。不过，咱们每个人不也是这样么？从哪里来，到哪里去，NPC也好，活着的人也好，又有谁能说个清清楚楚？"

刘砚没想到蒙烽居然会说出这样的话来，然而一想也是，对于这个"闻且歌"来说，活在系统之中，也是一种活着。

"我没法把他当成闻弟。"刘砚无奈道，"他不是我们所认识的闻弟，可是我又实在无法区分……"

蒙烽道："管他呢，我只想把他活着救走，完成测试任务，就这样。"

刘砚找到了决明所说的民房，翻找出了弹药，分给闻且歌一把冲锋枪，并套上了防丧尸抓咬的护腕与背心。

"前方一公里处有条大河。"决明说，"码头上有快艇，可以乘坐它逆流而上，抵达城市。”

日落前，刘砚抵达了河边。

“这儿怎么刚好有艘船？”闻且歌疑惑了，又说，“从他来到以后，就像开挂了一样。”

蒙烽自然知道为什么，想必是因为系统外的决明等得不耐烦了，想快点去开海滩烧烤派对，指点他们尽快抵达营救点。

“我就是挂。”刘砚朝闻且歌笑道，“先给快艇加上汽油。”

闻且歌有点儿迷茫，跟随他们到了码头，决明的声音道：“当心，刘砚，有丧尸正在接近你们。”

刘砚马上转头，蒙烽不用问也知道发生了什么事，转身道：“你们上船！”

闻且歌提着汽油飞速过来，刘砚跳进艇内寻找油门钥匙，决明又道：“在洗手间里，里头有丧尸。”

刘砚拿着斧头，示意闻且歌开门，一开门时，一名富豪丧尸毫无预警地冲了出来，刘砚果断用消防斧一砍，将它砍翻在地，伸手摸出钥匙，前去开快艇。

岸边，日暮时分，四面八方，群山众岭近万丧尸冲了出来！

“快走！”刘砚发动快艇，蒙烽却戴着瞄准镜片，手上抡起连发机枪，朝手臂上一架，转动口径。

“烽哥！”闻且歌站在船头，朝蒙烽喝道。

刘砚敏锐地意识到发生了什么，果然，就在此刻，一名少年沿着坡上高处冲了下来，大喊道：“救命啊——救命！”

蒙烽一声怒喝道：“趴下！”

那少年倒是聪明，一看蒙烽举起枪，瞬间就地一滑，整个人躺平，沿着坡道滑了下来，刘砚已忘了这是个系统而系统里的人是NPC，当即跃上快艇船头，拉起枪支保险栓，将枪架在船舷上。

暮色昏昏沉沉，蒙烽侧身，一发点射，电磁弹呼啸而去，几乎是擦着那少年脸上划过，正中丧尸群中央，平地白光、爆炸，不少丧尸顿时被炸得横飞出去。那少年侥幸逃得性命，翻身跃起，冲向快艇。

“上船！”闻且歌喝道。

刘砚调转船头，蒙烽跃了上来，四人登船，刘砚控制航路，快艇顿时乘风破浪，逆江而上。

那少年衣衫褴褛，穿着一件脏兮兮的T恤，五分短裤，鞋子也跑掉了一只，脚上鲜血淋漓的全是伤口，进船时只看着刘砚蒙烽与闻且歌喘气，仿佛在做梦一样，全身上下不住发抖，险些就要给他们下跪了。

闻且歌拧开一瓶水，递给那少年，刘砚看见他眼里的惊恐与得救后的庆幸，一时已忘了他是个NPC，只想过去抱一下他。

“好了。”蒙烽说，“到了这里，你就安全了。”

那少年喝过水，勉强点头，手里仍紧紧地攥着一张便笺纸。

“你们……认识这个人吗？”少年颤声说，“我在找他。”

那张纸已变得皱巴巴的，不知经过了多少日晒雨淋，被折得快要碎了，刘砚接过一看，上面用铅笔写了一行编码。

“一个当兵的大哥给我的。”少年说，“他们往西边去了，把我们带到休息站……”

“凶多吉少。”蒙烽说，“可能已经牺牲了。”

那少年顿时愣住，刘砚看了一眼，突然道：“蒙烽……”

蒙烽马上打眼色，刘砚却忍不住说了出来。

“没死，是赖杰。”

少年灰败的脸色顿时有了生气，忙道：“对！就是他！我听说，他前进的路上全是丧尸。”

“你叫什么名字？”刘砚问。

“欧泽洋。”那少年答道。

刘砚：“……”

蒙烽却似早已知道，径自到船头去。欧泽洋坐在快艇内舷舱侧畔，朝他们讲述了整个经过，丧尸潮暴发后，他走投无路，恰好被赖杰所救，带到休息站不久后，赖杰随即离开，前去救更多的人。

而欧泽洋也与难民被带往公海基地避难，但就在转移时，欧泽洋从另一伙人处听说，赖杰前进的道路非常危险。最后一刻，他离开了大船，长途跋涉，想追上赖杰。

刘砚说：“他还活着，已经回公海了。”

欧泽洋那眼神仿佛不大相信，刘砚按着耳机说：“赖晓杰在吗？决明，叫他过来。”

蒙烽：“……”

耳机那边沙沙地响，蒙烽正要阻止，刘砚却稍稍退后些许，认真地看着蒙烽，点了点头。蒙烽彻底无奈了，只得摆手，让刘砚去折腾吧，他不管了。

“哎。”赖杰在耳机里说：“刘砚！你给我快点儿！烧烤呢！你……”

“赖队长？！”欧泽洋急促地说，“是赖队长吗？”

刹那间耳机那头一阵静默，欧泽洋只是不停地说，告诉他自己得知的情况，刘砚观察他的表情，片刻后欧泽洋也静了，轮到赖杰说。

数分钟后，赖杰还想说，刘砚却示意将耳机还给他，接过耳机后，听到里头传来赖杰的声音发着抖。

“刘砚。”赖杰低声说，“无论他是什么，请你保护好他，好吗？”

“嗯。”刘砚的嘴角微微翘了起来，说，“挂了。”

“他和你说了什么？”

挂掉通信后，刘砚望向欧泽洋，欧泽洋答道：“让我听你们的话，就能得救。”

刘砚点了点头，说：“你是好孩子。”于是让欧泽洋好好在船上休息，前去船头时，蒙烽开了游艇的自动驾驶，天色一片黑暗，夜幕里昏昏沉沉，岸边传来丧尸低沉的呜咽声。

“你不该让他们说话。”蒙烽低声说：“那只是一个NPC！”

刘砚与蒙烽盖着毯子，瑟缩在船头的角落里，船舱中，闻且歌拿着酒精，为欧泽洋清洗脚上的伤口，刘砚靠在蒙烽肩前，缓缓道：“你觉得他们认为自己真实地活着吗？”

蒙烽眉头深锁，望向亮着灯的船舱，刘砚一手覆着他的脸，把他扳过来些许，认真道：“我开始明白，为什么他们想将这些死去的英雄们，放在系统里了。”

蒙烽深吸一口气，注视刘砚，沉默不语。

“我也知道。”蒙烽说，“但这对赖队长来说……太残酷了。通不过测试，是对的。”

刘砚不敢想象，赖杰再见到欧泽洋时会是什么感觉。

“但这也是我们勇气的来源。”刘砚微笑道，“是不是？闻弟、老小还有这世上许许多多的人，他们其实，从未离开过咱们。”

蒙烽一手揽着刘砚的肩膀，陷入了沉思里，许久后说：“哪天你要是不在了，老子可不想你当个NPC站在这里。”

“我倒是很希望呢。”刘砚说，“至少大家在看见我时，就知道，这世上的所有人，都在为了什么而战。”

“这也是我的期望。”蒙建国在耳机里说，“入伍时签订的协议中，始终有这条。”

“爸。”蒙烽不耐烦道，“别偷听我们说话。”

刘砚笑了起来，蒙建国道：“至少这个测试，目前说来是相当成功的，从你身上就能看出来。”

“睡吧。”蒙烽关了耳机，说，“我们还有七个小时。”

船侧响起阵阵的水声，伴随着突突突的发动机声，黎明前，整个世界漆黑一片，船只停在了码头上。

“刘砚。”欧泽洋低声说，“醒醒。”

刘砚在蒙烽怀里睁开双眼，端详欧泽洋，两人这么静静对视着，刘砚想起赖杰，想起曾经的飓风队。

“谢谢你，老小。”刘砚说。

欧泽洋：“啊？”

蒙烽睁眼，一把挡住刘砚，说：“走吧，到金茂大厦顶上，接咱们的直升机就来了。”

闻且歌如释重负道：“到了就安全了。”

蒙烽活动手腕，说：“我打头，大家走！”

刘砚的耳机被蒙烽强行戴着走了，蒙烽顺着码头登岸，喊道：“小决明！指路！”

决明似乎刚睡醒，耳机里传来困倦的声音，说：“直走吧，注意两侧。”

“这算什么指路啊？”蒙烽道。

“两侧有奥克斯综合体哦。”决明说。

蒙烽：“……”

大地不住震动，四人顿时紧张起来，望向各处，刘砚大喊道：“决明！有多少！”

“有一排……”决明在耳机里说，“二、四、六、八……”

“别数了！”蒙烽一声吼道，“快跑！”

蒙烽打头刚冲过大道，便有无数丧尸从道路两侧狂奔出来，闻且歌喝道：“走！”

刘砚扔出炸弹，爆破后，前方瞬间出现了一只巨大的黑影，奥克斯综合体现身！曦日系统内的比平时所见要庞大更多，蒙烽一声怒道：“怎么这么大！”

“而且还跑得比较快哦。”决明在耳机里说。

刘砚喝道：“进大厦里去！”

“我引开它！你们快走！”闻且歌喝道。

“不行！”蒙烽道，“保护你们是我的职责！刘砚！”

刘砚一把揪住闻且歌衣领，怒道：“这次不会再让你变魔术了！”

闻且歌：“你怎么知道我会变魔术的……”

蒙烽：“走！”

刘砚拖着闻且歌与欧泽洋，抛出超音波震动器，贴在大厦玻璃外墙上，嘀嘀嘀三秒后砰的一声，整面苹果专卖店玻璃外墙被炸得粉碎。三人冲了进去，欧泽洋还不忘抓个手机。

“别拿了！”刘砚喊道，“又没信号！”

欧泽洋道：“赖队长说他想要个苹果好久了！那个大哥呢？”

闻且歌与欧泽洋还在等，刘砚道：“别担心他。”

蒙烽架起机关炮，朝着奥克斯综合体就是一炮，大厦前四处飞满了缭绕的追踪弹，刘砚则带着两人沿安全通道不住往上跑。楼道内阵阵震动，不住往下掉灰。刘砚一口气冲到六层，只见蒙烽还在下面与奥克斯综合体战斗，刘砚喝道：“喂！”

奥克斯综合体的脑袋就在五层高水平线上，蒙烽刚炸掉一个，仰头道：“马上就来了！”

刘砚扔出一根绳索，将另一头固定在柱上，按下收绳键，蒙烽顿时如飞檐走壁般地直升上来，外面两只奥克斯综合体转身去抓，却抓了个空，蒙烽飞身进了六层。决明在耳机里说：“注意丧尸。”

话音刚落，奥克斯综合体轰一声分解，纠缠结合的丧尸如同海潮般涌了进来。

蒙烽瞬间喝道：“这也太凶残了吧！还带分体合体的！”

刘砚道：“我怎么不知道有这个功能！”

决明说：“还在测试阶段。”

蒙烽：“你们这是要整死我……”

刹那间整座金茂大厦里全是拥挤的丧尸，蒙烽殿后，刘砚开路，带着两人狂奔，三十三层大厦，四人爬得气喘吁吁，欧泽洋道：“我……我走不动了。”

刘砚一转身，将欧泽洋一个公主抱抱起来，踏着楼梯往上狂冲。

“你……”欧泽洋震惊了。

“我答应了赖杰要保护好你。”刘砚喘着气道。

“刘砚你把那小子给我放下来！”蒙烽朝着安全通道下的楼梯口不住扫射，怒道：“什么意思？”

刘砚喝道：“你连个N……的醋也要吃吗？”

闻且歌在前用肩膀撞开天台的门，大门塌下，天台中央是一座直升机升降坪，蒙烽吼道：“喂！下面还有丧尸啊！这门关不上了！”

刘砚把蒙烽拖进来，朝里头扔了个炸弹，一声巨响，顿时整个天台出入房坍了下去，将丧尸全部堵在下面。

“决明。”蒙烽掩护三人来到平台中央，说，“我们抵达指定地点了，怎么脱离？”

决明说：“让NPC站上去，就能触动救援机制。”

刘砚望向闻且歌与欧泽洋，让他们站在平台中央，然而倏然间，大厦又一阵震荡。

闻且歌正要去看情况，刘砚却示意他别离开停机坪，自己跑到天台边上往下看。

近十只奥克斯综合体聚拢过来，抱着大厦，开始往上攀岩。

刘砚：“简直是地狱难度……”

蒙烽：“这系统就没有难度可以选吗？！”

决明抓狂道：“没有！我饿死了！快点回来烧烤吧！”

说话时蒙烽正用喷火器朝楼下不住喷火，攀爬的奥克斯综合体开始燃烧，坠落。

欧泽洋与闻且歌站在停机坪中央，欧泽洋突然说：“他们会来的吧？”

闻且歌也有点迟疑，朝刘砚喊道：“过来吧！刘砚！烽哥！”

欧泽洋说：“大家要死一起死！”

“不会死的！”蒙烽转头吼道，“你们会一直活下去！”

刘砚突然手上动作一顿，回头望向站在停机坪上的闻且歌与欧泽洋，泪水夺眶而出。

他放下燃料已耗尽的武器，走向停机坪中央。

“闻弟。”刘砚说，“老小。”

蒙烽也不再管丧尸，来到停机坪中央，与闻且歌、欧泽洋拥抱。

“你们会一直活下去。”刘砚的眼眶微微发红，说，“还有更多的人，也会活着。大家都会好好的，无论以什么形式。”

闻且歌点了点头，说：“不知道为什么，总觉得和你们认识了很久。”

刘砚笑了起来。

欧泽洋道：“奇怪，你们好像都对我很熟悉啊。”

蒙烽道：“赖队长一直提你呢。”

欧泽洋的眼睛顿时亮了起来，说：“真的？”

此刻，远处直升机轰鸣的马达声传来。

“注意——注意——”直升机上广播道，“请确认，停机坪附近无潜在安全威胁。”

“我们也一起走吗？决明！”蒙烽顶着狂风喝道。

“不。”决明说，“你们要留在系统里，确认他们离开为止，系统会自动把你们送出来。”

平台顶端，四面八方爬来大量丧尸，蒙烽抓起武器，喝道：“来吧！”

刘砚拿起冲锋枪，开始扫射。

“刘砚！”闻且歌喝道。

“你们上去！”蒙烽吼道，“别管我们！”

两人开始四处扫射丧尸，直升机停稳，决明戴着耳机，从直升机上下来，其后张岷、赖杰、白晓东纷纷下了直升机，各自举起武器。

“我们来了！”张岷喊道。

刘砚：“你们……”

赖杰抓住欧泽洋，狠狠地抱了下，将他推上直升机，大声道：“走吧！哥哥会记得你的！永远记得！”

欧泽洋喊道：“我不！我……”

闻且歌道：“我和你们一起！”

“走！”张岷道，“闻弟！你会一直活着！”

直升机上下来更多的特种兵，将欧泽洋与闻且歌架住，带了上去。张岷、赖杰与白晓东举起武器，在直升机周围四处扫射。

丧尸顿时被清空，蒙烽喝道：“什么情况！你们来干吗？”

赖杰脸上全是泪水，张岷却笑道：“大伙儿想来看看闻弟和老小，将军答应了！”

直升机腾空而起，飞往天际尽头，刹那间天际乌云一空，现出万丈晨曦与烈日。

系统男声：“曦日系统任务通过，代号001，评分Z级。”

蒙烽怒吼道：“怎么是Z级？！”

“平民就救了两个。”决明说，“最低分了。”

蒙烽：“关键我也没看到别的活人啊！”

刘砚躲到蒙烽身后，喊道：“怎么离开！回家吃晚饭了！”

决明拿着个仪器，朝众人解释道：“这个是可以在系统里操控环境的……”

“别解释了！”所有人吼道，“快启动！”

丧尸前赴后继，全部爬上天台，面对成山成海的丧尸，决明又说：“其实现在死了也可以出去的。”

“不行！”所有人喝道。

赖杰道：“我不管是真的假的，我永远不会放弃活着的希望！”

张岷道：“连闻弟和老小都不会放弃。”

白晓东：“对！”

蒙烽：“我才不要自杀！”

刘砚：“开启吧，决明。”

决明按下开关。

“测试结束。”系统男声道，“传导开始，五、四、三、二……”

在那最后一刻，蒙烽扔开枪，蓦然转身，刘砚张开双臂，两人紧紧抱在了一起。

金茂大厦以停机坪为中心，闪起一道白光，所有的丧尸在那道白光下化作齑粉飞散，紧接着，飓风队成员的身体开始分解，化作微粒，升上天空。

意识回到现实世界的体内，刘砚在休眠仓中睁开双眼，盖子开启，所有人摔了出来。

蒙烽疲惫喘息，与刘砚对视，两人都忍不住笑了起来。

夜，珊瑚礁岛上架起了烧烤架。

刘砚与蒙烽、决明、张岷坐在礁石前，望向黑暗涌动的大海。

“他们离开以后会怎么样？”刘砚突然朝决明问。

决明耸肩，想也知道，NPC为了每一场训练而存在，不过是系统中的一项数据，完成任务后，他们也将被清除，回到数据库中，等待下一次的诞生，周而复始。

“博士们说，”决明道，“这个系统还有许多需要改善的地方。”

蒙烽捏扁了啤酒罐，若有所思道：“你们该想个办法，在系统里做个公海基地，把他们真正地带出来。”

刘砚说：“系统任务有很多项，既有解救任务，也有深入作战，也许确实可以……嗯……”

刘砚望向决明，四人又一同望向站在礁石尽头的赖杰。

“可以这样。”刘砚最后道，“在系统里设计一个新的公海基地，让NPC们抵达基地，模拟整个丧尸潮暴发的进程。”

决明灵机一动，说：“做成大型的交互实验，这个主意不错，NPC们就不用被循环格式化了。”

蒙烽起身，拿着两听啤酒，来到赖杰面前。

赖杰转头与蒙烽对视，眼里带着释然。

“干杯吧。”蒙烽打开一听啤酒，递给赖杰。

赖杰说：“谢谢你们，蒙烽。”

蒙烽只是笑了笑，与赖杰互碰啤酒罐，温柔的大海倒映着漫天星辰，海潮周而复始，永无止息。

图书在版编目（C I P）数据

末日曙光．上 / 非天夜翔著．-- 兰州 ：敦煌文艺出版社，2018.11
ISBN 978-7-5468-1632-6

Ⅰ．①末… Ⅱ．①非… Ⅲ．①长篇小说—中国—当代
Ⅳ．① I247.5

中国版本图书馆 CIP 数据核字 (2018) 第 221066 号

末日曙光 上

非天夜翔 著

责任编辑：张明钰
插　　画：Benyo 阿嘎
封面设计：Topic Design

敦煌文艺出版社出版、发行
地址：（730030）兰州市城关区读者大道 568 号
邮箱：dunhuangwenyi1958@163.com
0931-8773121（编辑部）
0931-8773112　8773235（发行部）

河北鹏润印刷有限公司印刷
开本 700 毫米 ×980 毫米　1/16　印张 23　插页 3　字数 432 千
2018 年 12 月第 1 版　2018 年 12 月第 1 次印刷
印数：1 ~ 30 000

ISBN 978-7-5468-1632-6
定价：48.00 元